KÖLN · KRIMI 27

Brigitte Glaser, Jahrgang 1955, stammt wie ihre Heldin aus dem Badischen, lebt und arbeitet seit fünfundzwanzig Jahren in Köln. Sie ist die Autorin der Stadtteilkrimis »Tatort Veedel« im Kölner Stadt-Anzeiger. Bei Emons erschienen bereits die beiden ersten Katharina-Schweitzer-Romane »Leichenschmaus« und »Kirschtote«.

BRIGITTE GLASER

MORDS TAFEL

KÖLN KRIMI

Emons Verlag

© Hermann-Josef Emons Verlag
Alle Rechte vorbehalten
Umschlagzeichnung: Heribert Stragholz
Druck und Bindung: Clausen & Bosse GmbH, Leck
Printed in Germany 2005
ISBN 3-89705-400-0

www.emons-verlag.de

Im Anhang (Seite 299–315) finden sich Rezepte dreier Menüs für viele
Leute.

Er lag unschuldig unter dem Eichentisch.

Rausgerutscht aus einem Sakko, ausgebüchst aus einer Handtasche, sonst wie fallen gelassen. Braun, DIN A5, wattiert, zugeklebt, unbeschriftet. Nichts, aber auch gar nichts deutete auf den Ärger hin, den mir dieser Umschlag machen würde.

»Die Viva-Leute waren heute völlig durch den Wind«, sagte Eva. »Keiner weiß, ob er übernommen wird. Viele wollen nicht nach Berlin.«

Ich nickte unbestimmt und setzte mich. Weder für die Viva-Mitarbeiter noch für mich war es gut, dass der Musiksender nach Berlin zog. Damit brach mir ein solventer Teil meiner Kunden weg.

»Und Scarlett im Service einzusetzen ist keine gute Idee, Katharina«, fuhr Eva fort, während sie an der Garderobe in ihren schmalen, rost-karamell karierten Wollmantel schlüpfte.

Sie sah müde aus, wirkte völlig erledigt.

»Sie ist flink und wendig, aber sie kann nicht mit den Gästen umgehen. Heute hat sie so einem schmierigen Redakteur ›Fuck you‹ ins Ohr gezischt, nachdem der sie angemeckert hat, weil die Suppe nicht schnell genug kam. Ich musste hinterher all meinen Charme aufbieten, damit er die Rechnung zahlte.«

»Nichts läuft so, wie es soll«, seufzte ich und streckte meine schweren Beine unter den langen Tisch. »Ich rede morgen mit ihr. Willst du dich nach jemand anderem umsehen?«

Eva schüttelte die blonden Locken und versteckte diese dann unter einer kleinen russischen Fellmütze. »Können wir uns doch gar nicht leisten, oder? Außerdem schaffe ich es zurzeit ganz gut alleine. Da muss der eine oder andere mal ein kleines bisschen warten, aber das krieg ich hin. Außerdem kann Holger mir beim Auftragen helfen.«

Eva lächelte mich an, während sie ihre Handschuhe aus der Tasche kramte. Sie war spät dran, selten trödelte sie nach der Arbeit so lange herum.

»Kopf hoch, Katharina«, versuchte sie mich weiter aufzumuntern. »Für morgen haben wir schon dreißig Vorbestellungen. Wirst sehen, bald summt und brummt der Laden!«

»Mach, dass du nach Hause kommst!«, sagte ich und hob endlich den Umschlag vom Boden auf.

»Ben holt mich heute ab«, entgegnete sie und spähte durch die Vorhänge auf die Straße, wo jetzt ein Auto hielt. »Da ist er! Bis morgen!«

Eva öffnete leise die Tür. Kurz strömte eisige Februarkälte in die Weiße Lilie. Durchs Fenster sah ich sie mit ihrem fließenden, weichen Gang sanft wippend zum Auto gehen.

Eva war eine atemberaubend schöne Frau. Makellose Haut, rehbraune Augen, ein üppiger Goldschopf und Beine so lang wie die von Marlene Dietrich. Als sie sich bei mir vorstellte, kamen mir mein kräftiger Hintern, mein üppiger Busen, meine beachtliche Größe, die vielen Sommersprossen und schwer zu zähmenden roten Locken irgendwie zweit- oder drittklassig vor. Dabei mangelt es mir eigentlich keineswegs an Selbstbewusstsein.

»Also, äh, in meinem Restaurant«, stakste ich bei unserem ersten Gespräch herum, »wird es nur einen einzigen langen Tisch geben. Einen Table d'hôte, an dem sich die Gäste nicht nur zum Essen und Trinken, sondern auch zum Plaudern, zum Debattieren, vielleicht auch zum Verlieben treffen sollen. Alle Gäste essen gemeinsam, es gibt einen Hauptgang, bei Vor- und Nachspeisen sind Variationen möglich. – Vom Service verlangt dieses Konzept einiges.«

Eva hörte sich meine Ausführungen aufmerksam an und meinte dann, dass dies genau die Art von Herausforderung sei, nach der sie gesucht habe. Sie traue sich problemlos zu, einen großen Haufen hungriger Gäste so lange ruhig zu halten, bis alle was auf dem Teller hatten.

»Ich kann nicht viel zahlen«, gestand ich am Ende des Gesprächs, »die Weiße Lilie ist mein erstes eigenes Resto.«

Eva erbat sich Bedenkzeit, die ich nur zu gern gewährte. So überlegte ich meinerseits, ob ich überhaupt mit einer so schönen Frau zusammenarbeiten konnte. Was, wenn sie mir den Rang ablief? Was, wenn die Restokritiker den exzellenten Service mehr als die hervorragende Küche lobten? Was, wenn sie in Berichten über uns alle ihre Schönheit herausstrichen und bestenfalls noch mein Lachen erwähnten? Alberne Eitelkeiten. Die Hauptsache war, man erhielt überhaupt Kritiken und die Gäste kamen. Wenn Eva so gut war, wie ihre Empfehlungen vermuten ließen, konnte es nur von Vorteil sein, wenn ich sie mit ins Boot nahm.

»Ich mach's«, sagte sie zwei Tage später. »Der lange Tisch, die große Tafel, das finde ich sehr reizvoll … Was das Geld betrifft«, fuhr sie fort, »möchte ich, dass mein Gehalt nach der Probezeit erhöht wird.«

»Selbstverständlich, wenn ich mir das leisten kann«, antwortete ich und stellte sie ein.

Bei allem, was ich mit der Weißen Lilie falsch gemacht habe, die Entscheidung für Eva habe ich nie bereut.

Der braune Umschlag war fest zugeklebt, und im Augenblick fehlte mir die Energie, aufzustehen und ein Messer zum Öffnen zu holen. Also ließ ich ihn erst mal liegen.

Gestern fünfzehn Essen, heute zwanzig, das war einfach zu wenig. Manchmal drückten mich die Geldprobleme so sehr, dass ich mich an meinem Resto überhaupt nicht mehr erfreuen konnte. Dabei war die Weiße Lilie genau so geworden, wie ich sie mir vorgestellt hatte. Sanftes Apricot an den hohen Wänden, luftige Stores an der schönen Fensterfront zur Keupstraße und in der Mitte der lange, dunkel polierte Eichentisch, an dem dreißig Leute Platz fanden. Falls mehr Gäste angekündigt waren, konnte man den Tisch problemlos mit zwei kleineren Tischen gleicher Machart verlängern. Eine freundliche, warme Umgebung, ein idealer Ort, um seine Sorgen zu vergessen und gutes Essen zu genießen.

Die dunkle französische Anrichte aus dem achtzehnten Jahrhundert hatte Kerner mir zur Eröffnung geschenkt. Mein alter Chef war ein Leuteschinder, aber mir gegenüber hatte er sich überraschend großzügig gezeigt. Nur mit seinem Geld hatte ich mir einen Herzenswunsch erfüllen können. So lange ich Köchin bin, träume ich davon, keine trennende Wand zwischen Küche und Resto zu haben. Durch die Glaswand, die ich mir mit Kerners Geld baute, konnte ich meinen Gästen beim Essen und meine Gäste konnten mir beim Kochen zusehen. Angenehmes, gedämpftes, unverständliches Gemurmel drang vom Resto in die Küche, und der Lärm, den Töpfe, Pfannen und fluchende Köche machten, störte die Gäste nicht beim Essen. Das war ein bisschen wie Fernsehen mit leise gestelltem Ton, aber auch ohne dass ich verstand, was meine Gäste redeten, merkte ich am Auf- und Niederschwellen des Murmelns und an den Gesichtern, ob eine Tafelrunde funktionierte oder nicht.

Entlang der Glasfront hatten wir den langen Pass gebaut, auf dem Holger und ich die Teller arrangierten. Es war lustig zu beobachten, wie sich neugierige oder ungeduldige Gäste manchmal die Nase platt drückten, so wie Kinder, die in Mutters Küche vor dem Essen gerne die Kochdeckel lüften.

Den Bankberater für meinen Existenzgründungskredit hatte ich in vielen Gesprächen überzeugen können, dass die kontaktfreudigen, an die langen Tresen ihrer Brauhäuser gewohnten Kölner solch ein Gastrokonzept annehmen würden. Adela, die vor ein paar Jahren seine Frau entbunden hatte, hatte mich dabei tatkräftig unterstützt. Aber leider war den Kölnern, trotz knappster Kalkulation, mein Resto zu teuer, als dass sie es regelmäßig und in Scharen besucht hätten, und bei der Planung hatte noch nicht mal die Stadtsparkasse ahnen können, dass Viva in Mülheim so schnell wegbrechen und über zweihundert Mitarbeiter des Musiksenders, teilweise gute Kunden der Weißen Lilie, ihren Job verlieren würden.

Wahrscheinlich hätte ich an dem Abend noch länger Trübsal geblasen oder endlich den Umschlag geöffnet, wenn Adela nicht angerufen hätte.

»Ich sitz hier bei Kurt, Schätzelchen«, flötete meine Zimmerwirtin und Freundin gut gelaunt ins Telefon. »Komm doch auf ein Kölsch vorbei, dann können wir ein bisschen quatschen.«

So stopfte ich den Umschlag zusammen mit ein paar frisch gedruckten Prospekten für die Weiße Lilie in meine Handtasche und raffte mich endlich dazu auf, mein leeres Resto zu verlassen.

Durch die Regentenstraße pfiff ein eisiger Winterwind und ließ die alten Kastanienbäume auf dem Spielplatz ächzen und stöhnen. Ich schlug den Kragen meiner Kamelhaarjacke hoch und bog nach rechts ab. Das große Altenheim des Arbeiter-Samariter-Bundes, das sich längs der Keupstraße von der Mülheimer Freiheit bis zur Regentenstraße erstreckte, lag, wie meist um diese Zeit, im Dunkeln. Nur manchmal flackerte nachts in dem einen oder anderen Zimmer ein spätes Licht, und durch die gekippten Fenster drang ein Stöhnen bis auf die Straße. Dann schreckten die betagten Bewohner aus ihren Alpträumen auf und wurden von ihren schlimmsten Erinnerungen eingeholt. Vom Brandgeruch der zerstörten Stadt, von Leichen, die man am nächsten Tag aus den Trümmern zog, vom Hunger, der sich im Magen festbohrte, vom Heimweh während der Landverschickung. Vielleicht stöhnten sie aber auch nur, weil seit vier Wochen keines der Kinder zu Besuch gekommen war.

Ich beschleunigte meine Schritte, sah schon das hell erleuchtete Fenster der Vielharmonie auf der Mülheimer Freiheit, dahinter die schemenhaften Umrisse der debattierenden und lachenden Gäste, und hoffte, für ein, zwei Stunden meine Sorgen vergessen zu können.

Adela stand am noch gut besuchten Tresen, ins Gespräch vertieft mit einem Mann meines Alters in brauner Wildlederjacke, und winkte mich zur einzigen noch leeren Sitzgelegenheit. Kurt grüßte mich durch ein kurzes Nicken und schob mir ein frisch gezapftes Kölsch zu.

»Hab ich für dich freigehalten, Schätzelchen«, empfing mich Adela und deutete auf den Barhocker. »Ich weiß doch, wie weh dir deine Beine tun, wenn du den ganzen Tag in der Küche gestanden hast.«

»Wo ist Kuno?«, fragte ich, nachdem ich das erste Glas geleert hatte. Kurt zapfte ein köstliches Kölsch, immer frisch und immer genau richtig gekühlt.

»Der ist noch beim Loss-mer-singe, in der Marie. Damit er ein paar Karnevalslieder lernt«, antwortete sie und nahm Kurt zwei frisch gefüllte Kölschgläser ab. »Das ist seine erste Session in Köln, und er kann mit Ach und Krach ›Mr losse de Dom in Kölle‹ summen.«

Adela hatte den bedächtigen Kommissar vor anderthalb Jahren im Schwarzwald kennen gelernt, wo er in einem Fall ermittelte, in den wir beide verstrickt waren, und sich Hals über Kopf in den kleinen Schwaben verliebt. Nach seiner Pensionierung war Kuno Eberle zu Adela nach Köln gezogen, und die fidele ehemalige Hebamme machte ihn eifrig mit den Sitten und Gebräuchen ihrer rheinischen Heimat vertraut.

»Hätt ich fast vergessen«, sagte ich. »Übermorgen ist ja schon Weiberfastnacht.«

»Und diesmal gehst du mit!«, bestimmte Adela. »Ich habe schon ein Kostüm für dich. Wir sind 'ne nette Runde: Kuno, Walter, der Graf und Sybille.«

»Apropos Sybille! Mit deren Tochter hast du mir wirklich keinen Gefallen getan«, musste ich meinen Ärger loswerden. »Als Putzfrau ist Scarlett eine Niete, bedienen kann sie zwar, aber wenn ihr die Gäste nicht passen, schnauzt sie sie an. Und dann die Ratte! Sie weiß genau, dass sie die nicht in die Weiße Lilie bringen darf, aber ich habe sie schon dreimal dabei erwischt, wie sie versucht hat, das Vieh im Personalspind zu verstecken. Eine Ratte in einem Resto! Wenn das einer mitbekommt, kann ich dichtmachen.«

»Ratten gibt es überall in der Umgebung von Menschen, nur sehen wir sie meistens nicht. Und Scarlett ist jung und aufmüpfig, aber sie hat einen guten Kern«, verteidigte Adela das Mädchen, das sie vor achtzehn Jahren entbunden hatte. »Ich bin sicher, du kannst das Beste aus ihr herauskitzeln. Und Sybille ist so froh, dass du ihr einen Job gegeben hast. Die meisten hätten sie schon wegen ihres Nasenrings und der rot gefärbten Haaren nicht eingestellt. – Du tust wirklich ein gutes Werk, Schätzelchen!«

»Dennoch, beim nächsten Fauxpas schmeiß ich sie raus. Du weißt, wie schwer es ist, die Lilie über Wasser zu halten. Ich kann mir den Luxus nicht leisten, Angestellte zu bezahlen, die ihre Arbeit nicht tun.«

»Angestellte zu bezahlen, die ihre Arbeit nicht tun«, äffte Adela mich nach. »Kaum hast du einen eigenen Laden, benimmst du dich wie ein kalter Kapitalist! Ich sag ja nicht, dass du Scarlett alles durchgehen lassen sollst, aber ein paar Fehler sollte jeder machen dürfen, bevor er rausfliegt.«

»Soll ich dir mal Scarletts Liste aufzählen?«

Adela sah mich vorwurfsvoll an. »Sybille sagt, Scarlett sei viel ausgeglichener, seit sie bei dir arbeitet. Seither ist das schwierige Mutter-Tochter-Verhältnis echt entspannt. Du kannst dir nicht vorstellen, wie gut Sybille das tut! Seit drei Monaten keine Depressionen mehr«, bearbeitete sie mich weiter. Die Mitleidsdrüse konnte sie ausgezeichnet bedienen.

»Also gut, eine Chance kriegt sie noch«, gab ich klein bei.

»Ich wusste, dass ich auf dich zählen kann«, seufzte die alte Hebamme erleichtert und kniff mich in die Seite.

Dadurch stieß ich mit dem Nachbarn in der Wildlederjacke zusammen, der sich zu uns umdrehte.

»Sorry«, sagte ich.

»Hi«, sagte er.

»Tayfun, Katharina«, machte Adela uns bekannt. »Tayfun habe ich mal bei einer sehr komplizierten Geburt geholfen«, erklärte sie mir und zwinkerte Tayfun zu.

Bevor sie weiter ausholen konnte, klingelte ihr Handy. An ihrem verklärten Blick merkte ich sofort, dass Kuno anrief.

»Ich fahre jetzt nach Hause«, verkündete sie dann freudestrahlend. »Willst du mit?«

Ich schüttelte den Kopf. Ich hatte weder Lust, mit dem verliebten Seniorenpärchen in der Küche zu hocken, noch mir Kunos frisch erworbenen kölschen Liedschatz anzuhören. Adela nickte und klebte einen Zwanzigeuroschein auf den bierfeuchten Tresen.

»Trinkt noch ein Kölsch auf meine Rechnung und amüsiert euch gut!«

Sie gab Tayfun einen Klaps auf den Po und kniff mich in die Backe, bevor sie ihren kleinen runden Körper an den anderen Gästen vorbei zum Ausgang schob. Von dort drehte sie sich nochmals um und warf uns zum Abschied eine Kusshand zu.

»Wenn man sie so erlebt, hat man überhaupt keine Angst mehr vor dem Älterwerden«, kommentierte Tayfun ihren Abgang. Er sah ihr nach und sagte dann zu mir: »Du bist also die Köchin. Adela hat mir von dir erzählt.«

Was man umgekehrt nicht behaupten konnte. Ich hatte noch nie was von Tayfun gehört und war mir nicht sicher, ob ich überhaupt etwas von ihm hören wollte. Mit den glatten braunen Haaren und der römischen Nase sah er etwas herb aus, aber die warmen, zimtbraunen Augen glichen die Strenge aus. Kein Mann, der mich interessierte, aber eine kleine Konversation konnte nicht schaden.

»Und du bist Arzt?«

»Hey«, grinste Tayfun. »Wir müssen uns nicht unterhalten, nur weil Adela das meint. Wenn du lieber allein dein Bier trinkst, dann verzieh ich mich. Nur eine Frage musst du mir beantworten, als Fachfrau sozusagen. Schließlich stehe ich nicht jeden Tag mit einer Köchin am Tresen. Was ist wichtiger: ein guter Grill oder ein gutes Messer?«

Was für eine Frage! Ich hob zu einer längeren Ausführung über Feuer und Stahl an, endete irgendwann bei Darwin und der Entdeckung des Feuers als wesentlichem Schritt zur Menschwerdung. Warum hat Darwin eigentlich das Messer nicht erwähnt? Ohne dieses wären unsere Ahnen wie die Tiere weiterhin auf das Zerkleinern der Speisen mit den Zähnen angewiesen gewesen.

»Na ja, vielleicht kommst du langsam mal in der Gegenwart an«, unterbrach Tayfun lachend meinen Redeschwall.

Da gibt es überhaupt kein Vertun, Messer haben für uns Köche eine viel größere Bedeutung als Feuer. In Profiküchen wird mit Gas gekocht, einzige Alternative dazu: ein Induktionsherd. Bei Messern dagegen … Durchgängig geschmiedeter Stahl oder Stahl mit Holzgriff, Solinger oder französische Schmiede, eines für alles oder viele Messer, getrennt nach Fleisch, Gemüse, Fisch. Extrem scharfe aus Porzellan, die niemals stumpf werden, oder rostender japanischer Stahl in gleicher Qualität. Messer für hundert oder fünfhundert Euro.

»Jeder Koch arbeitet immer mit seinen eigenen Messern«, erzählte ich. »Ungelogen, es gibt Kollegen, die hüten ihre Messer wie Augäpfel, bringen sie in verschlossenen Koffern zur Arbeit mit. – Warum willst du das eigentlich wissen?«, unterbrach ich mich irgendwann selbst.

»Fred, ein Freund von mir, ein begeisterter Hobbykoch, wird vierzig. Unter uns Freunden gibt es zwei Fraktionen. Die eine will ihm den Luxusgrill und die andere das ultimative japanische Beil schenken. Ich wusste bisher nicht, zu welcher Fraktion ich tendiere.«

»Und? Weißt du es jetzt?«

»Du als Profi redest mit größerer Begeisterung über Messer, was bedeuten könnte, dass sich Fred darüber mehr freuen würde … Aber gefühlsmäßig würde ich die Wärme des Feuers der Kälte des Stahls vorziehen.«

»Tja«, sagte ich und nahm Kurt zwei weitere frisch Gezapfte ab. »Du siehst, manchmal hilft eine Expertenbefragung nicht weiter.«

»Fred sucht übrigens noch einen geeigneten Ort zum Feiern«, fuhr Tayfun fort, nachdem er einen kräftigen Schluck von dem frischen Kölsch genommen hatte. »Weißt du zufälligerweise einen?«

»Hat er Geld?«

»Mehr als ich.«

»Ich vermiete die Weiße Lilie auch für geschlossene Gesellschaften. – Warte mal!«

Ich angelte mir meine Handtasche und suchte nach einem der Prospekte, die ich eingesteckt hatte. Die hatten sich, wie immer in solchen Situationen, in den hintersten Winkel meines großen Beutels verkrochen. Der Umschlag störte mich bei der Suche, ich legte ihn kurz auf den Tresen, und dann endlich förderte ich einen der Prospekte zutage.

»Gib den mal an deinen Freund weiter.«

Tayfun faltete das Leporello auseinander, las den Text und betrachtete interessiert die Fotos.

»Sieht schön aus von innen, warm und wohlig, ganz anders als von außen.«

»Kennst du es?«, fragte ich erstaunt.

»Ich wohne direkt gegenüber. Von meinem Küchenfenster aus kann ich deinen Eingang sehen.«

»Und da bist du noch nicht zu mir zum Essen gekommen?«

»Du nimmst gepfefferte Preise, so was kann ich mir eigentlich nicht leisten.«

»Vielleicht nicht jeden Tag, aber doch hie und da.«

»Bei der Werbung sollte ich es mal versuchen«, grinste Tayfun.

»Überrede doch deinen Freund Fred zu einem Testessen bei mir«, schlug ich vor.

»Katharina«, unterbrach uns Kurt. »Wenn du die letzte Bahn kriegen willst, musst du dich beeilen.«

Ein Blick auf die Uhr zeigte mir, dass es tatsächlich schon so spät war. Hektisch packte ich meine Sachen zusammen, zahlte und verabschiedete mich.

»Falls du die Bahn verpasst, komm noch mal wieder. Ich bleib noch ein bisschen«, sagte Tayfun und reichte mir den Schal, den ich fallen gelassen hatte.

Ich hetzte nach draußen. Vereinzelte Schneeflöckchen fielen, und der eisige Winterwind spielte mit ihnen Fangen. Außer mir kämpfte sich niemand durch die Kälte. Hinter dem Spielplatz sah ich am Clevischen Ring die Vier nahen. Ich legte einen für meine Verhältnisse fulminanten Spurt hin und erreichte in letzter Sekunde die Bahn. Schwer atmend und mit klopfendem Herzen plumpste ich auf einen der vielen freien Sitze. Außer mir saß nur noch ein Gruftie-Mädchen, das mich irgendwie an Scarlett erinnerte, im Wagen. Es klammerte sich an einer Flasche Gilden fest, und sein Blick klebte an einer Werbetafel, auf der die Polizei um Abiturienten warb. Ob es die Polizei wirklich als möglichen Arbeitgeber in Erwägung zog? Ich nickte dem Mädchen freundlich zu und stellte erstaunt fest, dass ich guter Dinge war. In den letzten Stunden hatte ich meinen Geldsorgen nicht den winzigsten Gedanken gewidmet.

*

Kölner Käsefreunde pilgern seinetwegen Woche für Woche auf den Riehler Markt, und auch mich führte an diesem kalten Februarmorgen meine Einkaufsrunde dorthin. Das Sortiment an Rot-, Weiß- und Blauschimmelkäse war mindestens genauso beeindruckend wie die Rohmilchkäse und die Palette von österreichischen, schweizerischen, italienischen und französischen Hartkäsen, alle natürlich von absolut bester Qualität. Und das Allerbeste: überhaupt nicht teuer. Nirgendwo in Köln kaufte man so guten Käse für so wenig Geld wie beim Siegburger Käsepapst.

»Und? Wie war der Pont l'Évêque? Habe ich Ihnen zu viel versprochen?«, begrüßte mich der kleine weißhaarige Mann und reichte mir ohne zu fragen ein Stückchen Butterkäse aus Niederösterreich, den er neu in seinem Sortiment hatte, zum Kosten.

Nach drei weiteren Käseproben stoppte ich ihn. Mein Magen, der gerade mal eine Tasse Kaffee intus hatte, vertrug um diese Zeit noch nicht so viel Käse, und mein Kopfweh, das von den gestrigen Kölsch herrührte, wurde davon auch nicht besser.

Bei Wind und Wetter und wann immer es meine Zeit erlaubte, fuhr ich mittwochmorgens zum Einkaufen auf den Riehler Gürtel. Auf keinem anderen Kölner Markt im Norden der Stadt fand ich so viel gut sortierte Obst- und Gemüsestände und Spezialitäten, wie Wildschweinbraten aus der Eifel, badisches Bauernbrot, feinste Nordseekrabben, Spreewälder Gurken oder offene Gewürze. Neben einer üppigen Käseauswahl erstand ich an diesem Morgen drei Frischlingsrücken und zwanzig Porreestangen und machte mich damit auf den Weg zur Arbeit. Es war erstaunlich wenig Verkehr auf der Mülheimer Brücke und um den Wiener Platz, und ich traf früher als üblich in der Weißen Lilie ein. Ich hatte Mühe, die Tür zu öffnen. Das Schloss klemmte. Die Stühle um den großen Tisch standen noch wirr durcheinander, Scarlett hatte noch nicht geputzt, sie kam von Mal zu Mal später zur Arbeit. Lange würde ich mir diese Schlamperei nicht mehr ansehen, Adela hin oder her. Ich packte die Einkäufe aus, überprüfte die Vorräte, telefonierte mit dem Fischhändler, bestellte Hecht für Freitag. Als ich am großen Tisch die Speisekarte schrieb, stolperte Holger herein, unter dem Arm einen Schuhkarton.

Mit den vor Kälte geröteten Wangen, dem hellen Gesicht und den schwarzen Locken ähnelte mein Jungkoch einem Barockengel. Nicht nur sein Gesicht, auch sein runder weicher Körper entsprach, sehr zu Holgers Kummer, eher dem barocken als dem heutigen Schönheitsideal.

»Hast du noch Schuhe gekauft?«, fragte ich.

Er schüttelte eilig den Kopf. »Wiewieso bibibist dudu schon da?«, stotterte er.

Ich sah ihn verwundert an, denn eigentlich stotterte er nicht mehr. Vor zwei Jahren, als wir gemeinsam in Spielmanns Goldenem Ochsen gearbeitet hatten, war ihm das Reden so schwer gefallen, dass er kaum gesprochen hatte. Einzig Goethes Faust konnte er damals stotterfrei aufsagen. In der Zwischenzeit, nach vielen Stunden bei einer Sprachtherapeutin, sprach er kurze Sätze fließend, die aber selten mehr als vier, fünf Wörter umfassten. Er stotterte nur noch, wenn er sich aufregte.

»Bin gut durchgekommen. – Hast du nun neue Schuhe oder nicht?«

Er schüttelte den Kopf. »Hohoholzwolle für ddie Ratte.«

»Scarletts Ratte?«, fragte ich ungläubig. »Jetzt sag nicht, dass die hier ist.«

Holger nickte und holte tief Luft. »Sie hat gefragt. Nur für zwei Tage.«

Die Worte kamen langsam, aber zum Glück wieder flüssig aus seinem Mund.

»Wo?«, fragte ich.

»Im Keller.«

»Das blöde Vieh kann auf keinen Fall in der Lilie bleiben«, bestimmte ich.

Holger sah kreuzunglücklich aus und wiederholte seine Atemübung. »Zu Hause geht es nicht«, brachte er angestrengt heraus. »Außerdem: Ratten knabbern keine Weinflaschen an. – Ist doch nur für zwei Tage.«

Diese Scarlett! Nutzte Holgers Gutmütigkeit aus, und der baute jetzt auf meine. Er stellte den Karton auf einen der Stühle und sah mich aus seinen runden blauen Augen erwartungsvoll an.

Holger war ein vorzüglicher Koch, ich mochte ihn, und er mochte mich. Der Lockenkopf hatte sofort seine besser bezahlte Stelle im Hyatt gekündigt, als ich ihn fragte, ob er bei mir arbeiten wolle. Natürlich wusste ich, dass er nicht nur meinetwegen die Stelle gewechselt hatte. Der schüchterne, manchmal gehemmte Jungkoch fühlte sich in meiner kleinen Küche wohler als in der großen Brigade im Hyatt, wo er bei den üblichen Wortgefechten nicht mithalten konnte und oft gehänselt wurde. Dennoch: Seit er bei mir arbeitete, hatte er wegen keiner Überstunde oder zu spät gezahltem Gehalt gemeckert. In den letzten Wochen hatte er zu Hause auf seinem Rechner den neuen Prospekt für die Weiße Lilie entwickelt und gestaltet, ohne einen Cent zusätzlich zu verlangen. – Scarlett hätte ich nie erlaubt, ihre Ratte in der Weißen Lilie zu parkieren. Aber konnte ich Holger den Gefallen abschlagen?

»Zwei Tage lang. Im Weinkeller. Und wenn Scarlett sie dann nicht abholt, kriegt das Vieh Rattengift. Wo ist sie überhaupt? Sie müsste längst sauber machen.«

Holger zuckte mit den Schultern.

»Zeig mir, wo ihr sie versteckt habt«, befahl ich.

Ich folgte Holger in den Keller, wo die Ratte in einem stabilen Karton zwischen zwei Weinkisten hauste. Aus sicherer Entfernung warf Holger etwas Holzwolle in den Karton.

»Wieso gehst du nicht näher ran?«, fragte ich. »Hast du etwa Angst vor dem Vieh?«

»Ein bisschen«, bestätigte er und zerknüllte ein wenig Zeitungspapier, das er ebenfalls bei sich hatte, und warf die Kügelchen in den Karton.

»Was soll das denn?«, fragte ich ungläubig.

»Ist eine sehr ungewöhnliche Ratte«, sagte er. »Frisst Papier.«

Als Eva eine Stunde später zur Arbeit kam, kühlte die Apfelschichtspeise mit Zwieback und Pinienkernen im Eisschrank, und die Quittentarte karamellisierte im Backofen. Die Entenleberterrine mit Apfel-Thymiangelee für die Vorspeise stockte seit gestern im Kühlschrank. Während Holger Feldsalat putzte, kümmerte ich mich um den Hauptgang: die Frischlingsrücken mit Zimt gewürzt, gedünstet auf einem Porreebeet in einer schweren Kasserolle.

»Ich glaube, du solltest mal ein ernstes Wörtchen mit Scarlett reden«, meinte Eva, nachdem sie Staub gesaugt hatte.

»Worauf du dich verlassen kannst!«

Seufzend stellte Eva den Staubsauger zurück. Ich hackte derweil Mandeln und Rosinen klein, die ich für die Nusskruste des Frischlingsrückens brauchte.

»Und du weißt wirklich nicht, wo Scarlett steckt?«, fragte ich Holger. »Ich meine, sie bittet dich, die Ratte zu versorgen, und sagt nicht, wieso und warum. Die Ratte und sie waren doch unzertrennlich.«

17

Holger überlegte ein Weilchen, bevor er antwortete: »Scarlett sagt nie, was sie plant.«

Im Resto rannte Eva zum klingelnden Telefon.

»Da ist Scarletts Mutter«, meldete sie und steckte den Kopf durch die Küchentür. »Sie will ihre Tochter sprechen.«

»Sag ihr, dass die dumme Kuh nicht zur Arbeit erschienen ist«, sagte ich.

»Rede lieber selbst mit ihr«, schlug Eva vor. »Adela erzählt doch immer, wie ängstlich und labil die Mutter ist.«

Ich legte mein Messer zur Seite und ließ mir von Eva das Telefon reichen.

»Wir fragen uns auch, wo Scarlett bleibt, sie ist bis jetzt nicht hier aufgetaucht«, polterte ich los. »Wann ist sie denn von zu Hause weggegangen?«

»Sie hat nicht hier geschlafen. Das macht sie manchmal, aber dann ruft sie mich immer am nächsten Morgen an. Heute hat sie nicht angerufen, deshalb habe ich …«

Ich merkte, wie Sybilles Stimme wegkippte und sie leise anfing zu weinen.

»Jetzt mach dir mal keine Sorgen«, versuchte ich sie zu beruhigen. »Wir wissen doch beide, dass Scarlett nicht die Zuverlässigste ist.«

»Deshalb bin ich auch so dankbar, dass du ihr den Job gegeben hast«, schluchzte Sybille.

»Ist ja gut, ist ja gut«, unterbrach ich sie schnell.

Das hatte ich nun von meiner Gutmütigkeit. Erst versetzte mich die Tochter, dann heulte mir die Mutter die Ohren voll.

»Sorry«, würgte ich die schluchzende Sybille ab und merkte, dass meine Kopfschmerzen sich verstärkten. »In einer halben Stunde kommen die Gäste. Ruf doch Adela an!«

Besser, Scarlett tauchte heute nicht mehr hier auf. Ich war so sauer, dass ich sie sofort gefeuert hätte. Ich warf Eva das Telefon zu, schnürte meine Schürze enger, griff mir das Messer und knurrte wütend.

»Den Chicorée? Wie soll ich ihn schneiden?«, fragte Holger, um mich abzulenken.

»Nur die kleinen Blätter nehmen und die ganz lassen«, sagte ich schroffer als nötig. »Du weißt wirklich nicht, wo sie steckt?«

Er schüttelte den Kopf und begann eilig, den Chicorée zu entblättern.

In den nächsten vier Stunden vergaß ich den Ärger mit Scarlett. Zu den dreißig Voranmeldungen waren noch sechs weitere Gäste als Laufkundschaft dazugekommen, so voll wünschte ich mir die Weiße Lilie jeden Tag. Stuhl an Stuhl saßen die Gäste an meinem Table d'hôte. Immer wieder glitt mein Blick über die Tafelrunde. Drei schon etwas aus dem Leim gegangene Mittvierzigerinnen unterhielten sich angeregt. Der dickbäuchige Blondschopf vor dem Fenster riss Witze. Der Lange im gedeckten Anzug neben ihm verfolgte Eva mit gierigem Blick. Eva drehte sich zu ihm um, ertappt wandte er den Blick in Richtung Tisch. Eva schien zu spüren, wenn man sie so anblickte. Nie ließ sie es zu, dass sich einer, egal mit welchen Phantasien, in ihren Anblick verlor. Eine hagere Frau mit einem neckisch um den Hals geknoteten rot-grünen Tüchlein wirkte einsam. Schon beugte sich Eva lächelnd zu ihr, und kurze Zeit später prostete sie entspannt einer gegenübersitzenden Grauhaarigen gleichen Alters zu. Ohne Eva, stellte ich zum ich weiß nicht wievielten Male fest, würde mein langer Tisch wahrscheinlich gar nicht funktionieren. Auf dem Pass reihte Holger jetzt die leeren Teller für die Vorspeisen auf, und Eva rief uns die Bestellungen zu. Entenleberterrine mit elsässischen Crudités, Thunfischmousse mit marinierter roter Grapefruit und Wintersalat mit Käsenocken und Pflaumensoße. So langsam Holger mit der Zunge war, so flott war er mit den Händen. Wieselflink drapierte er Salate, schnitt zentimetergenaue Terrinenstücke ab, während ich Käsenocken und Soßensprizer verteilte. Kaum hatte Holger Eva die letzte Vorspeise zugeschoben, bemehlte er schon die Finger, um Spitzbuben aus dem Kartoffelteig zu rollen. Derweil stellte ich die Teller für den Hauptgang parat, arrangierte die Käseplatte, legte die Baguettes zum Aufbacken aufs Blech, schob zwei große Pfannen für die Spitzbuben auf den Herd und ließ darin ein Stück Butter zerfließen. Die Frischlingsrücken, die auf dem Lauchbeet schmorten, dufteten wunderbar nach Winter. Holger jonglierte mit den zwei Spitzbubenpfannen, ich zerteilte und verteilte Wildschweinfleisch und Porreestangen, und Holger folgte mit den Spitzbuben.

»Die zwei einsamen Herzen unterhalten sich über Yogakurse!«
Eva deutete auf die Hagere, die mir vorhin aufgefallen war. Sie
war jetzt eifrig mit der Grauhaarigen ins Gespräch vertieft.

Nachdem sie den Hauptgang aufgetragen hatte, verschnaufte
Eva bei einem Glas Wasser bei uns in der Küche.

»Dem Dicken, der vor der Anrichte sitzt, ist nichts recht, der
Rioja zu kalt, die Salatsoße zu pflaumig, das Brot zu knusprig.
Kein Wunder, dass seine Frau den Wein wie Wasser säuft. Hoffentlich kippt sie mir nicht kopfüber in den Nachtisch«, ließ sie Luft
ab, bevor sie wieder nach draußen eilte.

»Füll die Espressomaschine auf«, befahl ich Holger und holte die
weiße und schwarze Schokoladenmousse aus dem Kühlschrank.

Schokoladenmousse befriedigt eine ganz tief liegende, ursprüng-
liche Gier nach Süßem, anders ließ sich ihr Erfolg nicht erklären.
Nachdem Eva jedes Mal, wenn ich sie nicht auf die Karte gesetzt
hatte, danach gefragt wurde, ließ ich die »Viererlei Schokoladen-
mousses« als Standardnachtisch durchlaufen, und es verging kein
Tag, an dem dieser nicht bestellt wurde. Auch in der heutigen Runde war die Zahl der Süchtigen groß. Eva orderte doppelt so viele
Mousses wie Quittentarte und Apfelschichtspeisen.

Eine halbe Stunde später schrubbte ich den großen Gasherd,
Holger servierte die letzten Digestifs, und Eva schrieb die ersten
Rechnungen. Kurz vor Mitternacht schloss ich die Weiße Lilie zu.
So früh kam ich selten nach Hause.

Zu Hause legte ich mich ins Bett und machte den Fernseher an. Im
Ersten stritten sich Myrna Loy und William Powell in einem alten
Schwarzweißschinken, im Zweiten spazierte Philippe Noiret mit
Charlotte Rampling einen irischen Strand entlang, im WDR be-
fragte ein bebrillter Intellektueller einen ehemaligen Neonazi, und
auf RTL erzählten sich die Golden Girls schmutzige Witze. Ich
zappte mich so lange von einem Programm ins andere, bis mich die
nötige Bettschwere schlafen ließ.

Zwei Stunden später riss mich Handyklingeln aus dem Tiefschlaf.

»Horsch amol, wo isch bin, Katharina«, nuschelte Kerner in
seinem breiten Frankfurterisch.

Ich brauchte die leicht verzerrten Bebop-Klänge nicht zu hören, die er mir durchs Telefon schickte, um das zu wissen. Wenn Kerner um diese Zeit anrief, saß er immer in einem der Sachsenhausener Jazzlokale.

»Beam dich mal schnell rüber. Wir sind schon so lang nicht mehr zusammen unterwegs gewesen.«

Kerner war besoffen. Aus Erfahrung wusste ich, dass er mindestens zehn Äppelwoi und sechs große Calvados geschluckt hatte. Erst ab der Menge Alkohol wurde er so sentimental, dass er mich aus dem Schlaf klingelte.

»Hast du nicht versprochen, du kommst so oft wie möglich?«, lallte er weiter. »Ein einziges Mal bist du hier gewesen, in einem Dreivierteljahr. Hab nicht geglaubt, dass du mich so hängen lässt.«

Niemals hätte ich gedacht, dass sich mein alter Chef als so anhänglich erweisen würde. Was erwartete er denn? Ich konnte doch nicht jede Woche nach Frankfurt fahren, um mit ihm die Nacht durchzuzechen.

»Du weißt, wir hätten noch ganz andere Sachen miteinander machen können«, förderte er jetzt sein Innerstes zutage. »Mein Geld hast du genommen, aber mich wolltest du nicht.«

So weit hatte er es noch nie getrieben. Kerner als enttäuschter Liebhaber! Ich konnte nur hoffen, dass er sich an diesen Schwachsinn mit nüchternem Kopf nicht mehr erinnerte.

»Geh nach Hause zu Margit«, sagte ich. »Ruf an, wenn du deinen Rausch ausgeschlafen hast.«

※

Der Schlaf kam nur halbherzig wieder und blieb viel zu kurz. Als ich am nächsten Morgen gerädert ins Badezimmer tappte, ertönte aus der Küche in voller Lautstärke Karnevalsmusik.

»Nä, nä, wat wor dat dann fröher en superjeile Zick«, sang Kuno mit einem erstaunlich schönen Bariton, aber in grässlich schwäbelndem Kölsch das Lied mit. Die Küchentür ging auf, und Adela, schon als Biene Maja kostümiert, tänzelte im Rhythmus der Musik, mit Nadel und Faden in der Hand, auf mich zu.

»Grade wollte ich dich wecken, Schätzelchen«, begrüßte sie mich fröhlich. »Es ist schon zehn, wenn wir um elf Uhr elf auf dem

Alter Markt sein wollen, musst du in die Gänge kommen. – Kannst du mir mal schnell den rechten Flügel annähen? Der hat im letzten Jahr etwas gelitten.«

Sie drückte mir Nadel und Faden in die Hand und bückte sich. Weiberfastnacht. Ich konnte nicht behaupten, dass ich wie Adela diesem Termin entgegengefiebert hätte und mich auf die jecken Tage freute, aber um Widerstand zu leisten war ich viel zu müde.

Ich setzte mich auf einen der Bücherstapel, die sich seit Kunos Einzug in unserem Flur türmten. Gemeinsam mit den Schwangeren- und Baby-Fotos an den Wänden, die an Adelas Hebammenzeit erinnerten, und der kleinen Kommode mit dem orangefarbenen Telefon bildeten sie eine merkwürdige Melange. – Fünf feste Stiche und der Flügel würde die Session überleben.

»Ich habe dir schon ein Kostüm herausgesucht. Liegt auf dem Sofa.«

Adela nahm Nadel und Faden in Empfang, und immer noch im Schlafanzug tapste ich ihr ins Wohnzimmer hinterher. Dort lagen eine rosafarbene Strumpfhose, ein weiß-rosa gepunktetes Babydoll und eine blonde Perücke für mich bereit.

»Ich dachte, du gehst als Doris Day. Vor ein paar Jahren habe ich mit dem Kostüm die Männerwelt betört.«

Meine Vorstellungskraft reichte gerade mal aus, um mir auszumalen, wie die kleine Kugel Adela, die immerhin stramm auf die sechzig zuging, in diesem Jungmädchenschlafanzug ausgesehen hatte, versagte aber völlig bei mir selbst.

»Du kannst auch als Freiheitsstatue gehen!«

Schon wühlte Adela in einer großen Kiste und drückte mir einen grauen Schaumstoffstern auf den Kopf. Immerhin besser als Doris Day. Flugs schob mir Adela noch eine Art grauen Sack über den Kopf und drückte mir eine Plastikfackel in die Hand. Der Blick in den Spiegel zeigte mir eine Vogelscheuche.

»Auf gar keinen Fall«, entschied Adela. »Bei der Leichenbittermiene musst du etwas Fröhliches tragen.«

Nicht mehr ganz so eifrig, begann sie in einer anderen Kiste zu wühlen.

»Tut mir Leid«, rechtfertige ich meine geringe Begeisterung, »ich habe kaum geschlafen.«

Adela nickte leicht und förderte Plastikrosen, Plastiktulpen, Plastiksonnenblumen, Plastikvergissmeinnicht, ein Stück Kunstrasen und einen alten Strohhut zutage.

»Weißt du, Schätzelchen«, sagte sie dann. »Ich freue mich schon seit Wochen darauf, mit euch Karneval zu feiern. – Gestern hat schon Sybille abgesagt, wenn jetzt auch noch du –«

»Ist Scarlett wieder aufgetaucht?«, unterbrach ich sie und steckte ein paar von den Kunstblumen auf den Strohhut.

»Wieso?«, fragte Adela irritiert.

Ich berichtete ihr von Scarletts Wegbleiben und Sybilles Anruf. »Sybille war völlig durch den Wind. Ich habe ihr noch gesagt, sie soll dich anrufen, weil ich keine Zeit hatte«, schloss ich meine Erzählung.

Sybille habe kein Wort über Scarlett verloren, berichtete Adela. Sie habe abgesagt, weil die Karnevalsfeier in ihrer Firma in diesem Jahr für alle Mitarbeiter verpflichtend sei und sie deshalb auf keinen Fall um elf Uhr elf am Alter Markt sein könne.

»Dann hat sich Scarlett bestimmt bei ihr gemeldet«, schloss ich und zeigte Adela den Hut.

»Nicht schlecht«, meinte sie und strahlte wieder. »Wir tackern noch ein paar von den Blumen auf den Kunstrasen, dann gehst du als Frühling.«

Eine halbe Stunde später schlürfte ich als frischer Frühling in unserer Küche einen Kaffee, den Kuno mir hingestellt hatte. Der alte Kommissar sah aus wie immer. In seiner verbeulten Hose und einem zerknitterten Hemd von undefinierbarer Farbe sang er voller Inbrunst »In unserem Veedel«, die kölsche Nationalhymne der Bläck Fööss. Seine Gesangsstunden schienen sich gelohnt zu haben.

»Muss Kuno sich nicht kostümieren?«, fragte ich Adela, die bereits den zweiten Berliner futterte. Ihr bienengelb geschminktes Gesicht glitzerte zuckrig.

»Der wollte nicht Imker werden«, pappte sie zwischen zwei Bissen hervor.

»Ich gehe als Schwabe«, kicherte Kuno und deutete auf seine ausgeleierte Jacke, die über einem der Küchenstühle hing. Auf eine Schulter hatte er mit Tesakrepp ein kleines Papphäuschen geklebt. »Schaffe, schaffe, Häusle baue.«

Das war mit Abstand das sparsamste Kostüm, das ich je in meinem Leben gesehen hatte.

Auch ich griff jetzt nach einem Berliner. Bestimmt wird es gut tun, heute die Weiße Lilie, die Geldsorgen und den Ärger mit Scarlett auf die Reservebank zu setzen, dachte ich und begann, mich auf den Alter Markt und den Zug durch die Gemeinde zu freuen.

Kerner erwischte mich, als ich mir im Badezimmer mit Adelas Theaterschminke eine kunstvolle Schlingpflanze ins Gesicht malte.

»Die Margit will in Sachsenhausen ein schickes kleines Bistro kaufen«, fiel er mit der Tür ins Haus und klang dabei vollkommen nüchtern. »Auf das Teil ist sie schon lange scharf.«

Mit keiner Silbe erwähnte er unser nächtliches Telefonat. Im ersten Moment verstand ich überhaupt nicht, warum er mir von den Kaufabsichten seiner Frau erzählte, aber das änderte sich schnell.

»Das heißt«, fuhr mein alter Chef fort, »ich bräucht das Geld, was ich dir geliehen hab, schneller als geplant zurück.«

Ich hatte es schon lange gewusst. Nicht erst seit Kerners nächtlichen Anrufen. Hätte ich doch vor einem Jahr nur auf meinen Bauch gehört! Der signalisierte mir damals deutlich, dass es Schwierigkeiten geben würde, wenn ich mir von Kerner Geld lieh. Aber die Möglichkeit, mir den Traum von der Glaswand zwischen Küche und Resto erfüllen und den Dampfgarer kaufen zu können, hatte mich geblendet, und so hatte ich alle Warnsignale ignoriert. Außerdem hatte mir Kerner das Geld damals regelrecht aufgedrängt.

»Wenn man so was macht«, hatte er auf mich eingeredet, »dann muss man es richtig machen. Halbe Sachen sind was für Verlierer. Die dreißigtausend, die du zusätzlich brauchen tust, die leih ich dir. Kann ich im Moment problemlos entbehren, das Geld. Und zurück zahlst du's mir, wenn dein Laden läuft.«

Von wegen, wenn der Laden läuft! Jetzt hatte ich den Salat.

»Das ist gegen die Abmachung, Kerner«, brachte ich irgendwann heraus. »Ich kann dir das Geld jetzt nicht zurückzahlen. Zurzeit schaffe ich es mit Ach und Krach, die laufenden Kosten zu decken, und mir selbst zahle ich einen Hungerlohn.«

»Du kannst mir glauben, Katharina, wenn's nach mir ginge, wäre das auch nicht nötig«, wand sich Kerner, »aber jetzt, wo die Margit sich in dieses Bistro verliebt hat – es ist wirklich ein schönes Teil, das muss auch ich zugeben –, da taucht ein Problemchen auf, das habe ich einfach nicht einkalkuliert. Du musst wissen, von deinen dreißigtausend habe ich Margit damals nichts erzählt. Na ja, sie hat immer gedacht, dass ich scharf auf dich wär und dass zwischen uns zwei was laufen tät.«

Zwischen uns war nie etwas gelaufen. Nach einer durchzechten Nacht hatte Kerner mal mit mir ins Bett gehen wollen, aber meine Abfuhr gentlemanlike akzeptiert.

»Und wenn ich der Margit jetzt erzähle, dass ich dir die dreißigtausend geliehen hab, dann denkt die doch …«

Kerner war Geschäftsmann, führender Catering-Service in Frankfurt, zwei Restos in den besten Lagen der Stadt, so einer würde ein Projekt wie das meine niemals unterstützen, wenn er nicht hundertprozentig von dessen Erfolg überzeugt wäre, hatte ich mir gedacht. Natürlich war ich davon ausgegangen, dass er eine Investition von dreißigtausend Euro mit seiner, auch in geschäftlichen Dingen, besseren Hälfte abspricht. Aber er hatte seine Margit nicht informiert. Irgendwie musste ich es mir endlich eingestehen: Kerner hatte mir das Geld aus Sentimentalität geliehen. Ich weiß nicht mehr, wie viel Mal ich nachts mit ihm in einer Pinte versackt war, mir anhörte, wie er als junger Mann mit amerikanischen Studenten durch die Sachsenhausener Jazzkneipen gezogen war, wie leicht man damals mit einer langbeinigen, von Europa begeisterten New Yorkerin im Bett landen konnte, wenn man vorher ein bisschen über Woody Allen und die Rolle des Jazz in der Nouvelle Vague geplaudert hatte, während im Hintergrund John Coltrane spielte. Gleichzeitig stöhnte er über die Verantwortung für dreißig Angestellte und eine Frau, deren Geschäftsgebaren so hart wie ihre Betonfrisur war. Mit fünfzig, jammerte er, sei seine Jugend unwiederbringlich dahin. Zehn Kilo Übergewicht und eine Haarverfärbung vom Aschblonden ins Aschgraue bestätigten dies. Nacht für Nacht hörte ich ihm zu, ich hatte eh nichts anderes zu tun. Weder langbeinig noch amerikanisch, aber fünfzehn Jahre jünger, ohne blonde Betonfrisur und Taschenrechner im Herzen hatte mich Kerner so zur Projektion seiner Midlife-Sehnsucht gemacht, und ich, eingesponnen in frischen Liebesverletzungen, dankbar für jeden Abend, den ich nicht alleine verbringen musste, hatte es nicht geschnallt.

»Erzähl mir nicht, dass du keine andere Möglichkeit hast, dreißigtausend Euro aufzutreiben, Kerner. Ich kann dir das Geld jetzt auf gar keinen Fall geben«, sagte ich und drückte die Off-Taste.

Benommen tapste ich zurück in den Flur, ignorierte das Läuten der Türglocke. Adela schwebte in ihrem Bienen-Outfit an mir vorbei und öffnete die Wohnungstür.

»Entzückend, dieses Bienenkostüm«, begeisterte sich ein Mann von meiner Größe in Frack und Zylinder und mit einer Flasche Sekt unter dem Arm, beugte sich tief zu Adela und küsste sie auf die zuckrigen Wangen. »Wenn ich nicht Kunos grausame Rache fürchten müsste, würde ich dir selbstverständlich den Hof machen.«

Adela kicherte und winkte auch den Cowboy mit kariertem Hemd, kleinem Schweißtuch und speckigem Ledermantel herein, der ebenfalls vor der Tür gestanden hatte.

»Enchanté, Madame.«

Der Zylinder griff nach meiner Hand und hauchte einen angedeuteten Kuss darauf.

»Gestatten Sie, dass ich mich vorstelle: Arsène Lupin, Gentleman-Gauner.«

»Kölle Alaaf«, sagte der Cowboy und tippte zur Begrüßung kurz an seinen Hut.

»Kommen Sie, meine Liebe«, versprühte Arsène weiter seinen Charme und griff dabei nach meinem Arm, »wir müssen auf unser Kennenlernen anstoßen.«

Glucksend drängte Adela uns alle in die Küche, wo Kuno jetzt seine Jacke mit dem Papphäuschen an der Schulter übergezogen hatte.

»Habt ihr euch schon bekannt gemacht?«, fragte er und klopfte dem Cowboy auf die Schultern. »Katharina, des isch dr Walter, und der Gentleman isch ein echter Adliger, Adelbert von Stumpf. Der redet auch im wirklichen Leben so geschwollen.«

Adela hatte mir bereits von den beiden erzählt. Die zwei so unterschiedlichen Herren, ebenfalls pensionierte Polizisten, hatte Kuno in der Cafeteria des Polizeipräsidiums kennen gelernt und traf sich seither regelmäßig mit ihnen.

»Die Champagnerkelche«, orderte der Gentleman, und Adela beeilte sich, ihre Sektgläser aus dem Schrank zu holen.

»Kölle Alaaf«, wiederholte der Cowboy und leerte sein Glas mit einem Zug.

»Gehen Sie als moderne Kunst, Gnädigste?«, fragte mich der Graf.

»Ihr solltet euch duzen«, bestimmte Adela und sah mich an. »Ist das Absicht, dass du nur eine halbe Pflanze im Gesicht hast?«

Kerner hatte mich beim Malen unterbrochen. Kerner konnte mich mal. Wollte sein Geld zurück, so mir nichts, dir nichts. Dabei hatte er mir immer versichert, dass ich mir alle Zeit der Welt lassen könne, um es ihm zurückzuzahlen.

»Volle Absicht«, antwortete ich. »Das ist wie im Leben. Da bricht auch manches, ohne dass man es ahnt, plötzlich ab.«

»Moderne Kunst, ich sage es ja«, fühlte sich der Graf bestätigt.

»Können wir jetzt?«, fragte Kuno. »Habt ihr eure Papiere und Kreditkarten daheim gelassen und nur das Nötigste mit? Taschendiebe beklauen gerne ehemalige Polizisten.«

»Du bist und bleibst ein ordentlicher Schwabe«, spottete Adela und strich ihm sanft über das gelichtete Haar. »Wir sind echte Karnevalsjecken, so was passiert uns nicht. – Hast du dicke Socken an?«

Ein kalter, schöner Februartag empfing uns, als wir auf die Kasemattenstraße traten. Weiberfastnachtswetter wie aus dem Bilderbuch. Aus dem Nachbarhaus traten gleichzeitig die zwei ältlichen Schwestern, die trotz ihrer neckischen Karnevalshütchen so sauertöpfisch wie immer wirkten. Der Graf grüßte gnädig, was die beiden mit einem verschämten Kichern und einem angedeuteten Knicks erwiderten. Kuno hakte Adela auf der einen und mich auf der anderen Seite unter und schlug vor, zu Fuß zu gehen. Drei dralle Marktweiber mit selbst gehäkelten Kölschhaltern um den Hals nahmen den Grafen ins Visier.

»Do is eine, dä uns e Kölsch spendeet«, kicherten sie. »So vürnehm, wie dä ussüüht!«

Dem Grafen gefielen die drei deutlich weniger als umgekehrt, er setzte eine abweisende Miene auf.

»Na dann nit, du vürnehm Eierköppche«, spielten sie die Beleidigten, bevor sie lachend untergehakt weiterzogen.

Am nahen Von-Sandt-Platz spielten winterharte Boulefreunde ein kleines Turnier. Geier, Bären, Waschweiber, Clowns und Dollarscheine versuchten, die silberne Kugel möglichst nah an das kleine Holzschweinchen zu legen. Eine Bärenmama mit einer Prinzessin auf dem Arm und einem Astronauten an der Hand grüßte freundlich zu ihnen hinüber. Auf der Neuhöfferstraße schloss sich uns ein kleiner Trupp Lappenclowns an. Einer von ihnen führte auf einem ausgedienten Kinderwägelchen die dicke Trumm mit.

»Kölle Alaaf«, grüßte der Cowboy.

»Kölle Alaaf«, grüßten die Clowns im Chor, unterstützt von ein paar kräftigen Schlägen auf die dicke Trommel, zurück.

Kuno führte uns auf die Deutzer Brücke, wo wir in einem stetig anschwellenden Strom von Narren den Rhein überquerten. Mit lautem Gebimmel überholte uns eine Bahn, gut voll gestopft mit Jecken, die trotz geringer Armfreiheit zu uns hinüberwinkten.

»Kölle Alaaf«, grüßte sie der Cowboy.

Zehn Minuten später quetschten wir uns zwischen drei blauen Schlümpfen und einer Horde Hunnen auf dem Alter Markt. Auf der Bühne heizten die Spitzenkräfte des Kölner Karnevals dem Publikum ein, Kuno sang beim einen oder anderen Hit zwar weiterhin schwäbelnd, aber textsicher mit. Der schweigsame Cowboy hatte sich schon auf den langen Ritt zum nächsten Bierstand begeben, als endlich das Kölner Dreigestirn auf die Bühne trat und die Narren die Herrschaft über die Stadt übernahmen.

»Kölle Alaaf!«, schallte es tausendfach über den Platz, und kurze Zeit später ließ man schunkelnd den Dom in Kölle, träumte davon, einmal Prinz zu sein, und wollte als Räuber zu seinem lieben Mariellchen.

Ich sah in fröhliche, verschmitzte, verträumte, lustige und traurige Gesichter und in solche, denen man ansah, dass sie Karneval alles vergessen wollten. Andere wiederum hatten kapiert, dass sie auch Karneval keine Chance hatten, aus ihrer Haut zu fahren. Die Großmäuler maulten groß, die Schüchtern lächelten verschämt, die Gewitzten versprühten Charme, die Knochentrockenen kalkulierten ihre Ausgaben, die Verlierer betäubten sich mit Alkohol. Ohne dass ich es merkte, löste sich die Masse auf, verteilte sich auf die kleinen Gassen, schwappte in Richtung Heumarkt, verlief sich in den umliegenden Vierteln. Adela und die anderen zogen mich in die Altstadt. Als ich unerwartet die Lintgasse und Unter Käster wiedererkannte, versetzte mir dies einen Stich in eine kaum vernarbte Wunde. Spielmanns Goldener Ochse hieß jetzt Cross-over. Ich traute mich nicht, durch die Fenster zu linsen. Seit den Morden hatte ich die Gegend gemieden. Adela hakte mich unter, dirigierte mich zum kleinen Willi-Ostermann-Platz, wo drei Clowns mit rot-weiß geringelten Hemden, einem Quetschebüggel und einem Glockenspiel »Och wat wor dat fröher schön doch en Colonia« zum Besten gaben. Das Lied gefiel mir, aber so schnell heilte der Stich in der alten Wunde nicht.

»Mir ist es kalt, können wir irgendwo reingehen?«, fragte Kuno da zum Glück.

So erfahrenen Karnevalisten wie Adela, Walter und dem Grafen gelang es tatsächlich, ins Innere des Früh zu dringen und innerhalb weniger Minuten einen Stehplatz auf einer Bank zu ergattern. Allein würde man hier untergehen, nur kampferprobte Trupps des Straßenkarnevals konnten in diesem Gedränge Luft und Platz sichern. Mit Klatschen und Poltern forderten die Bläck Fööss zum Buuredanz auf, und Adela packte sich ihren Kuno, reihte sich mit ihm in die Masse der Tanzenden und Stampfenden ein. Kuno schien dies zu gefallen, immer wieder stemmte er mit leuchtenden Augen seine Adela in die Höhe, und die dankte es ihm mit Juchzen und Küssen. Galant forderte mich der Graf zum Tanz auf, aber ich lehnte ab. Seine Nachbarin auf der anderen Seite, eine grüne Fee, sagte freudig zu. Schnell tauchten der schwarze Zylinder und der grüne Feenhut in die wogende Menge ein, fanden Seite an Seite ein Plätzchen, lachten, sangen, klatschten, schubsten, tanzten im stampfenden Rhythmus des Bauerntanzes.

Vielleicht musste man Kölner sein oder gut gelaunt oder auf

Freiersfüßen oder gerne singen, um diesen Wahnsinn mitzumachen. Ich war nichts von allem.

»Schmarrn, ah geh!«, hörte ich da eine vertraute Stimme.

Das war Ecki. Was trieb Ecki im Kölner Karneval? Ich sah mich um. Unter all den Perücken, unter all der Schminke, unter all den phantastischen Kopfbedeckungen, nirgendwo konnte ich Eckis Gesicht entdecken, und ich hätte es erkannt. Das Blitzen seiner Augen würde ich unter jeder Maskerade ausmachen.

»Ich muss nach Hause«, erklärte ich dem Cowboy, der mit einer Lage Kölsch zurückkehrte, und zwängte mich an ihm vorbei zum Ausgang.

Meine Vergangenheit hatte mich endgültig eingeholt.

*

Der erste Schwall frischer Luft fuhr stechend in die Lungen, als ich mich mühsam nach draußen gekämpft hatte. Die fahle Februarsonne verschwand im Westen, eisiger war jetzt die Luft und stank unverkennbar nach Pisse. Trotz des Wildpinkelverbotes, trotz der Armada der nur für Karneval aufgebauten chemischen Klos an Obenmarspforten und anderswo verwandelte sich die Altstadt in diesen Tagen in eine übel riechende Kloake. Die Hemmschwelle, sich jederzeit und überall zu entleeren, war nie so niedrig wie in der fünften Jahreszeit.

Ich stolperte geradewegs in eine Gruppe von Gärtnern und Gartenzwergen.

»Röslein, Röslein, Röslein rot«, krähte einer der Zwerge und griff keck nach den Plastikrosen in meinem Hut.

Barsch schlug ich seine Hand weg, sah mich nach einem Fluchtweg um. Die Frankenwerft war nicht weit. Ich klemmte den Strohhut unter den Arm, hängte mich an einen Trupp intergalaktischer Wesen. Das unebene Kopfsteinpflaster war mit Splittern zerbrochener Bierflaschen übersät. Vom Rhein kamen mindestens so viele Menschen, wie in seine Richtung drängten. Die Intergalaktischen hüpften wie Hoppelhäschen von scherbenfreier Stelle zu scherbenfreier Stelle. Erst jetzt bemerkte ich, dass die Fenster und Ladenlokale verrammelt waren. Die Altstadt glich einer Festung.

Ich atmete tief durch, als endlich der Fluss vor mir auftauchte. Zwar war ich dem größten Chaos entkommen, dennoch tummelten sich für einen kalten Wintertag hier so viele Menschen wie sonst an einem lauen Frühlingsabend. Aber hier konnte man gehen, ohne angerempelt zu werden, kein Vergleich zur klaustrophobischen Enge in den Altstadtgassen.

Ecki kochte in Bombay. Mein Verstand sagte ganz klar, dass es nicht seine Stimme gewesen sein konnte, die, unverkennbar wienerisch, »ah geh« gesagt hatte. Einem Landsmann von Ecki, einem mir völlig fremden Wiener, der in Köln Karneval feierte, gehörte diese Stimme. Erschreckend nur, dass die Ähnlichkeit in Tonfall und Stimmlage, die vage Möglichkeit, es könnte Ecki sein, mir den Boden unter den Füßen wegzog. Wenn man schon anderthalb Jahre getrennt war, sollte einen eine Stimme nicht mehr so erschüttern können.

Ein einziges Mal, im Herbst letzten Jahres, hatte ich Ecki in Bombay besucht. In den Telefonaten, die wir in der Zeit davor geführt hatten, hatte so viel Zuversicht, so viel Begeisterung für eine gemeinsame Zukunft gelegen, dass ich all meine Bedenken über Bord geworfen hatte und gefahren war. Auf dem Hinflug träumte ich uns, endlich vereint, in unser Resto in Wien. Zu Wien, hatte Ecki einmal gesagt, sagte man niemals nie. »Paradeiser« sollte es heißen, so nennen die Österreicher Tomaten. So hoffnungsvoll wie in unserer ersten Zeit in Wien, als wir frisch verliebt gemeinsame Pläne für die Zukunft geschmiedet hatten, saß ich im Flieger. Unser Resto sollte unser Paradies auf Erden werden.

Wieder einmal hatte ich mich zu früh gefreut. Auf dem Bombayer Flughafen erwartete mich nichts außer flirrender, schwüler Hitze, kaum auszuhalten nach den kühlen Herbsttagen im Schwarzwald. Von Ecki keine Spur. Dabei wusste er genau, wie hilflos ich in fremden Ländern war.

Auf dem Rhein ächzte ein schwerer Kohlendampfer, schob sich mühsam flussaufwärts. Die alten Bäume an der Uferpromenade ächzten auch. Fast an jedem Stamm dampfte die Pisse biervoller Narren. Flüchtige Liebespaare knutschten im spärlichen Gebüsch, genossen die Möglichkeit, sich einmal im Jahr an einem fremden Körper zu reiben, einen fremden Mund zu küssen, ohne damit eine Ehekrise auszulösen.

Ecki wartete zwei Tage, bevor er mir von seiner »Neuen« erzählte. Engländerin, Weltreisende wie er, Hotelfach. Eine, die sich vorgenommen hatte, in allen großen Städten aller fünf Kontinente zu arbeiten. Nicht dass mich dies zu dem Zeitpunkt noch überraschte. Die Tage zuvor hatte er nur gearbeitet, war angeblich für einen erkrankten Kollegen eingesprungen, einmal, und nur weil ich Druck gemacht hatte, führte er mich in eine Garküche zum Curry-Essen, ansonsten verpflegte er mich mit Resten aus seiner Hotelküche. Ich kam mir vor wie die arme ungeliebte Tante aus dem Hotzenwald, die wir zu Hause einmal im Jahr als Besuch ertragen mussten. Bombay wurde zu einem einzigen Alptraum. Wieso ließ Ecki mich ins offene Messer laufen? Wieso hatte er gewollt, dass ich ihn hier besuchte?

»Schau dir solang die Stadt an, Kathi. In ein paar Tagen hab ich auch mehr Zeit, sei nicht so empfindlich. Was war denn mit Spielmann in Köln? Hab ich mich da so deppert aufgeführt? – Außerdem weiß ich nicht, wie lang die Liaison dauert. Vielleicht ist in zwei Wochen alles vorbei. Vielleicht will ich endlich zurück nach Wien …«

Vielleicht. Immer nur vielleicht. Seit drei Jahren: vielleicht. Am vierten Tag packte ich meine Sachen, fuhr allein zum Flughafen, buchte für viel Geld mein Ticket um. Im Flieger lernte ich Kerner kennen. Wir saßen nebeneinander. Er war sehr gesprächig, ich sehr mundfaul. Nur damit er endlich Ruhe gab, erzählte ich ihm, dass ich Köchin sei. Als er hörte, wo und bei wem ich gekocht hatte, wollte er mich sofort für seine Catering-Firma engagieren. Unter der Bedingung, dass er mir auch ein Zimmer besorgte und ich sofort anfangen könnte, sagte ich zu. So hatte ich, als ich in Frankfurt ausstieg, einen neuen Job, aber meinen größten Traum verloren.

Ein kleiner, dunkelhäutiger Mann erschreckte mich, als er aus einem Gebüsch direkt vor meine Füße sprang. Die zwei großen Plastiktaschen, die er bei sich trug, klirrten, als er sich wortlos umdrehte und weiterlief. Er hielt bei der Steinlandschaft unterhalb des Museum Ludwig an und sammelte alle Bierflaschen ein, die noch nicht zertrümmert waren, immer ängstlich nach allen Seiten Ausschau haltend, ob ihm nicht ein besoffener Narr seine Beute streitig machen würde. Auch das war Karneval.

Zwielicht lag über dem Fluss, immer dunkler färbte sich der Himmel. Ein letzter einsamer Dampfer glitt eilig flussabwärts, das Wasser in kurzen, heftigen Stößen teilend. Die Nacht kam. Ich sollte nach Hause gehen. Spiderman ließ eine leere Schnapsflasche am Stahlgitter vor einem Schiffsanlegeplatz zerschellen. Zwei Rasta-Perücken feuerten ihn an, weiterzumachen. Ich schritt eilig die Serpentinen zum Heinrich-Böll-Platz hinauf. Vor der preußischen Reiterstatue kreischten zwei bezopfte Mädchen. Ein paar Jungen gleichen Alters versuchten sie zu fangen und ließen dabei eine Flasche Wodka kreisen. Ich wettete zehn zu eins, dass mindestens einer von ihnen den Tag im Krankenhaus beschließen würde, wo man ihm den Magen auspumpen musste. Karneval war zum Kotzen. Die Schienen auf der Hohenzollernbrücke dröhnten dumpf, als ein fast leerer Intercity langsam in den Hauptbahnhof einfuhr. Ich beeilte mich, auf die andere Rheinseite zu gelangen.

Kerner besorgte mir ein Apartment, hässlich eingerichtet, aber das war mir egal. In Frankfurt war mir alles egal. Mein Leben bestand aus Arbeiten, Saufen, Heulen, Schlafen. Arbeiten, Saufen, Heulen, Schlafen. Ich arbeitete gern sieben Tage die Woche. Was hätte ich mit einem freien Tag machen sollen? Solange ich arbeitete, konnte ich mich aushalten, allein war ich mir unerträglich, versank in meinem Unglück, fühlte mich verlassen, um mein Leben betrogen. Ich funktionierte wie ein Roboter. Nur ein Teil von mir stand jeden Morgen auf und ging zur Arbeit, der andere war in Schmerz erstarrt. Ich meldete mich bei niemandem.

Dennoch tauchte eines Tages Adela in Kerners Catering-Küche auf. Sie musste Himmel und Hölle in Bewegung gesetzt haben, um herauszufinden, wo ich war. Sie fuhr mit mir zum Mainufer. Es war ein wunderschöner Frühlingstag, im Gras blühten die Kuckucksblumen, in der Luft hing milder Fliederduft. Das alles merkte ich erst, als Adela davon sprach. Sie hatte meine Lieblingskekse vom Café Reichard und eine Thermoskanne Kaffee mitgebracht.

»Es ist sehr schade, dass du mit Ecki keinen gemeinsamen Weg gefunden hast«, sagte sie, als ich ihr endlich zuhören konnte, »aber solche Dinge passieren. Manchmal stirbt die Liebe, manchmal ist sie nicht lebbar. Das tut weh. Und Dickköpfen, die immer ganz genau wissen, was sie wollen, tut es besonders weh.«

Ab diesem Zeitpunkt nahm ich jede Woche einen halben Tag frei, denn Adela besuchte mich regelmäßig. Bei schönem Wetter fuhren wir zum Main, bei schlechtem setzten wir uns in ein Café.

Lustvolles Stöhnen riss mich aus meinen Gedanken. Hier, auf die andere Rheinseite, in den Schatten des Hyatt-Hotels, schienen sich die Paare zurückgezogen zu haben, die mehr als nur eine flüchtige Berührung voneinander wollten. Ich beschleunigte meine Schritte, um schneller zum hell erleuchteten Deutzer Bahnhof zu gelangen, und überquerte dort den Ottoplatz. Auf den Verkehr brauchte ich nicht zu achten, denn es war kaum ein Auto unterwegs. Fünf Minuten später schloss ich die Haustür auf, hohl dröhnten von der Straße die einsamen Trommelschläge einer dicken Trumm ins Treppenhaus. Auf dem Küchentisch lagen noch drei Berliner, im Kühlschrank war der angebrochene Sekt des Grafen. Seit heute Morgen hatte ich nichts gegessen, so klebte ich mir den Magen mit dem ausgetrockneten Fettgebackenen zu und spülte mit schalem Sekt nach.

Nach Adelas Besuchen in Frankfurt nahm ich nicht nur einen halben Tag die Woche frei, sondern langsam auch mein Leben wieder in die Hand. Ich merkte, dass ich nicht den Rest meiner Tage für Kerner in seiner Küche schuften und abends mit ihm Äppelwoi saufen wollte. Wenn sich der Traum vom eigenen Resto mit Ecki nicht verwirklichen ließ, warum machte ich es nicht allein? Zuerst fand ich das nur trotzig und verrückt, aber allmählich freundete ich mich mit der Idee an. Als Adela das spitz hatte, durchforstete sie Köln wie eine eifrige Pfadfinderin nach einem geeigneten Lokal und brachte bei jedem Besuch neue Angebote mit. Ich fuhr dann öfter nach Köln, sah mir etliches an. Immer stimmte etwas nicht. Mal der Preis, mal die Lage, mal die Räume. Bei dem Resto in der Keupstraße wusste ich sofort: Das ist es. Zum ersten Mal sah ich es an einem Spätsommertag. Von den Kastanien des Spielplatzes fielen sanfte Schatten auf die Regentenstraße, die Jahrhundertwendefassade blitzte, der Eingang wirkte einladend. Auch innen waren die Räume, wie ich sie brauchte. Und Mülheim war gut. Aufstrebender, lebendiger Stadtteil mit finanzkräftigen Firmen aus der Medienbranche, etlichen interessanten Kneipen, aber wenig Konkurrenz in meiner Kategorie.

»Wie willst du es nennen?«, fragte Adela, die vor Stolz fast platzte, weil sie endlich das Passende gefunden hatte.

Darüber dachte ich lange nach. Paradeiser ging nicht, das würde zu sehr an Ecki erinnern. Tafelrunde, Tafelfreuden und ähnliche Namen gefielen mir nicht. Niemals meinen eigenen Namen, dennoch sollte es etwas mit mir zu tun haben. Dann war es einfach: Lilien waren meine Lieblingsblumen.

»Die Weiße Lilie«, sagte ich. »Es soll ›Weiße Lilie‹ heißen.«

Als ich Kerner davon erzählte, redete er eine Woche kein Wort mit mir, lud mich zu keiner Sauftour ein.

»Tu, was du nicht lassen kannst«, sagte er dann. »Aber mach's richtig. Wenn du Geld brauchst, kein Problem.«

So war ich zu meinem Resto und den Schwierigkeiten damit gekommen.

Die Berliner lagen schwer im Magen und füllten den Mund mit dem Gestank von kaltem Fett. Mit einem Tresterschnaps von Anna Galli schaffte ich mir auf dem Wohnzimmersofa, auf dem Doris Day und die Freiheitsstatue seit heute Morgen unbenutzt herumlagen, ein freies Plätzchen und machte die Glotze an. Ich landete in einem alten Düsseldorfer Tatort mit Martin Lüttge, in dem ein Karnevalsprinz erschossen wurde. In einer Szene kniete dieser Prinz auf dem Boden, und eine Domina in schwarzem Leder gab ihm Geldscheine zu fressen. Als die Kamera auf das Gesicht des Prinzen fuhr, erkannte ich, dass es Kerner war. Gut so, dachte ich. Soll er doch an seinem Geld ersticken. Die Domina wurde in ihrer Arbeit durch ein heftiges Klingeln unterbrochen, das einfach nicht aufhören wollte. Es dauerte, bis ich bemerkte, dass es weder bei der Domina noch in meinem Kopf, sondern in unserem Flur klingelte. Benommen schälte ich mich aus dem Sofa und nahm den orangefarbenen Telefonhörer ab.

»Verreck an deinem Geld, Kerner«, nuschelte ich. »Lass mich in Ruhe.«

»Frau Schweitzer?«, fragte am anderen Ende eine fremde Stimme.

»Wer denn sonst?«

Mein Kopf brummte. Wie viel von Annas Schnaps hatte ich getrunken?

»Schön, dass wir Sie erreichen. Damit hätte ich heute, ehrlich gesagt, überhaupt nicht gerechnet.«

Die Stimme klang schnell und frisch wie eine kalte Dusche.

»Rieger, Kripo Köln. Ob Sie wohl kurz zu Ihrem Restaurant kommen könnten?«

Adelas Bienenkostüm lag auf Goethes Gesamtwerk, und der Zylinder des Grafen thronte auf der »Trilogie des laufenden Schwachsinns« von Eckhard Henscheid. Nur Kuno hatte seine Jacke ordentlich an die Garderobe gehängt. Sein Papphäuschen hatte den Tag nicht überstanden. Ich musste verdammt tief geschlafen haben, dass ich nicht bemerkt hatte, als die drei nach Hause gekommen waren.

»Wie spät ist es?«, fragte ich.

»Vier Uhr morgens. Können Sie Auto fahren? Soll ich Ihnen einen Wagen schicken?«, klatschte das kalte Wasser an meine Ohren.

»Was ist passiert?«

»Nicht am Telefon. In zehn Minuten ist ein Wagen bei Ihnen in der Kasemattenstraße.«

Der Streifenwagen nahm die gleiche Strecke nach Mülheim, die ich auch fuhr. Auf der Deutz-Mülheimer-Straße kamen uns ein paar Taxen entgegen, am Wiener Platz entleerte ein Mülheimer Matrose seine Blase, am Clevischen Ring ein Teddybär seinen Magen ins Gebüsch. Entzaubert und übel riechend endete Weiberfastnacht. Der Streifenwagen parkte hinter einem anderen Polizeiauto am Spielplatz, der Eingangsbereich der Weißen Lilie war mit Scheinwerfern hell erleuchtet. Ich stolperte in die nächtliche Kälte.

Auf der Keupstraße, direkt vor meiner Eingangstür, lag ein schwarz geschminkter, schwarz kostümierter Mann mit Baströckchen und Lockenperücke. Automatisch stockte ich, wollte nicht weitergehen. Auch so sah ich, dass sein Rücken von mehreren Einschusslöchern zerfetzt war. Außer mir erstarrte niemand vor der Brutalität des Todes. Hier herrschte nüchterne Geschäftigkeit. Jemand markierte die Umrisse der Leiche mit Kreide, bevor zwei Männer in weißen Schutzanzügen den Toten hochhoben und auf eine Bahre legten. Zwischen den Kreidestrichen blieb eine große Blutlache zurück.

»Nippeser Negerköpp, Fidele Kannibale ... Was weiß ich, wie viel Karnevalsgruppen es gibt, die sich als Neger verkleiden! ... Ja, der Halsschmuck ist sehr ausgefallen.«

Der Mann, der telefonierend auf mich zukam, war sicher nicht älter als ich. Im Gehen machte er den beiden Leichenträgern ein Zeichen, mit dem Abtransport des Toten zu warten, wies zwei Leute von der Spurensicherung an, die Eingangstür der Weißen Lilie zu untersuchen, und nickte mir gleichzeitig zu. Er beherrschte die Arena, in der er sich bewegte.

»Klar weiß ich auch, dass wir in dieser durchgeknallten Stadt in den nächsten Tagen nicht viel rausfinden, aber zumindest ... Okay, okay, verschieb's auf morgen.«

Leicht verärgert steckte er das Handy weg und drückte mir die Hand. Dabei stand er nicht still, sondern schob mich direkt zu der Bahre.

»Es sieht aus, als ob er in Ihr Lokal wollte. Können Sie sich den Toten mal ansehen?«

Das war keine Bitte, sondern ein Befehl. Er scheuchte die Träger zurück. Der Tote lag jetzt auf dem Rücken, der Brustkorb blutdurchtränkt, aber das Gesicht ganz unverletzt. Knallrot angemalte wulstige Lippen und taubenblaue, aufgerissene Augen, die in dem schwarz geschminkten Gesicht merkwürdig deplatziert wirkten.

»Den Mann habe ich nie gesehen«, sagte ich und wandte mich ab.

»Kein schöner Anblick, holen Sie mal Luft! – Hat einer einen Kaffee für die Lady?«, fragte er in die Runde, während er gleichzeitig sein bimmelndes Handy bediente.

Während mir einer der Streifenbeamten einen Schluck alten säuerlichen Kaffee aus einer Thermoskanne anbot, tigerte Rieger vor der Bahre auf und ab.

»'ne regelrechte Hinrichtung«, sagte er in den Hörer. »Fünf Schüsse in den Rücken, einer hat die Lungen zerfetzt. Nein, keinerlei Papiere, aber wer steckt Weiberfastnacht schon Papiere ein? ... Ja, klar ... Ich gebe mein Bestes ...« Seine Stimme klang ziemlich genervt. »Weißt du, wie lange ich schon auf den Beinen bin?«

Er klappte das Telefon zu und nahm mich am Arm. »Riskieren

Sie noch mal einen Blick. Und lassen Sie sich Zeit. Es gibt viel schlimmere Anblicke, das können Sie mir glauben.«

Das Gesicht des Toten war eigentlich schmal, wirkte nur durch die Lockenperücke und den überschminkten Mund so breit. Am Hals war es sehr nachlässig geschminkt, dort schimmerten Streifen heller Haut durch. In der Lockenperücke klebten Konfettireste. Keine Falten im Gesicht. Älter als dreißig konnte er nicht gewesen sein. Keine Ahnung, ob ich den Mann schon einmal gesehen hatte. Wie sollte ich das bei der Maskerade erkennen?

»Tut mir Leid, ich kenne den Mann nicht«, sagte ich.

Rieger seufzte, gab den Trägern ein Zeichen, dass sie die Leiche abtransportieren konnten.

»Kann er mal in Ihrem Restaurant gegessen haben?«

»Möglich. Natürlich nicht in diesem Kostüm.«

»Aber Sie erinnern sich nicht an ihn?«

»Wie oft soll ich es noch wiederholen: Ich kenne den Mann nicht. – Ich stehe in der Küche, ich koche. Wenn er bei uns gegessen hat, erinnert sich möglicherweise Eva Hochstetten an ihn, die bei mir den Service macht. Aber als Kannibale kennt sie ihn bestimmt auch nicht.«

Ich nannte ihm Evas Telefonnummer.

»Sie sind noch nicht lange auf der Keupstraße. Bisher irgendwelchen Ärger gehabt?«, wollte Rieger wissen.

Meine finanziellen Schwierigkeiten konnte er nicht meinen. Die hatten nichts mit der Keupstraße zu tun. Ich zuckte mit den Schultern.

»Schutzgelderpresser? Ärger mit Nachbarn?«, fuhr er fort, während er wütend zu seinem erneut klingelnden Telefon griff. »Scheiße«, sagte er und hörte eine Weile zu. »Wo?«

Er klappte sein Handy ein und lief zu den Männern von der Spurensicherung, die jetzt ihre Taschen in den Wagen packten, und sagte: »Immer noch kein Feierabend, Jungs. Messerstecherei in der Südstadt.«

Das Murren war unüberhörbar. Er zuckte nur resigniert mit den Schultern und kam schnell zu mir zurück.

»Schmitz wird Sie wieder nach Hause fahren. – Ich melde mich bei Ihnen.«

Dann eilte er zu einem bereits mit Blaulicht auf ihn wartenden Wagen. Bevor er einstieg, griff er noch mal zum Telefon und bellte: »Wir sind unterwegs. In zehn Minuten sind wir da.«

Als ich eine Viertelstunde später völlig durchgefroren die Treppe zu unserer Wohnung hochstieg, merkte ich, dass ich immer noch mein Frühlingskostüm trug. Ich riss mir die Plastikblumen ab und beeilte mich, ins Badezimmer zu kommen.

Scheiß Karneval, dachte ich, während ich die Berliner und den Ekel, der mich seit dem Anblick der Leiche würgte, herauskotzte.

*

Der Duft von Melisse und Lindenblüte weckte mich. Als ich die Augen aufschlug, saß Adela mit einer Tasse Tee neben mir auf dem Bett.

»Trink das, Schätzelchen, meine Spezialmischung wird dir gut tun«, sagte sie und tätschelte meine Hand.

Adela tätschelte gern Hände. Eine Angewohnheit aus ihrer Hebammenzeit. Sie hatte die Hände vieler Schwangerer vor und während der Geburt getätschelt und war davon überzeugt, dass dies in allen Notsituationen gut tat.

»Ist sie wach?«, fragte Kuno.

Er stand im Türrahmen, und dahinter entdeckte ich den Kopf des Grafen.

»Jetzt reg dich bloß nicht auf, Schätzelchen.« Adela tätschelte weiter meine Hand. »Das hat bestimmt nichts mit dir zu tun, auch wenn es merkwürdig ist, dass du jetzt schon wieder …«

»Keupstraße«, spuckte der Graf aus Richtung Tür in den Raum. »Keupstraße.«

Sie hatten von dem Mord in den Morgennachrichten gehört. Und so wie ich nicht aufgewacht war, als sie von ihrer Weiberfastnachtstour nach Hause kamen, so hatte keiner der drei gehört, dass ich heute Nacht noch einmal weg war. Zehn Uhr morgens. Ich hatte tatsächlich fünf Stunden geschlafen.

»Birgit Schmitz war bei den Nippeser Kannibalen. Hab sie vor elf Jahren entbunden. Im achten Monat ist sie noch beim Nippeser

Veedelszoch mitgelaufen, unter so ein Baströckchen passt bequem ein dicker Bauch. Im Jahr darauf war der kleine Frederik schon als Kannibälchen im Kinderwägelchen mit von der Partie. Echten Kölschen wird Fastelovend mit der Muttermilch eingeflößt.«

Adela schaufelte sich eine dicke Portion Heringssalat auf ihren Frühstücksteller.

»Wie kommt der Kollege zu der These, dass der Tote in die Weiße Lilie gewollt hat?«, fragte Kuno und goss mir und sich einen neuen Kaffee ein. »Er hat doch auf der Straße gelegen, da scheint's mir ein bissle voreilig …«

»No net hudle«, kicherte Adela.

»Warum fragt er nicht: War der auf der Flucht? Ist er im Laufen zusammengebrochen? Oder haben ihn der oder die Täter genau vor der Weißen Lilie erwartet? Und wenn ja, warum?«

»Rieger war am Tatort, sagen Sie?« Der Graf butterte einen Toast und strich Orangenmarmelade darauf. »Rieger ist auch Mitglied der Soko Sprengstoff, die das Sprengstoffattentat vor dem türkischen Frisörsalon vom Juni 2004 untersucht. – Kann Zufall sein, dass er …«

»Eine Nagelbombe! Wer denkt sich so etwas Perverses aus!«, ereiferte sich Adela. »Glück im Unglück, dass dieser Fahrradfahrer sein Rad nicht vor dem Döner-Palast parken konnte. Dort waren viel mehr Menschen. Dort hätte es bestimmt Tote gegeben und nicht nur Schwerverletzte wie vor dem Frisörladen. Eine Schwester von Cigdem Yavuz, die ich vor zwölf Jahren entbunden habe, ist dabei verletzt worden. Zehn Nägel haben ihr den rechten Arm aufgerissen. Die Wunde am Arm ist verheilt, aber Nacht für Nacht hört sie die Detonation der Bombe.«

»Und bis heute haben die Kollegen keine heiße Spur, wenn man der Presse glauben darf«, seufzte Kuno.

»Soko Sprengstoff«, murmelte der Graf und schüttelte dabei den Kopf.

»Mich irritiert, dass sich die Kollegen damals bei der Suche nach den Tatverdächtigen so schnell auf einen pathologischen Einzelgänger eingeschossen haben«, dachte Kuno laut weiter. »Der Verdacht, der oder die Täter stammen aus dem rechtsradikalen Milieu, ist doch erst mal viel nahe liegender. Oder –«

»Kuno, du denkst doch nicht, dass der Mord vor Katharinas Haustür etwas damit zu hat«, unterbrach ihn Adela besorgt.

»Oder mit dem Attentat wurde eine alte türkisch-kurdische Rechnung geglichen«, fuhr Kuno fort, ohne auf den Einwand einzugehen.

»Die Keupstraße ist vielschichtiger, als ihr denkt«, meldete sich der Graf. »Hinter den Fassaden goldgeschmückter Patisserien und seriöser Reisebüros mag es viele anständige Geschäftsleute geben, aber dort brodeln auch uralte Rivalitäten und ungeahnte kriminelle Energien. Es mag in den neunziger Jahren gelungen sein, die offene Drogenszene aus der Keupstraße zu verdrängen, aber –«

»Katharina, das ist dein Handy«, kommentierte Adela das anhaltende Klingeln, das wir anderen bisher ignoriert hatten.

Es war Holger, der anrief.

»Hahahabs in Radio Köln gehört«, stotterte er leicht. »Willst du heute aufmachen?«

Auf einmal verstand ich Spielmann. Damals hatte ich ihn für bekloppt und pietätlos gehalten, als er nach dem Mord an Schwertfeger den Goldenen Ochsen sofort wieder geöffnet hatte. Plötzlich merkte ich, dass es existenziell war. Jetzt nicht zu öffnen hieß sich in ein eh nicht vorhandenes Schneckenhaus zurückzuziehen. Der Mord vor meiner Haustür war geschehen, nicht mehr rückgängig zu machen. Damit würde ich leben müssen. Je eher, desto besser.

»Klar«, sagte ich. »Sei pünktlich!«

Ich ließ die immer noch debattierenden Pensionisten in unserer Küche zurück und machte mich früher als üblich auf den Weg zur Arbeit. Mohnbuchteln mit Vanillesahne, Printenauflauf mit Apfel-Zimt-Soße oder Dampfnudeln mit Weinschaum. Ich beschloss, heute einen schweren Nachtisch auf die Speisekarte zusetzen, einen, der von innen wärmt, Schutzschichten gegen die Ungerechtigkeiten des Lebens aufbaut.

Am Spielplatz fand ich einen freien Parkplatz. Vor der Kreidezeichnung um das rostbraun eingetrocknete Blut standen zwei Bewohnerinnen des Altenheims, eine mit Gehhilfe, die andere mit Stock, und gaben einem jungen Mann mit Fellmütze und Mikrofon ein Interview.

»Ich bin von den Schüssen wach geworden«, schrie ihn eine der beiden, wahrscheinlich schwerhörig, an. »Ich wusste sofort, dass es Schüsse waren. Wissen Sie, damals am Ende des Krieges, die andere Rheinseite war schon befreit, da hatten sich hier in Mülheim so ein paar Überzeugte, solche, die noch an den End-sieg glaubten, verbarrikadiert. Als dann die Amis kamen, haben diese Heckenschützen sie aus den zerbombten Häusern heraus beschossen, und die Amis natürlich zurück. Dieses Pengpeng-peng der Gewehre vergess ich mein Lebtag nicht. Ich war damals elf. Sie können sich nicht vorstellen, was ich für eine Angst hatte!«

»Was haben Sie gesehen?«, fragte der Reporter, der trotz dicker Fellmütze vor Kälte schlotterte.

»Gar nichts hat sie gesehen«, antwortete die mit dem Stock. »Schauen Sie sich ihre Beine an! Die braucht mindestens zehn Mi-nuten zum Aufstehen.«

»Und Sie, haben Sie etwas gesehen?«

»Ich hab gesehen, wie er da lag. Und dann habe ich die 110 an-gerufen.«

»Haben Sie jemanden weglaufen sehen?«

»Er lag ganz alleine da. Niemand war auf der Straße. Es war ganz still.«

»Jetzt tu nicht so, als ob du aus dem Bett springen kannst wie ein jünger Hüpfer«, knurrte die mit der Gehhilfe. »Wissen Sie«, wandte sie sich an den Reporter, »wenn ich zehn Minuten brauche, dann braucht sie mindestens fünf.«

»Irgendwelche Geräusche gehört? Wegfahrende Autos? Ein Mo-torrad?«, fragte der Reporter weiter.

»Nichts«, sagte die mit dem Stock.

»Ein Auto«, die andere.

Der Reporter verdrehte die Augen.

Ich schloss jetzt meine Eingangstür auf. Das Schloss klemmte. Es brauchte zehn Versuche, bis der Schlüssel sich endlich drehte.

Der Reporter verabschiedete sich von den beiden Alten und kam auf mich zu.

»Sind Sie die Inhaberin? Wissen Sie etwas über den Mord vor Ihrer Haustür?«

Er drängte sich hinter mir ins Innere der Weißen Lilie.

»Die Polizei hat mich heute Nacht informiert. Aber ich weiß nichts darüber.«

Ich hängte meine Jacke an den Haken, drehte mich dann zu ihm, um ihn zu verabschieden.

»Kann ich vielleicht einen Kaffee haben?«, fragte er. »Seit zwei Stunden friere ich mir in der Kälte den Arsch ab.«

Ich warf die Espressomaschine an, prüfte, ob alle Zutaten für die Nachtische vorrätig waren. Vorneweg eine Selleriesuppe mit Thymian, auch wärmend, Crossini mit venezianischer Leber auf Rauke, als Hauptgang Hechtklößchen. Schließlich war Freitag, der Freitag nach Weiberfastnacht.

»Haben Sie den Toten gesehen?«, fragte der Reporter, als ich ihm den dampfenden Milchkaffee hinstellte.

»Ja. Schwarz geschminkt, schwarze Perücke, Bastrock. Aber das wissen Sie wahrscheinlich, steht bestimmt im Polizeibericht«, antwortete ich und ging zurück in die Küche.

»Es gibt bisher keinen Hinweis auf seine Identität«, rief er mir hinterher.

Scarlett hatte auch heute Morgen nicht sauber gemacht, auf dem Küchenboden Mehlspuren von den Spitzbuben, Krümel von der Quittentarte, Baguettereste und was sonst noch beim Kochen auf den Boden fiel.

»Ein schönes Restaurant haben Sie.« Er war mir in die Küche gefolgt. »Würde man hier auf der Keupstraße überhaupt nicht vermuten. Keupstraße bringt man doch immer nur mit türkischen Geschäften in Verbindung. Funktioniert das überhaupt?«

»Wieso nicht? Moissonnier sitzt auf der Krefelder Straße zwischen türkischen Imbissbuden und dem kurdischen Café Heval. Und ist eine der ersten Adressen in Köln, wenn es um gutes Essen geht.«

»Das Schloss klemmt!«

Holger brachte einen Schwall kalte Winterluft nach drinnen. Er nickte der Fellmütze höflich zu.

»Hast du was von Scarlett gehört?«, fragte ich und deutete auf den Küchenboden.

Holger schüttelte den Kopf und ging sich umziehen.

Der Reporter musste los. »Danke für den Kaffee«, sagte er.
»Kommen Sie mal zum Essen!«, rief ich ihm hinterher.

Im Laufe des Nachmittags wollten noch ein Express-Mann, eine
Radio-Köln-Frau und ein Team von WDR-aktuell wissen, was es
mit der Weißen Lilie und dem Mord vor ihrer Tür auf sich hatte.
Ich spendierte ihnen allen einen Milchkaffee, beantwortete zuvorkommend und freundlich ihre Fragen, ohne mich zu irgendwelchen Spekulationen verleiten zu lassen. Bloß keine schlechte Presse!
Vielleicht, so hoffte ich in einem Hinterstübchen, würden Nachrichten, in denen über mein für die Keupstraße ungewöhnliches
Lokal berichtet wurde, die Leute neugierig machen, mal zu mir
zum Essen zu kommen.

»Das Schloss klemmt. Das muss ganz schnell repariert werden.«
Als Eva zur Arbeit kam, hackte Holger die Schokolade für den
Printenauflauf, und ich hatte das WDR-Kamerateam nach draußen
komplimentiert. Wenn erst ein Schlüssel feststeckte oder gar ab-
brach, würde eine Reparatur wahrscheinlich teurer werden als
jetzt, da musste ich Eva zustimmen. Hatte nicht einer aus der Interessengemeinschaft Keupstraße, in der ich Mitglied war, einen
Schlüsseldienst? Ich suchte mir die Nummer heraus, und Herr
Özal versprach, in der nächsten Stunde persönlich vorbeizukommen.

Eva hatte ebenfalls aus dem Radio von dem Mord erfahren und
mich auf dem Weg zur Arbeit angerufen. Sie teilte meine Position,
die Weiße Lilie deswegen nicht zu schließen, auch wenn für den
heutigen Abend bisher nur vier Reservierungen vorlagen.

»Das halbe Seniorenheim hat sich am Tatort versammelt«, berichtete sie. »Kann mir vorstellen, dass sich die Alten damit noch
tagelang aufhalten, so wenig, wie die zu tun haben. – Sollen wir das
Blut nicht besser wegwischen?«

Ich zog eine der Gardinen im Resto zur Seite. Trotz der Kälte
standen die zwei alten Frauen immer noch oder schon wieder neben dem Blutfleck und waren jetzt von weiteren Bewohnern des
Altenheims umringt, denen sie bereitwillig Auskunft gaben. Der
graue Himmel über der Keupstraße verhieß neuen Schnee.

»Warte bis morgen«, sagte ich. »Vielleicht schneit es. Dann erledigt sich das Problem von selbst.«

»Apropos Problem!«

Natürlich hatte Eva schon beim Reinkommen bemerkt, dass Scarlett wieder nicht sauber gemacht hatte.

»Heute greife ich noch mal zum Staubsauger, aber du weißt, dass das keine Lösung ist.«

»Auf ihrem Handy meldet sich nur die Mailbox. Sie ruft nicht zurück«, berichtete Holger bekümmert.

Eva schnaubte, und ich wählte Sybilles Nummer. Der Anrufbeantworter teilte mir mit, dass weder Sybille noch Scarlett zu Hause seien.

Herr Özal klopfte ans Fenster, als ich die Farce für die Hechtklößchen rührte.

Letztes Jahr, kurz nach der Eröffnung der Weißen Lilie, war ich Mitglied in der Interessengemeinschaft Keupstraße geworden, einem Zusammenschluss von Geschäftsleuten und engagierten Bürgern der Gegend. Obwohl ich mit der Weißen Lilie außerhalb der Einkaufs- und Flaniermeile der Keupstraße lag, der Clevische Ring teilt die Straße, war es mir wichtig, gute nachbarschaftliche Kontakte zu pflegen, und dafür bot die Interessengemeinschaft ein Forum.

Cengiz Özal war klein, kahlköpfig und dickbäuchig, sprach fließend deutsch, kölsch und türkisch, kannte in Mülheim Gott und die Welt und rauchte wie ein Schlot.

Ich öffnete ihm die Eingangstür.

»Und?«, fragte er, die unvermeidliche Kippe im Mundwinkel, und deutete auf die Versammlung der Alten. »Schon die Schnauze voll von der Keupstraße, nach dem Mord heute Nacht?«

»Schön ist eine Leiche vor der Haustür nicht«, antwortete ich.

»Klar«, meinte er und stellte seine Werkzeugtasche ab. »Aber wissen Sie, was mich aufregt? Wenn so ein Mord in Klettenberg, Sülz oder Lindenthal passiert, wäre das auch schlimm, aber man würde den Mord und den Ort niemals so schnell zusammenbringen wie hier. Jetzt heißt es doch wieder: Mord auf der Keupstraße, kein Wunder.«

Er erbat sich meinen Schlüssel und testete das Schloss.

»Man kann nur hoffen, dass die Polizei diesmal schneller ist als bei dem Sprengstoffattentat.« Er führte verschiedene Drähte ins Schloss und schüttelte immer wieder den Kopf. »Wissen Sie, wer die Ermittlungen führt?«

»Heute Nacht war ein Rieger da.«

»Kenn ich«, sagte Özal und drückte seine Zigarette aus, nur um sich sofort eine neue anzuzünden. »So ein dynamischer, der nicht still stehen kann. Der ist auch in der Soko Sprengstoff.«

Jetzt probierte er seine Drähte von der anderen Seite aus.

»Und?«, fragte ich.

»Ich sag's wirklich nicht gern, Frau Schweitzer, aber an dem Schloss hat einer herumgefummelt.« Özal richtete sich auf und sah mich so besorgt an wie ein Arzt, der eine schlechte Diagnose mitteilt.

Damit hatte ich nicht gerechnet.

»Sie meinen, ein Einbruch? Aber es ist nichts weggekommen«, meinte ich.

»Vielleicht wurde der Täter überrascht?« Özal deutete mit den Augen nach draußen, in Richtung Tatort.

»Keine Ahnung«, murmelte ich und hing meinen eigenen Gedanken nach. Seit wann klemmte das Schloss? Das erste Mal hatte ich am Mittwoch damit Probleme gehabt, als ich mit meinen Einkäufen vom Riehler Markt kam. Am Abend davor hatte ich mit Adela in der Vielharmonie gesessen, mich mit Tayfun verplaudert und war dann zur Bahn gehetzt. Der Umschlag … Wo war eigentlich der Umschlag geblieben, den ich an dem Abend in der Weißen Lilie vom Boden aufgehoben hatte? – Egal. Darum konnte ich mich später kümmern. Mit dem Mord konnte das kaputte Schloss jedenfalls nichts zu tun haben, denn der war erst danach geschehen.

»Es hilft nichts, ich muss das Schloss austauschen.«

Özal griff zum Schraubenzieher und löste die Schrauben aus dem Türblatt.

»Nach dem Vorfall würde ich Ihnen dringend empfehlen, ein zusätzliches Sicherheitsschloss einzubauen«, fuhr er fort, legte die Klinken zur Seite und griff nach der Zange. »Sind allerdings nicht ganz billig, die Dinger.«

»Tauschen Sie heute nur das Schloss aus«, antwortete ich schnell. Zehn Minuten später war Özal fertig. Er reichte mir drei neue Schlüssel, ließ sie mich ausprobieren und nannte mir den Rechnungsbetrag.

»Überweisen Sie's mir«, sagte er, »oder bringen Sie mir das Geld vorbei. – Was Ihnen lieber ist.«

Mit einer neuen Kippe im Mund packte er seinen Werkzeugkoffer und tippte zum Abschied mit dem Rauchfinger an die Stirn.

Am Abend blieben die Gäste aus. Von den vier Anmeldungen erschienen zwei nicht, nur drei kamen so vorbei. Nach dem Mord an Schwertfeger vor zwei Jahren war bei Spielmann der Goldene Ochse bis auf den letzten Platz ausgebucht gewesen. Aber Spielmann war berühmt in Köln, im Gegensatz zu mir. – Fünf Leute an dem Riesentisch, gegen so viel Leere war selbst Eva mit all ihrem Charme machtlos. Bereits um halb elf verabschiedeten sich die Letzten. In der Küche zehn Portionen Hechtklößchen mit frischen Nudeln, ein dreiviertel Blech Mohnbuchteln, eine große Pfanne Dampfnudeln, acht Förmchen Printenauflauf. Nichts, was man aufbewahren konnte. – Solche Abende hatte es in letzter Zeit öfter gegeben. Ich konnte nicht sagen, was deprimierender war: der leere Tisch oder der leere Geldbeutel. Selbst wenn ich Kerners Geld nicht so schnell zurückzahlen würde, lange konnte ich mir solche Ausfälle nicht erlauben, sonst ging ich bankrott. Ich rief Karin von der Kölner Tafel an.

»Denk dran, morgen sind wir ausgebucht, die ›Irma-la-Douce-Party‹«, tröstete mich Eva, wie immer, wenn ich so danieder war.

»Ich geh ins Palladium. Manchmal kellnert Scarlett da. Vielleicht treffe ich sie«, sagte Holger.

Ich nickte den beiden zu und schickte sie in ihren Feierabend. Dann goss ich mir den restlichen Riesling ein, den ich nicht für die Fischsoße gebraucht hatte, und wartete auf Karin. Die dreifache Mutter, natürlich ebenfalls von Adela entbunden, arbeitete ehrenamtlich für die Kölner Tafel. In Zeiten von Massenarbeitslosigkeit und Harz IV, wo es immer mehr Menschen schlecht geht, sich viele nicht mal mehr eine ordentliche Mahlzeit leisten können, sammelt die Kölner Tafel verwertbare, übrig gebliebene Lebensmittel ein und deckt damit den Tisch für Bedürftige. Wenn ich wie heute etwas übrig hatte, rief ich Karin an. Sie kam auf dem Rückweg von der Arbeit vorbei und fuhr die Sachen dann zu einem Heim der Arbeiterwohlfahrt auf der Berliner Straße. Sie wollte in fünf Minuten hier sein. Die Zeit nutzte ich, um in meiner Handtasche nach dem Umschlag zu suchen. Nachdem ich dreimal alles ein- und ausgepackt hatte, gab es keinen Zweifel mehr: Der Umschlag war weg.

»Mhm, das duftet herrlich! Katharina, was hast du heute Gutes?«

Karin kaum freudestrahlend durch die Eingangstür. Gemeinsam verstauten wir meine Menüreste in Karins mitgebrachten Boxen.

»Das ist aber viel heute«, stellte die zierliche kleine Frau fest. »Hattet ihr so viele Absagen? Deswegen?« Sie deutete nach draußen. »Hab's im Radio gehört. Ist ja furchtbar, direkt vor der Haustür.«

Wahrscheinlich gab es in Köln keinen, der es noch nicht wusste.

»Schwierige Zeiten«, sagte ich und half ihr, die Sachen im Auto zu verstauen.

»Wem sagst du das!« Sie umarmte mich und klemmte sich hinters Steuer. »Zu Hause teste ich eine von deinen Dampfnudeln. So was habe ich schon lange nicht mehr gegessen.«

Ich verriegelte mit Özals neuem Schloss die Weiße Lilie, marschierte zu Kurt in die Vielharmonie und fragte nach dem Umschlag. Dort hatte ich ihn nicht liegen gelassen. Genau wie sein unbekannter Besitzer hatte ich ihn verloren. Ich sollte wohl nicht erfahren, was sich in seiner braunen Hülle verbarg.

*

Die Idee stammte von Holger. Während er an dem Prospekt für die Weiße Lilie gebastelt hatte, lag er mir damit in den Ohren.

»Ein römisches Gelage, ein mittelalterliches Essen bei Kerzenlicht, ein Essen im Stil von Sarah Bernard«, hatte er gesagt, »so was läuft, und die Weiße Lilie mit dem großen Tisch ist dafür ideal.«

Natürlich kannte ich solche Konzepte. Sie sprossen wie Krokusse aus dem Boden. Sogar Krimi-Dinners gab es schon. Schnickschnack, fand ich. Mein Rezept hieß gutes Essen und eine interessante Tafelrunde. Nur funktionierte es nicht so, wie ich gehofft hatte. Aber deshalb auf einen Zug aufspringen, der schon längst mit Volldampf durch die Gastronomieszene fuhr? Einzig die Worte »private Events« anstelle von »geschlossenen Veranstaltungen« gestand ich Holger für den Text zu. Man konnte die Weiße Lilie für private oder geschäftliche »Events« mieten.

Ein solches Event hatte Frau Krambach-Wolf für den heutigen Samstagabend gebucht. Der Lieblingsfilm ihres Mannes sei »Irma la Douce«, erzählte sie mir. Sie wolle ihm zum Geburtstag, der in diesem Jahr auf den Karnevalssamstag falle, einen »Irma-la-Douce-Abend« schenken, ob ich die Deko und das Essen dafür machen könne. Irma la Douce? Konnte sein, dass ich diesen Film irgendwann mal im Fernsehen gesehen hatte, aber auf Anhieb fiel mir nicht das Geringste dazu ein. Nachdem mir Frau Krambach-Wolf eine Videokopie des Films geliehen und ich ihn mir angesehen hatte, wusste ich zwar überhaupt nicht, was ich kochen, aber sehr genau, was ich kaufen wollte. Einen grünen BH! Shirley MacLaine, mit der ich zumindest die roten Haare teilte, sah so sexy aus in den zarten grünen Spitzendessous und den grünen Seidenstrümpfen. Grün stand mir auch. Und Grün war eine wahrhaft ungewöhnliche Farbe für Unterwäsche. Nach fünf Miederwaren- und Dessous-Geschäften gab ich auf. Ein grüner BH war nirgendwo in Köln zu finden.

Gegessen wurde in diesem Film gar nicht. Bei Moustache, dem philosophierenden Kneipenwirt, gab es bestenfalls einen ausgeleierten Cacahouette-Automaten an der Wand, aus dem man sich für zehn Centimes Erdnüsse ziehen konnte. Hauptsächlich wanderten Unmengen von Petits blancs und Pastis über den alten Aluminiumtresen. Irma trank, passend zu ihrer grünen Unterwäsche, Pfefferminztee, Jack Lemmon, als braver Polizist Nestor Partou, bei dem ein Whisky ausreichte, damit er vom Stuhl fiel, orderte Mineralwasser. Das gab nicht viel her für ein Menü. Im Wesentlichen lebten Irma und Nestor von Luft und Liebe. Was kochte man zu Luft und Liebe? Ein aphrodisisches Dinner? Selleriesüppchen, Austern en masse, grünen Spargel und Champagner-Sorbet? Nein, so was Luftiges, Leichtes passte nicht zu diesem Film. Die Geschichte spielte in Paris, in der Nähe der Alten Markthallen. Der Fischhändler fuhr durch die Straße, und Nestor schleppte schwere Ochsenhälften hin und her, nachdem er seinen Job als Polizist verloren hatte. Die Gegend roch nach kräftigen, bodenständigen Gerichten. Paris war nicht nur die Stadt der Liebe, sondern auch die Stadt der deftigen Bistroküche. Und viel mehr als eine deftige Bistroküche konnten sich die armen Schlucker, die Straßenmädchen, die Arbeiter in den Markthallen, die Zuhälter in Moustaches Café, nicht leisten. Also: eine Vichyssoise oder eine Pâté de campagne als Vorspeise, Maqueraux au four oder gegrillte Rotbarben als Fischgang, danach gefülltes Kaninchen oder Bœuf miroton und als Nachtisch eine Tarte au pommes und die übliche Mousse au chocolat. Nein, zumindest *ein* Nachtisch sollte eine kleine Verneigung vor dem Heimatland des englischen Lords sein, in dessen Rolle Jack Lemmon im Laufe des Films schlüpfte, ein After-Eight-Parfait. Ich beglückwünschte mich zu dieser Idee. Damit schlug ich den Bogen vom Lord zu Irmas Vorliebe für Pfefferminz.

Das Parfait brauchte Zeit zum Gefrieren, und deshalb fing ich am Samstagmittag damit an. Holger goss die Apfelgelatine über die Paté, und Eva spannte eine lange Schnur quer über die große Tafel, an der sie farbige Strümpfe aufhängte. Eva hatte welche in den unterschiedlichsten Grüntönen gefunden.

Wir staunten alle nicht schlecht, als Sybille plötzlich in der Weißen Lilie auftauchte. Die hellbraunen Haare trug sie wie immer zu einem festen Knoten zusammengebunden, aber die Augen sahen noch trauriger aus als sonst.

»War Scarlett da?«, fragte sie Eva.

»Die hat sich seit fünf Tagen nicht mehr blicken lassen.« Eva versuchte gar nicht, ihren Ärger darüber zu verbergen.

Sybille kam zu uns in die Küche. Unsicher blieb sie im Türrahmen stehen.

»Sie hat mir versprochen, heute zu arbeiten.«

Was sollte ich dazu sagen? Ich schwieg, und Sybille schüttelte ein paar Mal bekümmert den Kopf. Gleich würde sie wieder anfangen zu heulen. Ich warf einen Blick auf die Uhr. Das Parfait musste dringend in den Gefrierer.

»Wo hat sie überhaupt gesteckt, die ganzen Tage?«, fragte ich und rührte Pfefferminzlikör unter die aufgeschlagene Eiermasse.

»Das sagt sie mir nicht, seit fünf Tagen und fünf Nächten ist sie nicht nach Hause gekommen. Du weißt ja, was für Sorgen ich mir gemacht habe, als ich dich vor Weiberfastnacht angerufen habe.«

Sie schniefte etwas, heulte aber noch nicht. Ich hoffte, dass das so blieb. Mit heulenden Menschen konnte ich schlecht umgehen. Schnell hob ich mit dem Spachtel die aufgeschlagene Sahne unter die Eiermasse und zupfte dann die After-Eight-Blättchen aus den Papierhüllen.

»Am Abend vor Weiberfastnacht hat sie mich endlich angerufen. Es gehe ihr gut, ich solle mir keine Sorgen machen, sie sei bei einer Freundin in Nippes und wolle über die Karnevalstage bei ihr bleiben, hat sie gesagt.«

Sybille kam zögernd immer näher und blieb schließlich neben mir stehen. Ich zerhackte die After-Eight-Blättchen.

»Ich weiß, dass ich sie nicht festhalten kann, sie ist achtzehn, das reibt sie mir andauernd unter die Nase, aber dass sie nicht mal zur Arbeit kommt, obwohl sie es hoch und heilig versprochen hat. – Wenn sie es jetzt auch noch mit dir versaut, weiß ich nicht mehr, was ich machen soll. Man hört doch nicht auf, Mutter zu sein und sich für sein Kind verantwortlich zu fühlen, nur weil es achtzehn ist.«

Jetzt traten Tränen in ihre Augen. Ich rührte schnell die After-Eight-Stückchen unter die Eier-Sahne-Masse, füllte alles in eine Kastenform und schob diese in den Gefrierer.

»Willst du einen Kaffee?«, fragte ich.

Sie nickte stumm unter ihren Tränen.

»Bis Aschermittwoch haben wir jetzt geschlossen«, sagte ich, als ich ihr etwas später einen Kaffee auf die kleine Theke stellte, »wenn sie dann wieder da ist, kriegt sie noch eine Chance, ansonsten …«

Eva schnaubte hörbar beim Strümpfeaufhängen. Sybille zuckte zusammen.

»Macht sie das öfter? Einfach ein paar Tage verschwinden?«, fragte ich und ignorierte Evas Schnauben.

»Mal 'ne Nacht oder ein Wochenende. Das sagt sie mir dann aber vorher. Ein paar Mal ist sie abgehauen, weil wir Streit hatten, aber das war diesmal nicht der Fall. Im Gegenteil, in letzter Zeit haben wir uns ganz prima verstanden.«

»Kennst du die Freundin, bei der sie ist?«

»Nein.« Wieder füllten sich ihre Augen mit Tränen. »Sie bringt niemanden mit nach Hause. Ich glaube, sie schämt sich für mich.«

»Quatsch«, versuchte ich sie zu beruhigen. »Sie ist achtzehn, es ist Zeit, dass sie sich von Mutters Rockzipfel löst. Ein eigenes Leben kann man nur aufbauen, wenn man sich abgrenzt.«

»Zum Erwachsenwerden gehört auch, seine Arbeit zu tun«, sagte Eva und hüpfte vom Tisch.

»Sag ihr, wenn sie Mittwoch nicht arbeitet, muss ich mir eine andere Putzfrau suchen.«

Sybille nickte bestätigend und schluchzte weiter.

»Wenn ich nur nicht so ein furchtbares Gefühl bei der Sache hätte«, schniefte sie. »Von Anfang an habe ich es geahnt, und jetzt der Mann, der vor eurer Tür erschossen wurde! Ich glaube, Scarlett steckt knietief im Dreck. Die ist in irgendetwas ganz Schreckliches hineingeschlittert.«

Schnell raffte sie Handtasche und Handschuhe, die sie abgelegt hatte, zusammen und stürzte aus der Weißen Lilie. Eva und ich sahen ihr stumm nach, wie sie weiterhin schluchzend die Keupstraße entlanghetzte.

»Vor so einer überbesorgten Mutter würde ich auch davonlaufen«, meinte Eva nach einiger Zeit. »Scarlett soll was mit dem Mord zu tun haben? Das ist doch ein bisschen weit hergeholt, oder?«

Scarlett war zwei Tage vor dem Mord verschwunden. Am Dienstag hatte sie das letzte Mal geputzt und mit Eva serviert. Der Abend, an dem die Viva-Leute von ihrem Umzug nach Berlin erfahren und ich den Umschlag gefunden hatte. Gehörte Scarlett der Umschlag? Unwahrscheinlich. So einen großen Umschlag konnte man nicht in der Hosentasche während des Servierens tragen. Er musste einem der Gäste gehört haben.

»Eva?«, fragte ich. »Hat gestern oder vorgestern jemand angerufen, weil er etwas verloren hat?«

»Nee, niemand. Dabei sind letzter Zeit drei einzelne Handschuhe und ein wunderschöner Kaschmirschal liegen geblieben.
Warum fragst du?«

Eva rollte Servietten in Irmas Farben Schwarz und Grün zusammen und band eine Tüllschleife in der jeweils anderen Farbe
darum.

»Ach ...«

Keine Ahnung, weshalb ich Eva nichts von dem Umschlag erzählt habe. Vielleicht weil ich gleichzeitig auf die Uhr blickte und
merkte, dass die Kaninchen dringend gefüllt werden mussten. In
zwei Stunden kamen die Gäste, in der Küche erledigte sich nichts
von selbst. Holgers Paté de campagne stockte schon seit einiger
Zeit im Kühlschrank, sodass er das Siedefleisch für das Bœuf miroton vorbereiten konnte, ich füllte die Kaninchen mit Innereien
und Speck. Eva deckte die Tafel zu Ende und ging dann zum Wein-
holen in den Keller.

Bei ihrem Schrei ließen Holger und ich gleichzeitig die Messer
fallen und stürzten ihr nach. Eva stand zitternd auf einer alten Kiste.

»Wenn ich das Scheißvieh erwische, bring ich es um. Schaut
euch das an!« Sie deutete auf einen Karton, der unmittelbar neben
der Rattenkiste stand. »Die blöde Ratte hat ein Loch in einen Karton 94er Waldulmer Kirchberg gefressen!«

»Otto frisst gern Papier«, warf Holger vorsichtig ein.

»Dann stopf ihn mit alten Express-Seiten voll. Aber das Vieh soll
meine Weinkartons in Ruhe lassen, sonst bestreu ich sie mit Rattengift«, drohte Eva.

Als Einzige hatte ich die Zeit im Blick. Frau Krambach-Wolf
und ihr Geburtstagskind rückten immer näher.

»Hört auf, euch zu streiten. Sieh zu, dass du ein anderes Quartier für die Ratte findest, wenn Scarlett nicht auftaucht«, sagte ich
zu Holger. »Sonst kann Eva Rattengift streuen.«

Dann scheuchte ich die zwei zurück an die Arbeit.

Frau Kramberg-Wolf erschien als Kiki, die Kosakin, und ihr Gatte als Moustache. Den Bauch des Pariser Wirts besaß er in natura,

aber der dicke Schnurrbart stammte aus der Verkleidungskiste. Am Anfang konnte man nicht so recht erkennen, ob er sich über das Geschenk seiner Frau freute oder nicht. Zumindest machte er sich einen Spaß daraus, bei allen ankommenden Gästen zu erraten, welche Figur aus dem Film sie darstellten. Er lag fast immer daneben.

»Gaby, Schätzchen, du kannst nur die Lolita sein.«

»Ach woher, Wolfi«, meinte die pikiert. »Ich bin doch Suzette Wong. Was Besseres gab's für die Figur nicht beim Kostümverleih!«

»Kurt, altes Haus, du bist ein großartiger Casablanca-Charlie«, machte er weiter.

»Die karierten Hosen, Moustache. Die trägt doch Hippolyte, oder?«

Einzig die zwei Irmas erkannte er, was nun wirklich nicht schwer war. Beide trugen ein kleines schwarzes Kleid und hatten eine grüne Tüllschleife im Haar stecken. Eine hatte sogar einen durchsichtigen Regenmantel gefunden, die andere trug ein Stoffhündchen mit grüner Schleife im Arm. Grüne Strümpfe aber hatten die beiden Irma-Imitate im Gegensatz zu Eva nicht auftreiben können.

Die Teller kamen leer in die Küche zurück. Das Essen schmeckte. Eva erzählte, dass Frau Krambach-Wolf die Backofenmakrelen ordinär fand, aber ihr Mann hatte auch ihre Portion mit großem Genuss weggeputzt. Während wir die Nachtische herrichteten, klingelte unentwegt das Telefon. Nachdem ich Eva das letzte Parfait in die Hand gedrückt hatte, ging ich endlich ran.

»Ich weiß nicht, wie du den Schorschi becirct hast, damit er dir das Geld leiht«, drang die kalte Stimme von Margit Kerner an mein Ohr. »Ich hätte dir keinen Pfennig geliehen. Ein Restaurant mit nur einem Tisch in einer Türkenstraße, da kann man sich doch direkt ein Grab schaufeln. – Der Schorschi hat es dir schon gesagt, ich brauch das Geld jetzt für das Bistro in Sachsenhausen. Und zwar subito. Schau zu, wie du's auftreibst, nächste Woche will ich die Hälfte haben und zwei Wochen später die andere.«

Was für ein Waschlappen! Winselte vor seiner Frau, schob jetzt alles auf mich. Dieser enttäuschte Midlife-Crisis-Fuzzi rächte sich an mir, weil ich nicht mehr mit ihm um die Häuser zog, mir nicht mehr sein Gejammer von besseren Zeiten anhörte, er die Hoffnung, dass ich ihn im Bett über das eine oder andere Zipperlein hinwegtrösten könnte, begraben hatte. Was für ein erbärmlicher Scheißkerl! Liebend gerne würde ich seinen Arsch in einer heißen Fritteuse braten.

»Margit, ich habe es deinem Mann schon gesagt. Ich kann das Geld jetzt nicht zurückzahlen.«

»Wirst doch einen kennen, der dir was leihen kann. So wie du den Schorschi um den Finger gewickelt hast, wird es dir bestimmt auch bei 'nem anderen Blöden gelingen. In zwei Wochen fünfzehntausend.«

»Mit Kerner habe ich etwas ganz anderes ausgemacht. Frühestens in zwei Jahren sollte die Rückzahlung beginnen.«

»Jetzt hör mal genau zu!«

Die Stimme knirschte wie beim Zerstoßen von Eiswürfeln. Ich sah Margit deutlich vor mir. Das adrette Kostümchen, der kleine Seidenschal um den Hals, die blonde Betonfrisur, die goldberingten, fein manikürten Finger, die auf den Tisch trommelten: eine Frau, die nichts dem Zufall überließ.

»Es ist mein Geld, das er dir geliehen hat, und mir ist noch keiner Geld schuldig geblieben. Die Inkasso-Firma, die ich gelegentlich bemühe, arbeitet mit hundertprozentiger Gewinnquote. Also lass deinen Arsch wackeln oder dein kleines Hirn arbeiten und besorg das Geld. Sonst wird es sehr, sehr unangenehm für dich.«

Damit legte sie auf. Noch eine Weile klebte ich mit dem Tuten im Ohr auf der Stelle fest. Dann legte ich benommen den Hörer auf, schwankte zwischen Wut und Verzweiflung. Margit Kerner machte keine Witze, und wenn sie drohte, meinte sie es ernst. Inkasso-Firmen, davon hatte ich schon gehört. Die räumen dir die Bude leer, schlagen dich so lange zusammen, bis du den letzten Cent herausrückst, den du besitzt. Ich hatte nur nichts. Alles, was ich besaß, steckte in der Weißen Lilie.

Während Kuno und Adela bei den Schull- und Veedelszöch nach Kamelle und Strüssjer schrien, verkroch ich mich im Bett.

Adela hätte mir selbstverständlich Geld geliehen. Aber mit ihrem Ersparten hatte sie die Deutzer Wohnung gekauft. Den Kredit, den sie dafür zusätzlich brauchte, zahlte sie mit Kunos und meiner Miete ab. Ob Kuno Geld hatte, wusste ich nicht. Unser Verhältnis war nicht so vertraut, als dass ich ihn fragen wollte. Mein Bruder hatte mich, kurz bevor ich die Weiße Lilie mietete, um Geld angehauen, das er für den Umbau der Fremdenzimmer in seinem Gasthof benötigte, den brauchte ich gar nicht zu fragen. Meine Freundin Teresa? Beim letzten Telefonat hatte sie mir erzählt, dass in der Nähe ihres Blumenladens ein neuer aufgemacht hatte und sie seither schwer kämpfen musste. Selbst wenn sie etwas auf die hohe Kante gelegt hatte, wollte ich sie nicht um ihren Notgroschen bringen. Wie auch immer ich alles drehte und wendete, es blieben nur meine Eltern, die ich fragen konnte.

Am Rosenmontag war der Wettergott den Jecken gnädig und schickte bei trockenen Temperaturen um den Gefrierpunkt eine leicht wärmende Wintersonne nach Köln. Während das Dreigestirn auf dem Festwagen Strüssjer und Pralinen unters Volk warf und sich die Narren am Straßenrand kalte Füße holten, trat ich den Gang nach Canossa an und wählte endlich die Telefonnummer der Linde.

Meine Eltern betrieben in der vierten Generation einen kleinen Landgasthof im Badischen, am Fuße des Schwarzwaldes. Sie wünschten sich, dass mein Bruder oder ich diesen Familienbetrieb weiterführten. Nachdem Bernhard vor zwei Jahren in den Rebstock in Waldulm eingeheiratet hatte, blieb nur noch ich für die Linde, etwas, was ich nie gewollt hatte. Was ich auch sagte, egal, wie laut ich nein schrie, für meine Mutter gab es nie einen Zweifel, dass ich die Linde trotzdem übernehmen würde. Mein Vater wünschte sich das zwar auch, aber im Gegensatz zu meiner Mutter verstand er, dass ich meinen eigenen Weg gehen musste und die Linde möglicherweise nicht hineinpasste.

Die Weiße Lilie war für beide ein Schock gewesen. Meine Mutter redete seither nur noch das Allernötigste mit mir. Was aber leichter zu ertragen war als die zurückhaltende Traurigkeit meines Vaters. Es fiel mir entsetzlich schwer, sie um Geld zu bitten. Aber ich wollte die Weiße Lilie nicht wegen dreißigtausend Euro, nicht wegen Kerner schließen müssen.

»Hallo, Mama!« Ich versuchte, gut gelaunt und locker zu klingen.

»Ha!«

Ich sah die große, schwere Gestalt von Martha neben dem grauen Telefon hinter dem Tresen stehen, den Blick auf die Tische in der Gaststube gerichtet. Während sie telefonierte, registrierte sie, wer als Nächstes ein frisches Bier oder eine Weinschorle brauchte.

»Ist der Papa da?«

»Der ist gestern mit dem Schindler Karle für zehn Tage zum Jagen ins Elsass gefahren.«

Mir blieb nichts erspart. Natürlich wollte ich mit meinem Vater und nicht mit ihr über das Geld reden. Aber zehn Tage konnte ich nicht warten.

»Wie geht's euch so?«, zögerte ich mein Anliegen hinaus.

»Als ob dich das interessiert!«, schnaubte Martha. »Erst brichst du uns das Herz, und dann fragst du, wie's geht!«

Martha war eine Meisterin im Vorwürfemachen! Wenn man sich ihrem Willen widersetzte, bekam man das gnadenlos zu spüren. Ich konnte ein Lied davon singen, ich war ihre Tochter.

»Du willst doch irgendwas.«

Misstrauen war ein Grundgefühl bei ihr.

»Los, spuck's aus!«

»Ich brauche Geld.«

Natürlich war es unklug, mit der Tür ins Haus zu fallen. Aber ich konnte nicht anders.

»Bist du schon bankrott mit deinem Laden?«

Der Triumph in ihrer Stimme war nicht zu überhören.

»Nein. Die Weiße Lilie läuft ausgezeichnet«, log ich. »Ein alter Bekannter hat mir Geld geliehen und braucht es wider Erwarten schnell zurück.«

Ich hörte, wie Martha am anderen Ende der Leitung nach Luft schnappte und mit dem Telefon in die Küche marschierte.

»Geh mal kurz an den Tresen«, befahl sie Erna, die schon seit meiner Kindheit in der Linde bediente. »Und du hör mir mal gut zu, Kind«, wandte sie sich mir wieder zu. »Du stößt uns hier vor den Kopf, machst in Köln diese komische Wirtschaft auf. Du hörst nicht auf uns. Wir haben dir von Anfang an gesagt, dass das nicht laufen wird! In *der* Gegend. Dein Vater und ich sind lange genug in der Gastronomie, um so was beurteilen zu können. Du lässt uns hier mit der Linde allein. Was denkst du wohl, wie oft wir abends auf der Ofenbank sitzen und überlegen, was werden wird, wenn einer von uns nicht mehr kann! Aber das interessiert unsere Tochter nicht. Die fühlt sich zu Höherem berufen! Die will keinen soliden, kleinen Landgasthof führen. – Wie viel Geld brauchst du denn?«

»Dreißigtausend Euro.«

»Dreißigtausend?« Marthas Stimme überschlug sich. »Du gibst dich nicht mit Kleinigkeiten ab, alle Achtung. Bist du des Wahnsinns, dir von einem ›Bekannten‹ so viel Geld zu leihen? Geldgeschäfte sind so heikel. Hast du jemals erlebt, dass dein Vater und ich uns Geld von einem ›Bekannten‹ geliehen haben? Weißt du was?«, unterbrach sie sich plötzlich selbst, und ihre Stimme pendelte ins Triumphierende. »Ich gebe dir das Geld. Unter einer Bedingung.«

Ich wusste genau, was jetzt kam.

»Du verpachtest dein ›gut gehendes Restaurant‹ und übernimmst die Linde. Kannst ja alle paar Monate mal in Köln nach dem Rechten sehen, wenn du Großstadtluft schnuppern musst.«

Sie gab nie auf! Ich hätte es wissen müssen! Warum war mein Vater nicht da? Bei ihm hätte ich vielleicht eine Chance gehabt.

»Ich bin nicht käuflich, Mama.«

»So? Ja, dann sieh zu, wie du deine Schulden bezahlst. Bah! Sich dreißigtausend Euro leihen, aber nicht käuflich sein.«

Ich legte auf. Niemals würde ich die Linde übernehmen. Niemals würde ich in die Fangarme meiner Mutter zurückkehren. Niemals!

*

Karnevalsdienstag rief Rieger an. Er habe ein paar Fotos, die ich mir ansehen solle. Ob ich Aschermittwoch im Präsidium vorbeischauen könne? Wir verständigten uns auf einen Termin am späten Vormittag.

Konfettireste auf dem Bürgersteig der Deutzer Freiheit, nicht auf-
gesammelte Kamelle im Rinnstein der Deutz-Kalker-Straße, eine
rote Pappnase an einer Hecke am Fuße der Kölnarena, leere Feig-
ling-Fläschchen am Eingang zum Deutz-Kalker-Bad. Überbleibsel der Karnevalstage säumten meinen Weg, als ich am nächsten
Tag die Strecke von der Kasemattenstraße nach Kalk zu Fuß ging.

Noch vor einem Jahr hatte das neue Polizeipräsidium einsam
und verloren auf der riesigen Industriebrache der ehemaligen Chemischen Fabrik Kalk gestanden, und jetzt erhob sich dahinter ein
gigantisches Einkaufszentrum. Nicht nur Kalk bekam ein anderes
Gesicht, das ganze rechtsrheinische Köln veränderte sich in einem
aberwitzigen Tempo! In Deutz schossen die neuen Messehallen in
die Höhe, fast schon konnte man von der Auffahrt zur Zoobrücke
auf sie hinunterspucken, und der LVR-Turm, dessentwegen Köln
Ärger mit der Unesco hatte, wuchs und wuchs.

Ich meldete mich beim Empfang im Foyer des kühlen Neu-
baus. Wären nicht die Schilder vor dem Gebäude und würden
nicht hie und da uniformierte Polizisten durch den großen Eingangsbereich eilen oder bei einer Tasse Kaffee in der rechts angren-
zenden Cafeteria ihre aktuellen Fälle besprechen, würde man hier
niemals ein Polizeipräsidium, sondern eher eine Versicherung vermuten.

Riegers Büro lag im vierten Stock. Auf einem Stuhl vor seiner
Tür wartete Eva. Sie trug ihren rost-karamell karierten Winterman-
tel und hatte die blonden Locken mit einer Spange hochgesteckt.

»Hab mir gedacht, dass ich dich hier treffe«, begrüßte sie mich.
»Rieger telefoniert noch. Er sagt uns gleich Bescheid.«

Ich stellte mich neben Eva und sah aus dem Fenster. Der neue
Zubringer zur Zoobrücke war kaum befahren, und hinter einem
kurzen Stück Brachland und der Bahnlinie erhob sich das impo-
sante stahlumspannte Dach der Kölnarena.

»Bist du gestern noch bei der Nubbelverbrennung gewesen? Du
siehst furchtbar aus.« Eva betrachtete mich aufmerksam.

Meine Geldprobleme hatten mich die letzten Nächte nicht gut
schlafen lassen. Ich fand keine Lösung. Auf der einen Seite drohte
Margit Kerner, auf der anderen meine Mutter. Alles nur, weil ich
Kerner, diesem Waschlappen, vertraut hatte.

Sollte ich Eva von meiner Geldnot erzählen? Eva war mir gegenüber absolut loyal. Sie meckerte nicht, wenn ich die Gehälter nicht pünktlich zahlen konnte, baute fest darauf, dass wir drei es schaffen würden, die Weiße Lilie zu einem florierenden Restaurant zu machen. Aber wenn ich ihr erzählte, wie hoch ich bei den Kerners in der Kreide stand, würde sie sich dann nicht schnell nach einer neuen Stelle umsehen? Wäre doch nahe liegend.

»Ach, Frau Schweitzer ist auch da, dann können wir anfangen!« Rieger trat aus seinem Büro und bat uns herein. Trotz der winterlichen Temperaturen trug er nur ein kurzärmliges T-Shirt, was seinen sportlichen, schlanken Körper bestens zur Geltung brachte. Weite Jeans mit Seitentaschen verrieten Modebewusstsein und die Aufschrift auf seinem T-Shirt »Bullen sind Schweine« Humor. Dennoch, sein Gesicht sah hart und müde aus.

Leicht wie eine Feder erhob sich Eva und schwebte vor mir durch die Tür. Rieger folgte ihr mit seinem Blick. Wie fast alle Männer war auch er von ihrer Schönheit gefangen.

»Also«, fand er nach ein paar Sekunden zu einem geschäftsmäßigen Ton zurück. »Wir wissen immer noch nichts über die Identität des Toten, sieht man davon ab, dass er polizeilich bisher nicht aufgefallen ist, weil seine Fingerabdrücke nicht in unserer Datei sind, aber zumindest …«, er löste die Gummis einer Mappe, zog ein Bündel Fotos heraus und breitete sie vor uns aus, »… wissen wir, wie er ausgesehen hat.«

Abgeschminkt und ohne Perücke sah der Tote völlig anders aus! Ich blickte in das ebenmäßige Gesicht eines jungen Mannes mit dunkelblonden, glatten Haaren. Obwohl es das Bild eines Toten war, brauchte es nicht viel Phantasie, um sich auszumalen, dass der Mann lebend ausgesprochen attraktiv gewesen sein musste. Irgendwie kam mir der Mann bekannt vor. Je länger ich das Foto betrachtete, desto deutlicher wurde sein Bild. Der Tote hatte schon mal in der Weißen Lilie gegessen. Eva würde mit Sicherheit mehr wissen.

Die Tür ging auf, und ein rothaariger Koloss knallte Rieger ein paar Schnellhefter auf den Schreibtisch. Gleichzeitig klingelte sein Handy. Rieger, der sich bisher nicht gesetzt hatte, drängte, die eine Hand am Ohr, die andere in der Hosentasche, in Richtung Fenster.

»Nein, habe ich nicht«, antwortete er leise, aber sichtlich verärgert, »ihr könnt mich mal gerne haben mit eurem dämlichen Papierkram. Ich bin mitten in einer Zeugenbefragung.«

Eva neben mir hatte die Spange aus ihrem Haar entfernt und sich hinter ihrem dichten Lockenschleier in die Fotos vertieft.

»Frau Schweitzer, Frau Hochstetten.« Laut und energisch kam Rieger zum Schreibtisch zurück. »Kommt Ihnen der Mann auf den Fotos bekannt vor?«

Eva starrte weiter das Bild an, strich sich eine Locke hinters Ohr und sagte nichts. Rieger schob zwei Fitnessriegel zur Seite, trank einen Schluck Wasser aus einer großen Plastikflasche und sah dann mich an.

»Ich glaube, er hat mal bei uns gegessen, letzte Woche oder so. Eva, du weißt das bestimmt genauer.«

»Nein«, antwortete sie ruhig und gab Rieger das Foto zurück. »Dieses Gesicht ist mir völlig unbekannt.«

Täuschte ich mich? Nein, dieser Mann hatte bei uns gegessen. Jetzt fiel mir sogar ein, wo er gesessen hatte! An der Längsseite des Tisches. Während des Mise en place am Pass hatte ich einige Male direkt in sein Gesicht gesehen, hatte registriert, wie er mit seiner Nachbarin plauderte, mir kurz mit seinem Glas zuprostete, gewinnend lächelte. Warum erinnerte sich Eva nicht an ihn?

Riegers Handy klingelte erneut. Wütend riss er es aus der Hosentasche.

»Zehn Minuten, ich brauche noch zehn Minuten«, zischte er in den Hörer. »Ich kann nicht auf drei Hochzeiten tanzen!«

»Ich glaube, es war an dem Abend, als die Viva-Leute erfahren haben, dass der Standort nach Berlin verlegt wird«, versuchte ich Evas Gedächtnis auf die Sprünge zu helfen.

»Ein heißer Abend«, erinnerte sich Eva. »Die meisten waren ziemlich durch den Wind, jeder bangte um seinen Job. Eine Frau hatte einen hysterischen Anfall. Kann sein, ich habe ihn einfach nicht wahrgenommen.«

»Er saß auf der Längsseite, genau vor der Anrichte!«, insistierte ich. Es blieb mir unbegreiflich, dass Eva sich nicht erinnerte!

»Wissen Sie etwas über den Toten?«, mischte sich Rieger ein. »Gehörte er zu den Viva-Leuten?«

Eva zuckte mit den Schultern. Ich hatte keine Ahnung, solche Details bekam ich in der Küche nicht mit.

»Kann er mit Kreditkarte bezahlt haben?«

»Wir akzeptieren nur Bargeld«, antworteten Eva und ich unisono.

Rieger war kurz vor dem Explodieren, als sein Telefon sich schon wieder meldete.

»Okay, okay – in fünf Minuten«, vertröstete er den Anrufer und wandte sich wieder an uns. »Aber ein Reservierungsbuch haben Sie?«

Wir nickten.

»Schlagen Sie bitte unter besagtem Datum die Reservierungen nach«, befal er mehr, als dass er bat, und reichte mir seine Visitenkarte. »Vielleicht bringt uns das weiter.«

»Wir haben auch Laufkundschaft«, warf Eva ein. »Er muss nicht auf der Reservierungsliste stehen.«

Bevor Rieger etwas dazu sagen konnte, klingelte sein Handy wieder.

»Nein, ich weiß noch nicht, ob er Mitglied in einer Karnevalsgruppe war!«, brüllte er ins Telefon. »Die ganzen Kannibalen und Negerköpp kann ich mir erst jetzt vornehmen. Was glaubst du wohl, was ich hier mache? Däumchen drehen?« Wütend drückte er die Off-Taste.

Wie konnte er nur mit diesen dauernden Unterbrechungen arbeiten?

»Sorry. Wir sind permanent unterbesetzt, kriegen aber immer mehr Arbeit«, erklärte er dann. »Da muss man manchmal Luft ablassen. – Eine Sache wollte ich Ihnen noch zeigen.«

Er durchsuchte schnell einen Stapel Schnellhefter und reichte jeder von uns ein weißes DIN A4-Blatt.

»Man kann es klingeln lassen«, sagte Eva.

Rieger hielt kurz in der Bewegung inne und lächelte schräg.

»Ich habe es für Sie kopiert. Diesen Text haben wir beim Toten gefunden.«

Ich las: »Und welcher Abschied bevorsteht. EIN ANFANG, EIN ENDE.«

Während Eva über den zwei Sätzen brütete, sah ich Rieger ratlos an.

»Es war nur ein abgerissener Papierschnipsel in seiner Hosentasche«, erläuterte er. »Ein verklausulierter Hinweis auf die Hinrichtung? Abschied. Anfang. Ende … Möglicherweise ein Auszug aus einem längeren Text?«

Jetzt sah Eva auf und schüttelte den Kopf.

»Hätte ja sein können, der Text sagt Ihnen was … Nehmen Sie's mit nach Hause. Ich bin für jede Idee dazu dankbar.« Er zuckte resigniert mit den Schultern. Sein Telefon terrorisierte ihn erneut. »Danke, dass Sie gekommen sind.«

Zum ersten Mal ignorierte er das Klingeln. Zuvorkommend hielt er uns die Tür auf.

»Können Sie mir heute Nachmittag Namen und Telefonnummern auf der Reservierungsliste durchgeben?«

Er versuchte es mit einem Lächeln. Für einen kurzen Augenblick verwandelte sich sein strenges Männergesicht ins Jungenhafte. Nur die müden Augen blieben.

Stumm fuhren wir mit dem Aufzug nach unten.

»Gehst du noch mal nach Hause, oder fährst du direkt zur Arbeit?«, fragte Eva, als wir auf dem weiten Vorplatz des Präsidiums standen und die Mantelkrägen hochschlugen.

Heute schien die Sonne nicht, und es war empfindlich kalt.

»Direkt nach Mülheim. Ich wollte noch bei Özal vorbeigehen und die Rechnung für das Schloss bezahlen.«

»Dann sehen wir uns später«, verabschiedete sie sich lächelnd und ging mit ihrem leichten, federnden Gang in Richtung Parkplatz.

Kein Wort über das Gespräch bei Rieger. Kein Wort darüber, warum sie nichts gesagt hatte. Nachdenklich blickte ich ihr nach. Eva verfügte über ein ausgezeichnetes Personengedächtnis. Wenn ein Gast nur einmal in der Weißen Lilie gewesen war, erkannte sie ihn wieder, wusste, welchen Aperitif er trank, ob er Fisch oder Fleisch liebte, ob er zu den Schokoladensüchtigen gehörte. – Aus welchem Grund konnte oder mochte sich meine schöne Service-Chefin nicht an den Toten erinnern?

Auf dem Weg zur U-Bahn kreuzte ich den prächtigen Eingang der Köln Arcaden, durch den Kauf- und Guckwütige schlenderten.

Vor der Kalker Post schnorrte mich ein Junkie halbherzig um ein paar Cent an, und im Billigladen auf der Ecke kaufte eine verhärmte Polin fünf Paar Handschuhe zu je einem Euro. Da mochten die Planer der Stadt die prunkvollsten Kaufhäuser hierher setzen, das Elend und die Armut des Viertels änderten sie damit nicht. Ich beeilte mich, nach unten in den U-Bahnschacht zu gelangen.

In der Bahn quetschten sich Scharen von Schülern mit ihren Eastpak-Rucksäcken. Ich fand ein Plätzchen neben zwei Pferdeschwanz-Mädchen mit Kopfhörern in den Ohren, die lautstark »Lass die Finger von Emanuela, lass die Finger von Emanuela«, sangen. Keine Ahnung, wer Emanuela war, ich musste aufpassen, dass ich nicht in die Fänge der schubsenden Jungen auf meiner anderen Seite geriet. Am Deutzer Bahnhof spie mich die Bahn zusammen mit einem Großteil der Schüler aus, die sich stoßend, schreiend, rennend auf andere Bahnlinien verteilten. Nur wenige von ihnen drängten sich vor mir in die Vier Richtung Mülheim. Dicke Türkinnen mit Kopftüchern und wehenden Mänteln, bepackt mit einer Unmenge voller Plastiktüten, bestimmten hier das Bild. Wir näherten uns der Keupstraße, Kölns Klein-Istanbul.

Nach der überhitzten Bahn stach kalte Winterluft die Haut. Ich wickelte mir den Schal um den Kopf, stopfte die Hände in die Manteltaschen und beeilte mich. Der schwere Laster einer Filmbeleuchtungsfirma hupte durchdringend, weil ein in der zweiten Reihe geparkter Kleintransporter die Keupstraße versperrte. Wild gestikulierend eilte ein schnauzbärtiges Männlein herbei und fuhr ihn weg. Krachend bog der Laster dann in die Schanzenstraße ab.

Die prächtige goldverzierte, mit türkisfarbenen Mosaiken gekachelte Fassade des Döner-Palast hob sich von den ansonsten ärmlichen, grauen Häusern der türkischen Einkaufsstraße ab. Ein dicker Dönerspieß drehte sich im Fenster, wartete aber vergeblich auf viele Kunden. Denn das leckerste Dönerfleisch gab es in einem unscheinbaren Laden zwei Häuser weiter. Die Schlange der Wartenden reichte bis auf die Straße. In trauter Eintracht geduldeten sich alte Männer mit Fes neben schicken jungen Türkinnen und extravagant gekleideten Angestellten aus der Schanzenstraße, bis sie ihren Döner mit Zwiebeln, Kraut, Möhren, scharfen Chilis oder Joghurtsoße gefüllt bekamen. – Özals Schlüsseldienst lag direkt daneben.

Meine Augen brauchten Zeit, um sich an den Raum zu gewöhnen. Zwei Schritte von der Straße hatten genügt, um mich in eine fremde Welt zu führen. Natürlich konnte man hier Schlüssel kaufen. Hinter der Theke in der Mitte des Raumes hingen Rohlinge für BKS- und Bartschlösser, für Briefkästen und Kellertüren. Die Schleifmaschine surrte, quälte die Ohren mit diesem unerträglichen Geräusch von Zahnarztbohrern. Der Geruch von Metallstaub hing in der Luft, aber andere Düfte drängten sich dazwischen: scharfe Minze, Rosenwasser, schwerer Zuckersirup, Zigarettenrauch. Rechts der Eingangstür stand vor einem dichten, schweren Perlenvorhang, der Sichtschutz zur Straße bot, ein verziertes, großes kupfergetriebenes Tablett, das auf zierlichen Metallfüßen ruhte. Drumherum mit bunten Kissen bestückte Bänke, an den Wänden verblassten Farbfotos vom Marmarameer und Kemal Atatürk. Neben den Bänken ein Regal, in dem ein schlichter türkischer Samowar auf einer Heizplatte stand, darunter eine Batterie kleiner Teegläschen und ein Tablett mit Baklava und Basbousa. Einen Teil seines Schlüsseldienstes nutzte Özal offensichtlich als Teestube.

»Merhaba«, murmelten zwei ältere Männer, die auf der Bank ihren Tee schlürften, als ich eintrat und nach Özal fragte. Der tauchte hinter einem weiteren Perlvorhang im hinteren Teil des Ladens auf.

»Die andere Seite der Keupstraße beehrt mich«, grüßte er mich und verneigte sich leicht. »Funktioniert mein Schloss nicht?«

»Doch, doch. Ich wollte meine Schulden bezahlen.«

»Wir sind Nachbarn. Das hat keine Eile.« Der kleine Mann breitete seine Arme zu einer großzügigen Geste aus. »Mir kenne uns, mir helfe uns, wie die Kölner sagen. – Kommen Sie mit in mein Büro!«

Er führte mich hinter die Theke, an den Rohlingen und der Schleifmaschine vorbei, durch den Perlenvorhang in einen winzigen Raum, den ein alter Eichenschreibtisch fast vollständig ausfüllte. Neben Bergen von Papier und einem vollen Aschenbecher thronte darauf ein ziemlich neuer Rechner mit Flachbildschirm.

Hier also erledigte er die Korrespondenz für Landsleute, die nicht gut genug deutsch sprachen, um die Genehmigung für einen Kiosk oder die Besuchserlaubnis für Verwandte aus der Türkei zu beantragen. Davon hatte er mir bei einem Keupstraßen-Treffen erzählt. Durch das kleine Fenster dahinter blickte man auf einen düsteren Kölner Hinterhof. Als mein Blick auf einen Hocker neben dem Schreibtisch fiel, grinste Özal.

»Süßigkeiten sind mein Laster. Man sieht es!« Bekümmert fuhr er sich über seinen Bauch. »Probieren Sie!«

Er hielt mir den Teller hin, der auf dem Hocker gestanden hatte. Ich probierte eine in Rosensirup gebackene, mit Nüssen gefüllte Feige, etwas frittiertes Kardamomgebäck, ein kleines Pistazientörtchen, das mit Orangenwasser aromatisiert war. Meinen Gaumen überflutete in kürzester Zeit die intensive Würze und klebrige Süße des Orients.

»Wenn Sie das nächste Mal bei mir sind, müssen Sie meine Mohnbuchteln oder meine Mousse au chocolat probieren«, schlug ich vor und signalisierte Özal, dass ich nicht mehr Süßigkeiten essen konnte.

»Gern«, antwortete er höflich, holte einen Quittungsblock aus der Schreibtischschublade und bediente gleichzeitig das klingelnde Telefon. »Moment mal.« Er legte die Hand auf die Sprechmuschel und fragte: »Das ist Demil am Telefon. Kann das nächste Treffen der IG-Keupstraße bei Ihnen stattfinden?«

»Sollte das nicht in der Patisserie Öztürk sein?«, fragte ich zurück und blätterte Özal das Geld für das Schloss auf den Schreibtisch.

»Demil braucht einen neuen Ort. Bei Öztürk gibt es einen Todesfall in der Familie«, erklärte er und steckte die Scheine, ohne sie nachzuzählen, in die Hosentasche.

Die Treffen fanden reihum statt, und bei mir war die Gruppe noch nie gewesen. Warum also nicht?

»Von mir aus«, stimmte ich zu und schob mich durch den Perlenvorhang zurück zu Schleifmaschine und Rohlingen. Mich drängte es raus aus dieser Höhle, für eine so große und schwere Frau wie mich war hier alles zu eng.

Özal begleitete mich bis auf die Straße.

»Gibt's was Neues über den Mord?«, erkundigte er sich beim Abschied.

»Nicht viel. Die Polizei weiß immer noch nicht, wer der Tote ist, aber ich bin mir jetzt sicher, dass er mal bei mir gegessen hat.«

»Ach?«, fragte der kleine Mann interessiert. »Wer ist es?«

»Er hat nur bei mir gegessen. Ich kenne ihn nicht. – Oder kennen Sie jeden, der bei Ihnen einen Schlüssel nachmachen lässt?«

»Die meisten«, meinte er lächelnd. »Das ist gut fürs Geschäft. Aber natürlich nicht alle«, bestätigte er dann verständig und zog sich mit einem »Also, dann bis morgen« in seine Höhle zurück.

*

Zehn Minuten brauchte ich von Özals Schlüsseldienst bis zur Weißen Lilie.

Die leichten Schneefälle der letzten Tagen, bei denen ein wenig Schnee liegen geblieben war, hatten die Kreidemarkierung des Tatorts zum Verschwinden gebracht und das Blut des Toten in ein düsteres Soßenbraun verwandelt. Beim nächsten starken Regen würde auch das verschwinden und nichts mehr an den Mord vor meiner Haustür erinnern. Auch die Menschen vergaßen schnell. Ich hoffte, dass in ein paar Wochen niemand mehr die Keupstraße oder mein Resto mit diesem Mord in Verbindung bringen würde.

Fisch stand heute auf dem Speiseplan, Aschermittwochs-Essen. Eine Marketing- oder Medienagentur auf der Schanzenstraße hatte zwanzig Plätze gebucht. Wenn ich dreißig Portionen kochte, würde es auch für die schwer kalkulierbare Laufkundschaft reichen. Brotsuppe, mariniertes Gemüse, Rote-Bete-Schichtspeise, Goldbrasse mit Petersilie, als Dessert Schneeeier und Ananassorbet, ein feines, leichtes Essen zu Beginn der Fastenzeit.

Holger, der heute Morgen die Einkäufe erledigt hatte, stand nicht am Herd, er wischte die Küche, als ich in der Lilie eintraf. Scarlett hatte also wieder nicht geputzt.

»Dreimal auf die Mailbox gesprochen«, berichtete er ungefragt. »Sie hat nicht zurückgerufen.«

Er machte sich Sorgen um sie, das sah man ihm an. Aber Scarlett war nicht der Typ, um den man sich Sorgen machen musste, sondern eher der Typ, der einem Sorgen bereitete. Holger kümmerte sich um ihre blöde Ratte und putzte schon die Küche für sie.

»Die schläft wahrscheinlich einen granatenmäßigen Rausch aus.«
Ich schlüpfte in meine Kochjacke und band mir die Schürze um. Wenn Scarlett in den nächsten zwei Stunden nicht auftauchte, würde ich im Laufe des Tages noch einmal Sybille anrufen. Und wenn die keine wirklich gute Ausrede hatte, mich nach einer neuen Putzfrau umsehen. Das musste selbst Adela einleuchten. Vielleicht konnte mir einer der Keupstraßen-Kollegen jemand Zuverlässigen aus der Umgebung empfehlen.

»Gab es reife Ananas?«, fragte ich Holger, der jetzt mit Putzen fertig war.

»Wunderschöne. Schau nach. In der Vorratskammer.«

»Vor- oder Nachspeisen?«

Wenn ich mich nicht entscheiden konnte, was ich lieber zubereiten wollte, ließ ich Holger die Wahl.

»Nachspeisen.«

Das marinierte Gemüse als Erstes. Die Möhren dünstete ich in einem Sud aus Essig und Zucker, Zucchini und Fenchelscheiben briet ich in Olivenöl. Als ich die gegrillten Paprikahälften ans offene Fenster stellte, um sie dann besser enthäuten zu können, hielt ein alter Volvo direkt vor der Weißen Lilie. Eva stieg aus, allerdings nicht ohne sich zuvor zärtlich vom Fahrer des Wagens zu verabschieden. Ich versuchte, einen Blick auf den Mann zu erhaschen, aber es gelang mir nicht. War das Ben, der Dachdecker, mit dem sie seit ein paar Monaten zusammen war? Eva winkte dem Koch im gegenüberliegenden Altenheim zu, der genau wie ich die Szene beobachtet hatte, und kam dann zu mir ans Fenster.

»Na, wie findest du ihn?«, fragte sie freudestrahlend.

»War keine Gelegenheit, ihn in Augenschein zu nehmen. Er soll dich mal abholen. Sonst erfahre ich nie, wie einer gebaut sein muss, der das Herz einer so schönen Frau erobert.«

Eva lachte kurz auf. »Er hat nicht mich, ich habe ihn erobert«, stellte sie klar.

Es ging ihr gut, sie wirkte völlig unbelastet. Hatte sie bei Rieger die Wahrheit gesagt? Konnte sie sich wirklich nicht an den Toten erinnern? Sobald sich eine Gelegenheit bot, würde ich noch mal mit ihr darüber reden.

»Jetzt wird es aber wirklich Zeit, eine neue Putzfrau zu suchen!«, rief sie in die Küche, während sie das Restaurant in Augenschein nahm. »Scarlett meint wohl, sich alles herausnehmen zu können.«

Bald hörten wir sie Staub saugen. Holger schälte kreuzunglücklich eine Ananas. Eva würde ihm nicht helfen, mich umzustimmen, falls ich Scarlett entlassen wollte. Was hatte er nur an dem Mädchen gefressen?

»Sie macht das nicht mit Absicht«, flehte er mich an. »Die Mutter hat Recht. Sie ist in was Schreckliches reingeraten.«

»Wieso? Weißt du etwas darüber?«, hakte ich nach.

Er schüttelte bekümmert den Kopf und schälte schnell die Ananas weiter, also rief ich Sybille an.

»Ich bin krank vor Sorge«, sprudelte es sofort aus der heraus. »Sie ruft nicht an, sagt nicht, wo sie steckt. Katharina, glaub mir, so unzuverlässig ist sie wirklich nicht! Wenn sie sich bis morgen nicht bei mir meldet, gehe ich zur Polizei und gebe eine Vermisstenanzeige auf.«

»Warum denkst du, sie steckt in Schwierigkeiten?«, wollte ich wissen.

»Seit sie zwölf ist, steckt Scarlett immer in Schwierigkeiten. Und sie erzählt mir so gut wie nie, was sie treibt«, erklärte sie. »Aber seit sie weg ist, hat schon dreimal ein Mann angerufen, der sie dringend sprechen wollte, nannte nie seinen Namen. Wenn ich danach fragte, legte er auf. Ausländischer Akzent.«

So langsam ließ ich in meinem Kopf die Möglichkeit zu, dass Scarlett wirklich Ärger am Hals hatte. Es war schon über eine Woche, seit sie das letzte Mal geputzt hatte. Sie war oft nicht pünktlich, und manchmal hinderten sie merkwürdige Kopfschmerzen am Arbeiten, aber dass sie so lange nichts von sich hören ließ … Selbst wenn sie sich bei ihrer Mutter nicht melden wollte, warum nicht bei Holger, der ihre Ratte versorgte, an der sie sehr hing?

»Könnt ihr noch fünfzehn zusätzliche Gäste verkraften?«, fragte Eva eine halbe Stunde später.

Vor- und Nachspeisen überhaupt kein Problem, und zum Glück hatte Holger zwei Goldbrassen zu viel gekauft. Fünfunddreißig und noch ein bisschen Laufkundschaft, rechnete ich, ein voller Tisch und gute Einnahmen. Vielleicht setzte sich mein Konzept in Köln doch noch durch.

»Lehrer der Gesamtschule Holweide!«, stöhnte Eva. »Das wird 'ne heiße Mischung. Jungkapitalisten und Alt-Achtundsechziger an einem Tisch!«

Aber Eva managte dies wie immer souverän. Blieb man bei den Vorspeisen noch sehr unter sich, so beobachtete ich während des Hauptgangs lebhafte, gruppenübergreifende Gespräche.

»Toskana«, erklärte uns Eva in der Verschnaufpause zwischen Hauptgang und Nachtisch. »Dahin fahren die einen und die anderen in Urlaub.«

»Katharina?«, meldete sich Eva zehn Minuten später. »Du hast Besuch.«

»Muss warten«, murrte ich, während ich die Baisermasse löffelweise ins sprudelnde Wasser gleiten ließ. »Œuf à la neige ist ein komplizierter Nachtisch.«

So bemerkte ich Tayfun, der längst dagestanden und beobachtet hatte, wie ich mit der Gabel die Karamellfäden über die Schneeeier spannte, erst, als er sagte: »Echt beeindruckend, wie man aus so einem Zuckerklumpen so zartes Garn spinnen kann.«

In der alten Wildlederjacke, die Hände in den Hosentaschen, lehnte er im Türrahmen. Seine Augen blitzten vor Neugierde. Der helle Rollkragenpullover mit Norwegermuster betonte die hohen Wangenknochen und den zarten Bronzeton der Haut. Das glatte Haar trug er zu einem Pferdeschwanz zusammengebunden.

Ich seufzte erleichtert. Wie jedes Mal war ich froh, dass mir die Zuckergitter gelungen waren.

»Nur fünfmal Schneeeier«, rief Eva mir zu.

»Hier!«, sagte ich zu Tayfun und schob den sechsten Teller auf dem Pass in seine Richtung. »Kannst du probieren.«

»Ich bin nicht hier, um mich durch deine leckeren Nachtische zu futtern«, wehrte er ab, sog aber gleichzeitig den Duft der Vanillesoße ein. »Eigentlich wollte ich dir nur das zurückgeben.«

Meine Überraschung war groß, als er aus der Jackentasche den braunen Umschlag zog. Er schob ihn mir zu.

»Du hast ihn liegen lassen, letztens bei Kurt. Ich wollte ihn dir am nächsten Tag vorbeibringen, hab es aber vergessen. Erst heute, als ich nach langem mal wieder die Jacke anzog, die ich an dem Abend getragen habe, ist er mir wieder in die Hände gefallen. – Ich hoffe, du hast ihn noch nicht vermisst.«

»Danke«, sagte ich und nahm den Umschlag in die Hand.

Tayfun betrachtete mich aufmerksam. Obwohl ich meine Neugierde kaum bezähmen konnte, zögerte ich mit dem Öffnen. Was immer sich in dem Umschlag verbarg, ich wollte es allein herausfinden, ohne Publikum.

»Jetzt probier schon den Nachtisch«, lenkte ich ihn von mir und dem Umschlag ab. »Löffel sind in der untersten Schublade!«

»Da kann ich, ehrlich gesagt, nicht widerstehen. Das sieht wahnsinnig lecker aus!«

Tayfun griff sich den Teller, holte sich einen Löffel, setzte sich auf den Barhocker, der an der Ecke zum Resto stand, und seine Nase fuhr schnuppernd über den Teller. Der Umschlag musste warten. Ich klemmte ihn neben das Radiogerät, das auf dem kleinen Regal über der Spüle stand, und half Holger beim Mise en place der Mousse-Variationen. Vom Barhocker drangen genussvolle Laute zu uns.

»Verlier ruhig öfter was, das ich finden kann«, schlug er mir vor, als sein Teller leer war. »Bei solch leckerem Finderlohn bringe ich dir gerne alles zurück.«

Er hüpfte vom Barhocker, schob den Teller in die Spülmaschine. Holger, beladen mit den leeren Mousse-Schüsseln, drängte ihn zur Seite, um sie ins Waschbecken zu stellen. Tayfun wusste nicht, wohin.

»Ich geh schon, ich geh schon!«, signalisierte er Holger und wich zur Tür aus, kam aber noch mal zum Pass zurück.

»Falls du mal Lust auf ein spätes Bier hast«, sagte er dann, »klingel einfach. Ich wohne genau gegenüber vom Eingang. Vierte Etage. Yildirim.«

Als ich das nächste Mal aufsah, war er verschwunden. Während Holger mit Eva die letzten Nachtische auftrug, schlitzte ich den Umschlag mit einem Messer auf und warf einen Blick ins Innere.

Der Boden unter meinen Füßen wankte, als ich den Umschlag schnell wieder schloss und neben das Radio zurücksteckte.

In dem Umschlag war Geld, verdammt viel Geld.

»Hast du einen Verehrer?«, neckte Eva mich und stellte das schmutzige Geschirr neben der Spülmaschine ab. »Sieht nett aus, ein bisschen wie Keanu Reeves.«

Eva redete, während sie die Spülmaschine füllte. Zum Glück beachtete sie mich nicht, sah nicht, wie mir abwechselnd heiß und kalt wurde, ich die Gesichtsfarbe wechselte und vergeblich versuchte, mein Herzrasen zurückzufahren.

»Von wegen Verehrer! Ein Bekannter von Adela«, gelang es mir irgendwann zu antworten, und dabei versuchte ich meine Stimme unaufgeregt klingen zu lassen. »Hab ich neulich bei Kurt kennen gelernt. Er wohnt gegenüber.«

»So, so«, sagte Eva und spülte den gröbsten Dreck mit der Handbrause von den Nachtischtellern. »Und weshalb hast du an Hals und Ausschnitt rote Flecken, die nur auftauchen, wenn du dich aufregst?«

Verdammt, Eva! Manchmal wünschte ich, deine Fähigkeit, jede Veränderung in deiner Umgebung wahrzunehmen, würde sich auf unsere Gäste beschränken! Zack, hatte sie mich erwischt, obwohl sie mir den Rücken zuwandte. In diesem Fall allerdings war ihre Folgerung falsch. Mit Tayfun hatten die roten Flecke überhaupt nichts zu tun!

»Vielleicht gehe ich mal mit ihm ein Bier trinken.«

»Na siehst du«, lächelte Eva und stemmte den vollen Geschirrkorb in die Maschine. »Langsam wird es Zeit, dass Ecki und Bombay aus deinem Kopf verschwinden!«

An dem Abend konnte ich es kaum erwarten, dass Holger und Eva Feierabend machten. Als die zwei endlich gegangen waren, schloss ich mich, obwohl völlig allein, mit dem Umschlag im Klo ein und zählte. Ich zählte dreimal, kam immer auf die gleiche Summe.

Fünfzigtausend Euro.

In dem braunen Umschlag waren fünfzigtausend Euro!

Ich stopfte das Geld zurück in das Kuvert und dieses in meine Tasche. Die presste ich fest an meinen Oberschenkel. Das Geld verströmte eine Wärme, eine Hitze, und, obwohl völlig irreal, war ich vollkommen davon überzeugt, dass jeder, dem ich begegnete, das Geld durch Tasche und Kuvert hindurch leuchten sehen konnte. Aber niemand war unterwegs. Auf der Keupstraße herrschte winterliche Ruhe. Nicht mal aus dem Altenheim drang heute ein Laut in die Nacht. Meine Schritte führten mich schnell an der Vielharmonie vorbei, wo ein paar einsame Gestalten ein letztes Bier tranken. Ich ging durch die Uferstraße zum Rhein. Vor mir leuchtete die Stahlkonstruktion der Mülheimer Brücke, über mir drehte ein Flieger die Schleife zur Einflugschneise des Flughafens, neben mir floss nachtschwarz der Fluss.

Fünfzigtausend Euro!

So viele Zufälle gibt es nicht! Am gleichen Tag, an dem der Umschlag liegen bleibt, verschwindet Scarlett, zwei Tage später liegt ein ermordeter Kannibale vor meiner Haustür. – Zwischen diesen Ereignissen musste es einen Zusammenhang geben! Jeder, der so viel Geld verliert, würde Himmel und Hölle in Bewegung setzen, jeden Quadratzentimeter umpflügen, um es wiederzufinden. Aber niemand hatte den Umschlag als vermisst gemeldet oder bei uns danach gesucht. Doch, fiel mir ein. Das Schloss! Jemand hatte probiert, die Eingangstür mit einem Dietrich oder einem Draht zu öffnen. Am Tag, nachdem ich den Umschlag gefunden hatte, hatte die Eingangstür geklemmt. Ein vergeblicher Versuch, der Täter musste also ein Laie, kein professioneller Einbrecher gewesen sein. Dennoch stank dieses Geld nach Verbrechen.

Eine regelrechte Hinrichtung sei der Mord, hatte Rieger gesagt. Hinrichtung! Das roch nach organisierter Kriminalität, nach Mafia, davon hatte ich so viel Ahnung wie von Investmentbanking, Spiegelneuronen oder Bungeejumping! Nicht die allergeringste. Dennoch: Könnte das Geld einer solchen Organisation gehören? Wenn der Tote Mitglied der Mafia gewesen war, das Geld aus Schutzgelderpressung oder Drogenhandel oder anderen kriminellen Geschäfte stammte, er es nicht abliefern konnte, weil er es bei mir verloren hatte ... Wäre dies ein Motiv für eine solche Hinrichtung? Reichten fünfzigtausend Euro, um jemanden zu zerfetzen?

Zumindest der Tatort ließe sich so motivieren. Dem Opfer gelingt es nicht, in die Weiße Lilie einzudringen, weil es das Schloss nicht knacken, also auch den Umschlag mit dem Geld nicht abliefern kann, und es wird deshalb hingerichtet. Aber erst einen Tag später ... Wollte er da erneut in die Weiße Lilie eindringen und wurde auf dem Weg dahin erschossen? ... Andererseits: Polizeilich war der Tote bisher nicht aufgefallen ... Dann das Kannibalenkostüm. Ein Mafioso als Fideler Negerkopp. Wieso? Wozu?

Im Fernsehen gibt es eine Streichkäsereklame. Der Mann kommt mit zwei voll gepackten Einkaufstüten nach Hause und klingelt an der Wohnungstür. Die Frau macht auf. Er: »Toll, Liebling, dass du mir was abnehmen willst!« Aber sie greift nur nach dem Streichkäse, der obenauf liegt, und knallt die Tür vor dem schwer beladenen Mann wieder zu. Letztes Bild: Die Frau tunkt genüsslich den Finger in den Käse. – So ein Typ war Scarlett, eine, die sich nimmt, was sie will. Eine, die jetzt leben will, koste es, was es wolle. War ihr der Umschlag vielleicht beim Jackeanziehen, aus der Tasche gefallen? Aber wie sollte eine Achtzehnjährige an fünfzigtausend Euro kommen? Freiwillig würde keiner dieser rotznasigen Rothaarigen so viel Geld geben! Wenn sie es aber doch, weiß der Henker woher, bekommen und in der Lilie verloren hatte, sie wäre zurückgekommen, hätte danach gesucht, schließlich besaß sie einen Schlüssel. Gut, an dem Abend hätte sie den Umschlag nicht mehr finden können, weil er in meiner Tasche steckte. Aber bestimmt hätte sie Holger danach gefragt. Was unkte Holger übrigens von schrecklichen Verstrickungen? Und Sybille, war das nur tiefe mütterliche Angst, oder hatte sie noch mehr Hinweise als diese merkwürdigen Telefonanrufe? Scarlett! Sie war wirklich so ein Mädchen, das man unentwegt ohrfeigen wollte, wohlwissend, dass es überhaupt nichts half. Ob sie wirklich etwas mit dem Geld zu tun hatte? Sie war gleichzeitig mit dem Auftauchen des Umschlags verschwunden. War das nicht ein deutlicher Wink mit dem Zaunpfahl?

Aber niemand wusste, dass ich den Umschlag gefunden hatte!

Tayfun ging davon aus, dass er mir gehörte, er war aus meiner Handtasche gefallen, er wusste nicht, wie er in meinen Besitz gelangt war. Ob Tayfun den Umschlag geöffnet hatte? – Das Kuvert hatte einen sehr fest klebenden Verschluss, aber möglich war's, beim Aufschlitzen hatte ich nicht darauf geachtet. Würde ich in einer vergleichbaren Situation so etwas tun? Nein. Inhalte von braunen DIN A5-Umschlägen sind in der Regel langweilig. Wie Tayfun würde ich den Umschlag ungeöffnet an seinen Besitzer zurückgeben. Von Tayfun drohte keine Gefahr.

Da niemand wusste, dass ich das Geld gefunden hatte, würde es auch niemand bei mir suchen.

Langsam wie die trägen Nebelschwaden über dem Rhein und hartnäckig wie die kleinen Wellen, die immer wieder an die Ufersteine schlugen, machte sich in meinem Kopf ein Gedanke breit. Was, wenn ich das Geld behielte?

»Geld, Geld, Geld«, flüsterten die kleinen Rheinwellen.

Dieses Geld gehörte Gangstern. Keinem, der hart und ehrlich dafür gearbeitet hatte. Nein, ich brauchte kein schlechtes Gewissen zu haben, wenn ich es behielt.

»Geld, Geld, Geld«, sangen die kleinen Rheinwellen und hoben die zarten Stimmen. »Dein, dein, dein.«

Alle meine Geldprobleme mit einem Schlag gelöst. Ich stellte mir vor, wie ich der Betonfrisur herablassend die Scheine hinblätterte und Kerner wie ein begossener Pudel danebenhockte.

»Geld, Geld, Geld.«

Was für ein schöner Gesang!

Zum Abschied würde ich Kerner auffordern, seine nächtlichen Telefonanrufe und sein Liebesgesäusel zu unterlassen. Eine dicke Ehekrise war das mindeste, was der Schlappschwanz als Strafe verdient hatte!

»Geld, Geld, Geld.«

Vielstimmig und glockenhell sangen die kleinen Rheinwellen.

Es blieb sogar eine eiserne Reserve für Notzeiten. Zwanzigtausend Euro.

Aber es war nicht mein Geld. Ich hatte es weder verdient noch geschenkt bekommen, es war durch Zufall in meine Hände gelangt. Und wenn der Kannibale deswegen gestorben war, würde sein Besitzer nicht mit aller Härte weiter danach suchen?

»Tod, Tod, Tod«, dröhnte plötzlich in tiefstem Bass der Turm von Sankt Clemens und störte den Gesang der Wellen. »Gefahr, Gefahr!«

»Keiner weiß, keiner weiß, keiner weiß«, antworteten die Rheinwellen schrill und sangen weiter. »Geld, Geld, Geld.«

Unter der Mülheimer Brücke brachte mich das grollende Rollen eines darüber hinwegsausenden Lkws zum Stehen. Meine Gedanken purzelten ergebnislos durcheinander. Irgendwann marschierte ich zur Weißen Lilie zurück und legte den Umschlag dahin, wo ich ihn gefunden hatte. Zugegeben kindisch, aber was Besseres fiel mir nicht ein.

Als ich aus der Weißen Lilie trat, kam mir der Gedanke, dass es sich bei dem Geld um eine Fälschung handeln könnte, es nur bedrucktes Papier war. Ich würde Kerner mit Falschgeld, mit Blüten bezahlen, und Margit würde es trotz ihres Taschenrechner-Blicks nicht merken. Aber die Bank beim Einzahlen.

Bei dieser Vorstellung kicherte ich erst leise, aber bald schüttelte ich mich vor Lachen. Das schallte von den Wänden des Altenheims, der kleinen Garagen-Eisdiele und den Fenstern der Weißen Lilie durch die ganze Keupstraße. Ich konnte überhaupt nicht mehr aufhören. Ich bog mich, hielt mir den Brustkorb, als am Clevischen Ring die letzte Vier nahte. Vor Lachen konnte ich nicht laufen, die Bahn fuhr mir davon. Ich lachte weiter. Jeder, der mich sah, musste mich für völlig durchgeknallt halten.

Und wieder setzte sich der Gesang der kleinen Rheinwellen in meinem Kopf fest, verdrängte die Warnung des mächtigen Kirchturms.

»Dein, dein, dein, Geld, Geld, Geld«, summten sie. »Keiner weiß, keiner weiß, keiner weiß.«

*

»Was ist mit dem Geld?«

Nein, diese Frage hatte mich nicht durch den Schlaf begleitet, Martha bellte sie in mein Ohr. Mit großem Vergnügen rief sie gern besonders früh an, vergaß immer, dass ich, im Gegensatz zu ihr, keine Frühaufsteherin war.

Nur, woher wusste meine Mutter von dem Geld? Die kleinen Rheinwellen ... der schwere Kirchturm ... der große Eichentisch … In der zerfließenden Welt zwischen Schlafen und Wachen blähte sich Martha zur allwissenden Mutter meiner Kindheit auf, der selbst geheimste Gedanken nie verborgen geblieben waren. Dieser Schock riss mich schlagartig in den Tag.

Von den fünfzigtausend hat sie keinen Schimmer, sagte mir mein frisch erwachter Verstand. Du bist gestern vor ihr zu Kreuze gekrochen, damit sie dir Geld leiht, erinnerst du dich nicht?

Natürlich. Verzweifelt wie ich war, hatte ich ihr einen Köder zugeworfen, mit dem sie mich an ihren Angelhaken binden konnte. Wenn ich danach schnappte, würde sie mich bis zur Erschöpfung durchs Wasser ziehen, bevor sie mich an Land zerrte und mir die Luft zum Atmen nahm.

»Ich komme nicht zurück, Mama«, antwortete ich. »Die Linde ist nichts für mich. Du weißt es doch schon lange, so oft habe ich dir erklärt, warum. Hör auf, mich immer weiter damit zu –«

»Wie du willst!«, unterbrach sie mich barsch. »Dann vergiss das Geld! Wir investieren nicht in deine merkwürdige Wirtschaft, die dich in den Ruin treiben wird. Gehobene Küche, in der Türken-Gegend!«

»Dann lass es doch«, raunzte ich, drückte die Off-Taste und schlug die Bettdecke zur Seite.

Schlecht gelaunt tapste ich barfuß durch die Bücherberge im Flur in ein unter Wasserdampf stehendes Badezimmer. Durch die feuchte Nebelwand tastete ich mich in Richtung Dusche, bemerkte die Wasserlache und die beiden tropfnassen Handtücher am Boden erst, als ich schon der Länge nach hingesegelt war.

»Verdammt, Kuno!«, brüllte ich und rieb mir den schmerzenden Hüftknochen, mit dem ich an der Duschbeckenkante gelandet war. »So schwer kann es doch nicht sein, nach dem Duschen den Boden zu wischen!«

Wie ein störrischer alter Esel weigerte sich der Schwabe, seine morgendlichen Sauereien im Bad zu beseitigen. Heute Morgen hätte ich ihn dafür würgen können! Völlig auf die tägliche Stadt-Anzeiger-Lektüre konzentriert, so als hätte er meinen Wutanfall nicht gehört, saß er allein am Tisch, als ich zum morgendlichen Kaffee in die Küche kam. Die Kaffeemaschine blubberte nicht, und in Kunos Tasse entdeckte ich etwas Olivgrünes.

»Gibt's keinen Kaffee?«, fragte ich.

»Musst nachsehen«, murmelte er, vertieft in den Wirtschaftsteil.

»In der Fastenzeit trinke ich nur grünen Tee.«

Spätestens der Blick in die leere Kaffeedose machte die vage Ahnung beim Aufstehen zur Gewissheit: Dieser Tag war nicht mein Freund.

Ohne Kaffee im Magen besprach ich mit Holger die Einkäufe, hetzte dann in die Weiße Lilie. Der Umschlag lag noch genau an der Stelle, wo ich ihn gestern Nacht deponiert hatte. Schlecht, entschied ich, weil an diesem Morgen alles schlecht lief. Unsicher, wohin ich damit sollte, steckte ich ihn in meine Handtasche. Scarlett war wieder nicht gekommen, die Weiße Lilie ungeputzt. Wieso musste das Keupstraßen-Treffen ausgerechnet heute bei mir stattfinden? Ich wischte den Tisch blank, warf die Espressomaschine an, griff mir den Staubsauger aus der Putzecke und bemerkte die zwei bulligen Kerle erst, als sie vor Kerners Vitrine standen. Ich stellte den Staubsauger ab. Die zwei beachteten mich gar nicht.

»So, Frau Kerner«, nuschelte der mit dem dickeren Bauch in sein Handy. »Wir stehen jetzt direkt vor der Anrichte. Eindeutig Achtzehntes, Schätzwert: drei- bis fünftausend. Dunkel gebeizte Eiche, ja, genau. Das ist das Teil, das früher mal in Ihrem kleinen Restaurant gestanden hat.«

Ungefragt öffnete er jetzt die Türen.

»Weißes Porzellan, Schönwald. Teller, Suppenteller, Löwentassen, Dessertteller, Platten, schätze für circa vierzig Personen. Die Gläser sind billig, irgendwas von Ikea.«

Der Dickbauch verständigte sich wortlos mit seinem breitschultrigen Begleiter, und dieser räumte mein Porzellan von der Anrichte auf den Eichentisch. Dass ich da stand und ihn anstarrte, ließ ihn völlig kalt.

»Den Tisch kriegen wir nicht in den Möbelwagen, aber von den Stühlen könnten wir einige mitnehmen … Ja, sind ein paar schöne Thonet-Stühle bei.«

Der Breitschultrige hob derweil die letzten Suppenschüsseln auf den Tisch und fuhr dann lässig mit dem Unterarm durch das oberste Regal. Klirrend fielen meine Weingläser zu Boden, zersplitterten auf den Terracotta-Fliesen.

Mit einem Satz war ich bei dem Dickbauch und riss ihm das Handy aus der Hand.

»Wenn du nicht sofort deine Schläger zurückpfeifst, Margit«, schrie ich die Betonfrisur durch den Hörer an, »dann hetze ich dir die Bullen auf den Hals!«

»Das kannst du gerne versuchen«, gab sie unbeeindruckt zurück. »Es wird dir nichts nutzen.«

Gemein grinsend nahmen sich der Dickbauch und der Breitschultrige die langstieligen Sektgläser aus der Anrichte, jonglierten damit, etwas, was keiner der beiden beherrschte, und ich musste zusehen, wie eines nach dem anderen in tausend Splitter zerbrach.

»Du hast von vierzehn Tagen gesprochen bis zur ersten Rate!«, brüllte ich verzweifelt. »Es ist noch nicht mal eine Woche vorbei.«

»Ich wäre keine gute Geschäftsfrau, wenn ich es nicht verstünde, meinen Forderungen Nachdruck zu verleihen«, kam es kalt aus Frankfurt zurück.

Vierzehn, fünfzehn, sechzehn Sektgläser zählte ich. Acht Euro pro Stück. Bald würden sich die zwei die Rotweingläser vornehmen. Ein Sonderangebot von Karstadt. So günstig würde ich nie mehr an schöne Rotweingläser kommen. Ich kämpfte mit den Tränen.

»Du kriegst das Geld, die fünfzehntausend, heute noch«, presste ich in den Hörer. »Sag deinen Schlägern, sie sollen sofort aufhören! Sofort!«

Ich warf dem Dickbauch das Handy zu. Das kostete mich das siebzehnte Sektglas. Er nickte in den Hörer, während der Breitschultrige Nummer achtzehn und neunzehn zu Boden gehen ließ. Mit der Hand signalisierte ihm der Dickbauch aufzuhören und reichte mir das Handy über den Tisch.

»Ich nehme ja nicht an, dass du das Geld in der Handtasche hast«, drang der Frankfurter Geschäftston zu mir durch.

Ich schnaubte. Wenn Margit wüsste, wie nah sie der Wahrheit gekommen war!

»Zur Bank wirst du schon noch müssen«, fuhr sie fort. »Heute Abend? Für die Summe reise ich persönlich nach Köln. Außerdem wollt ich mir ansehen, was du mit meinem Geld gemacht hast. – Reservierst du uns zwei Plätze?«

»Leck mich«, murmelte ich.

»Wie bitte?«, kam es scharf aus Frankfurt zurück.

»Ich bin ausgebucht«, knurrte ich.

»Für zwei alte Freunde gibt's doch im vollsten Lokal einen Platz«, zwitscherte sie jetzt gut gelaunt im Plauderton. »Ist dir acht Uhr recht?«

Ich warf dem Dicken sein Handy hin, und die beiden verließen mich, wie sie gekommen waren, geräuschlos und unauffällig. Bald hörte ich draußen einen Laster starten.

Vor mir lag ein Scherbenhaufen.

Kopflos rannte ich nach draußen, wollte mir das Nummernschild des Lasters merken. Zu spät. Stattdessen bog der sportliche Helmut Haller, Leiter des gegenüberliegenden Altenheims, mit seinem Rennrad um die Ecke der Regentenstraße und bremste scharf vor meinen Füßen.

»Praktisch, dass das Treffen heute bei Ihnen stattfindet«, begrüßte er mich. »Ich erledige schnell noch ein paar Telefonate, dann komm ich rüber.«

Ich nickte fahrig und sah auf die Uhr. Noch zwanzig Minuten, und die Weiße Lilie voller Scherben. Ich raste wieder ins Resto, räumte das Geschirr zurück in die Anrichte, kehrte die Scherben zusammen, stellte mit zittrigen Fingern Kaffeetassen, Wassergläser, die ich zum Glück noch besaß, und zwei Teller mit Keksen auf den Tisch. Ich kochte vor Wut und Verzweiflung. Auf der Toilette puderte ich die Nase, zog den Lippenstift nach, polierte die Fassade. Die Weiße Lilie und ich wollten trotz allem einen guten Eindruck machen. Keiner sollte merken, wie schlecht es uns ging.

Die Runde war gut besucht. Demil, unser Vorsitzender, hatte einen Vertreter der Firma aurelis eingeladen, die das riesige leer stehende Areal des ehemaligen Mülheimer Güterbahnhofs vermarktete und auf dem Gelände nichts anderes plante als eine reine Bürobebauung. In der Runde erntete er dafür Hohngelächter. Noch mehr Büros? Wo nach dem Wegzug von Viva die halbe Schanzenstraße leer stehen wird? Werner Wüst von der Stadtteilgenos-

senschaft trat zum wiederholten Mal mit Verve für eine Misch-
bebauung des Gebiets ein, mit einem deutsch-türkischen Basar,
Anwalts- und Arztpraxen, Seniorenwohnungen, einem Recycling-
hof, genossenschaftlichen Wohnungen und Werkstätten. Projekte,
die Arbeit und Wohlstand ins Viertel bringen würden.

Mich interessierte das Viertel an diesem Morgen nicht die Bohne. Meine Aufmerksamkeit reichte aus, für Kaffeenachschub zu
sorgen, ansonsten beschäftigte sich mein Hirn mit anderen Dingen. Wieder und wieder drang das Klirren der zersplitternden Sektgläser an mein Ohr, sah ich die gemeinen Visagen von Margit Kerners Erfüllungsgehilfen vor mir. Wegen dreißigtausend Euro würde
mich diese Frau zerstören. Natürlich wollte sie ihr Geld wieder
haben, aber die Härte, mit der sie das Ding durchzog, hing mit
etwas anderem zusammen. Sie nahm mir übel, dass ihr Mann mich
attraktiv gefunden hatte, und rächte sich dafür. Kerner, diesem
Schlappschwanz, wünschte ich dafür ein Martyrium erster Güte
an den Hals. Ich saß in der Falle.

Nein, nein, man wolle das Areal aus Gründen der Wirtschaft-
lichkeit in die Hände eines Großinvestors legen und auf keinen
Fall zersplittern, hielt der aurelis-Mann Wüst entgegen, gab aber
auf Nachfrage zu, dass dieser Investor noch nicht in Sicht sei. Wie
Pingpongbälle warfen die zwei noch eine Zeit lang ihre Argumen-
te durch den Raum.

Geld. Geld. Geld. Alles wurde davon beherrscht, im Großen
wie im Kleinen. Mir blieb nichts anderes übrig. Ich musste das ge-
fundene Geld benutzen, sonst konnte ich die Weiße Lilie sofort
dichtmachen.

Nachdem Demil den aurelis-Mann verabschiedet hatte, berichtete er über das Essen in der Karawanserei, zu dem die Interessengemeinschaft den Polizeipräsidenten und den neuen türkischen
Generalkonsul eingeladen hatte. Der türkische Konsul habe zu
Ruhe und Besonnenheit aufgerufen und gebeten, das Vertrauen in
die deutschen Behörden nicht zu verlieren. Schließlich gelte es zu
verhindern, dass Anschläge wie der in der Keupstraße das friedli-
che Miteinander stören könnten, für das die überwältigende Mehrheit der Türken in Köln eintrete.

Mit dem Hinweis, neues Wasser zu holen, zog ich mich kurz in die Vorratskammer zurück. Von dort rief ich Eva an, bat sie, vor der Arbeit beim Handelshof vorbeizufahren und neue Gläser zu kaufen. Ich erklärte ihr, dass ich beim Staubsaugen unglücklich an die Anrichte gestoßen sei, das Regalbrett dadurch kippte und die Gläser zu Boden gegangen seien. Besser, keiner erfuhr von dem Besuch der Schläger, besser, keiner erfuhr von meinen Problemen mit Kerner. Deutlich spürte ich die Gefahr, die von dem gefundenen Geld ausging. Meine einzige Sicherheit war, dass außer mir keiner davon wusste, und das sollte auch so bleiben.

Was die Suche nach dem Bomben-Attentäter anbelangte, wusste man in der Runde nicht, ob man lachen oder weinen sollte. Plötzlich, zehn Monate nach dem Anschlag, setzte die Polizei ein präzises Phantombild in die Presse. Mitte zwanzig, einsachtzig groß, schlank, mediterraner Typ mit dunklem Teint und dunklen Augen. Einer Zeugin war der Mann kurz vor der Detonation zwischen der KVB-Haltestelle Von-Sparr-Straße und der Schanzenstraße aufgefallen. Sie hatte sich direkt nach dem Attentat bei der Polizei gemeldet und ihn beschrieben. Warum, regte sich Fatma Bas vom Frisörsalon Bas auf, konnte man das Phantombild erst jetzt anfertigen? Wer kann sich nach zehn Monaten besser an eine flüchtige Begegnung erinnern als unmittelbar danach? Und Helmut Haller meinte, dass dies ein weiterer Beweis für die Hilflosigkeit der Polizei in diesem Fall sei. Wenn er nur daran denke, dass man im Laufe der Ermittlungen tatsächlich eine Hellseherin hinzugezogen hatte, würde ihm richtig schlecht werden. Natürlich wurde auch über den Mord vor meiner Haustür geredet. Aber nach den Erfahrungen mit dem Bombenattentat wunderte es keinen, dass die Polizei weder die Identität des Toten kannte noch etwas über das Mordmotiv wusste.

Ich war froh, als die Runde kurz vor zwei Uhr ein Ende fand. Demil bedankte sich wortreich für meine Gastfreundschaft. Der neugierige Özal fragte, ob er sich mal meine Küche ansehen dürfte. Nachdem ich Demil verabschiedet hatte, folgte ich Özal. Er stand vor dem großen Gasherd.

»Schon was anderes als so ein kleiner Haushaltsherd«, meinte er.

»Das können Sie laut sagen, kostet dafür auch das Zigfache.«

Mir fiel ein, dass ich ihm angeboten hatte, meine Nachtische zu testen, aber dafür hatte ich jetzt überhaupt keine Zeit.

»Kommen Sie doch in den nächsten Tagen mal am Spätnachmittag auf einen Kaffee vorbei. Zum Süßspeisentesten«, schlug ich vor.

Özal nickte unbestimmt und griff nach einer Zigarette. Ich drängte ihn aus der Küche, die absolut rauchfreie Zone war.

»Wenn Sie irgendwas brauchen, wenden Sie sich ruhig an mich. Wie gesagt: Mir kenne uns. Mir helfe uns. Mir Keupstraßler halte zesamme«, bekräftigte er auf dem Weg nach draußen.

Ich begleitete ihn bis vor die Tür. Von der Bahnhaltestelle nahte Holger. Der ließ mich wieder an Scarlett denken.

»Wüssten Sie eine neue Putzfrau für mich?«, fragte ich Özal.

Özal dachte einen Augenblick nach. Dann klopfte er mir beruhigend auf den Arm.

»Selma«, sagte er. »Ist die Tochter einer Kusine von mir. Sehr zuverlässig.«

»Genau so jemanden brauche ich«, seufzte ich.

»Ich schicke sie morgen bei Ihnen vorbei.«

Er drückte mir höflich die Hand, schlug den Kragen hoch, klemmte die graue Aktentasche unter den Arm und marschierte in Richtung seines Teils der Keupstraße. Durch die kahlen Bäume des Spielplatzes fuhr ein milder Wind. Ein Vorbote des Frühlings und hoffentlich besserer Zeiten.

*

»Was Neues von Scarlett?«, war Holgers erste Frage.

Bevor ich antworten konnte, fuhr Adela mit ihrem schwarzen VW-Cabrio vor. Sie parkte es im totalen Halteverbot direkt vor der Eingangstür und sprang heraus.

»Sybille hat einen Nervenzusammenbruch«, sprudelte sie los. »Sie schläft nicht mehr und heult nur noch. Habe sie mit Valium für die nächsten paar Stunden ruhig gestellt. Wir müssen Scarlett finden, sonst kann ich sie in Merheim einliefern.«

Energisch öffnete sie die Eingangstür, Holger und ich folgten ihr ins Innere der Weißen Lilie. In der Luft hing der Geruch von kaltem Rauch und kaltem Kaffee. Adela öffnete das Fenster, schob auf dem Tisch ein paar Kaffeetassen zur Seite und breitete den Kölner Stadtplan aus.

»Such mal die Holbeinstraße«, befahl sie Holger. »Muss irgendwo in Nippes sein.«

Sie schälte sich aus ihrer alten Pelzjacke, suchte eine saubere Tasse und bedeutete mir, ihr einen Milchkaffee zu machen.

»Hatte nur einen grünen Tee zum Frühstück«, erklärte sie und schüttelte sich. »Widerliches Zeug.«

»Wer wohnt in der Holbeinstraße?«, fragte Holger und fuhr mit dem Finger suchend den Plan ab.

»Suzan Schlichter«, erklärte Adela und schlürfte genüsslich den ersten Schluck Kaffee, »hat mit Scarlett Fachhochschulreife gemacht. Zum Glück ist es Sybille in ihrem wirren Kopf noch gelungen, Scarletts alte Klassenliste zu finden. Suzan ist die Einzige, die in Nippes wohnt. Als Scarlett Sybille das letzte Mal anrief, hat sie gesagt, dass sie bei einer Freundin in Nippes sei.«

In hastigen Schlucken trank sie den Kaffee zu Ende, ließ sich von Holger die Strecke zeigen, schlüpfte wieder in ihr Winterfell.

»Los, hol deine Jacke«, befahl sie mir. »Wir fahren.«

»Wie stellst du dir das vor? Ich muss kochen!«

Für heute Abend gab es zwanzig Voranmeldungen, ich brauchte jeden Gast zum Überleben. Manchmal vergaß Adela, dass ich zur werktätigen Bevölkerung und noch nicht zu ihrer Pensionisten-Runde gehörte.

»Für 'ne Stunde wirst du wohl ausfallen können«, wischte Adela meine Bedenken vom Tisch. »Wir müssen die Göre finden. Ich habe sie zur Welt gebracht, du bist ihr Brötchengeber, so viel geballte Macht muss ausreichen, um sie zurückzuholen.«

»Geh ruhig mit, ich schaff das schon«, unterstützte Holger sie, dem der Wunsch, dass wir Scarlett fänden, ins Gesicht geschrieben war.

Zehn Minuten später überquerten wir die Zoobrücke. Der laue Wind fegte ein paar Wolken über den Rhein, der Dom schimmerte milchig in der fahlen Wintersonne. Ohne Stau auf der Inneren bogen wir in die Neusser Straße ab. Adela parkte den Wagen vis-à-vis vom Feez.

In der düsteren Holbeinstraße reihten sich heruntergekommene alte Kölner Dreifensterfront-Häuser aneinander. Nachdem Adela die schwer zu entziffernden Schilder studiert hatte, klingelte sie. Die alte Holztreppe knarrte unter unserem Gewicht. Im zweiten Stock lugte ein Blondschopf mit riesigen Kreolen an den Ohren hinter einem Türspalt vor.

»Suzan?«, schnaufte Adela. »Das ist Katharina, ich bin Adela. Wir kommen wegen Scarlett.«

»Keine Ahnung«, antwortete die Blonde schnell und wollte die Tür zuwerfen, aber Adela hatte bereits ihren Fuß dazwischengeklemmt.

»Es ist wichtig, Suzan. Rede mit uns!«

Mit dem Ellenbogen weitete Adela den Türspalt, quetschte ihren kleinen runden Körper durch die vergrößerte Öffnung und zog mich hinterher. Wir standen direkt in der Küche, die mit einer ärmlichen Küchenzeile und einem riesigen Fernseher ausgestattet war.

»Scarlett?«, fragte Adela und lugte in das einzige weitere Zimmer, das von der Küche abging.

Suzan schaltete den Fernseher aus und stellte sich mit verschränkten Armen in die Mitte der Küche. Adela ließ sich auf die kleine Eckbank plumpsen. Ich blieb in der Tür stehen.

»Über die Karnevalstage ist sie bei dir untergekrochen, nicht wahr?«

Das Mädchen zuckte abweisend mit den Schultern.

»Ihre Mutter ist krank vor Sorge«, machte Adela weiter. »Es fehlt nicht mehr viel, und sie ist reif für Merheim.«

»Merheim«, murmelte Suzan, »ist ziemliche Scheiße.«

»Das kannst du laut sagen«, bestätigte Adela. »Also, sei so nett, bring uns zu ihr! Ihre Mutter wird ihr nicht den Kopf abreißen. Hat sie nie gemacht.«

Das Mädchen begann, unruhig in der engen Küche auf und ab zu gehen.

»So schlimm kann es doch nicht sein, was sie ausgefressen hat«, meinte ich ungeduldig.

»Ich hab doch auch keine Ahnung«, brach es aus Suzan heraus. »Irgendwas mit Mikes Auto, Unfall oder so.«

»Auto? Scarlett hat doch noch gar keinen Führerschein!«, regte sich Adela auf.

»Wer ist Mike?«, fragte ich.

»Mit dem will sie in ʼne WG ziehen.«

»Ojemine!«, stöhnte Adela. »Darüber hat sie zu Hause noch keinen Ton verlauten lassen. Ist sie da schon eingezogen, oder wo steckt sie?«

Wieder hüllte sich das Mädchen in Schweigen.

»Hat er einen Nachnamen?«, wollte ich wissen.

Wortloses Schulterzucken war die Antwort.

»Spricht er mit ausländischem Akzent?«, hakte Adela nach.

»Ich kenn den Typen nur aus Scarletts Erzählungen. Keine Ahnung, wo der herkommt.«

»Bring uns zu ihr oder sag uns, wie wir sie erreichen können«, bat Adela noch einmal.

Wieder verstummte Suzan. Eine Zeit lang sagte keiner von uns etwas. Von der Holbeinstraße drang das dumpfe Gepolter eines über Poller fahrenden Autos zu uns herauf. Anstatt den Mund aufzumachen, griff Suzan zur Fernbedienung und stellte die Glotze an. Der alerte Oliver Geissen entlockte einer fetten Frau mit Minipli-Locken Details über ihre Sexgewohnheiten.

»Also gut.« Adela zwängte sich zwischen Eckbank und Tisch heraus und zog ihre Pelzjacke zurecht. »Du kannst oder willst mir nicht sagen, wo sie steckt. Aber wenn du Kontakt zu ihr hast, mach ihr klar, dass sie ihrer Mutter ein Lebenszeichen schicken muss, wenn sie nicht will, dass die durchdreht.«

»Mach ich«, versprach das Mädchen. Ihr war die Erleichterung über unseren Aufbruch anzusehen. An der Tür drehte ich mich noch mal um.

»Ich brauche dringend eine Putzfrau. Wenn Scarlett sich nicht spätestens morgen bei mir meldet, stell ich jemand Neues ein.«

Suzan nickte hastig und schloss schnell die Tür hinter uns. Wir polterten durch das dunkle Treppenhaus zurück auf die Holbeinstraße. An Adelas Windschutzscheibe klebte ein Knöllchen, sie hatte im eingeschränkten Halteverbot geparkt. Aus der offenen Tür des Feez drangen Staubsaugergeräusche. Adela knüllte das Knöllchen achtlos zusammen, stopfte es in ihre Handtasche und sah auf die Uhr.

»Auf der Neusser gibt es eine ziemlich gute Buchhandlung«, murmelte sie. »Ich habe Kuno versprochen, ihm den neuen Robert Gernhardt mitzubringen.«

»Kannst du das nicht in Deutz erledigen?«, quengelte ich. »Du weißt doch, dass ich arbeiten muss.«

»Fünf Minuten mehr oder weniger, darauf kommt es nicht an«, bestimmte Adela und lenkte den Golf durch das Labyrinth der Nippeser Einbahnstraßen zurück auf die Neusser. Dort parkte sie in der zweiten Reihe vor einem Buchladen mit großer grüner Markise gegenüber von McDonald's.

»Du stehst schon noch rechtzeitig am Herd«, beruhigte sie mich, hüpfte aus dem Wagen und verschwand hinter der alten Eingangstür des Ladens.

Es dauerte zehn Minuten, bis sie wieder auftauchte. In der Zeit hatte ich dreimal die Kartenständer vor dem Buchladen durchgezählt und durch den Rückspiegel das langsame Näherkommen einer Knöllchentante beobachtet. Adela klemmte sich schnaufend hinter das Lenkrad, kurz bevor diese den Golf erreichte.

»Das Große ist für dich«, verkündete sie und drückte mir eine schwarze Stofftasche in die Hand.

Ein wunderschönes Kochbuch der orientalischen Küche! Zu teuer, als dass ich es mir selbst gekauft hätte.

»Jetzt, wo du auf der Keupstraße kochst«, schmunzelte sie und freute sich, dass mir das Buch gefiel. »Zoobrücke oder Mülheimer?«, fragte sie dann.

»Zoobrücke ist um die Zeit schneller«, entschied ich. »War nicht sonderlich ergiebig, was?«, kam ich auf unseren Besuch zurück, nachdem ich das Buch weggelegt hatte.

»Wohl wahr«, meinte Adela und bog auf die Innere Kanalstraße ab.

»Wir hätten ihr das Handy abknöpfen und damit Scarlett anrufen sollen«, sagte sie, als wir über die Zoobrücke brausten. »Scarlett erkennt in ihrem Display, wer anruft, und nimmt nur bei bestimmten Leuten ab.«

»Suzan wird ihr von unserem Besuch erzählen. Mal sehen, was passiert«, meinte ich und dachte mit Schrecken daran, was ich in der Weißen Lilie gleich zu erledigen hatte. Hoffentlich hatte Holger die Hähnchen schon gefüllt und die Salbeiblätter akkurat zwischen Haut und Fleisch geschoben! Hoffentlich hatte er auf dem Großmarkt jungen Knoblauch bekommen.

»Irgendwas Neues von der Leiche vor deiner Tür?«, wollte Adela wissen, als wir auf die Deutz-Mülheimer-Straße abbogen.

»Der Mann hat mal bei uns gegessen, aber ich kenn ihn nicht«, äußerte ich mich wortkarg, weil ich mich gedanklich schon aufs Kochen einstellte. »Rieger überprüft die Reservierungsliste.«

»Ich hoffe inständig, dass Scarlett nichts damit zu tun hat«, seufzte Adela. »Von Kindesbeinen an hat sie ein großes Talent, in Scheiße zu langen.«

Das wünschte ich auch, und darüber hinaus hoffte ich, dass Scarlett nichts mit meinem braunen Umschlag zu tun hatte und der Kannibalen-Mörder nie dahinter kam, dass das Geld jetzt in meinen Händen war.

Das Kaffeegeschirr vom Keupstraßen-Treffen stand immer noch auf dem großen Tisch, dafür hatte Holger tatsächlich schon die Hähnchen vorbereitet. Er blanchierte bereits Wirsingblätter, die, gefüllt mit gehackten Mandeln und Greyerzerkäse, überbacken mit Zitronenbutter in einem kleinen Tomatensößchen, heute als vegetarische Vorspeise auf der Karte standen. Sein erwartungsvoller Blick verdüsterte sich, als ich allein in die Küche kam.

»Nicht gefunden«, stellte er enttäuscht fest.

»Nein«, antwortete ich und schlüpfte in meine Arbeitskleidung. »Das Zimtparfait kommt als Nächstes an die Reihe.«

Eva würde später kommen, weil sie wegen der Gläser noch in den Handelshof musste, also packte ich mir ein Tablett, räumte den Tisch ab und warf die Spülmaschine an. Danach konnte ich mich aufs Kochen konzentrieren. Ich schlug den Teig für die Safranspätzle und stellte ihn zum Ausquellen zur Seite. Die Hälfte des geräucherten Störs gab ich mit Crème fraîche und Frischkäse in die Küchenmaschine und schaffte so die Grundlage für eine feine Räucherfischmousse. Ich schnitt Weißbrot in Scheiben, legte es zum Trocknen auf ein Blech, das brauchte ich für die Knoblauchkracherle zum Wildkräutersalat. Als Eva ankam, stellte ich zufrieden fest, dass wir *just in time* waren.

»Jetzt erzähl mal, wie du es geschafft hast, so viele Gläser auf einmal zu zerdeppern«, begrüßte sie mich und hievte Gläserkartons auf den Tisch.

»Das geht schneller, als du denkst.«

»Schau mal, die Sektgläser sind doch viel schöner!«, meinte Eva begeistert und holte vorsichtig eines aus dem Karton. »Mir waren die alten zu langstielig.«

»Was für Gläser?«, fragte Holger.

»Kleiner Unfall beim Staubsaugen«, erklärte ich kurz und fragte dann: »Sag mal, wusstest du, dass Scarlett mit einem Mike in eine Wohngemeinschaft ziehen wollte?«

Holger stockte im Füllen der Wirsingblätter und starrte mich an.

»Nein«, sagte er dann gedehnt.

»Weißt du, wer dieser Mike ist?«

»Kellnert im Palladium. Wie Scarlett.«

»Wie oft kellnert Scarlett im Palladium?«

»Keine Ahnung. Nur ab und an.«

»Weißt du sonst was über diesen Mike?«

»Keine Ahnung«, sagte er erneut und konzentrierte sich wieder auf die Wirsingröllchen. Seine Finger zitterten leicht, als er das Wirsingblatt über die Füllung schlug, es mit den Daumen von beiden Seiten eindrückte und langsam aufrollte. Holgers Finger zitterten nie bei der Arbeit. Irgendetwas stimmte nicht. Er wusste mehr über Scarlett und Mike, als er mir sagen wollte.

»Hat Mike ein Auto?«

Schulterzucken war die Antwort.

»Scarlett hat Suzan etwas von einem Unfall mit Mikes Auto erzählt.«

Holger starrte mich stumm und verwirrt an. Seine braunen Kulleraugen zwinkerten unruhig, es fehlte nicht viel, und sie hätten sich mit Tränen gefüllt. So unglücklich hatte ich meinen Koch nicht mehr erlebt, seit vor zwei Jahren sein Kumpel Dany verhaftet worden war.

»Ich nehme mir das Geld für die Gläser aus der Kasse und klemme den Beleg zu den Quittungen. Ist das okay?«, rief mir Eva zu, die auf dem Weg zur Spülmaschine war.

Holger nahm sich ein neues Wirsingblatt und wandte den Blick von mir ab. Er vertiefte sich stumm in seine Arbeit.

»Wie war das Keupstraßen-Treffen?«, wollte Eva wissen und rollte das Sieb mit den Kaffeetassen aus der Spülmaschine.

Jetzt würde ich kein Wort mehr aus dem Barockengel herausbekommen. Was Scarlett anbelangte, stand Eva für ihn auf der feindlichen Seite.

»Aurelis will das Güterbahnhofgelände in blühende Bürolandschaften verwandeln.«

»Als ob es nicht schon genug gibt! Wann soll es denn so weit sein?«

»Oh, man hat noch nicht mal einen Investor dafür.«

Eva lachte nur. Leise und flink rieb sie mit dem Handtuch Tassen und Gläser trocken und füllte damit ein Tablett, das sie nach draußen brachte. Ich folgte ihrem schwebenden Gang durch die Glasfront bis zur Anrichte und holte dann endlich die Orangen aus dem Vorratsraum, die ich in Grand Marnier mariniert zum Zimtparfait reichen wollte. Draußen begann Eva, den Tisch einzudecken, die Arbeit, die sie beim Service am meisten liebte. Ihre Ideen für variantenreiche Tischdekorationen schienen unerschöpflich zu sein. Mal brachte sie Rheinsteine mit, die sie in flachen Schalen mit wenigen Blumen zu kleinen Kunstwerken arrangierte, mal kam sie mit einer Kiste Moos an, das sie mit Zwerghyazinthen in schlichte Glasvasen schichtete. Immer wieder überraschte sie durch eine neue Falttechnik von Servietten und Arrangements von Tellern und Besteck. Heute verteilte sie rote Papageientulpen mit blassrosa Rändern auf viele kleine Flaschen und Vasen. Bei dieser Arbeit ließ sie sich ungern stören, aber heute unterbrach sie sich selbst und kam in die Küche.

»Rieger hat angerufen«, sagte sie, und ihre Stimme klang sachlich und unbeteiligt. »Wir sollen morgen noch mal im Präsidium vorbeikommen und uns Fotos von möglichen Verdächtigen ansehen. Später Vormittag. Kannst du da?«

»Denk schon.«

»Dann sag ich Bescheid.«

An der Tür drehte sie sich um. »Bis jetzt fünfundzwanzig Reservierungen«, meldete sie. »Kannst also mit dreißig bis fünfunddreißig rechnen.«

Ich nickte. War es gut oder schlecht, dass die Kerners die Weiße Lilie halbwegs ordentlich gebucht erlebten? Wieder sah ich die zwei Schläger vor mir, wieder kochte die Wut auf Kerner und seine Frau in mir hoch.

»Mein alter Chef aus Frankfurt kommt heut Abend. Mit seiner Frau«, sagte ich zu Eva und wunderte mich, wie neutral meine Stimme klang.

»Ist gut«, nickte sie und ging wieder.

Die Orangen in meiner Hand tropften, neben mir füllte Holger die Wirsingröllchen in kleine Auflaufförmchen, draußen bohrte Eva Kerzen in Sand. Ein gut eingespieltes Team bei der Arbeit. Was wusste Holger über Mike? Warum erinnerte sich Eva nicht an den Toten? Langsam, aber sicher hatte ich den Eindruck, dass nicht nur ich, sondern jeder von uns dreien log, zumindest Geheimnisse vor den anderen hatte.

Die Kerners kamen pünktlich mit den anderen Gästen um acht Uhr. Margits Betonfrisur saß genau wie ihr pastellfarbenes Chanel-Kostümchen eins a, Kerner in seinem sandfarbenen Kordjackett wirkte dagegen wie ein löchriger Softball. Eva platzierte die zwei direkt vor die Anrichte, damit sie einen freien Blick in die Küche hatten. Margit winkte mir zu, den Mund zu einer Art Lächeln verzogen. Eine einzige Unverschämtheit. Am liebsten hätte ich ihre Vorspeise vergiftet! Kerner sackte auf dem Stuhl wie ein nasser Schwamm in sich zusammen und starrte unbewegt auf die Tischdekoration. Nie sah er auf. Dabei hätte ich ihn am liebsten mit meinen Blicken durchbohrt. Eva annoncierte die Vorspeisen, das hieß arbeiten, avanti, avanti, ich konnte mir keine Sentimentalitäten leisten.

Margit stolzierte in die Küche, als Holger mit Eva die letzten Nachtische servierte. Während ich verschwitzt und erledigt am Pass lehnte, wartete Margit mit ihrer immer noch tadellosen Frisur und frisch mit Pink nachgezogenen Lippen auf. Mit Kennerblick musterte sie die Küchenausstattung, rechnete nach, was mich der neue Herd, der Kombidampfer, die Kühlung gekostet hatten.

»Kochen kannste wirklich, da hat der Schorschi Recht«, plauderte sie im Hausfrauen-Ton. »Und an 'nem Donnerstag dreißig Essen. Vielleicht läuft der Laden doch besser, als ich gedacht hab.«

Am liebsten hätte ich die Betonfrisur samt Kopf in den Kombidampfer gesteckt und bei zweihundert Grad gesiedet.

»Bringen wir's hinter uns, Margit.«

Ich wies sie an, mir in die Vorratskammer hinter der Küche zu folgen. Unter den Mehlpaketen lagen die fünfzehntausend Euro versteckt. In der Pause zwischen Hauptgang und Dessert hatte ich den braunen Umschlag mit aufs Klo genommen und davon dreißig Fünfhunderterscheine abgezählt. Margit warf nur einen kurzen Blick auf das Geld und steckte es dann sorgfältig in die Handtasche. Ich hielt ihr den Quittungsblock hin, in dem sie mir den Empfang des Geldes bestätigte. Anstandslos unterschrieb sie und riss sich das Duplikat heraus.

Ich konnte mir nicht verkneifen zu sagen: »Dir trau ich zu, dass du das Geld zweimal von mir forderst!«

»Ach, Katharina«, meinte sie herablassend und ließ das goldene Schloss ihres Täschchens zuschnappen. »Ich will nur mein Geld zurück. Die nächsten fünfzehntausend in zwei Wochen. Jetzt, wo du einen Blöden gefunden hast, der dir die erste Rate geliehen hat, wird's bei der zweiten auch kein Problem sein. Über die Zinsen reden wir dann noch.«

Sie setzte ein Haifischlächeln auf, und die Taschenrechneraugen blitzten triumphierend. Bevor ich die Mehltüte, in der sich meine Hand festgekrallt hatte, nach ihr werfen konnte, trippelte sie schnell zurück in die Küche. Ich folgte ihr wie in Trance, sah durch die Glasscheibe, wie sie Kerner aus dem Stuhl drängte und Eva verklickerte, dass ihre Zeche auf meine Rechnung ging. Dann ließ sie sich von Kerner in den Mantel helfen und winkte mir noch mal zu. – Warum hatte ich ihr nicht wenigstens die Autoreifen zerstochen?

*

Eine halbe Stunde später explodierte ich.

Beim Aufräumen fiel Holger das Backblech aus der Hand, krachte neben mir auf den Boden. Ich rutschte auf den gallertartigen Resten der Hühnersoße aus, rappelte mich auf, rutschte noch mal und knallte genau auf den Hüftknochen, den ich mir am Morgen im Badezimmer gestoßen hatte. Es reichte, es reichte, es reichte. Dieser Tag war nicht mein Freund, das war schon seit heute Morgen klar, dieser Tag war viel schlimmer, dieser Tag führte meine Vernichtung im Schilde.

Ich zog mich an der Spüle hoch und schrie Holger an. Ob er nicht aufpassen könne, wo er seine Augen habe, was für ein Trampel er sei. Ich brüllte so laut, dass Holger sich starr vor Schrecken nicht mehr bewegte und Eva im Resto Teller und Gläser stehen ließ. Was für eine Scheiße! Was für ein beschissenes Ende eines beschissenen Tages!

»Macht, dass ihr rauskommt!«, schrie ich die zwei an. »Haut ab, verpisst euch.«

Holger rührte sich nicht, und ich wusste genau, was er dachte. Spielmann hatte vor zwei Jahren in der Ochsenküche auch so herumgetobt, Pfannen durch die Küche geworfen, Messer durch die Gegend fliegen lassen. Bevor er endgültig durchdrehte. Und jetzt führte ich mich genauso auf. Dieser Gedanke machte mich noch wütender, und ich griff nach einem nassen Spüllappen und schleuderte ihn dem Jungen vor die Füße.

»Jetzt mach endlich die Biege!«, brüllte ich weiter. »Oder soll ich dich mit der Eisenpfanne verprügeln?«

Eva stürzte in die Küche, kam mit einer beruhigenden Geste auf mich zu. Ich bremste sie mit einem nassen, ihr ins Gesicht geschleuderten Handtuch. Wieso suchten die beiden nicht das Weite? Wieso ließen sie mich nicht in Ruhe? Helfen konnten sie mir so oder so nicht. Ich klaubte mir einen dreckigen Pfannenheber aus der Spüle.

»Haut jetzt endlich ab«, jaulte ich mehr, als ich brüllte, »oder wollt ihr, dass ich völlig ausraste?«

Ich drohte Holger mit dem Pfannenheber, er wich in Richtung Tür zurück. Achtlos fuhr ich mit dem anderen Arm über den Pass, hinter mir krachten Platten, Mokkatassen und Besteck zu Boden. Als Holger endlich durch die Tür huschte, warf ich den Pfannenheber weg und glitt, das Spülbecken im Rücken, langsam zu Boden. Ich schlang die Arme um die Knie und begann zu weinen. Erst langsam und leise, aber wie ein ordentlicher Landregen steigerte ich das Tempo, bis mir Tränen und Rotz wie Bäche aus Augen und Nase flossen. Ich fand kein Ende mehr. Ab und an schluchzte ich asthmatisch, holte tief Luft, und schon quoll der nächste Sturzbach aus mir heraus. Schluchzen, Luftholen, Weinen. So elend hatte ich mich seit den frühen Frankfurter Tagen nicht mehr gefühlt. Das Leben war nicht fair. Die Zeit nach der Trennung von Ecki hatte mich durch solche Höllen geführt, ich verdiente es, ein bisschen auf der Sonnenseite des Lebens zu spazieren. Einer kleinen Sirene gleich setzte ich zu immer neuen Heulkonzerten an. Wie schön wäre es, jetzt jemanden zu haben, an dessen Brust man sich lehnen konnte, in dessen Armen man sanft in den Schlaf gewiegt wurde. Ecki, du blöder Hund, warum hat es nicht geklappt zwischen uns? Warum hast du mich in Bombay so gnadenlos abserviert?

Meine Augen brannten, als der Tränenstrom endlich versiegte. Ich wischte mir mit dem Tourchon über das glühende Gesicht und zog mich vorsichtig am Pass hoch. Eva und Holger waren tatsächlich gegangen. Ganz still war's, nur der Kühlschrank surrte. Draußen lag das Altenheim im Dunkeln. Über die Keupstraße rumpelte ein spätes Auto. Im Spülbecken türmten sich die dreckigen Pfannen, auf dem Herd warteten die Töpfe mit dem abgestandenen milchigen Spätzlewasser auf Reinigung. Die leer gefutterten Nachtischteller auf dem Pass gehörten in die Spülmaschine, die Brotkörbe aufeinander gestapelt, die Platten poliert, die Salzfässer gefüllt. Drei Mokkatassen und zwei Dessertteller hatte mich der Wutanfall gekostet. Vorsichtig suchte ich das Besteck aus den Scherben, stellte die Platten zurück auf den Pass. Der Saustall in der Weißen Lilie glich dem Durcheinander in meinem Inneren. Sollte doch alles den Bach runtergehen. Wofür die ganze Rackerei, wenn immer wieder eine Margit Kerner auftauchte, die alle Anstrengungen zunichte machte?

Vielleicht nur noch schnell das Geschirr in den Spüler? Wo wir schon dabei sind, auch noch die Gläser zurück in die Anrichte. Einmal über den Tisch wischen, dann ist das auch erledigt. Solange die Spülmaschine läuft, kann ich auch noch die Pfannen schrubben. Erst mal durchkehren, damit die Porzellansplitter nicht immer unter den Füßen knirschen.

Ich krempelte die Ärmel hoch. Tobte mich mit einem Topfkratzer in den Pfannen aus. Wienerte die Kochfelder. Polierte den Pass. Schrubbte den Boden.

Es war kurz nach Mitternacht, als ich die letzte Spülmaschine ausräumte und meinen Blick über eine glänzende, ordentliche, blitzsaubere Küche gleiten ließ. Wer sagt's denn? Geht doch alles. Zumindest das.

Ich beschloss, diesen furchtbaren Tag mit ein, zwei Kölsch in der Vielharmonie zu beerdigen. Kurt polierte Gläser, als ich die Kneipe betrat. Am Tresen las ein einziger Gast im druckfrischen Express. Tayfun blickte erst von seiner Zeitung auf, als ich ein Kölsch orderte.

»So schnell sieht man sich wieder«, grüßte er müde und vertiefte sich sofort wieder in die Sportnachrichten.

Ich nickte und ließ mir von Kurt ein Bier reichen.

»In zehn Minuten mach ich den Laden dicht«, meinte der.

Langsam ließ ich das frische Bier durch die Kehle rinnen.

»Was Neues wegen der Leiche?«, fragte Kurt und schüttete Putzwasser auf die Edelstahlabtropffläche für die Gläser.

»Der Mann hat mal bei mir gegessen, das ist alles, was ich weiß.«

»Und du?«, fragte er Tayfun. »Wohnst doch direkt gegenüber. Hast du nichts gehört oder gesehen?«

»Weiberfastnacht bin ich sternhagelvoll vor den Tagesthemen ins Bett gesunken. Hätt nicht mal ein Erdbeben gehört.« Tayfun klappte den Express zu, stopfte ihn in seine Jackentasche und reichte Kurt seinen Deckel.

Kurt zapfte noch drei Bier. »Gehen aufs Haus.«

Ohne ein Wort zu sagen, jeder seinen eigenen Gedanken nachhängend, tranken wir drei das Kölsch.

Dann stand ich mit Tayfun auf der Straße. Die Luft roch immer noch mild, es waren bestimmt zehn Grad, vorfrühlingshaft warm nach den eisigen Karnevalstagen. Ein leichter Wind wirbelte auf der Mülheimer Freiheit eine weggeworfene Plastiktüte auf. Ich wollte zur Bahnhaltestelle, er nach Hause, wir hatten den gleichen

Weg. Stumm liefen wir zwei nebeneinander her. Jeder die Hände in den Jackentaschen vergraben, bogen wir in die Keupstraße ab, wussten nicht, worüber wir reden sollten. Im dritten Stock des Altenheims flackerte ein einzelnes Licht auf. Wir sahen beide hinauf.

»Ich stelle mir immer vor, was sie träumen, wenn ich nachts hier ein Licht sehe«, meinte ich.

»Du auch?«, fragte Tayfun und blieb stehen.

»Ja. Auf der zweiten Etage wohnt einer, der oft von einem lang gezogenen, durch Mark und Bein gehenden Stöhnen geweckt wird. Ich stelle mir vor, dass er als junger Kerl noch in den Krieg musste, vielleicht als Späher auf der Motorhaube eines Militärjeeps saß, um die Fahrer vor Jagdbombern zu warnen. Und mit ansehen musste, wie vor ihm eine Bombe runterging und zwei Radfahrer zerfetzte. Die Bilder der durch die Luft fliegenden Körperteile verfolgen ihn.«

»Nein«, widersprach Tayfun. »Der war an der Ostfront, im Kessel von Stalingrad, der furchtbare Winter 1943. Eine eisige Nacht hat er nur überlebt, weil er sich unter den verblutenden Leichnam eines Kameraden eingegraben hat. Dessen tote Augen verfolgen ihn Nacht für Nacht.«

Wir starrten weiter zu dem Licht hinauf, lauschten der Stille der Nacht.

»Weißt du, warum die in der dritten Etage so wimmert?«, fragte Tayfun.

»Die hat doch ihre Puppe bei einem Bombenangriff verloren!«

»Ja, eine echte Schildkröt-Puppe mit schwarzen Lederschühchen und einem Spitzenkleid«, nickte er. »Gehörte eigentlich ihrer großen Schwester Trudchen, die bei einem der ersten Bombenangriffe ums Leben gekommen war.«

»In ihren Träumen sieht sie immer die brennende Puppe.«

»Und manchmal die brennende Schwester …« Tayfun schüttelte sich. »Was sich hinter diesen Mauern an schrecklichen Erinnerungen sammelt«, murmelte er.

»Manche haben auch schöne Erinnerungen! Es gibt eine, die nachts immer kichert«, fiel mir ein.

»Die schöne Gerda!«, wusste Tayfun sofort. »Hat heute Wasser in den Beinen und einen Hintern so breit wie ein Scheunentor.

Aber in den Fünfzigern war sie eine Schönheit mit Wespentaille, Häkelhandschuhen und Petticoat. Die beste und begehrteste Rock-'n'-Roll-Tänzerin der Stadt! Rock 'n' Roll!«, begeisterte er sich, begann ein paar Töne von »Rock around the Clock« zu summen, klopfte mit den Füßen den Rhythmus, fing an zu tanzen und griff nach meiner Hand. Ich kicherte.

»O Scheiße«, entfuhr es mir nach einem Blick in Richtung Clevischen Ring. »Da fährt meine letzte Vier.«

»Nicht schlimm«, meinte Tayfun und summte weiter. »Dann kannst du ein bisschen mit mir auf der Straße tanzen.«

Er griff erneut nach meiner Hand, zog mich im Takt mal nach rechts, mal nach links, drehte mich vorwärts und rückwärts.

»Wenn uns die schöne Gerda jetzt sehen würde!«, rief er und wirbelte mich ein weiteres Mal im Kreis. »Tränen der Wehmut stünden in ihren Augen!«

»Nee«, schnaufte ich, »die würde in breitestem Kölsch sagen: Wat soll dat denn sin? Rock 'n' Roll? Dat kunnte mir äwer vill besser …«

»Kölsch reden kannst du aber nicht«, spottete Tayfun.

»Woher denn? Als Schwarzwaldmädel.«

»Wenn ihr do unge nit op dr Stell still sid«, drang es jetzt in echtem Kölsch aus dem Haus neben der Weißen Lilie zu uns herunter, »hol isch de Schmier …«

Wie zwei ertappte Kinder standen wir erst still, blickten uns dann an und kicherten leise.

»Komm«, flüsterte Tayfun. »Wir gehen zu mir. Ich habe noch ein paar alte Rock-'n'-Roll-Platten und eine Flasche Sekt im Kühlschrank. Die trinken wir auf die schöne Gerda.«

Tayfuns Wohnung war viel zu klein zum Rock-'n'-Roll-Tanzen. Eine winzige Küche und eine schräge Kammer, die mit einem großen Bett und Regalen, voll gestopft mit Videokassetten, Büchern, Schallplatten, Musikanlage, Fernseher und Krimskrams, gefüllt war. Durch das schmale Fenster der Dachgaube lugte ein zarter Neumond, und im Raum roch es sanft nach Zimt.

Tayfun legte keinen Rock 'n' Roll auf, er spielte Tangomusik.

»In ihren wilden Jahren«, erzählte er und forderte mich mit einer leichten Verbeugung zum Tanz, »in dieser kurzen Zeit nach dem Krieg, als alle Regeln außer Kraft gesetzt waren, als unbändiger Lebenshunger die Schrecken des Krieges verjagte, hat die schöne Gerda auf den Trümmerbergen der Kölner Altstadt nur eines getanzt: Tango.«

Manuel Pizarro spielte den »Tango du rêve«, die Melancholie des Bandoneons füllte den kleinen Raum bis in die letzte Ritze. Tayfun zog mich zu sich und schob mich über die anderthalb Quadratmeter zwischen Bett, Regal und Schräge.

»Denn Tango«, fuhr er fort, »war damals wie heute der einzige Tanz, der das Wesen der Liebe erfasst: den Kampf«, bog mich nach hinten, »die Nähe«, er zog mich zu sich, »die Eifersucht«, er drehte mich hart, »und die Leidenschaft«, sein Mund war jetzt keine fünf Millimeter mehr von meinem entfernt.

»Wann hörst du endlich auf zu quatschen?«, fragte ich und küsste ihn.

Zum zweiten Mal an diesem Tag explodierte ich.

Ich war so lange nicht mehr mit einem Mann im Bett gewesen, dass mich wahrscheinlich auch ein mittelmäßiger Liebhaber hätte befriedigen können, aber mit Tayfun zu schlafen war höchste Lust. Ein erfahrener Erforscher von erregbaren Körperstellen, mit Fingern so sanft und kraftvoll wie die eines Klavierspielers, und einer Zunge, so süchtig leckend, als wäre mein Körper ein einziges Sahnehäubchen …

Als ich erwachte, zogen hinter dem Dachfenster weiße Wolken über den blauen Himmel. Tayfun lag mit angewinkelten Knien neben mir und schnarchte leise, das Gesicht hinter dem weichen Vorhang seiner glatten Haare verborgen. Vorsichtig schälte ich mich aus dem Bett und schlich ins Bad, das erstaunlicherweise nicht so winzig war wie der Rest der Wohnung, sogar eine Badewanne stand drin. Ich ließ Wasser einlaufen und stieg in das dampfende Nass. Im Liegen sah man durch das schräge Dachfenster direkt in die weißen Wolken. In den letzten zwei Jahren hatte ich mich dem Himmel selten so nah gefühlt. Leise summte ich die Tangomelodie, betrachtete meinen fülligen, im Wasser ruhenden Körper mit Wohlwollen. Nach so einer Nacht kam er mir viel schöner vor als sonst.

»Bist du da drin?«, fragte Tayfun aus dem Flur. »Kannst du dich beeilen? Ich muss ganz dringend!«

Tropfend, nur in ein Handtuch gehüllt, überließ ich ihm das Bad. Tayfun stürzte wortlos an mir vorbei. Schnell rieb ich mich trocken, schlüpfte in meine Kleider, griff nach der Handtasche. Nichts schwieriger als der Morgen danach. Ich hätte nach dem Aufwachen gehen sollen.

»Tee steht auf dem Küchentisch!«

Tayfun stand im Türrahmen und rubbelte mit einem Handtuch das feuchte Haar. Er trug nichts als Boxershorts. Unter der bronzenen Haut konnte man die Rippen zählen. Was für ein dürres Hemd er war!

»Hey«, lächelte er und deutete auf die Handtasche. »Du willst doch nicht vor dem Frühstück gehen, oder?«

Ich zuckte unschlüssig mit den Schultern, und Tayfun deutete zur Küche. Auf dem langen schmalen Tisch, der auch als Schreibtisch diente, sah ich türkische Teegläser, ein Schälchen mit schwarzen Oliven, in Scheiben geschnittenen Schafskäse und Fladenbrot. Laptop und Papiere waren für dieses Mahl zur Seite geschoben worden. Der Tisch stand vor einem langen, bis zum Boden heruntergezogenen Fenster, das das Zimmer mit hellem Morgenlicht flutete und von dem aus man direkt auf die Eingangstür der Weißen Lilie sehen konnte.

»Ich pflege nicht viele meiner türkischen Wurzeln«, erzählte Tayfun, der Jeans und Sweatshirt angezogen hatte, »aber das Frühstück habe ich beibehalten. Nichts ist leckerer, als den Tag mit Oliven und Schafskäse zu beginnen.«

Beherzt riss er ein Stück Fladenbrot ab, bröckelte etwas Schafskäse oben drauf und steckte es zusammen mit zwei Oliven in den Mund. Ich nippte an meinem Tee und dachte an Honigbrötchen und Tunkei. Für mich gab es viele Frühstückstköstlichkeiten, Oliven und Schafskäse gehörten bisher nicht dazu. Aber warum nicht? Ich griff nach dem Fladenbrot, belegte es mit einem Hauch von Käse.

»Lebst du schon lange allein?«, fragte ich. Schafskäse auf nüchternen Magen war nichts für alle Tage, aber an diesem Morgen genau das Richtige.

»Spielen wir jetzt das Wer-bist-du?-Woher-kommst-du-Spiel?«, fragte Tayfun spöttisch zurück.

Da, schon wieder. Der verflixte Morgen danach! Ich hätte ihn schlafend zurücklassen sollen!

»Sorry, ich dachte nur ... weil Adela von einer schwierigen Geburt gesprochen hat. Kind, Frau und so weiter ...«

»Ach so!«, grinste er. »Die schwierige Geburt ... Die hat nur in meinem Kopf stattgefunden. Ich musste mal für ›alphateam‹ eine Folge schreiben, in der es bei einer Geburt zu Komplikationen mit der Nabelschnur kommt. Dabei hat mir Adela mit ihrem geballten Hebammenwissen geholfen.«

»Dann schreibst du Drehbücher?«

»Mehr schlecht als recht, und vor allem nicht das, was ich schreiben will ...«

Sein Blick wanderte aus dem Fenster in unbestimmte Fernen.

»Schlage mich als freier Mitarbeiter mit blödem Serienkram durch. Zu Ruhm und Wohlstand hat mich der Scheiß aber noch nicht gebracht. Schwierige Zeiten!«

»Wem sagst du das«, seufzte ich und blickte ebenfalls aus dem Fenster.

Was ich da sah, ließ mich sofort vom Stuhl hochfahren. Scarlett! Da unten stand Scarlett. Sie versuchte die Eingangstür der Weißen Lilie aufzuschließen, aber das klappte nicht. Natürlich, sie hatte noch keinen neuen Schlüssel. Ich schnappte meine Tasche und raste die Treppen hinunter. Als ich unten ankam, hatte Scarlett sich von der Tür abgewandt und betrachtete unentschieden die Regentenstraße.

»Scarlett!«, rief ich.

Als sie mich erkannte, begann sie sofort zu laufen und rannte die Regentenstraße hinunter.

»So warte doch, ich muss mit dir reden!«, schrie ich ihr hinterher.

Aber Scarlett wollte weder warten noch reden. Sie beschleunigte ihr Tempo und ließ mir keine Chance. Siebzehn Jahre jünger und dreißig Kilo leichter zog sie davon wie der Blitz, überquerte bei Rot die Dünnwalder Straße, bog links in die Düsseldorfer. Am Böcklingpark hatte ich sie aus den Augen verloren, mit Seitenstechen und nach Luft ringend schleppte ich mich durch den Park zum Clevischen Ring zurück, ohne noch einmal ihre roten Haare zu erspähen. Am Eingang fragte ich zwei frierende Junkies nach ihr, die zuckten nur unbeteiligt mit den Schultern und bettelten träge um ein bisschen Kleingeld.

Auf dem Rückweg zeigte die elektronische Uhr eines Möbelgeschäfts 10 Uhr 55 an. Mist, um elf sollte ich bei Rieger auf dem Präsidium sein. Holger musste sich schon wieder um die Einkäufe kümmern. Während ich nach dem Handy griff und ihn anrief, liefen die Ereignisse des gestrigen Abends wie ein Film vor meinem geistigen Auge ab. Wie eine Furie war ich durch die Küche getobt. Hoffentlich hatte ich Holger und Eva mit meinem Wutanfall nicht zu sehr verschreckt! Als Erstes erzählte ich Holger, dass ich Scarlett frisch und munter gesehen hatte, das erleichterte ihn so, dass er mir nicht nur den gestrigen Anfall verzieh, sondern sich auch bereitwillig ein weiteres Mal um die Einkäufe kümmerte. Nachdem das erledigt war, rief ich bei Tayfun an, sagte ihm, dass ich jetzt sofort ins Polizeipräsidium müsse.

»Was hast du gesehen? Weshalb bist du wie von der Tarantel gestochen nach draußen gerannt?«, fragte er.

»Ist 'ne lange Geschichte«, wiegelte ich ab. »Muss ich dir ein andermal erzählen …«

*

Auf dem Walter-Pauli-Ring parkte ungefähr ein Dutzend grünweiße Kleintransporter, und aus dem Polizeipräsidium stürmten martialisch ausstaffierte Beamte. Ich kämpfte mich gegen den Strom der Olivgrünen ins Innere des Gebäudes durch. Alle Aufzüge waren blockiert oder übervoll, auch im Treppenhaus herrschte reger Betrieb. Zwanzig nach elf, diesmal wartete Eva nicht vor Riegers Büro, wahrscheinlich saß sie schon drinnen. Ich klopfte mehrmals, niemand antwortete. Auch auf diesem Flur liefen Beamte eilig hin und her, einer brachte mich zu einem Konferenzraum, wo Rieger mit anderen saß. Als er mich bemerkte, runzelte er missbilligend die Stirn, stand dann aber auf und kam aus dem Raum. Er drückte knapp meine Hand und eilte mir mit riesigen

Schritten in sein Büro voraus. Diesmal trug er ein meerblaues T-Shirt, auf das »Slowmotion« gedruckt war.

»Frau Hochstetten ist vor fünf Minuten gegangen«, sagte er, während er gleichzeitig die Tür öffnete, sein bellendes Handy bediente, »in zehn Minuten!« knurrte, mir den Stuhl neben seinem Schreibtisch zuwies und ein paar Fotos auf den Schreibtisch legte.

Ich sah ihn fragend an.

»Über einen unserer Informanten haben wir von dem Gerücht gehört, dass ein rechtsrheinischer Geldbote ermordet werden sollte«, erklärte er mir. »Dabei könnte es sich um unseren Toten handeln. Ich hab Ihnen direkt am Tatort gesagt, dass das Ganze nach Hinrichtung aussah, ein deutlicher Hinweis auf organisierte Kriminalität.«

»Was denn für ein Geldbote?«

Rieger sah mich ungeduldig an.

»Prostitution, Drogengeschäfte, Menschenhandel, Schutzgelderpressung werden nicht per Banküberweisung getätigt«, rasselte er dann mit einem Blick auf seine Uhr herunter, »das geht cash, da fließt Bargeld. Der Zaster muss vom kleinen Boss zum größeren, vom größeren zum großen und vom großen zum ganz großen und von dort nach Liechtenstein oder Luxemburg. Für den Transport braucht man Geldboten. Wenn einer von denen Mist baut, dann hilft weder Gott noch Teufel.«

Mir wurde abwechselnd heiß und kalt bei der Vorstellung, meine fünfzigtausend könnten einem der ganz großen Bosse gehören.

»Und auf den Fotos sind Ihnen bekannte Geldboten?«

»Nein. Das sind Kölner Mafia-Größen. Möglicherweise hat die Geldübergabe beim Essen in Ihrem Laden stattgefunden. – Sie haben den Toten wiedererkannt, vielleicht erkennen Sie … Schauen Sie sich die Fotos einfach an.«

Mafia-Größen in der Weißen Lilie! Geldübergabe unter meinem Eichentisch! An so was hatte ich bisher überhaupt noch nicht gedacht. Vorsichtig sah ich mir die Fotos an: junge, mittelalte, ältere Männer, Männer mit Pferdeschwanz und Brillantine-Haar, Männer mit dicken Schnauzbärten, Männer mit finsteren, stechenden Augen, Männer mit Goldrandbrille und grau melierten Haaren, Männer mit Halbglatzen und roten Backen. Manche sahen aus wie Gewaltverbrecher, andere wie Bankdirektoren, wieder andere wie spießige Nachbarn oder wie der nette Junge von nebenan. Die Großkriminellen Kölns hatten viele verschiedene Gesichter und nur zwei Dinge gemeinsam: Sie waren alle männlich, und ich kannte keinen von ihnen.

»Tut mir Leid«, sagte ich, gab Rieger die Fotos zurück, der währenddessen schon wieder zweimal telefoniert hatte. »Sind Sie wenigstens mit unserer Reservierungsliste weitergekommen?«

»Mit den Viva-Leuten sind wir fast durch«, berichtete er unwillig und drängte mich zum Gehen. »Von denen kannte ihn keiner. Bei zwei, drei Adressen haben wir noch niemanden erreicht. Mal sehen, ob von da noch ein Hinweis kommt.«

Im Flur drückte er mir hastig die Hand und eilte zu seiner Konferenz zurück. Konnte der Mann sich überhaupt nicht ruhig hinsetzen und nachdenken? Bei allen Begegnungen mit mir hatte er nicht einmal innegehalten, hetzte nur von Ort zu Ort, verfolgt von einem unentwegt klingelnden Handy und einem Berg Arbeit, der eher größer als kleiner wurde. Welchen Platz nahm der Mord vor meiner Tür in seinem Arbeitsberg ein? Lag er noch oben auf, oder war er, von neuen Verbrechen verdrängt, schon weit nach unten gerutscht? Langsam stieg ich die Treppen zum Eingang hinunter. Das Foyer war jetzt fast leer, die olivgrüne Truppe wie vom Erdboden verschluckt, auch die Cafeteria nur an wenigen Tischen besetzt. Von einem der Tische winkte Kuno zu mir herüber. Gemeinsam mit dem Grafen und dem Cowboy trank er dort Kaffee.

Nach den ersten aufregenden Monaten in seiner neuen Heimat, wo Adela ihn zu allem und jedem mitgeschleppt und all ihren Freundinnen vorgeführt hatte, bemerkte Kuno, dass ihm zwei Dinge fehlten: seine Arbeit und Kontakt zu Männern. Nahe liegend, dass ihn sein Weg bald ins Polizeipräsidium führte, zumal dieses keine fünfzehn Minuten Fußmarsch von der Kasemattenstraße entfernt lag. Dort saß er seither regelmäßig, und nicht nur er. Auch der Graf und der Cowboy wurden von Heimweh nach ihrer alten Arbeitsstelle geplagt und verbrachten in der Cafeteria die späten Vormittags- oder die frühen Nachmittagsstunden. So hatten sich die Pensionisten kennen gelernt. An manchen Regentagen muteten sich die drei sogar das Polizeikantinenessen zu und blieben, bis die alten Kollegen Feierabend machten. Natürlich kam dabei der eine oder andere Weggefährte an ihren Tisch, ließ etwas Dampf über die Arbeit ab, berichtete über den Stand aktueller Ermittlungen. Sie hatten Zeit, sich alles anzuhören, alles zu debattieren. Sie kannten die alten Seilschaften, wussten, wer mit wem gut konnte und wer gegen wen intrigierte. Das Trio glaubte sich über den Stand der Kölner Verbrechensbekämpfung genauso gut informiert wie der Polizeipräsident.

Auf einen kurzen Gruß ging ich an ihren Tisch. Schon half mir der Graf aus der Jacke, schob Kuno mir einen Stuhl zurecht, trabte der Cowboy zur Theke, um mir einen Kaffee zu holen.

»Ich habe überhaupt keine Zeit«, wehrte ich ab.

Kuno lächelte beruhigend, der Graf charmant, und der Cowboy fragte: »Milch und Zucker?«

»Wissen Sie, Gnädigste«, begann der Graf, »wenn ich an den Kollegen Rieger denke, kann ich mich an meinem Pensionärsdasein erfreuen, denn in seiner Haut möchte ich nicht stecken. Der arme Mann kommt weder in der Soko Sprengstoff weiter noch bei dem Kannibalenmord. Für so einen ehrgeizigen, erfolgsgewohnten Kollegen keine schöne Situation.«

»Komm schon, Graf, wir hätten auch bei der Aufgabe geflucht, kurz nach Aschermittwoch Karnevals-Kannibalen-Gruppen zu befragen. Da versinken die doch in Katzenjammer«, grummelte der Cowboy.

»Ich hätt halt eine Anzeige in die Zeitung gesetzt: Welchem Kölner Kannibalen wurde Weiberfastnacht sein Kostüm geklaut?«, meldete sich Kuno zu Wort und schlürfte dabei lautstark einen Schluck Tee.

»Gute Idee«, stimmte der Cowboy zu. »Der Tote kann genauso gut kein Mitglied einer Karnevalsgruppe gewesen sein. Und einer, dem sein Kostüm geklaut wurde, meldet sich schneller bei der Polizei, als die Befragung von zig Karnevalsgruppen dauert.«

»Der Kannibale hatte übrigens einen merkwürdigen Text bei sich«, fiel mir ein, und ich kramte in meiner Handtasche nach dem fotokopierten Blatt, das Rieger mir gegeben hatte. »Vielleicht kann einer von euch damit etwas anfangen.«

Ich legte es auf den Tisch, und Kuno und der Cowboy begannen sofort zu lesen.

»Riegers Problem ist doch, dass er auf gute Ideen überhaupt nicht mehr kommen kann bei dem Stress, den er sich macht«, stichelte der Graf weiter. »Der fühlt sich doch mehr als Manager denn als Polizist, will seine Abteilung führen wie ein Wirtschaftsunternehmen, spektakuläre Festnahmen, medienwirksame Maßnahmen, hohe Erfolgsquoten in kürzester Zeit und so weiter. Wenn er die nicht hat, täuscht er blinden Aktionismus vor.«

»Komm schon«, dämpfte ihn der Cowboy und unterbrach kurz das Lesen, »als wir so alt waren wie er, hatten wir nicht diesen Druck. Da wollten die Medien nicht schon beim Fund der Leiche wissen, wer der Täter ist.«

»Zugegeben. Aber wir hätten uns auch durch so ein Kannibalenkostüm nicht täuschen lassen. Natürlich kann es ein Karneval-Eifersuchtsmord sein! In den verrückten Tagen ist alles möglich, dennoch toleriert nicht jeder Mann die promiskuitiven Ausschweifungen der Gattin. Aber wir wissen auch alle, was für eine heiße Gegend die Keupstraße, trotz aller Anstrengungen, noch immer ist, zudem der Böcklingpark mit der Drogenszene nicht weit weg liegt. Warum also sucht er nicht im Milieu nach dem Täter?«

»Aber das tut er doch«, warf ich ein, setzte meine leere Kaffeetasse ab und griff nach meiner Jacke. »Angeblich soll ein Geldbote ermordet worden sein. Rieger hat mir Fotos von Kölner Mafia-Größen gezeigt. Er vermutet, dass die Geldübergabe in der Weißen Lilie stattfinden sollte oder stattgefunden hat.«

Der Graf und der Cowboy blickten sich vielsagend an.

»Hat er Ihnen auch diesen Mann gezeigt?«, fragte der Graf und zog ein Foto aus seiner Brieftasche.

Der Mann mit den stechenden Augen und dem dunklen Schnäuzer kam mir bekannt vor. Das gleiche Foto hatte ich bei Rieger gesehen.

Ich nickte und stand auf. »Wer ist das?«

Der Graf blickte triumphierend, der Cowboy warnend und Kuno interessiert zwischen den beiden hin und her.

»Mehmet Gürkan«, informierte mich der Graf. »Kontrolliert

den Drogenhandel im Rechtsrheinischen und in weiten Teilen des Bergischen Landes.«

»Ich habe ihn noch nie gesehen. Das habe ich auch Rieger gesagt«, erklärte ich den dreien und klopfte zum Abschied auf den Tisch.

Ganz alte Schule erhoben sich die Herren und reichten mir einer nach dem anderen mit einer kleinen Verbeugung die Hand.

»Wenn ebbes isch, hier kannscht du uns immer finden, gell«, rief Kuno mir im breitesten Schwäbisch nach.

»Selbstverständlich, Gnädigste«, fügte der Graf hinzu, »auch falls Sie hier Probleme haben sollten, können wir bestimmt hilfreich intervenieren.«

Ich bedankte mich und zahlte meinen Kaffee an der Theke.

»Es ist seine Handschrift«, hörte ich den Grafen hinter mir flüstern, »eine Warnung an alle, sich nicht mit ihm anzulegen. Erinnerst du dich an …«

»Verrenn dich nicht«, warnte ihn der Cowboy scharf. »Denk dran, was dir das letzte Mal passiert ist!«

Draußen tröpfelte ein steter Landregen auf die großen runden Steine des Vorplatzes, und die schmale türkisfarbene Fassade neben dem Haupteingang glitzerte wie ein Schwimmbadboden. Die Jacke schützend über den Kopf gezogen rannte ich bis zur U-Bahnstation Kalker Post. Im Deutzer Bahnhof steigerte sich der Landregen zu einem Platzregen, und das Wasser quietschte in meinen Schuhen, als ich in der Kasemattenstraße die Treppen nach oben stieg.

Adela saß im Schneidersitz auf dem Teppich im mollig warmen Wohnzimmer und sortierte Babyfotos. Ich winkte ihr nur kurz zu, wollte als Erstes aus meinen nassen Klamotten steigen. Mir war furchtbar kalt. Als ich eine warme Hose an- und trockene Socken über die klammen Füße gezogen hatte, spürte ich eine bleierne Müdigkeit aufsteigen. Mein schönes weißes Bett zog mich magisch an. Ja, für einen kurzen Moment wollte ich mich unter die warme Decke legen und die Augen zumachen. Ein bisschen Schlaf tanken, um den Tag zu überstehen. Aber kaum hatte ich die Augen zu, fuhren meine Gedanken Achterbahn. Ich sah Margit Kerner in ihren blaumetallicfarbenen BMW steigen und zu Kerner sagen: »Hast gesehen, wie einfach das ist, wieder an das Geld zu kommen. Wenn ich nicht in dein Leben getreten wär, würdst du immer noch in deinen Jazzschuppen kellnern. Bist halt ein alter Träumer, Schorschi.« Dabei kniff sie ihn beim Fahren – selbstverständlich steuerte sie den Wagen – in den Schenkel, und Kerner zuckte leicht zusammen, sagte zu alldem aber nichts, lächelte bestenfalls ein bisschen gequält. »Und daste mir nicht noch mal auf so eine Schlampe reinfällst«, schickte Margit noch hinterher, bevor sie sich aufs Fahren konzentrierte. Sie hatte Kerner mal wieder gezeigt, wer die Herrin im Haus war, und zwar auf meine Kosten. In meinen Gedanken sah ich sie beim Stop-and-Go am Heumarer Dreieck ungeduldig werden und mit Wucht auf den Wagen des Vordermannes auffahren. Dabei wurde ihr Goldtäschchen nach draußen geschleudert. Die Fünfhunderteuroscheine verteilten sich zwischen Dellbrück und Höhenberg und wurden am nächsten Tag von Fußball spielenden Jungs in der Merheimer Heide gefunden. Mit den Geldscheinen, die sich die Fußballjungen in die Hosen stopften, tauchten Riegers Bilder vor mir auf. Ich sah die Mafiabosse in der Weißen Lilie sitzen. Dort wechselten unter dem Tisch Umschläge den Besitzer. Drogengeld, Dirnengeld, Schutzgeld, Blutgeld. Blutgeld klebte an meinen Händen, ich hatte es angenommen, weitergegeben. Margit war an allem schuld, nein, Kerner, nein, Ecki, nein, ich, nein, alle zusammen. Aber welchem von Riegers Verbrechern gehörte nun mein Geld? Dem mit der Goldrandbrille? Dem mit den schiefen Zähnen? Oder dem mit den stechenden Augen, den auch der Graf mir gezeigt hatte? Sie alle sahen mich an und wollten ihr Geld zurück. Ihr kriegt's nicht wieder, rief ich ihnen zu, geht nicht mehr, hab schon was weggegeben, fragt Margit, die hat's aus mir rausgepresst. Aber das beeindruckte die Mafiabosse nicht. Bewaffnet mit Schlagstöcken und Pistolen, Messern und Morgensternen kamen sie näher und näher und näher.

»Schätzelchen?«

Ich schreckte hoch. Mein Herz raste vor Angst. Gott, fühlte ich mich furchtbar. Fast hätten sie mich umgebracht.

»Es ist schon nach zwei, du musst zur Arbeit. Hab dir einen Lindenblütentee gekocht.«

Adela tätschelte mal wieder sanft meine Hand. Ich musste wohl doch weggedöst sein, sonst hätten mir die Mafiabosse nicht so nah kommen können. Adela stopfte mir ein Kissen in den Nacken, damit ich bequem sitzen konnte, drückte mir die heiße Tasse Tee in die Hand und sah mich besorgt an. Ich lächelte erleichtert. Adela! Meine liebe, gute Adela. Völlig gerührt darüber, dass sie und nicht einer der Verbrecher an meinem Bett saß, nahm ich sie in den Arm. Warum erzählte ich ihr eigentlich nicht alles? Adela wusste immer einen Ausweg, mit Adela würde alles gut werden.

»Hier schau mal, das wollte ich dir zeigen!«

Adela befreite sich aus meiner Umarmung, nestelte ein Foto aus der Tasche ihrer kuscheligen roten Strickjacke und hielt es mir unter die Nase. Die Frau erkannte ich kaum wieder. Wie glücklich Sybille mit diesem winzigen Baby im Arm aussah! Wie hübsch, wie lebendig!

»Scarlett war mit Abstand das süßeste Baby, das ich jemals entbunden habe. Und das will was heißen bei den dreitausend und paar Zerquetschten, die ich auf die Welt gebracht hab. Schwarze Mandelaugen, pechschwarzes, seidenweiches Haar und eine helle, fast durchsichtige Haut. Aber das Erstaunlichste war, dass dieses Kind schon unmittelbar nach der Geburt so wach und weise geguckt hat, dass du dachtest, es kennt schon das ganze Leben«, schwärmte Adela.

»Das Kind ist einfach nur winzig«, meinte ich und reichte ihr das Foto zurück. »Aber Sybille ist kaum wiederzuerkennen. Heute wirkt sie frustriert, vom Leben gebeutelt, sauertöpfisch und da – das glatte Gegenteil!«

»Sie war so vernarrt in das Kind! – Leider war der Vater nicht genauso begeistert«, seufzte Adela. »Das Übliche, du kennst die Geschichte: Der Mann fühlt sich vernachlässigt, schaut sich nach einer anderen um, die ihn betüttelt und anbetet. Sybille ist aus allen Wolken gefallen, als er die Koffer packte. Davon hat sie sich nie erholt.«

»Hat Scarlett sich in der Zwischenzeit bei ihr gemeldet?«

»Ein kurzer Anruf. Sie soll sich keine Sorgen machen.«

»Heute Morgen wollte sie in die Weiße Lilie«, erzählte ich beim Aufstehen. »Ist nicht reingekommen, weil ich doch das Schloss auswechseln musste. Als ich sie angesprochen habe, ist sie abgehauen.«

»Wir müssen rausfinden, was sie angestellt hat«, beschloss Adela und zog dabei meine Bettdecke zurecht. »Was ist mit diesem Mike?«

»Holger sagt, der kellnert im Palladium«, sagte ich auf dem Weg zum Badezimmer. Etwas Wasser ins Gesicht und ein bisschen Feuchtigkeitscreme mussten reichen für den Tag.

»Das ist bei dir um die Ecke«, meinte Adela, die mir nachgekommen war und in der Badezimmertür lehnte. »Kannst du da nach der Arbeit mal vorbeigehen?«

»Klar, versuchen kann man es mal.« Ich legte doch noch etwas Puder und Lippenstift auf.

»Apropos nach der Arbeit …« Adela kam näher und betrachtete mich durch den Spiegel. »Wo warst du denn heute Nacht?«

Ich entdeckte ein kleines, unverschämtes Grinsen auf ihrem Gesicht. Na warte, so einfach würde ich es ihr nicht machen.

»Ich habe in der Keupstraße übernachtet.«

»In der Keupstraße?«, fragte sie irritiert. »Wo denn? Auf den Terracotta-Fliesen?«

Als Antwort schickte ich ihr nur ein vielsagendes Lächeln, als ich mich an ihr vorbei aus dem Badezimmer schob. Das sollte für heute genügen.

*

Es regnete immer noch, als ich in Mülheim aus der Bahn stieg. Der Regen hatte die Kreideumrisse und die Blutspuren auf der Keupstraße endgültig weggeschwemmt, jetzt erinnerte nichts mehr an den Mord vor meiner Eingangstür. Lärmend und lachend zogen ein paar kleine türkische Jungs an mir vorbei, kickten einen Fußball vor sich her. Die störte der Regen nicht, die störte kein Wetter, wenn sie auf dem kleinen Platz vor dem Altenheim dem Ball hinterherliefen.

Wärme empfing mich, als ich die Weiße Lilie betrat. Auf dem Tisch hatten sich drei von Evas Papageientulpen geöffnet, in der Küche dudelte das Radio, auf dem Pass türmten sich die Einkäufe, und die Kellertür stand offen. Ich rief nach Holger.

»Hier«, dröhnte es dumpf aus dem Keller, und schon hörte ich ihn die Treppe hochstapfen. Mit einem angeknabberten Weinkarton in den Händen tauchte er in der Tür auf. »Otto! Hat schon wieder zugeschlagen!«, klagte er. »Hab zwei Hochglanzheftchen gekauft. Die schmecken ihm hoffentlich besser!« Schnell zerkleinerte er den angefressenen Karton. »Wegen Eva. Damit sie nichts merkt«, erklärte er. »Die ärgert sich so schnell.«

Ein Glück für Scarlett, dass ich immer wieder vergaß, dass ihre Ratte in meinem Keller hauste. »Wenn Eva Rattengift kauft, hindere ich sie nicht«, meinte ich.

»Katharina«, flehte er. »Nie ein Haustier gehabt? Otto ist Scarletts Ein und Alles. Nicht abholen heißt, sie steckt in verdammt großen Schwierigkeiten.«

»Hast du ihr erzählt, dass die Ratte in unserem Keller haust?«

Holger zuckte mit den Schultern und nickte.

»Dreimal auf die Mailbox gesprochen«, murmelte er.

Er druckste etwas herum, bevor er fragte: »Heute Morgen? Wie sah sie aus?«

Er blickte mich mit großen Augen an. Wie immer, wollte ich sagen. Dabei spürte ich deutlich, dass es Holger um was anderes ging. Ihn interessierte nicht, wie sie ausgesehen hatte, sondern ob sie Angst hatte, verhungert wirkte, Drogen nahm oder sich nach ihm erkundigt hatte.

»Ist mir wie ein Blitz davongezischt«, meinte ich. »Hab sie überhaupt nicht von nahem gesehen. Die Tigerhose hat sie angehabt und den breiten Metallgürtel.«

»Tigerhose! Hat sie schon getragen, als sie Otto brachte«, murmelte er traurig.

»Jetzt mach dir mal keine allzu großen Sorgen«, versuchte ich ihn aufzumuntern. »Scarlett ist zäh, so leicht lässt die sich nicht unterkriegen.«

Er drehte sich um und schniefte.

»So schlimm?«, seufzte ich und wusste endlich, was mit Holger los war. »Wie lang bist du schon in sie verliebt?«

Mit Wucht trampelte er den Karton mit den Füßen platt und sah mich dabei wütend an. Schnell hob er die Pappteile auf und eilte damit hinaus in den Regen. Da hatte ich wohl einen wunden Punkt berührt.

Mit nassen Haaren stand er nach seiner Rückkehr am Pass und schnitt stumm eine Lammschulter klein. Wenn ich ihn ansah, blickte er weg oder tat sehr geschäftig. Es war nicht das erste Mal, dass der runde Barockengel unglücklich verliebt war. Aber mit Scarlett hatte er einen Volltreffer gelandet.

»Hey, hey, hey. Da blitzt ja schon alles«, staunte Eva, die überraschend früh in der Weißen Lilie auftauchte. »Ich dachte, die Heinzelmännchen sind schon vor vielen Jahren aus Köln verschwunden …«

Schnell stellte sie den triefenden Regenschirm ab und hängte den karierten Mantel an die Garderobe. Sie lachte erleichtert, als sie mich grinsen sah.

»Oho, die Chefin persönlich war das Heinzelmännchen!«

»Na hör mal«, erklärte ich. »Nachdem ich gestern so ausgerastet bin, habe ich zwei Stunden geschrubbt und gewienert, dann ging's wieder.«

Dann entschuldigte ich mich bei ihr für das nasse Handtuch.

»Schon vergessen«, meinte Eva großzügig. »Kann jedem mal passieren. – Ich brauch jetzt einen Milchkaffee. Fühl mal!«

Sanft berührte sie mit ihren schmalen Fingern meine Hand. Die Finger waren kalt wie Eiszapfen.

»Du auch?«, fragte sie, als sie die Espressomaschine startete. Ich nickte.

»Holger«, rief sie dann in die Küche. »Milchkaffee?«

»Später«, kam es von dort zurück. »Erst das Lammragout.«

Mit ihren leisen, leichten Bewegungen richtete Eva zwei große Tassen her, legte liebevoll zwei Kekse an den Tellerrand, ließ die Milchdüse zischen und dann den Kaffee einlaufen. Nach einem kurzen Blick ins Reservierungsbuch stellte sie die zwei Tassen vor mir auf den großen Tisch und setzte sich neben mich. Das Aroma eines wundervollen Mokka arabica zog durch die Weiße Lilie.

»Zwanzig Reservierungen, nicht die Welt für einen Freitagabend, aber so kurz nach Karneval völlig okay. Rechne zehn dazu, dann ist der Abend geritzt.«

»Hast du einen auf den Fotos erkannt?«, fragte ich.

»Du bist also doch noch bei Rieger gewesen«, stellte sie erstaunt fest. »Ehrlich gesagt, als du nicht aufgetaucht bist, habe ich mir ernsthafte Sorgen gemacht, vor allem nachdem Adela erzählt hat, dass du die Nacht nicht zu Hause warst. – Es tut richtig gut, dich wieder in alter Form zu sehen!« Eva riss mit Präzision eines unserer länglichen italienischen Zuckertütchen auf und lächelte mich dabei an.

»Du warst schon weg, als ich gekommen bin. Hat er dir auch die Fotos der Kölner Mafiabosse gezeigt?«

Eva rührte den Kaffee in leichten Achten, bevor sie den ersten Schluck nahm. Die Haare trug sie heute zu einem lockeren Knoten geschwungen, kleine Löckchen umspielten ihr schönes Gesicht.

»Erinnerst du dich an das Foto von dem Typ mit den grau melierten Locken?«, fragte sie. »So zwischen dreißig und vierzig?«

»Undeutlich«, murmelte ich.

»Ganz am Anfang, kurz nach der Eröffnung der Lilie, hat er mal hier gegessen, da bin ich ziemlich sicher. – Eigentlich kann ich mich an jedes Gesicht erinnern, das ich mal bedient habe.«

Sie nahm jetzt die große Tasse in beide Hände und nippte daran.

»Deshalb wundert es mich so, dass du dich nicht an den Toten erinnerst!«, rief ich aus. »Weißt du, in der Küche bekomme ich wirklich nicht alles mit, der Graugelockte bei der Eröffnung, nicht den leisesten Schimmer, aber der Tote, da bin ich mir ganz sicher!«

Behutsam stellte Eva die Tasse ab. »Ich wollte es bei Rieger nicht sagen«, antwortete sie langsam. »Aber du täuschst dich, er hat nie hier gegessen.«

»Doch, Eva, hat er!«

Eine Weile starrten wir uns über unsere Kaffeetassen hinweg an. Es verwirrte mich, dass Eva sich so sicher war. Sollte ich mich getäuscht haben? Nein. In dem Toten hatte ich den verdammt gut aussehenden Mann wiedererkannt, der an dem Viva-Abend hier gegessen hatte.

»Vielleicht hattest du ein Black-out?«, versuchte ich es. »Du hast gesagt, an dem Abend sei es hoch hergegangen, kann doch sein, dass auch bei dir mal so was wie selektive Wahrnehmung einsetzt.«

Eva lächelte skeptisch.

»Und bei dir?«, meinte sie dann. »Beim Kochen schaust du doch nur auf deine Töpfe.«

So langsam ärgerte es mich, dass Eva mir einreden wollte, dass ich diejenige war, die sich irrte.

»Verdammt noch mal, er war da!«, insistierte ich. »Auch wenn du ihn nicht gesehen hast.«

»Vielleicht ein Heinzelmännchen?«, schlug Eva grinsend vor und zeigte dabei ihre makellosen Zähne. »Du warst des Schneiders Weib, das es als Einzige gesehen hat? Aber du kennst die Geschichte: Husch, husch, husch – verschwinden all. O weh! Nun sind sie alle fort. Und keines ist mehr hier am Ort. Man kann nicht mehr wie sonsten ruhn. Man muss nun alles selber tun.«

»Mach dich nur lustig«, knurrte ich.

»Katharina!«, rief Holger aus der Küche. »Die Aprikosen. In Würfel oder Scheiben?«

Ich erhob mich und ging in Richtung Küche.

»Und klopfen und hacken. Und kochen und backen«, rief Eva mir nach.

Das Lammragout köchelte schon eine Stunde auf dem Herd und verbreitete an diesem nasskalten Wintertag mit seinem Duft nach scharfem Chili, Rosmarin und getrockneten Aprikosen mediterrane Stimmung in der Lilienküche. Neugierig lüftete Eva den gusseisernen Deckel, als sie mir das Telefon in die Küche brachte.

»Du warst so schnell weg heute Morgen! Ich konnte dich gar nicht mehr fragen, ob du Samstag oder Sonntag mit mir arabisch essen gehst.«

Tayfuns Stimme klang weich und samten, und mein Herz hüpfte aufgeregt auf und ab. Wie schön, dass er sich so schnell bei mir meldete! War das Ganze mehr als ein One-Night-Stand? Der Beginn einer neuen Liebesgeschichte?

»Am Wochenende muss ich selber kochen. Aber Montag ist die Weiße Lilie geschlossen, da würde ich gerne mit dir essen gehen.«

»Wunderbar! Treffpunkt um acht an der Eigelsteintorburg?«

»Ich freu mich«, sagte ich leise.

»Ebenso«, flüsterte er zurück.

Lange lauschte ich dem Freizeichen, bevor ich langsam die Off-

Taste drückte und Eva das Telefon zurückgab. Arabisch essen …
Ich kannte viele verschiedene Küchen, aber die arabische war mir
fremd.

»Katharina! Hallo!«, schrie Holger und wedelte mit der Hand
vor meinem Gesicht herum. »Zum dritten Mal: Rucola-Vinaigret-
te mit Zitronensaft oder weißem Balsamico?«

»Zitronensaft«, murmelte ich und legte mir endlich die Lor-
beerzweige zurecht, auf die ich die Seeteufelfilets aufspießen
wollte. Als ich die roten und gelben Paprika enthäutete, die es
mit Kapern zu den Spießchen gab, war ich endlich wieder beim
Kochen angekommen. Die süße Strenge der Paprikaschoten ergänzte die mediterranen Düfte in der Küche. Eva erweiterte die
Mittelmeer-Stimmung durch Flamenco-Musik von Paco de Lu-
cia, die ihrem Tellerklappern und unseren Messern den Rhythmus vorgab. Holger und ich hatten uns gerade darauf verstän-
digt, dass sein Messer das Stampfen der Füße und meines das
Klatschen der Hände begleitete, als Eva eine Besucherin in unsere Küche führte.

»Nicht meine Musik, aber coole Stimmung«, meinte das Mädchen und vergrub die Hände lässig in einer schlammbraunen Bag-
gy-Hose. Der schwarze Blouson darüber war so kurz, dass ihr
aufwendiges Bauch-Tattoo gut zu erkennen war. »Ich bin Selma.
Mein Onkel meint, Sie brauchen 'ne Putze.«

Die prächtigen schwarzen Locken waren mit einem ausgewa-
schenen Tuch mehrfach umwickelt, und der Piercing-Ring in der
Unterlippe glitzerte im Schein unserer hellen Küchenleuchten.
Kaugummikauend musterte Selma die Küche, Holger und mich.
Das ist ein Witz!, dachte ich. Der gleiche Typ wie Scarlett! Selmas
Klamotten hätte Scarlett sofort angezogen, und Selma hätte Scar-
letts Haarfarbe bestimmt megacool gefunden. Ich tauschte einen
Blick mit Eva, die hinter Selma im Türrahmen stand, und war mir
sicher, dass ihre Gedanken in die gleiche Richtung gingen. Wenn
Selma auch die Arbeitshaltung mit Scarlett teilte, kam ich vom Re-
gen in die Traufe.

»Nur vorübergehend. Die Putzstelle ist nur vorübergehend
frei«, bellte Holger sie an und sah mich dann flehentlich an.

»Dienstag bis Sonntag, zwei Stunden täglich. Vormittags, bevor

114

wir anfangen zu kochen«, milderte ich mit einem freundlichen Lächeln Holgers scharfen Ton.

»Und die Knete?«, fragte sie unbeeindruckt.

»Ist ein Vierhundert-Euro-Job. Drei Wochen Probezeit, dann sehen wir weiter.«

»Gebongt«, meinte sie und ließ ihren Kaugummi platzen. »Wann soll ich anfangen?«

»Morgen«, sagten Eva und ich unisono.

»Sei um elf da, dann zeige ich dir alles«, fügte Eva hinzu.

»Gebongt«, wiederholte Selma. »So long!«

Sie schlurfte an Eva vorbei aus der Küche, und bald darauf hörten wir die Eingangstür ins Schloss fallen.

»Wenn das man gut geht«, seufzte ich.

»Keine Bange«, tröstete mich Eva. »In drei Tagen weiß ich, ob sie ordentlich arbeitet. Wenn nicht, kannst du sie sofort rausschmeißen. Nicht wie bei Scarlett, die hier ja dank massiver Protektion jeden Fehltritt überlebt.«

Holger strafte sie für diese Bemerkung mit einem bitterbösen Blick.

»Wo die Liebe hinfällt«, spöttelte Eva, die wohl auch schon bemerkt hatte, warum sich Holger so für Scarlett stark machte. Dann beeilte sie sich, aus der Küche zu kommen. Was gut war, sonst hätte sie die Kartoffel, die Holger ihr hinterherwarf, sicher getroffen.

Mich traf der Schlag, als Eva zwei Stunden später die Hiobsbotschaft verkündete, dass die angekündigte Frauengruppe nicht zum Essen kam.

»Das sind fünfzehn Essen, das können die doch nicht 'ne halbe Stunde vorher absagen!«, tobte ich. »Dem Ragout schadet es nicht, wenn es morgen noch mal aufgewärmt wird, aber was mach ich mit dem Seeteufel? Der muss heute gegessen werden!«

»Die meisten von denen haben kleine Kinder. Bei denen gehen die Windpocken um. Deshalb!«, erklärte Eva.

»So was weiß man doch früher! Es ist einfach eine bodenlose Frechheit!«

»Bestimmt ist heute ein guter Tag für Laufkundschaft«, versuchte mich Eva, die ewige Optimistin, zu beruhigen.

Von wegen! Wir quälten uns mit zehn Essen durch den Abend. Zwischendurch rief ich Karin von der Kölner Tafel an. Als sie auf dem Heimweg vorbeikam, um den Fisch abzuholen, erinnerte sie mich an mein Versprechen, mit den Kindern vom sozialen Brennpunkt Berliner Straße zu kochen. Das hatte ich ihr vor Monaten in einem großzügigen Augenblick zugesagt.

Immer noch hatte der Regen die Stadt fest im Griff, nass und müde fuhr ich mit der Vier nach Deutz zurück. Adela und Kuno schnarchten lautstark im Duett, als ich die Wohnungstür in der Kasemattenstraße öffnete. Leise schlich ich mich an den Bücherstapeln vorbei in mein Zimmer. Adela hatte mir einen Zettel und die Post auf den Schreibtisch gelegt. Auf dem Zettel stand, dass sie endlich eine Spur von Scarlett gefunden habe. Die Post kam von der Stadtsparkasse. Mangels Deckung hatten sie diesen Monat die Miete für die Weiße Lilie nicht überwiesen. Verbrecher! Da fehlte einmal ein bisschen Geld, schon machten sie Ärger. Aber ich hatte es ja, musste halt noch ein Tausender von meinem Fundgeld dran glauben. Bei den Fünfzehntausend, die ich Margit bereits gegeben hatte, kam's auf den einen nicht mehr an. Ich würde ihn in die Wochenendabrechnung hineinmogeln und mit den Bareinnahmen einzahlen. Mir fiel ein, dass das Geld immer noch in meiner Handtasche steckte. Vorsichtig holte ich es aus dem braunen Umschlag und legte es vor mich auf den Schreibtisch. Einen Haufen Zweihunderter- und einen Haufen Fünfhunderterscheine, die ich mit Heftklammern zusammenpackte. Die Geldbündel wanderten in eine leer gefutterte englische Keksdose, und diese versteckte ich hinter meinen Unterhosen. Den braunen Umschlag riss ich in zwei Teile und warf ihn in den Müll. Ein kaum wahrnehmbarer Papierschnipsel ließ mich den Umschlag noch mal herausnehmen. Tatsächlich, in einer Ecke des Umschlags steckte der Rest einer Geldbanderole. »Spielcasino Aachen« konnte ich auf dem schwachen Stempelaufdruck entziffern. Ein Spielgewinn, doch kein Blutgeld, dachte ich erleichtert. Und warum hat der glückliche Gewinner in der Weißen Lilie nicht nach dem Geld gefragt?, meldete sich mein schlechtes Gewissen. Sonnenklar, weil er nicht auf die Idee kam, dass er das Geld in der Weißen Lilie verloren hatte. Streu dir ruhig weiter Sand in die Augen, giftete das schlechte Gewissen zurück. Aber ich wusste es besser: Ein erfolgreicher Zahnarzt, der einmal im Monat Roulette spielt, hatte den Betrag bei einem Einsatz von nur dreitausend Euro gewonnen. Natürlich ärgerte er sich über den Verlust des Geldes. Aber mit drei weiteren Zahnklammern hatte er den Betrag wieder verdient. Wirklich weh tat ihm der Verlust nicht.

Mit diesem beruhigenden Gedanken und der Aussicht auf ein arabisches Essen schlief ich ein.

*

Das stete Prasseln des Regens weckte mich am nächsten Morgen. Keine guten Aussichten für eine volle Weiße Lilie heute Abend, denn nie geht man so ungern auswärts essen wie bei Regen. Im Flur stolperte ich über einen neuen Bücherstapel, und das Badezimmer stand mal wieder unter Wasserdampf. Aber heute erwischte ich Kuno, wie er sich auf dem Weg zum Frühstück die spärlichen Haare trocken rubbelte. Ertappt stiefelte er ins Bad zurück, riss das Fenster auf und wischte den Boden. Keine Ahnung, wie er es schaffte, jeden Tag das kleine Bad zu überschwemmen. Zehn Minuten später gesellte ich mich zu meinen Mitbewohnern an den Frühstückstisch. Zum Glück roch es wieder nach Kaffee, und Adela füllte mir einen dampfenden Becher, während Kuno seinen grünen Teebeutel mit dem Löffel auswrang und über dem Stadt-Anzeiger versank.

»Hier!«, sagte Adela triumphierend und zog eine Postkarte aus der Tasche ihres Morgenmantels. »Da ist Scarlett!«

Wenn ich jetzt mit dem Eifelturm oder dem Zuckerhut gerechnet hätte, wäre ich enttäuscht worden. Nicht ein fernes Traumziel, zu dem sich unser Sorgenkind aufgemacht hatte, zeigte die Postkarte, sondern die Fotografie eines aus rostigen Schrottteilen zusammengeschweißten Männchens. »Plattenbauten« las ich und gab Adela ratlos die Karte zurück.

»Zwei von diesen Karten hat Sybille in Scarletts Hose gefunden. Sind Einladungen für eine Ausstellung«, erläuterte Adela und biss beherzt in ein dick bestrichenes Leberwurstbrötchen. »Und jetzt rate mal, wo diese Ausstellung ist.«

Woher sollte ich das wissen?

»Im Eisenbahnausbesserungswerk.« Adela mahlte mit ihren Zähnen das Brötchen klein. »Und das liegt in Nippes.«

Nicht dass ich jetzt klüger wäre.

»Liegt schon lange brach und wird von Künschtlern genutzt. Aber die müsset da raus!« Kuno tauchte hinter seiner Zeitung auf. »Die Sache geht schon länger durch die Presse. Das ganze Gelände ist Neubaugebiet, die Halle soll abgerissen werden.« Er schlürfte einen Schluck Tee und löffelte zwei Löffel Frischkornmüsli, bevor er wieder in seiner Zeitung versank. Obwohl erst so kurz in Köln, war er dank seiner ausgiebigen Zeitungslektüre bereits bestens über die Stadt informiert.

»Und du denkst, dort ist Scarlett?«, fragte ich Adela ungläubig.

Adela nickte eifrig und packte dicke Camembert-Scheiben auf die zweite Brötchenhälfte. »Erst war sie in der Holbeinstraße. Nach unserem Besuch hat sie sich was Neues gesucht und ist bei dieser Bildhauerin untergekrochen.«

»Das vermutest du, nur weil Sybille die Postkarten gefunden hat?«

»Ist doch 'ne Spur, und wir sollten es wenigstens versuchen.«

»Wann?«

»Jetzt gleich, nach dem Frühstück!«

Ich schüttelte den Kopf. Schon zweimal hintereinander hatte Holger sich um die Einkäufe gekümmert, zudem mussten nicht nur Sachen für heute, sondern auch für Sonntag besorgt werden. Das war mein Job. Immer wieder vergaß Adela, was für Arbeit so ein Resto machte. Dabei hatte sie als Hebamme lang genug Tag und Nacht geschuftet, um genau zu wissen, wie eng das Korsett sein konnte, das einem die Arbeit schnürte.

»Morgen Vormittag«, schlug ich vor. »Da muss ich nicht einkaufen. Und vielleicht hat bis dahin der verdammte Regen aufgehört.«

Das Gegenteil war der Fall. Der düstere, dunkelgraue Himmel schüttete das Wasser am Sonntagvormittag kübelweise über Köln aus. Über den Gullys wuchsen kleine Seen, zerfransten zu Rinnsalen auf der Straße, schwappten auf die Bürgersteige. Auf dem Eisenbahngelände hinter der Sechzigstraße existierten weder Straßen noch Bürgersteige, ein von Baufahrzeugen zerfurchter Lehmpfad hatte den tagelangen Regen in sich aufgesogen und klebte wie Blei unter unseren Füßen. Hier herrschte Endzeitstimmung: Bauschutthügel, dorniges, graues Gestrüpp, leere Farbeimer und anderer Müll, ein verlassener Bunker, am Horizont die Bahnlinie in Richtung Aachen. Die alte Kantine, in der vor langer Zeit die Bahnarbeiter gegessen und sich in den letzten Jahren Musikfreunde und Tanzwütige über dreißig getroffen hatten, war mit Brettern zugenagelt. Auf dem schmalen Betonstreifen vor dem Kantineneingang kratzten wir uns den Lehm von den Schuhen, hier konnte man die große Halle schon sehen. Skurrile Gebilde aus alten Fahrradreifen und rostige Fischskelette, die aus dem Gestrüpp wuchsen, wiesen uns den Weg. Durch eine kaputte Seitentür betraten wir diese gewaltige Industriekathedrale, riesig groß, unglaublich hoch. Durch das marode Dach tropfte der Regen, begrüßte uns mit einem Trommelkonzert. Im Hauptschiff lagerten Vorräte von weggeworfenem, für unbrauchbar erklärtem Metallschrott: rostzerfressene Stahlstelen, halbe Autotüren, brüchige Eisenbahnschienen, Räder aller Art, tote Fernseher, Stahlplatten.

Still war's hier drinnen, die Bühne gehörte allein den Regentropfen. Plaatsch, plaatsch schlugen die dicken schweren Tropfen in den breiten Wasserlachen der Halle auf, klick, klick, klick die kleinen feinen auf eine Stahlschiene im Dachstuhl, plitsch-platsch, plitsch-platsch die wilden ungestümen auf eine schwarze Plastikplane, und im Hintergrund hörte man das mächtige Trommelorchester der draußen gebliebenen, die stetig auf das löchrige Dach hämmerten. Hämmerten wie einst die Arbeiter hier, die Schienen für die Bahnstrecken, die Räder für die Loks geschweißt hatten, alles für den industriellen Fortschritt, der die Eisenbahn brauchte, bis Straßen und Laster sie verdrängten und hier nur noch der Schrott und die Erinnerungen an schwerste körperliche Arbeit zurückblieben.

In den Seitenschiffen fanden sich die Werkstätten. Ambosse und Metallsägen, Schweißgeräte und Werkzeug aller Art, mit denen der Schrott verwandelt wurde zu den Stahlmännchen auf dem Foto, zu menschlichen Scherenschnitten aus Metall, zu halben Fischen, ganzen Fischen, Fischgerippen, zu Fratzen und Teufelsaustreibern, Gnomen und Trollen, zu Steingesichtern auf Stahlstängeln, die wie Punchingbälle hin und her schwankten. Und dazwischen in den großen Wasserlachen unter den Löchern des zerfallenden Dachs etwas absolut Großartiges. Auf den kleinen Seen segelten Boote, gefaltet wie Origami-Schiffchen, aber eben nicht aus Papier, sondern aus rostigem Metall, dennoch wirkten sie leicht wie Seidenpapier. Etwas so Schweres, Sperriges in etwas so Zartes, Leichtes zu verwandeln machte mich andächtig und gerührt und erinnerte mich ans Kochen. Was konnten wir Köche aus einem klobigen Kohlkopf, einer hässlichen Kartoffel, einer breiten Lammschulter alles machen! Mit unseren Mitteln zauberten wir ebenso wie dieser Metallkünstler.

»Scarlett war tatsächlich hier«, riss mich Adela aus meinen Betrachtungen, »aber als Christine ihr sagte, dass sie hier nicht schlafen kann, ist sie weitergezogen.«

»Ihr seht ja, wie man die Halle hat verkommen lassen«, erklärte die Frau mit dem kurzen Haar und dem langen Pullover neben Adela. »Beim nächsten Sturm kann das Dach einbrechen. Wir sind schon seit Wochen am Räumen.«

»Schade«, meinte ich mit einem wehmütigen Blick auf die Metallschiffe.

»Ja«, stimmte sie zu. »Aber für Künstler wie uns gibt es immer nur Provisorien.«

Auch eine Einstellung, dachte ich. Wer sagte eigentlich, dass ich mich in der Weißen Lilie für die Ewigkeit eingekauft hatte? Ich konnte sie schließen, weiterverkaufen, vielleicht sogar mit ihr Pleite machen, ohne dass ich daran zugrunde ging.

»Und dir hat sie erzählt, dass sie zu ihrer Mutter zurückgeht?«, fragte Adela nach.

»Ja. Nachdem ich ihr gesagt habe, dass sie bei mir zu Hause nicht schlafen kann.«

»Woher kennst du sie?«, wollte ich wissen.

»Verwunschene Orte wie dieser hier sind anziehend«, meinte Christine. »Letzten Sommer tauchte Scarlett hier auf. Hat mir beim Schweißen zugesehen, manchmal geholfen, ein passendes Metallteil zu finden. Irgendwann kam sie nicht mehr. Erst jetzt wieder vor ein paar Tagen. Interessantes Mädchen, bisschen unstet. – Wartet mal!« Christine kramte in einer Ecke ihrer Werkstatt und kam mit einer einarmigen Stahlfrau zurück. »Das hat sie gemacht, gar nicht schlecht für eine Anfängerin. Hat es allerdings nicht bis zum zweiten Arm geschafft. Talentiert, aber ohne Durchhaltevermögen.«

»Kann ich es mitnehmen?«, fragte ich.

Christine zuckte mit den Schultern. »Scarlett wollte es nicht«, meinte sie. »Von mir aus.«

Adela bedankte sich bei Christine, und ich klemmte mir Scarletts Kunst unter den Arm. Auf dem Weg nach draußen lotste mich Adela in einen Nebenraum, deutete auf einen kleinen Glaskasten an der Wand und brach in schallendes Gelächter aus. Auf weißem Hintergrund war eine ordinäre Fliege in Schmetterlingsart aufgespießt. Darunter stand nichts weiter als: »echte Kölnerin«. Ich lachte mit ihr. Ich hatte nicht gewusst, dass Kunst so witzig sein konnte.

Die gute Laune, ausgelöst durch die echte Kölnerin, trug uns durch den Regen zurück über den Rhein. Sie brach nicht ab, als Sybille uns erzählte, dass Scarlett sich nicht bei ihr gemeldet hatte, und sie hielt noch, als ich in der Weißen Lilie Scarletts Kunstfragment auf Kerners Anrichte platzierte. Holger war völlig aus dem Häuschen über dieses neu entdeckte Talent von Scarlett und kochte an diesem Sonntag wie ein junger Gott. Eva bemängelte selbstverständlich den fehlenden Arm, war aber aus einem anderen Grund guter Dinge. Selma putzte wie eine wahre Perle, kein Vergleich zu Scarlett.

Ansonsten quälten wir uns mit fünfzehn Essen durch den Abend. Am Samstag waren es fünfundzwanzig gewesen. Mit diesen Zahlen würde ich auf Dauer weder meine Miete noch meine Mitarbeiter bezahlen können. Das drückte. Da half die echte Kölnerin nicht mehr. Wenn sich die Schwere dieser Last nur auch in so etwas Leichtes umwandeln ließe wie die sperrigen Schrottreste in die zarten Metallschiffchen!

*

Am nächsten Morgen blitzte das Badezimmer, die Duschkabine roch nach Essigreiniger, und an den Haken hingen frische Handtücher. Endlich hatte Kuno das schlechte Gewissen gepackt und ihn zu einer Putzattacke getrieben! Beim Frühstück saß er nicht, nur Adela thronte in ihrem plüschigen Bären-Morgenmantel am Küchentisch. Es war ewig her, dass wir zwei allein an diesem Tisch gesessen hatten. Manchmal vermisste ich unsere alte Frauen-WG.

»Wo ist er?«, wollte ich wissen.

»Pflegt seine Männerfreundschaften. Ist gestern Abend mit dem Grafen ins Ruhrgebiet gefahren.«

Ich butterte mir einen Toast und sah sie dann fragend an.

Adela zuckte die Schultern. »Sie müssen über jemanden Erkundigungen einziehen … Er tat sehr geheimnisvoll. Wenn du mich fragst, die kommen alle mit ihrer Pensionierung nicht zurecht. Vor allem der Graf.«

Ich nickte. Das konnte ich mir gut vorstellen, so wie ich ihn im Polizeipräsidium erlebt hatte. Wie elektrisiert er gewesen war, als ich den Mann auf seinem Foto erkannte.

»Hat es was mit diesem Mehmet zu tun?«

Adela wusste von nichts. Ich erzählte ihr von den Fotos, die Rieger mir gezeigt hatte, und von dem Foto, das der Graf mit sich herumtrug.

»Klang so, als hätte er noch eine Rechnung offen«, schloss ich meinen Bericht.

»Männer!«, seufzte Adela und goss sich frischen Kaffee ein.

»Zum Glück sind die zwei keine Pennäler mehr.«

»Sollte man glauben«, widersprach Adela. »Aber Dummejungenstreiche kannst du noch mit achtzig machen! Und hör mal«, wandte sie sich mir zu und tätschelte meine Hand, »nimm die Geschichte mit dem Badezimmer nicht so ernst. Es gibt Sachen, die lernt man nicht mehr.«

»Dann hast du heute Morgen das Badezimmer geputzt?«

Adela nickte.

»Stopfst du schon seine Socken und bügelst seine Hemden?«, stichelte ich und dachte an meine ersten Gespräche über Männer mit ihr. Damals hatte Adela die Ansicht vertreten, die Finger vom anderen Geschlecht zu lassen, bestenfalls über Autos mit ihnen zu reden, sie auf keinen Fall im eigenen Heim aufzunehmen, denn dort würden sie sich nur breit machen und bedient werden wollen.

»Ach Schätzelchen«, seufzte sie und tätschelte weiter meine Hand, »das sind doch Peanuts. Kuno weckt mich jeden Morgen mit einem Kuss, vom Einkaufen bringt er mir eine Rose mit, und er versichert mir so begeistert, wie schön ich bin, dass ich es ihm glaube. Dagegen ist ein Badezimmerputz nichts! Zumal es für mich ein Klacks ist und für ihn eine Tortur.«

Und warum hatte sie diesen »Klacks«, als wir zwei noch alleine in der Kasemattenstraße gewohnt hatten, nicht auch für mich erledigt? Auch nach anderthalb Jahren war Adela immer noch sehr verliebt. Und Verliebte sind blind, dagegen konnte man nichts machen.

»Was hältst du davon«, schwenkte Adela zu einem anderen Thema über, »wenn ich dich heute Nachmittag in die Claudiustherme einlade? Schließlich hast du deinen freien Tag. Wir suhlen uns ein bisschen im warmen Wasser, betrachten durch den Rheinpark den Dom, und anschließend gehen wir was essen.«

»Heute Abend bin ich schon zum Essen eingeladen«, antwortete ich schnell.

»Ach?«, fragte Adela und schenkte mir ihre ganze Aufmerksamkeit.

»Arabisch. Das wird bestimmt sehr interessant, bisher kenne ich die arabische Küche überhaupt nicht. Gewürze spielen darin eine ganz andere Rolle als in der europäischen, Milchprodukte mit Ausnahme von Joghurt fehlen ganz, dagegen gibt es Kichererbsen, Okraschoten, Rosenöl, Minze«, erzählte ich haspelig.

»So, so, die arabische Küche«, unterbrach mich Adela. »Willst du dann wenigstens noch mit in die Therme, oder brauchst du den ganzen Nachmittag, um dich für Tayfun aufzubrezeln?«

Die Einladung in die Claudiustherme ließ ich mir nicht entgehen, es war schon ein paar Monate her, dass ich meinem Körper so was Gutes gegönnt hatte. Danach döste Adela entspannt in ihrem Wohnzimmersessel, unterbrochen durch die kleine Modenschau, die ich ihr vorführte. Die melierte Wollhose mit dem roten Kaftan und der schwarzen Strickjacke oder klassisch, den Nadelstreifenanzug mit weißer Bluse? Die Haare zusammengebunden oder offen? Parfüm ja oder nein? Dicker Lidstrich, dünner Lidstrich? Adelas anfängliche Kommentare zu meiner Garderobe verebbten nach und nach, und als ich in Jeans und Leinenbluse im Wohnzimmer vorturnte, antwortete mir nur noch ihr fiependes Schnarchen.

Ein schlichter rostroter Pulli machte das Rennen, weil dazu die schwere Kette aus Silber, Koralle und Bernstein, die ich mal in Casablanca gekauft hatte, am besten passte.

Immer noch hüllte ein leichter Regen die Stadt ein, fieselte sanft über den Ebertplatz, ließ die Konturen der Eigelsteintorburg verschwimmen. Dort wartete Tayfun von einem Fuß auf den anderen trippelnd mit einem riesigen Regenschirm auf mich.

»Hi«, sagte er und küsste mich sanft auf den Mund. »Ich hoffe, du hast einen ordentlichen Hunger mitgebracht. Es ist nicht weit.«

Er deutete auf ein kleines Lokal in der Lübecker Straße, und eine Viertelstunde später saßen wir dort vor einem beeindruckenden Vorspeisen-Teller mit frisch gerösteten Pistazien, fleischigen grünen Oliven, rosafarbenen eingelegten Speiserüben, Humus und Auberginendip, Frischkäsewürfelchen, dünnen Scheiben duftender Quitten und mit Schwarzkümmel gewürzten Teigtaschen.

»Meze hat im Mittelmeerraum eine uralte Tradition«, erklärte mir Tayfun, während ich eine Köstlichkeit nach der nächsten kostete. »Schon die alten Griechen, die Römer, die Perser, die Osmanen genossen diese vielfältigen kleinen Speisen. Ursprünglich wurde Meze übrigens nur als Begleitung von Raki oder Wein aufgetischt, damit man einen ›angenehmen Kopf‹ bekäme, also mehr um den Gaumen zu erfreuen, als um sich den Bauch zu füllen. – Hier, probier das mal!«

Er schob mir eine Gabel mit einer roten Paste in den Mund, die scharf schmeckte und intensiv nach frischer Minze duftete.

»Du kannst übrigens froh sein, dass du heute hier mit mir in Köln sitzt«, fuhr Tayfun fort, »denn früher durften ausschließlich Männer Meze genießen. Bekloppt, nicht wahr? Was haben die sich damals entgehen lassen! Zum Glück gibt es heute dafür keine Regeln mehr, weder verbindliche Zeiten noch verbindliche Speisen oder Getränke.«

In mein inneres Kochbuch notierte ich, Humus unbedingt mal in Kombination mit knusprig gebackenem Gemüse und die Auberginenpaste zusammen mit frittierten Nudelteigecken zu probieren.

»Woher weißt du das alles?«, fragte ich und suchte die Platte nach etwas ab, was ich noch nicht probiert hatte.

»Meine Mutter ist eine begnadete Köchin und meine Großmutter, die Mutter meines Vaters, die aus dem Libanon stammt, ebenfalls. Meine ganze Kindheit über haben sich die beiden in der Küche einen ewigen Wettstreit um die beste Meze-Tafel geliefert. Und so bin ich mit den besten Meze-Gerichten des Vorderen Orients groß geworden. – Was nehmen wir als Hauptgang: Lamm oder Huhn?«

»Das ist nicht dein Ernst, oder?«, fragte ich ihn ungläubig. Wie sollte ich nach diesen ganzen Köstlichkeiten noch einen weiteren Gang verkraften? »Sag bloß nicht, dass es auch noch Nachtisch gibt!«

»Natürlich«, lachte Tayfun und beugte sich zu mir. »Und unsere Nachtische haben wundervolle erotische Namen«, flüsterte er mir zu. »Hier gibt es Al-Saluq, kleine in Fett gebackene Halbmonde, die wunderbar nach Kardamom duften, oder Güllü Lokum, mit Rosen parfümierter türkischer Honig.«

»Ich glaube, ich brauche erst mal einen Raki«, flüsterte ich zurück. »Sonst kannst du mich gleich nach Hause rollen.«

Tayfun orderte den Raki und das Huhn, das auf Pistazien-Couscous serviert wurde. Mit jedem Bissen tauchte ich tiefer in die Geschmackswelt des Orients ein. Ich sah die engen, farbenfrohen Bazare mit den Pyramiden aus Auberginen und Tomaten, den duftenden Hügeln von Gewürzen, den frischen Minzebüscheln, den meckernden Ziegen und gackernden Hühnern, den lärmenden Händlern, den stolzen Bäckern, die ihre Süßigkeiten in heißem Fett frittierten. Ich sah den Dieb von Bagdad, der einem solchen Bäcker einen Pfannkuchen stiehlt, natürlich von ihm verfolgt wird, auf seiner Flucht im Palast des Kalifen landet und dort verbotenerweise die wunderschöne Prinzessin sieht.

Tayfun lachte über all die Hollywood-Klischees, die dieser Film bedient, dennoch, versicherte er, sei es ein vorzüglicher Film, die Tricktechnik für die damalige Zeit phänomenal, die Szene mit dem Spinnennetz fände er selbst heute noch gruselig. Typisch Mann, dass ihm ausgerechnet diese Szene einfalle, hielt ich dagegen, denn was einem von diesem Film doch wirklich in Erinnerung bleibe, sei die Szene im Rosengarten, wo der Prinz endlich seine Prinzessin findet und die beiden mit dem fliegenden Teppich davonsegeln. Oje!, stöhnte Tayfun theatralisch ob der weiblichen Romantik.

Unsere Sätze flogen weiter hin und her, mal neckten wir uns, mal öffneten wir mit unverfänglichen Geschichten kleine Türchen zu unserem Inneren, mal glänzten wir mit unserem Wissen über dies und das. Ohne es zu merken, saßen wir schon längst auf einem imaginären fliegenden Teppich, der uns forttrug aus diesem Restaurant, hinweghob über die Stadt und den Regen, den Alltag und die Sorgen, Freunde und Feinde zurückließ und uns zu einem Ort brachte, wo wir losgelöst waren von allem und wo das Universum nur aus uns beiden bestand.

Erst als Tayfun zum Zahlen aufgefordert wurde, merkten wir, dass wir in dem Lokal die Letzten waren. So landeten wir gezwungenermaßen wieder am Eigelstein, traten hinaus auf die regennasse Lübecker, sahen die späten Besucher der Filmpalette eilig im Café Schmitz oder im Spitz verschwinden oder sich im Büdchen eine Flasche Kölsch für zu Hause holen. Zu Hause könne ich mich nur noch aufs Bett legen und schlafen, sagte ich lachend zu Tayfun, so viel, wie ich gegessen hatte. Schlafen, auf keinen Fall, er habe noch ganz andere Dinge mit mir vor, erwiderte Tayfun mit einem leidenschaftlichen Kuss und verordnete uns einen echten türkischen Mokka zum Wachwerden.

Eng umschlungen unter dem Regenschirm führte Tayfun mich in die nahe Weidengasse. Durch die für Kabelarbeiten aufgerissene schmale Straße, in der tagsüber ein wuseliges Leben herrschte, huschten nur ein paar vereinzelte Gestalten. Die türkischen Juweliere hatten aus Sicherheitsgründen ihre Schaufenster leer geräumt, in den Secondhandläden verstaubten Altertümchen aller Art, in den Lebensmittelgeschäften türmten sich kiloschwere Reis- und Bulgursäcke. Die defekte Leuchtreklame des Sexshops, der im noch halbwegs intakten Parterre einer Hausruine untergebracht war, wirkte im Regen so surreal wie die Kulisse eines frühen Film noir. Tayfun führte mich nicht in einen der feinen Läden der Straße, nicht zu Bizims, nicht ins Bosporus, sondern in ein schlichtes Café, dessen helles Licht bizarre Schatten auf die Weidengasse warf.

Stimmengemurmel und Zigarettenrauch schlugen uns beim Eintreten entgegen, an mehreren Tischen spielten Männer, vor sich die üblichen kleinen Teegläser, Domino oder Tavla, das türkische Backgammon.

»Ich hasse diese Männer-Cafés«, flüsterte Tayfun mir zu, »aber hier gibt es den besten türkischen Mokka in der Stadt.«

Ich war tatsächlich die einzige Frau im Raum, was die meisten Gäste ignorierten, manche aber mit missbilligenden Blicken zur Kenntnis nahmen. An einem der Tische entdeckte ich Özal, den Schlüsselreparateur aus der Keupstraße, der mit einigen anderen ins Gespräch vertieft saß. Als Özal in meine Richtung blickte, nickte ich ihm freundlich zu, er erwiderte den Gruß mit einem knappen, nur angedeuteten Kopfnicken und wandte sich schnell wieder seinen Gesprächspartnern zu. In Mülheim hatte ich ihn nicht als so konservativen Türken empfunden, der in der Öffentlichkeit nicht mit fremden Frauen redete.

Der Kaffee in dem kleinen kupfergetriebenen Kännchen dampfte, als er uns auf einem Tablett mit zwei kleinen goldverzierten Mokkatassen und einem winzigen Schälchen Kardamomkapseln serviert wurde. Tayfun ließ ihn noch einen Moment ruhen, bevor er nach dem langen Griff fasste und vorsichtig die zwei Tässchen füllte.

»Er ist nur gerührt, nicht gefiltert und schon gesüßt«, erklärte er mir. »Wenn du magst, zerstoße eine von den Kardamomkapseln, das gibt dem Mokka eine interessante Note.«

Es mochte sein, dass man hier den besten Mokka der Stadt bekam, aber ich fühlte mich nicht wohl unter diesen Männern, die mich als Eindringling empfanden, nur weil ich eine Frau war. Dabei war hier ein öffentlicher Raum im Herzen von Köln und nicht ein Bergdorf im hintersten Anatolien, wo es vielleicht noch Sitte war, dass Männer und Frauen sich getrennt trafen.

»In Deutschland pflegen sie diese Form von Machismo teilweise stärker als in der Türkei«, erklärte mir Tayfun, als hätte er meine Gedanken erraten. »Festgefahrene Rituale bieten in der Fremde Sicherheit. Dennoch ist es zum Kotzen, dass sie wegen ihrer eigenen Verunsicherung Frauen klein halten oder an bestimmten Orten nicht dulden wollen. So was würde dir in einem deutschen Restaurant nicht passieren.«

»Nicht in dieser Deutlichkeit, wobei ich in bestimmte Kneipen dieser Stadt um diese Zeit niemals alleine gehen würde. Es gibt auch deutsche Männer, die Frauen noch gerne als Ware oder als Besitz betrachten, zum Glück sind sie nicht mehr in der Mehrheit, haben es zunehmend schwerer, sich mit dieser Haltung durchzusetzen«, entgegnete ich. »Dafür funktionieren in beruflichen Zusammenhängen alte Männerseilschaften noch ausgezeichnet. Davon kann ich ein Liedchen singen. Die Tempel der Haute Cuisine sind von Männern beherrscht, und sie verstehen das Vordringen von Frauen erfolgreich abzuwehren. Nur wenige Köchinnen schaffen es bis zum Gipfel, und wenn, dann unter deutlich höherem Kraftaufwand.«

Nur halb ausgetrunken stellte ich den Mokka zur Seite und war wacher, als ich sein wollte.

Tayfun nickte bestätigend und trank nach einem Blick auf die Tür hastig seine Tasse leer.

»Lass uns gehen«, schlug er vor und winkte den Wirt zum Zahlen.

Doch der ließ sich Zeit, bis er an unseren Tisch kam. Stattdessen näherte sich vom Eingang ein knollennasiger Brillenträger.

»Merhaba, Tayfun«, grüßte er, nickte mir kurz zu, nahm ungefragt an unserem Tisch Platz und redete türkisch mit Tayfun.

Er war in unserem Alter, kräftig gebaut, mit einem eigentlich schönen Gesicht, sah man von der gewaltigen Nase ab. Ich verstand kein Wort von dem Gespräch, dennoch merkte ich, dass es um etwas Unangenehmes ging. Nach kurzem Eingangsgeplänkel wurden die Worte des Fremden dringlich und drohend, Tayfun dagegen schüttelte mit eisiger Miene den Kopf und sagte mehrmals »Hayir«. Als der Wirt endlich die Rechnung brachte, zahlte Tayfun schnell und stand auf. Der Fremde hob noch mal drohend die Stimme und deutete dabei kurz auf mich. Tayfun stieß irgendeinen Fluch aus, griff meine Hand und drängte zum Ausgang.

»In spätestens drei Wochen«, rief ihm der Fremde auf Deutsch hinterher, dann standen wir wieder auf der Weidengasse. In riesigen Schritten hetzte Tayfun in Richtung Hansaring, ich hatte Mühe, ihm zu folgen. Der Regen platschte in dicken Tropfen auf die menschenleere Straße, durch die aufgerissenen Gräben flossen kleine Bäche. Den Schirm hatte Tayfun im Café in der Hektik des Aufbruchs vergessen. Er rannte immer weiter, ohne sich einmal nach mir umzusehen.

»Kannst du mir mal sagen, was los ist!«, brüllte ich ihm auf dem Hansaring hinterher.

Endlich stockte er und drehte sich um. Eine Weile starrten wir uns wortlos an, ignorierten den Schwall Wasser, den ein eilig den Ring entlangfahrendes Taxi zu uns auf den Bürgersteig spritzte.

»Nichts, womit ich dich belasten möchte«, antwortete er dann.

»Tust du aber schon«, meinte ich und dachte an den Blick, den der Fremde mir am Ende zugeworfen hatte. »Was wollte der Typ von dir? Warum dieser hastige Aufbruch?«

»Der Typ ist ein dummes Arschloch, das ist alles«, sagte er.

Der Regen lief mir in den Jackenkragen und die Wimperntusche über das Gesicht. Der Mann vor mir war so fremd, wie ein Fremder nur sein konnte.

»Dann geh ich jetzt mal nach Hause«, sagte ich.

»Glaub mir, ich habe mir das Ende des Abends auch anders vorgestellt«, entgegnete Tayfun ohne sichtliche Regung.

Wem sagte er das! Aber der Zauber aus tausendundeiner Nacht war verflogen. Wir waren zwei Fremde, jeder in seiner Welt gefangen. Der fliegende Teppich war hart in der Wirklichkeit gelandet.

Benommen stolperte ich durch den Regen nach Hause. Niemand überquerte um diese Zeit und bei diesem Wetter zu Fuß die Hohenzollernbrücke, ich war allein mit dem Fluss und den Bahnschienen und dem Regen. Allein. Es war okay, in den letzten anderthalb Jahren hatte ich mich daran gewöhnt. Jetzt, nach dem kurzen Ausflug auf dem fliegenden Teppich, tat es wieder weh. Aber was soll's? Der Stich saß nicht tief, ich war schon ganz anders verletzt worden. Ich hatte noch nicht viel investiert, meinen Panzer noch nicht fallen lassen.

Zu Hause schälte ich mir die nassen Klamotten vom Leib und kroch in mein großes, weißes Bett. Scheiße, dachte ich beim Einschlafen, heute hatte ich hier nicht alleine liegen wollen.

*

Eigentlich ging es mir gar nicht schlecht am nächsten Tag. Endlich hatte es aufgehört zu regnen, und ein blassgrauer Himmel ließ die Stadt heller erscheinen als in den letzten Tagen; man sah wieder Gesichter auf der Straße und nicht mehr nur Regenschirme.

Natürlich wollte die neugierige Adela beim Frühstück wissen, wie der Abend gewesen war. Ich berichtete ihr nichts von dem fliegenden Teppich, dafür aber von der merkwürdigen Begegnung beim Kaffee. Für sie war dies genauso befremdlich wie für mich. Emma Gözen habe den Kontakt zu Tayfun hergestellt, erzählte sie, eine Frau, die sie vor Jahren entbunden hatte, und er habe ihr Löcher über Komplikationen bei Geburten in den Bauch gefragt. Weil sie ihn sympathisch fand, habe sie ihm gern Rede und Antwort gestanden. Diese Informationen habe er für ein Buch gebraucht, mehr wisse sie nicht über ihn. Ich dagegen wusste, dass in seiner Ahnengalerie mit der libanesischen Großmutter und der türkischen Mutter zwei exzellente Köchinnen waren, wusste, wie sehr er Essen genießen konnte, wusste, wie er tanzte und liebte, dass er nach Zimt roch und Schwierigkeiten hatte, über die er mit mir nicht reden wollte.

Es war einfach nicht die Zeit für eine neue Liebesgeschichte, entschied ich beim Einkaufen. Die Weiße Lilie nahm mich so in Beschlag, wo sollte da noch ein neuer Mann seinen Platz finden? Zudem einer, der kein Koch war. Es war schon gut, dass alles gestern so ein rapides Ende gefunden hatte.

Auf der Keupstraße herrschte reger Betrieb, als ich die Einkäufe aus dem Wagen lud. Die Pensionäre spazierten mit ihren Stöcken und Gehhilfen in Hut und Mantel vor dem Altenheim auf und ab. Nach dem tagelangen Regen hungerten sie nach ein bisschen Bewegung und frischer Luft. Ich suchte die schöne Gerda unter ihnen, aber keine der promenierenden Frauen hatte einen breiten Hintern und ein Gesicht, in das die Lebenslust vergangener Tage eingemeißelt war. Die kleinen türkischen Fußballer stürmten wieder schreiend an mir vorbei. Heute doppelt so viele wie letzte Woche liefen sie kreuz und quer zwischen den schleichenden Alten hindurch zu dem kleinen Platz vor dem Eingang des Altenheims, wo sie ihren Ball auspackten und lärmend zu spielen begannen.

Bevor ich die letzte Palette Birnen nach drinnen trug, konnte ich mir einen Blick nach oben zu Tayfuns Wohnung nicht verkneifen. Aber da war nur ein Fenster, in dem sich die Wintersonne spiegelte.

Holger kam zehn Minuten nach mir. Nach einem knappen Hallo verschwand er im Keller, um nach der Ratte zu sehen. Ich folgte ihm.

»Hör zu, du musst ein neues Quartier für das Vieh finden«, sagte ich.

Holger fuhr erschrocken herum.

»Schaschaschau!«, stammelte er. »Die halbe Zeitschrift!«

Er zeigte auf die Holzkiste, wo die Ratte an einer Zeitschrift nagte, und ein Foto des schwarzen Darth Vader in ihrem unersättlichen Magen verschwand.

Holger betrachtete den braunen Nager voll Stolz und Zärtlichkeit und warf aus sicherer Entfernung ein paar mitgebrachte Brotkrumen in den Karton. Bevor Scarlett ihm das Vieh anvertraute, hatte er sich nicht die Bohne für Ratten interessiert! Im Gegenteil, sie ekelten ihn an, machten ihm Angst. Was tat man nicht alles aus Liebe!

Durch die schmalen Fensterschlitze drang der Jubel der kleinen Fußballer von der Keupstraße nach unten. Der alte Lehmboden strömte einen feuchten, modrigen Geruch aus, weshalb Eva unseren Wein hier lagerte. Wasserratten lebten bevorzugt in feuchten Kellerräumen, fiel mir ein. Wegen der großen Speisekammer, die hinter der Küche lag, nutzten wir den Keller nicht für Lebensmittel, es bestand also keine Gefahr, dass Otto sich über unsere Vorräte hermachte. Aber dennoch. Die Chance, dass Otto hier unten auf eine Rattenlady traf, lag bei neunundneunzig Prozent. Die Weibchen konnten, wenn ich mich recht erinnerte, siebenmal im Jahr

Junge bekommen. Ich sah sie in Scharen durch den Keller trippeln und, wenn sie nicht die Leidenschaft ihres Vaters für Papierfutter erbten, bald bis in meine Küche vordringen.

»Sowie auch nur eine weitere Ratte auftaucht«, fuhr ich fort, »bestelle ich den Kammerjäger.«

Holger nickte unbestimmt.

»Palladium«, sagte er dann. »Mike ist wie vom Erdboden verschwunden. Aber der Wirt ruft mich an, wenn er auftaucht. Hat er versprochen.«

»Noch einer, der einfach verschwindet«, bemerkte ich. »Wenn das so weitergeht, glaube ich an ein schwarzes Loch in Mülheim, dann sollte ich den Standort wechseln, bevor sich die Weiße Lilie im Nichts auflöst.«

Holger grinste schräg. »Schau«, sagte er mit dem Blick eines kleinen Jungen, der etwas Tolles entdeckt hatte, und kroch hinter eines der Weinregale. »Noch eine Tür. Schon mal gesehen?«

»Geht bestimmt zum Nachbarkeller«, meinte ich und besah mir zum ersten Mal die versteckte Tür. »Das ist ein altes Haus, da kommt so was oft vor. Ich kann mal gucken, ob ich noch einen Schlüssel habe, der passt«, erzählte ich weiter, ohne zu kapieren, warum sich Holger dafür interessierte, bis mir plötzlich einfiel: »Du glaubst doch nicht, dass Scarlett sich dahinter versteckt hat?«

»Nein … andererseits …«, druckste er herum.

»Wenn's dich beruhigt, kannst du später die Schlüssel ausprobieren, die in der kleinen Schublade der Anrichte liegen.«

Holger kroch durch das Regal zurück und pustete ein paar Spinnfäden aus den Locken.

»Mach ich«, begann er. »Vielleicht bekloppt, aber … Katharina, äh –«

»Schluss mit dem Getratsche«, unterbrach ich ihn nach einem Blick auf die Uhr. »Ab nach oben! Die Arbeit ruft! Wir haben für heute schon dreißig Reservierungen.«

Ich stapfte die alte Holzstiege hoch und schlüpfte schnell in meine Kochklamotten. Zum Dank für meine Hilfe in der Linden-Küche, als sie mit einem gebrochenen Bein daniederlag, hatte mir meine

Mutter vorletzten Herbst fünf neue, perfekt sitzende Kochkittel mit roten Knöpfen geschenkt und meinen Namen in einem eleganten Schriftzug einsticken lassen. Das war ihre letzte gute Tat gewesen. Wenn ich an unser unerfreuliches Telefonat letzte Woche dachte, bekam ich jetzt noch Erstickungsnot. Seither hatte sie aber auch keinen ihrer üblichen Kontrollanrufe getätigt, was ich keineswegs bedauerte.

Ich besprach mit Holger den Speiseplan, und wir zwei machten uns an die Arbeit. Eine gut gelaunte Eva sang uns nach ihrer Ankunft erneut ein Loblied auf Selma, die heute sogar die Besteckkästen geputzt und die Schublade mit dem Reservierungsbuch und den Rechnungsbüchern aufgeräumt hatte. Als sie uns eine halbe Stunde später mitteilte, dass sich fünfzehn weitere Personen für heute zum Essen angekündigt hatten, glaubte ich wieder an eine glänzende Zukunft der Weißen Lilie. Ich rechnete meine Fleisch- und Fischmengen hoch und registrierte zufrieden, dass sie für diese Gästezahl reichen mussten. Holger stellte das Radio an, und Robbie Williams gab unseren Messern den Rhythmus vor.

»Es ist wie verhext«, rief Eva uns nach weiteren zehn Minuten von der Tür her zu. »An vielen Tagen haben wir hier Platz ohne Ende, und ausgerechnet heute, wo wir ausgebucht sind, habe ich noch eine Anmeldung für weitere zehn Leute! Zum Glück konnte ich sie auf Donnerstag umbuchen!«

Wenn das nicht aufbauend war! Wir rührten und hackten, schnippelten und formten, rupften und kneteten. Ich sang gemeinsam mit dem Radio, und Holgers lockenumrandetes Mondgesicht strahlte jenen Engelsglanz aus, der immer erschien, wenn er ganz in seiner Arbeit aufging. Champignons verloren ihre Köpfe, Lammfilets wurden pariert, Eier zu Schaum geschlagen, Zanderfilet entgrätet. Ich vermischte Kräuter, Brösel und Ei zu einer Paste, mit der ich die Lammrücken gratinieren wollte, als Eva mit einem triumphierenden Blick und dem Telefon hereinschwebte.

»Du rätst nie, wer dran ist«, flüsterte sie. »François Lemaître!«

Lemaître! Der Star unter den Kölner Köchen. Seit zehn Jahren einsame Spitze. Wenn man mal von Spielmanns Goldenem Ochsen absah. Spielmann hatte mich vor zwei Jahren mit ihm bekannt gemacht. Zur Eröffnung der Weißen Lilie hatte ich ihm eine Einladung geschickt, für die er sich artig und mit den besten Wünschen für mein Resto bedankt hatte.

»Salut Catherine«, grüßte er mich. »Ich 'abe so ge'offt, du machst Pleite mit dein Restaurant, damit du endlisch als Garde-manger in meine Brigade kommst«, sang er in seinem wunderbaren Akzent. »Du 'ast disch nischt gemeldet. Also nehme isch an, dein petit Restaurant läuft merveilleux?«

»Man schlägt sich so durch«, antwortete ich. »Es sind keine rosigen Zeiten.«

»Vraiment, vraiment«, bestätigte er. »Des'alb ruf isch an. Isch 'ab ein Gault-Millau-Kritiker von dein Restaurant erzählt, von der Idee originelle mit nur ein Tisch. Peut-être, er kommt vorbei bei dir. 'eute oder morgen.«

Mir wurden die Knie weich. Eine erste Kritik im Gault Millau. Ein Meilenstein auf dem Weg nach oben.

»Wie sieht er aus?«, wollte ich wissen.

»Klein, schwarze Brille, schwarze Kleider, un petit existentialiste.«

»Danke, Francois!«, sagte ich gerührt. »Ich schulde dir einen Gefallen.«

»De rien«, wehrte er ab. »Du weißt, am liebsten wär mir, du machst Pleite und kommst zu mir.«

Ich legte den Hörer auf und starrte in die erwartungsvollen Gesichter von Holger und Eva.

»Ein Gault-Millau-Kritiker«, platzte ich heraus, »heute oder morgen. – Was haben wir heute für Gäste, Eva?«

»Es geht voran, was ich immer gesagt habe!«, juchzte sie, und ihre Augen leuchteten vor Freude. Schnell holte sie das Reservierungsbuch. »Die Leistungsabteilung der Axa-Versicherung und die Windpocken-Mütter, die neulich abgesagt haben. – Keine interessanten Gesprächsthemen«, überlegte sie laut. »Zahlenkolonnen gegen Kinderkrankheiten. Aber«, sie sah mich zuversichtlich an. »Ich werde schon ein Plätzchen finden, wo er sich wohl fühlt. Heute wird kein Problem, aber morgen … Wir haben nur zwölf Anmeldungen, die ASF-Köln.«

»Wer?«, fragte ich.

»Die Arbeitsgemeinschaft sozialdemokratischer Frauen.«

»Oje«, seufzte Holger.

»Dafür finden wir später eine Lösung«, entschied ich. »Jetzt müssen wir zusehen, dass wir den heutigen Abend hinkriegen.«

Ich rekapitulierte den Speiseplan. Als Amuse-Bouche die Koriandertörtchen mit Humus und frittierten Selleriefäden, als Vorspeisen mit Kalbsbries gefüllte Kohlköpfchen, eine Entenballotine mit Maronen und Salatvariationen und eine Lasagne von Tobinambur und Zander, zur Hauptspeise den gekräuterten Lammrücken mit Polenta-Halbmonden und als Nachtisch Printenauflauf mit Apfel-Zimt-Schaum, Rahmkäseknödelchen mit Birnenkompott, eine Gravensteiner Apfelsuppe und die üblichen Mousse-Variationen. Damit konnte ich mich sehen lassen!

Wir wetzten die Messer, teilten uns die Arbeit auf, rückten Schüsseln und Pfannen zurecht, als Eva erneut mit dem Telefon hereinkam.

»Was Wichtiges?«, fragte ich ungeduldig, weil ich nicht mehr beim Arbeiten unterbrochen werden wollte.

»Glaub schon«, meinte sie. »Willi Hanspach.«

Mein Steuerberater! O Scheiße, dessen letzte Rechnung hatte ich auch noch nicht bezahlt! Bestimmt wollte er auch sein Geld. Ob Steuerberater auch mit Inkasso-Firmen arbeiteten wie Margit Kerner? Schon wieder eine Rechnung, die ich aus meinem Schatzgeld begleichen musste. Lange würde mich dieses Geld nicht über Wasser halten können, schoss es mir durch den Kopf, bevor ich den Hörer annahm. Aber erstaunlicherweise verlor Hanspach kein Wort über die offene Rechnung, er erinnerte mich nur daran, welche Unterlagen er für meine Steuererklärung benötigte.

»Wie läuft der Laden denn so?«, fragte er zum Schluss.

»Könnte nicht besser sein«, sagte ich heute voller Überzeugung und kritzelte ein paar Notizen auf einen Zettel, bevor ich mich schnell wieder an die Arbeit machte.

Die gefüllten Kohlköpfchen gerieten eines wie das andere bildschön, die Entenballotine duftete nach Muskat und Maronen, die knackigen Apfelkügelchen nach Zimt und Rotwein, im Backofen stockte die Lasagne. Nichts hebt so wie die Aussicht auf Erfolg! Draußen im Resto übertraf sich Eva, als sie den Tisch mit wenigen weißen Lilien und vielen weißen Kerzen in ein Gesamtkunstwerk verwandelte. Auf der Straße juchzten die Kinder, schäkerten die Alten, und der Kantinenkoch des Altenheims winkte freundlich zu mir herüber. Das Leben war schön!

Es war kurz vor sieben, als zwei junge Männer in Schlips und Kragen mit schmalen Aktentaschen unter dem Arm durch die Eingangstür traten. Eva begrüßte sie freundlich, bedeutete ihnen mit einem Blick auf die Uhr, dass wir erst in einer halben Stunde öffneten, aber die Männer blieben stehen, und Eva kam zu mir in die Küche.

»Die zwei wollen mit dir reden, lassen sich nicht abwimmeln, sagen, es sei dringend«, flüsterte sie und verdrehte die Augen.

»Es reicht mit den Unterbrechungen! Schmeiß sie raus, wir haben in einer halben Stunde fünfunddreißig Leute zum Essen«, erwiderte ich, während ich die Lammfilets salzte und pfefferte.

»Hab ich versucht, sie gehen nicht.«

Verärgert rieb ich mir am Tourchon die Hände trocken, bedeutete Eva, die restlichen Filets zu salzen, und eilte ins Resto.

»Um was geht's?«, fragte ich barsch.

»Eine delikate Angelegenheit.« Der mit der blauen Krawatte warf mir ein aufgesetztes Vertreterlächeln hin.

Scheiße, dachte ich. So viel Glück wie mit dem Steuerberater werde ich kein zweites Mal an diesem Tag haben. Jetzt schickte die Stadtsparkasse schon Außendienstler, um ihr Geld einzutreiben.

»Wir sind im Security-Bereich tätig und möchten Ihnen unsere Dienste anbieten«, ergänzte die grüne Krawatte.

Versicherungsheinis! Doch nicht die Stadtsparkasse! Die hatten Nerven! Wollten mir mitten in der Rushhour eine Versicherung andrehen. Viel Erfahrung in ihrem Job schienen sie noch nicht zu haben.

»Ich bin nicht interessiert. Guten Tag, meine Herren.« Ich ging zum Eingang und hielt ihnen die Tür auf.

»Ein interessantes Pflaster, die Keupstraße, nicht ungefährlich«, begann die blaue Krawatte und zupfte behutsam eine Kerze aus Evas Tischdekoration. »Dabei läuft Ihr Laden doch exzellent, wenn ich mir die Reservierungen des heutigen Abends ansehe. Aber aus Erfahrung sage ich Ihnen: So etwas kann sich sehr schnell ändern. Wie leicht kann hier eine Fensterscheibe zu Bruch gehen?

Wie plötzlich kann hier ein Feuer ausbrechen? Wie schnell können sich Kakerlaken in die Küche verirren und die Lebensmittelüberwachung auf den Plan rufen?«

»Alles Dinge, die zum baldigen Ruin führen können«, ergänzte die grüne Krawatte seufzend, »und das wollen Sie doch auf gar keinen Fall, nicht wahr, Frau Schweitzer? Ich versichere Ihnen, dass unsere Firma Sie vor alldem bewahren kann. Für eine gewisse Summe garantieren wir Ihnen, dass nichts von alldem geschehen wird. Im Gegenteil, wir werden Ihre Karriere auf der Keupstraße fördern! Mit uns haben Sie eine glänzende Zukunft vor sich.«

Es dauerte, bis das Gehörte in meinem Gehirn ankam. Dann wurde mir schlecht. Schutzgelderpresser. Die zwei waren Schutzgelderpresser! Die drohten, die Weiße Lilie zu vernichten, wenn ich nicht zahlte. Bei einem der letzten Keupstraßen-Treffen hatten sich der Frisör und der Reisebürobesitzer darüber unterhalten. Schien nicht unüblich in der Gegend, aber dennoch, dass solche Typen bei mir auftauchten, damit hatte ich nicht gerechnet. Mir wurde abwechselnd heiß und kalt, und eine unbändige Wut stieg in mir auf. Da versuchte man redlich, sein Geld zu verdienen, da wollte endlich ein Gault-Millau-Kritiker vorbeikommen, und was passierte? Es schneiten zwei Arschlöcher der übelsten Art herein, Schmarotzer, die sich an meinem sauer verdienten Geld bereichern wollten, weil sie selbst zu faul zum Arbeiten waren, weil sie Spaß an Zerstörung hatten. Aber von solchen Schmeißfliegen ließ ich mich nicht kleinkriegen, was glaubten die eigentlich? Meinten sie wirklich, Herr über mein Schicksal spielen zu können?

»Raus hier«, zischte ich mit ungezügelter Wut. »Sofort. Sonst hol ich die Polizei!«

»Wir wissen, dass Sie Geld haben«, antwortete die grüne Krawatte schmierig lächelnd und warf einen gierigen Blick auf Kerners Kommode. »Und wenn Sie die Polizei holen, werden Sie schnell feststellen, dass die keineswegs Ihr Freund und Helfer ist.«

»Und wir kommen wieder!« Die blaue Krawatte zerbrach mit einem geübten Griff beim Hinausgehen die Kerze und ließ sie achtlos auf den Boden fallen. »Das ist das Einzige, auf das Sie sich verlassen können.«

»Was wollten die?«, drang irgendwann Evas Stimme an mein Ohr. In der Hand hielt sie die zerbrochene Kerze.

Ich hatte mich nicht von der Stelle bewegt, nicht bemerkt, wie Eva und Holger zu mir gekommen waren. Ich sah in zwei erschrockene Gesichter.

»Scarlett?«, flüsterte Holger.

»Nichts von Scarlett«, piepste ich in einem für mich fremden hohen Ton. »Sie wollen mir die Bude abfackeln, wenn ich nicht für ihren Schutz bezahle.«

»Schutzgelderpresser!« Evas schönes Gesicht wurde kalkweiß.

»Scarlett hat nichts damit zu tun«, flüsterte Holger.

Eva öffnete schnell ein Fenster, kontrollierte mit einem Blick nach rechts und links die inzwischen dunkle Keupstraße.

»Wir müssen die Polizei benachrichtigen«, sagte sie dann.

»Nicht jetzt«, entschied ich. »Erst erledigen wir unsere Arbeit! Wir haben Gäste, und die wollen was zu essen.«

Irgendwie überstanden wir den Abend, ohne dass die Gäste etwas von dem drohenden Unheil ahnten, das seit dem Besuch der beiden Schlipsträger über der Weißen Lilie lag. Unsere Nervosität blieb von allen unbemerkt. Dabei zerdepperte Eva beim Abräumen zwei Weingläser, und Holger und ich traten uns beim Mise en place ständig auf die Füße, etwas, das uns sonst nie passierte. Ich wusste nicht, ob ich lachen oder weinen sollte, dass der kleine schwarze Gault-Millau-Kritiker an diesem Abend nicht auftauchte. Bevor ich nach Hause ging, ließ ich alle Rollläden herunter und drehte das neue Schloss dreimal um. Ob ich doch in ein weiteres, von Özal vorgeschlagenes Sicherheitsschloss investieren sollte?

Nach der üblichen nervigen Parkplatzsuche auf der Kasemattenstraße schleppte ich mich erschöpft die Treppe zu unserer Wohnung hoch. Aus der Küche fiel ein schmaler Lichtstreifen auf die Bücherberge im Flur, und ich sah Adela und Kuno am Küchentisch sitzen. In Gesellschaft von Kunos Hauswein, einem Strümpfelsbacher Trollinger, spielten sie eine Runde Räuber-Rommee.

»Komm, trink noch ein Glas mit uns«, forderte Adela mich auf, als sie mich im Flur rumoren hörte. »Kuno hat etwas sehr Interessantes entdeckt!«

Ich war zu müde, um abzulehnen.

Adela schüttete mir ein Glas ein und stupste ihren Kuno. »Jetzt sag's ihr schon.«

Kuno räusperte sich und sagte: »Und welcher Abschied bevorsteht. EIN ANFANG, EIN ENDE.«

Ich sah ihn verständnislos an. Was faselte er da? Ich hatte keine Ahnung, merkte nur, wie mein Bauch knurrte, seit dem Frühstück hatte ich nur für andere gekocht.

»Das stand doch auf dem Zettel, den der tote Kannibale in der Hosentasche hatte«, erklärte mir Adela, die meinen gierigen Blick in Richtung Kühlschrank richtig deutete und aufstand, um mir ein Butterbrot zu schmieren.

Stimmt. Den toten Kannibalen gab's auch noch. Aber der war mir im Augenblick so was von schnurzpiepegal. Gierig stürzte ich mich auf das Fleischwurstbrot.

»Kuno hat herausgefunden, woher der Text stammt!«, verkündete Adela stolz und drückte ihrem Schwaben einen Kuss auf die Stirn.

»Ja?«, murmelte ich lahm. Das war Äußerste, was ich mir an Interesse entlocken konnte.

»Ja«, fuhr Adela begeistert fort. »Und es ist nicht etwa eine codierte Botschaft, wie der Graf, oder die Androhung des Mordes, wie der Cowboy vermutet hat. Nein, es ist das Ende eines Gedichts!«

Kuno schob ein Buch, das ich bisher nicht beachtet hatte, in meine Richtung. »Christoph Meckel, Souterrain. Gedichte«, las ich.

»Schlag die Seite mit dem Buchzeichen auf«, sagte er.

In Zeitlupe schlug ich das Buch auf und mühte mich, die Zeilen zu lesen. »Sie kennt das Geräusch seines Wagens/ Wartend/ Vorm Spiegel./ Und sie weiß nicht – / Wusste nie – / Was sie erwartet / Der Wein, das Bett / die Umarmung, / der Schlaf und die / Stille / Vergnügen, Gelächter / und welcher Abschied / bevorsteht. / EIN ANFANG / EIN ENDE.«

Ein Gedicht also. Ein Gedicht. Mehr fiel mir einfach nicht ein. Ich schlug das Buch zu, legte es zur Seite, sagte nichts.

Adela sah mich an, als müsste mir die Lösung wie Schuppen von den Augen fallen.

»Merkst du nicht, dass dieses Gedicht dem Fall eine völlig neue Wendung gibt?«, insistierte sie, irritiert darüber, dass ich nichts sagte.

»Ein Liebesgedicht«, ergänzte Kuno.

»Eifersucht!«, rief Adela. »Du weißt, es ist mir einmal passiert, dass ich nicht an dieses Motiv gedacht habe. Ein zweites Mal mache ich denselben Fehler nicht!«

»Es passt nicht zu einem Mafia-Mord«, murmelte Kuno. »Andererseits darf man nicht außer Acht lassen, dass das Gedicht möglicherweise nichts damit zu tun hat.«

»Natürlich, aber …«, fuhr Adela fort.

Eine Weile debattierten die zwei, wie und warum der Gedichtschnipsel in der Hosentasche des Toten gelandet war und welche Bedeutung er für den Mord hatte, während ich stumm meinen Rotwein schlürfte und eine bleierne Schwere spürte. Nichts lief rund. Wenn sich mal ein Lichtstrahl zeigte, wurde er schnell wieder von einer pechschwarzen Wolke zugedeckt. Vielleicht war es weder die Zeit für eine neue Liebe noch für ein eigenes Resto. Vielleicht sollte ich die Weiße Lilie dichtmachen und bei Lemaître als Garde-manger anfangen.

»Schätzelchen?« Adela fuchtelte mit ihrer Hand vor meinen Augen herum. »Hörst du gar nicht zu?«

»Sorry«, brummte ich.

Adela und Kuno wechselten einen vielsagenden Blick. Dann griff Adela mal wieder nach meiner Hand und tätschelte sie.

»Es tut mir ja so Leid«, seufzte sie.

Hatte sie jetzt schon das zweite Gesicht? Ich hatte doch die beiden Schlips-Verbrecher noch gar nicht erwähnt.

»Sie wollen mir die Scheiben einschlagen oder mir die Küchensheriffs auf den Hals hetzen«, murmelte ich.

»Tayfun? Dreht der jetzt völlig durch?«, fragte Adela entsetzt, ohne etwas zu kapieren.

»Himmelherrgottsakramoscht«, fluchte Kuno, der sofort wuss-

te, wovon ich sprach. »Schutzgelderpresser! Was für ein verreck-
tes, elendes Lumpengesindel!«

*

Mit Herzklopfen bog ich am nächsten Tag in die Keupstraße ein,
fand für meinen Punto einen Parkplatz neben dem Spielplatz.
Wieder schien eine blasse Wintersonne, wieder promenierten die
Pensionisten, wieder tobten die kleinen Fußballer durch die Straße. Das alles nahm ich kaum wahr, mich interessierte einzig die
Weiße Lilie. Die Rollläden heruntergelassen, die Eingangstür fest
verschlossen wartete sie auf mich, genau wie gestern Abend zurückgelassen. Alle Wackersteine fielen von mir ab, als ich die Tür
aufsperrte und in mein schönes Resto trat. Das Lumpengesindel
hatte nicht zugeschlagen. Noch nicht.
    Ich räumte meine Einkäufe in den Kühlschrank. Heute hatte
ich auf dem Riehler Markt neben dem üblichen Käse schöne Eife-
ler Rehrücken, einen prächtigen Hecht und knackfrische Champignons gefunden.
    »Adela meinte, um diese Zeit störe ich Sie am wenigsten bei Ih-
rer Arbeit.«
    Auch ohne den eleganten Arsène-Lupin-Frack machte der
Graf in dem kleinen dunklen Wollmantel mit dem Paisley-Schal
eine gute Figur. Groß gewachsen und schlank, mit schmal ge-
schnittenem Gesicht und perlgrauem Haar war er mit fünfund-
sechzig noch ein unglaublich attraktiver Mann. Distinguiert, ein
bisschen versnobt. Beim Frühstück hatte Kuno vorgeschlagen,
ihm von der Schutzgelderpressung zu erzählen, da er vor seiner
Pensionierung in Mülheim gearbeitet hatte. Rieger hatte mal wieder sehr gehetzt geklungen, als ich ihn deswegen anrief. Bestimmt landete die Sache nicht auf der obersten Stelle seines
Dringlichkeitsstapels. Vielleicht konnte der Graf schneller helfen.
    »Erzählen Sie mir, wie die zwei ausgesehen haben«, forderte er
mich ohne Vorgeplänkel auf. Er setzte sich eine schmale Lesebril-
le auf die Nase und legte das goldene Brillenetui so auf den Tisch,
dass es mit der Kante abschloss. Dann zückte er einen kleinen,

durch einen Lederumschlag geschützten Block, schraubte einen altmodischen Füller auf und wartete.

Er schrieb tatsächlich mit Füller! Sah aus wie ein Modell, das man zum Nachfüllen noch in ein Tintenfass stecken musste. In meiner Vorstellung passte dieser Mann in die weitläufige Büroetage eines Ministeriums oder einer Handelsgesellschaft, aber nicht auf die Straße, wo er einen Drogendealer nach Stoff abklopfte. Dabei war er sich, wie Kuno erzählte, als Chef diverser Sonderkommissionen bis zu seiner Pensionierung für keine Drecksarbeit zu schade gewesen.

»Selbst die unbedeutenden Kleinigkeiten sind wichtig!«, unterbrach der Graf meine Gedanken.

Ich beschrieb ihm die beiden, so gut ich mich an sie erinnern konnte, und der Graf machte sich eifrig Notizen.

»Sind Sie sicher, dass es keine Ausländer waren?«

Woher sollte ich das so genau wissen? Sie sprachen akzentfrei deutsch, nicht den kleinsten rheinischen Singsang erinnerte ich. Beide waren hellhäutig, graublond und blauäugig, hätten hinter jeden Bankschalter gepasst.

»Wie Sie sich vorstellen können, ist dies hier nicht der erste Fall von Schutzgelderpressung«, erklärte er mir. »Die Keupstraße ist fest in türkischer Hand, auch die Unterwelt. Oft sind die Geldeintreiber Underdogs, tumbe Gesellen, stolz auf ihre Muckis, stolz auf ihre Herkunft. Viel mehr haben sie nicht«, fügte er trocken hinzu. »Beides demonstrieren sie gern. Hemden, die die Muskeln zeigen, Goldkettchen mit dem türkischen Halbmond oder Galatasaray-Istanbul-T-Shirts. Deshalb bin ich über das Aussehen Ihrer Besucher verwundert.«

»Ist das ein gutes oder ein schlechtes Zeichen?«, wollte ich wissen.

Der Graf überlegte eine Weile, bevor er antwortete: »Es ist ungewöhnlich, unüblich für die Gegend … Auch dass man sich Ihr Restaurant ausgesucht hat. Wissen Sie, oft krallen sich die Schutzgeldmafiosi Kneipen von eigenen Landsleuten, die illegal hier sind oder illegal hier lebende Verwandte beschäftigen, Leute, von denen sie wissen, dass sie niemals zur Polizei gehen würden. – Haben die zwei Ihnen eine Telefonnummer hinterlassen, bei der Sie sich melden sollen? Haben sie eine konkrete Summe genannt?«

Nichts von alledem.

In der Innentasche seines Mantels griff er nach einigen Fotos, die er vor mir auf den Tisch legte. »Irgendeinen davon schon mal gesehen?«

Da waren die Underdogs, von denen er gesprochen hatte! Ich starrte auf Muckis und Pferdeschwänze, auf kahl geschorene Köpfe und platt geboxte Nasen. Aber ich kannte keinen von ihnen.

»Schleppen Sie diese Fotos immer mit sich herum?«, fragte ich erstaunt.

»Alte Gewohnheit!« Der Graf schraubte seinen Füller zu und sah recht undurchsichtig aus.

»Und den Füller? Haben Sie den auch schon benutzt, als Sie noch Polizist waren?«

Er verzog den schmalen Mund zu einem winzigen Lächeln. »Es hat seine Vorteile, wenn man nicht einem bestimmten Klischee entspricht«, meinte er, kam dann, ohne dies weiter auszuführen, auf die Schutzgelderpresser zurück. »Wenn Sie Glück haben, sind es zwei Anfänger, die ausprobieren, ob sie Sie melken können«, sagte er. »Wenn Sie ganz viel Glück haben, sind die zwei durch Ihr energisches Auftreten und Ihre Drohung mit der Polizei so verschreckt, dass sie sich kein zweites Mal blicken lassen. – Apropos Polizei«, unterbrach er sich. »Was sagt Rieger zu der Sache?«

»Er kommt vorbei, wenn er Zeit hat.«

Der Graf lachte kurz und trocken, sagte aber nichts. Musste er auch nicht. Es war offensichtlich, dass er weder Riegers Arbeit noch ihn selbst schätzte.

»Und wenn ich nicht sehr viel Glück habe?«

»Dann werden Sie in irgendeiner Form von ihnen hören. Sei es, dass die zwei nochmals hier auftauchen, sei es, dass sie Ihnen eine Scheibe einschlagen oder auf andere Art Angst machen. Kann sein heute, kann sein morgen, kann sein in vier Wochen. Denken Sie daran, dass das deren größte Macht ist, Ihnen Angst zu machen. Es geht nicht darum, Sie zu vernichten, davon haben sie nichts. Schließlich wollen sie Ihr Geld. Aber sie können Sie zermürben und weich kochen. Angst ist eine diffuse und mächtige Waffe.«

Wenn ich an die zwei Schlipsträger dachte, kochte nur Wut, keine Angst in mir. Dennoch, die Aussicht, tatenlos auf deren nächsten Schritt warten zu müssen, stimmte mich nicht besonders glücklich.

»Gibt es denn gar nichts, was ich tun kann?«

»Überprüfen Sie, ob Ihre Hausratversicherung bezahlt ist«, schlug er nicht ohne Sarkasmus vor, »dann tut Ihnen die eingeschlagene Scheibe oder die eingetretene Tür zumindest finanziell nicht weh.« Er klappte sein Notizbuch zu und schob die Brille in das goldene Etui zurück. »Ich werde mich umhören, ich habe noch alte Kontakte in der Gegend … Bei alldem dürfen wir nicht außer Acht lassen, dass vor Ihrer Haustür ein Mord passiert ist.«

Holger, der einen Schwall frischer Luft mit zur Arbeit brachte, unterbrach unser Gespräch. Misstrauisch betrachtete er den Grafen, konnte ihn nicht einschätzen. Ich merkte, wie bei ihm sämtliche Alarmglocken klingelten.

»Ein Freund von Kuno, auch ein ehemaliger Polizist«, klärte ich ihn auf, und er nickte erleichtert. Ich trug ihm auf, den Hecht zu entgräten, und versprach, gleich nachzukommen.

»Selbstverständlich esse ich heute Abend bei Ihnen«, sagte der Graf zum Abschied. »Adela hat für Sie die Trommel gerührt, erzählt, dass Sie mit hohem Besuch rechnen und Ihr schöner Tisch voller Leute sein soll. Walter Neuroth nebst Frau kommt ebenso.«

Walter wer? Ich sah ihn fragend an.

»Der wortkarge Cowboy«, erklärte er lächelnd. »Seine Frau ist übrigens keineswegs so schweigsam wie er, eher das Gegenteil.«

»Und Ihre Frau bringen Sie nicht mit?«

»Es gibt keine«, antwortete er schlicht. »Mit mir hat es nie eine lange ausgehalten. Ich war immer mit meiner Arbeit verheiratet.«

Mit einem charmanten Lächeln verbeugte er sich formvollendet und lenkte seine Schritte dann in Richtung Clevischer Ring. Natürlich schätzte ich es, dass der Graf mir helfen wollte, aber uneigennützig schien mir dies nicht zu sein. Wer waren die Männer auf den Fotos? Welche Rechnung hatte er mit Rieger, welche mit diesem Mehmet offen?

Egal, welches Süppchen der Graf kochte, es wurde höchste Eisenbahn, dass ich mich jetzt um mein eigenes kümmerte. Dreiundvierzig Essen! Die Weiße Lilie war ausgebucht. Adela hatte nicht nur den Grafen und die Neuroths in die Weiße Lilie bestellt, sondern noch eine Reihe weiterer Leute aus ihrem weit verzweigten Bekanntenkreis. Wenn es den kleinen Existentialisten des Gault Millau heute zu mir trieb, würde er nicht nur ein Hecht-Bonbon im Nudelmantel und einen Rehrücken umhüllt von Wirsing, bestrichen mit Gänsetopfleber und Pilzen serviert bekommen, sondern zudem in eine bunte Tafelrunde hineingeraten.

Die ASF-Frauen hatten zunächst ernst und gebremst an einer Tischecke über ihren Vorspeisentellern gesessen, damit beschäftigt, mit dem Hecht den drohenden Machtverlust der SPD hinunterzuschlucken, als Adela sie nach und nach in die Tischgespräche einbezog. Die mausgesichtige Frau des Cowboys erzählte lautstark von ihrer letzten Bildungsreise nach Polen, und bald schwirrten alle möglichen Themen durch die Luft. Die Gesichter der ASF-Frauen hellten sich auf, vielleicht weil sie sich entschlossen hatten, Politik für heute Abend zu vergessen, vielleicht weil sie vom Sieg einer ersten sozialdemokratischen Bundeskanzlerin in vier Jahren träumten. Am Rhythmus und der Lautstärke der Gespräche merkte ich in der Küche, dass die Gäste sich wohl fühlten, die Tafelrunde funktionierte.

»Ach Schätzelchen, ich sollte viel öfter zu dir zum Essen kommen«, schwärmte Adela, die zwischendurch mal kurz durch die Küche wuselte. »Der Hecht war ein Gedicht! So 'ne große Runde kriege ich allerdings nicht jeden Tag hin. Wo steckt er denn nun, dieser Gastro-Kritiker?«

Aus Erfahrung wusste ich, wie unberechenbar diese Herren waren, und zuckte mit den Schultern. Auch wenn man gut kochte, schon einen lokalen Ruf hatte, eine Garantie, dass sie vorbeikamen, gab es nicht. Auf der anderen Seite war nichts schlimmer, als sehr früh in eine Kategorie katapultiert zu werden, die man dann nicht halten konnte.

Köche und Kritiker verband eine Hassliebe. Sie waren aufeinander angewiesen. Mit Hoffen und Bangen sah man in Küchenkreisen dem Tag entgegen, an dem der neue Gault Millau, der neue Varta oder der neue Michelin auf den Markt kam. Natürlich wussten die Kritiker um ihre Macht, und es gab in der Mischpoke mehr als einen, der gerne damit spielte. Eine euphorische Kritik zur rechten Zeit am rechten Ort konnte einen Koch in den Olymp erheben, eine vernichtende in den Ruin treiben. Ich hatte in meinem Berufsleben besternte, erfolgsverwöhnte Patrons erlebt, denen der angekündigte Besuch eines bestimmten Kritikers den Angstschweiß auf die Stirn trieb.

Während wir Köche Tag für Tag bodenständig unserer Arbeit nachgingen, schwirrten die Kritiker von Ort zu Ort. Manche kündigten sich an, andere reisten inkognito. Oft blieben sie bei ihren Besuchen unerkannt, aber manchmal eben nicht. Wir Köche haben unsere Kanäle und Verbindungen. Der eine informiert den anderen. So wie Lemaître mich.

Der kleine Schwarzgekleidete kam tatsächlich.

»Ich habe ihn neben Adela gesetzt«, berichtete Eva, bevor sie ihm den Hecht servierte.

»Pass auf, was sie erzählt!«, rief ich ihr nach. »Kann sein, sie schwärmt so übertrieben von meiner Küche, dass er sofort eine Inszenierung wittert!«

Während ich den Rehrücken in Tranchen schnitt und den Spitzkohl häufelte, beobachtete ich besorgt, wie Adela schon die Hand des Kritikers tätschelte und mit der anderen Hand ausladend über den Tisch auf den einen oder anderen deutete. Na, das konnte heiter werden.

»A-a-anruf Palladium«, stotterte Holger so aufgeregt, dass er dabei fast das Blech mit den Rösti-Törtchen fallen ließ. »Mike ist da!«

Das immer alles auf einmal passieren musste! Holger sah mich erwartungsvoll an. Am liebsten wäre er sofort losgestürzt.

»Von mir aus räume ich alleine auf, aber bevor die Nachtische draußen sind, kannst du nicht gehen«, bremste ich ihn. »Im Palladium fängt der Abend grade erst an, wäre doch gelacht, wenn der Typ in zwei Stunden schon wieder weg wäre!«

Holger stand die Enttäuschung ins Gesicht geschrieben.

»Wenn er schon weg ist?«, versuchte er es weiter.

»Dann hat's nicht sollen sein«, entschied ich. »Du weißt genau, dass ich es nicht alleine schaffe!«

Frustriert platzierte er langsam die Röstis neben die Spitzkohlhäufchen, fand dann zum Glück aber schnell seinen Arbeitsrhythmus wieder.

»Entwarnung!«, verkündete Eva, als sie die ersten leer gefutterten Hauptgangteller auf die Spülmaschine packte. »Adela hat Monsieur X an eine von den Roten abgetreten. Die hat ein Ferienhaus in der Toskana, genau neben einem von Monsieur X besonders geschätzten Weingut! Die zwei parlieren seit zehn Minuten. Ich finde, er wirkt entspannt und gut gelaunt!«

Wie stolze Eltern beobachteten wir kurz gemeinsam, wie unser Hätschelkind genüsslich einen Schluck Wein trank.

»Da kann man mal sehen, wofür die Toskana-Fraktion der SPD nütze ist. Gut gemacht, Eva«, murmelte ich.

»Heute kannst du dich bei Adela bedanken. Die hält den ganzen Tisch in Schwung«, erwiderte sie, »gibt wunderbare Kommentare zu den Bildungsreisen der Maus ab. Nur eine von den Roten macht mir Sorgen. Die links außen, die Dürre, die mit den beiden Warzen auf der rechten Backe. Die säuft den Rotwein, als könne sie damit ihre Partei vorm Untergang retten.«

Gerade als ich sie in der Tafelrunde erspäht hatte, erhob sich die Dürre wie auf Kommando. Sie schwankte leicht vor und zurück und hielt sich mit der linken Hand am Tisch fest.

»Jetzt will sie eine Rede halten«, stöhnte Eva.

»Wenn Harald Schmidt im Fernsehen die Internationale singen kann«, lallte die Dürre laut. »Kann ich das hier auch!« Bevor irgendjemand darauf reagierte, ballte sie die Faust, hob den rechten Arm und begann mit einem kräftigen Alt »Wacht auf, Verdammte dieser Erde« zu singen.

»Ich kann es nicht glauben«, murmelte Eva und setzte sich mit einem Alles-wird-gut-Lächeln in Bewegung.

Aber ihr Eingreifen war nicht nötig. Noch bevor »die Glut mit Macht im Kraterherde« zum Durchbruch dringen konnte, hatten die Genossinnen die kämpferische Sängerin mit sanfter Gewalt auf ihren Stuhl zurückgedrückt und mit ein paar Bemerkungen über Harald Schmidt zum Schweigen gebracht. »Dem ist nichts heilig, der macht sich über die Arbeiterbewegung genauso lustig wie über den Papst« – »Alles wird zur Show, die alten Genossen würden sich im Grab umdrehen, wenn sie diesen Auftritt gesehen hätten!« – »Ein arrogantes Arschloch, denkt nur an diesen Begriff ›Unterschichtenfernsehen‹.« Die Dürre erduldete die Zurechtweisungen stumm und griff wieder zum Rotweinglas.

Holger und ich arbeiteten fieberhaft an der Fertigstellung der Nachtische. Eva schäumte Espressi, nahm die Bestellungen für Digestifs entgegen. Frau Neuroth war bei den Schönheiten von Sankt Petersburg und ihrer Bildungsreise in die baltischen Republiken angelangt. Adela steuerte von der anderen Seite des Tisches eine ihrer Wie-ich-bei-strömendem-Regen-auf-einer-Parkbank-entbunden-habe-Geschichten zur allgemeinen Unterhaltung bei. Eva servierte die ersten Mousse-Variationen.

Mit dem Nachtisch gerieten die Gespräche wieder in ruhigere Bahnen, und beim allgemeinen Aufbruch eine halbe Stunde später war klar, dass nichts mehr den Gesangsauftritt der Dürren toppen konnte. Von Gelächtersalven unterbrochenes Gemurmel begleitete den Abschied. Man ging gelöst nach Hause. Als sei sie die Gastgeberin gewesen, verabschiedete sich Adela von allen mindestens per Handschlag. Monsieur X wurde wie manch anderer zusätzlich an ihren wogenden Busen gedrückt. Wieder freigelassen blickte er leicht orientierungslos durch den Raum, bevor er sein schwarzes Existentialistenjäckchen zuknöpfte. Dass Adela immer so übertreiben musste!

Nachdem der letzte Gast die Tür hatte ins Schloss fallen lassen, stieß ich einen Seufzer der Erleichterung aus, ließ in der Küche alles stehen und liegen, platzierte mich an eine schon leer geräumte Stelle der Tafel und fiel über Eva her. »Jetzt erzähl mal, was hat er zum Essen gesagt?«

Die holte erst eine angebrochene Flasche Sekt aus dem Kühlschrank und schenkte uns zwei Gläser ein.

»Du weißt, dass die Lippen von Kritikern versiegelt sind«, antwortete sie verschmitzt und prostete mir zu.

»Klar, aber es gibt Zeichen: das Mienenspiel, die Anordnung des Bestecks, der aufsteigende virtuelle Rauch«, drängelte ich. »Komm schon, Eva, spann mich nicht so auf die Folter.«

»Den Hecht hat er bis auf den letzten Bissen aufgefuttert. Beim Rehrücken hat er nur etwas von dem Spitzkohl zurückgehen lassen, und bei den Mousse-Variationen hat er Adela zugestimmt, die diese als ›göttlich‹ bezeichnet hat!«

Ich riss die Arme hoch und umarmte Eva. »Holger!«, rief ich in die Küche. »Du musst auch mit anstoßen. Wir haben unsere Sache gut gemacht, komm her!«

Eva goss ein weiteres Glas ein, und Holger nahm hastig einen Schluck, drängte dann aber zurück in die Küche.

»Muss mich beeilen«, haspelte er und warf mir einen bedeutungsvollen Blick zu. »Du weißt schon.«

Er wollte Mike im Palladium treffen. Das hatte ich in der Zwischenzeit völlig vergessen.

»Du kannst gehen, ich räume auf, habe ich doch gesagt«, antwortete ich.

»Willst du nicht mit?«, fragte er zögernd. »Besser zu zweit.«

»Was habt ihr vor?«, wollte Eva wissen.

»Manowar spielen«, antwortete Holger schnell. »Katharina geht mit.«

»Nie gehört! Wer ist das denn?«, erkundigte sich Eva.

»Heavy Metal«, erklärte Holger.

»Auf die stehst du?«, fragte mich Eva ungläubig.

»Na ja«, wand ich mich, »was aktuelle Musik angeht, bin ich ziemlich unterbelichtet, wenn man von bestimmten Jazz-Sachen absieht. Holger sagt, die sind ganz gut und würden mir gefallen …«

Eva sah mich mitleidig und Holger strafend an. Holger dagegen strahlte. Ich hatte Eva nicht verraten, dass wir Scarletts wegen ins Palladium wollten.

»Dann aber voran«, schloss ich die Diskussion ab. »Sonst wird's zu spät.«

Ein eisiger Wind zog unter die Winterjacken, als wir eine halbe Stunde später in Richtung Schanzenstraße marschierten. Vorbei die milde, fast frühlingshafte Luft der letzten Tage, der Winter war noch nicht bereit zu gehen.

Auf der Schanzenstraße lenkten wir unsere Schritte an dem bald wieder leer stehenden Viva-Gebäude vorbei, das man erst vor kurzem für viel Geld renoviert hatte. Nach der Rechtskurve zog sich der Weg entlang dem großen ehemaligen Industriegelände. Auch heute wurden hier noch Kabel hergestellt, aber in den meisten der alten Klinkerbauten befanden sich Hightech- und Medienfirmen. Am Ende der Straße, kurz vor dem Bahndamm, stand links das E-Werk, das allen Freunden des alternativen Karnevals wegen der Stunksitzung bekannt war, und rechts das Palladium, zu dem Holger und ich heute unterwegs waren. Harte Rockmusik waberte aus der Halle über die Straße. Ich sah mich um. An den Gittertoren von SAT.1 klebten ein paar Raucher, und im Halbschatten knutschten zwei schwule Pärchen in schwarzem Leder-Outfit.

»Da! Die Fellkapuze.« Holger deutete auf einen der Raucher. »Mike.«

»Wunderbar!«, knurrte ich. »Dann muss ich für die scheußliche Musik keinen Eintritt bezahlen.«

»Hahallo, Mike«, Holger ging auf den Typen zu, »wir suchen Scarlett.«

Mike drückte die filterlose Kippe unter seinen schlangenledernen Cowboystiefeln aus und maß mich mit einem einzigen Blick. Das Ergebnis war nicht zu meinen Gunsten.

»Meine Chefin«, erklärte Holger.

»Scarlett?«, näselte er. »Die soll mir bloß unter die Augen kommen. Nach der habe ich mir schon die Hacken wund gelaufen. Leiht sich meinen Manta für einen Trip nach Holland, fährt ihn zu Schrott und lässt ihn auf der Autobahnraststätte Ohligser Feld stehen, ohne mir einen Ton davon zu sagen. Stattdessen rufen mich die Bullen an. Die blöde Kuh hat meinen Kotflügel zerquetscht und ist beim Ausparken mit Karacho auf ein stehendes Auto gefahren. Stehend!« Mit dem Mund flitschte er sich eine neue Kippe aus der Schachtel. »So doof können doch nur Weiber sein.«

»Sie hahahat keinen Führerschein«, flüsterte Holger.

Ich rieb mir die Hände warm, schlug den Kragen hoch und fragte mich, ob es ein Fettnäpfchen gab, in das Scarlett nicht tapste. Der Wind riss an meinen Haaren, er war zäh in dieser Nacht.

Mike zündete sich in mehreren Versuchen mit nikotingelben Fingern eine neue Zigarette an und warf das Streichholz weg.

»Keinen Führerschein?« Er spie verächtlich ein paar Tabakkrümel aus. »Die Schnalle ist ja noch doofer, als ich dachte! Falls ihr sie vor mir findet, könnt ihr der Punklady Folgendes ausrichten: Zweitausend Euro hat mich ihr bescheuerter Hollandausflug gekostet, den Ärger mit den Bullen und der Versicherung nicht mitgerechnet. Sie soll schleunigst ihren lahmen Arsch in Bewegung setzen und das Geld für mich auftreiben, sonst wird sie ihres Lebens nicht mehr froh.«

Er nahm einen tiefen Zug aus seiner Kippe. Sofort packte der Wind nach der Glut und wehte sie auf meine helle Kamelhaarjacke. Verärgert fischte ich ein Taschentuch aus der Jackentasche und rieb sie weg. Der Blick, den Mike mir schickte, hätte verächtlicher nicht sein können. Das hinderte mich nicht, die einzige Frage zu stellen, die er möglicherweise noch beantworten konnte.

»Warum war sie in Holland?«

»Bin ich Jesus? Woher soll ich das wissen?«, zischte er, setzte seine Eskimokapuze auf und ging.

Holger und ich sahen ihm nach, bis ihn die lärmende Halle verschluckt hatte.

»Zweitausend Euro«, stöhnte Holger. »Scarlett hat kein Geld. Ich höchstens fünfhundert.«

Und warum kannst du dich nicht in ein Mädchen verlieben, das ein bisschen patenter, ein bisschen weniger chaotisch, ein bisschen weniger nervenaufreibend ist als Scarlett?, dachte ich und sah den verliebten Barockengel an. Die Stupsnase war rot vor Kälte, die helle Haut noch blasser als sonst, und die blaue Jacke, die ihm überhaupt nicht stand, ließ ihn viel runder erscheinen, als er war. Auch im Vergleich zu dem irren Joaquin Phoenix, den Scarlett klasse fand, war er nicht schön, aber er hatte ein Herz aus Gold. Die Hartnäckigkeit, mit der er versuchte, Scarlett zu finden, und die grenzenlose Treue, mit der er zu diesem Chaosmädchen stand, rührten mich.

»Ich muss jetzt nach Hause«, sagte ich dann. »Soll ich dich ein Stück mitnehmen?«

Er wirkte etwas unschlüssig, schüttelte dann aber den Kopf.

»Die Band ist gut!« Er deutete mit dem Kopf in Richtung Palladium. »Ich geh noch rein. Lenkt ein bisschen ab.«

So machte ich mich allein auf den Rückweg, vergrub die Hände tief in den Jackentaschen und merkte bei dem italienischen Supermarkt, dass mein Autoschlüssel fehlte. Er musste mir aus der Tasche gefallen sein, als ich das Taschentuch herausgeholt hatte. Ich drehte um und lief zurück. Hoffentlich war er noch da! Die Augen auf den Boden geheftet suchte ich den Boden entlang dem Gitter ab. Vor der Dynamo-Lounge neben dem E-Werk stritten sich zwei junge Frauen.

»Warum gehst du nicht zu Mike? Der versorgt dich doch sonst immer«, fauchte die eine.

»Der hat nichts. Bei dem ist eine Holland-Lieferung ausgefallen«, flehte die andere.

»Also gut, ist aber teurer als sonst.«

Sie nahmen mich im selben Augenblick wahr, als ich den Schlüssel entdeckte. Die beiden starrten mich misstrauisch an. Ich klimperte mit dem wiedergefundenen Schlüssel und entfernte mich schnell, beeilte mich, zu meinem beim Spielplatz in der Keupstraße geparkten Auto zu gelangen.

Mike war ein Dealer! Anders ließ sich der Streit der beiden Frauen nicht interpretieren. Wenn Mike mit Drogen handelte und Scarlett mit seinem Wagen in Holland war, dann war der zerquetschte Kotflügel weder Mikes noch Scarletts größtes Problem. Wenn sie Mike um eine Lieferung Ich-weiß-nicht-was beschissen hatte, musste sich die blöde Kuh verdammt gut verstecken, denn der Kerl machte nicht den Eindruck, als würde er sich von ihr über den Tisch ziehen lassen. Was hatte sie sich da nur eingebrockt?

*

Holger stotterte wie in seinen schlimmsten Tagen, als er mich zwei Stunden später aus dem ersten Tiefschlaf klingelte. Er klang völlig aufgelöst, war so verwirrt, dass er nicht wusste, wie er nach Hause kommen sollte. Ich bot ihm an, ein Taxi zu rufen. Da stotterte er noch mehr, erzählte etwas von einem Überfall, und seine Angst war durchs Telefon zu spüren.

Beunruhigt warf ich mich in meine Klamotten und lenkte den Punto gen Mülheim. Nachts um drei brauchte ich keine zehn Minuten von Deutz bis zur Schanzenstraße. Ich parkte den Wagen vor dem E-Werk und ging über die Straße zum Palladium. Hinter dem breiten Glaseingang und dem Kassenhäuschen brannte nur ein Notlicht. Die Heavy-Metal-Jungs hatten ausgerockt, die Zuschauer waren ins Dunkel der Stadt abgetaucht. Nächtliche Stille lag über dem alten Industriegelände. Umso lauter dröhnte das Scheppern einer leeren Bierdose, die der Wind über die Pflastersteine trieb.

Ich fand Holger zusammengekauert hinter einem niedrigen Fahrradständer an eine riesige Kabelrolle gelehnt. Blut rann aus einem Mundwinkel, das linke, angeschwollene Augenlid überwucherte das Auge. Rotz, Dreck und Blut verschmierten seine Jacke. Er wimmerte wie ein Säugling mit Bauchschmerzen.

»Kannst du aufstehen?«, fragte ich besorgt und sah mich um.

Wie ausgestorben lagen die alten Hallen da, wir waren die einzigen Menschen weit und breit. Holger versuchte sich am Fahrradständer hochzuziehen, sackte aber wieder zusammen. So packte ich ihn unter den Schultern, stemmte ihn hoch und schleppte ihn langsam zu meinem Punto. Der Gestank von Pisse stieg mir erst in die Nase, als ich den Wagen startete. Der arme Kerl hatte sich vor Angst in die Hose gemacht.

»Heheheliosstraße«, stammelte er.

»Du musst geröntgt werden«, bestimmte ich. »Wir fahren zur Notaufnahme.«

»Nein«, schluchzte er und schüttelte panisch den Kopf. »Nach Hause, nach Hause.«

Er flehte und bettelte so lange, bis ich den Punto nicht mehr in Richtung Eduardus-Krankenhaus, sondern in Richtung Zoobrücke lenkte. Nach zehn Minuten erblickte ich den Leuchtturm, der sein helles Licht über das schlafende Ehrenfeld schickte, und wenig später schleifte ich Holger in seine Wohnung im dritten Stock. Er humpelte stante pede ins Badezimmer, bald hörte ich die Brause rauschen. Duschen konnte er sich noch. Vielleicht sah alles viel schlimmer aus, als es war? In der kleinen Küche fand ich im Kühlschrank eine halbe Tüte Frischmilch. Während ich sie erhitzte, rumpelte vor dem Fenster ein langer Güterzug in Richtung Aachen vorbei. Bevor sie überkochte, schüttete ich die Milch in einen Becher. Als ich das nächste Mal aus dem Fenster sah, schimmerten die Gleise im kreisenden Licht des Leuchtturms, und auf der anderen Seite des Bahndamms bildeten die unter winterfesten Plastikhüllen gestapelten Gartenstühle des Cinenova bizarre Türme. Dahinter erhob sich das kahle Gerüst für die Freiluftleinwand, auf der an lauen Sommerabenden Open-Air-Filme gezeigt wurden. Jetzt riss der Wind an den schmalen Zwischenstäben. Ich rührte zwei Löffel Honig in die heiße Milch und wartete. Es dauerte, bis sich Holger in T-Shirt und Boxershorts, eingenebelt von dem exotischen Fruchtduft eines billigen Duschgels, in die Küche schleppte. Auch frisch gewaschen sah er noch fürchterlich aus.

»Hat mich als Kind immer beruhigt«, sagte ich und schob ihm die Honigmilch zu.

In Zeitlupe ließ er sich auf dem Küchenstuhl nieder, dann griff er langsam nach dem Milchbecher.

»Morgen früh erzähle ich Adela, was mit dir los ist«, fuhr ich fort. »Sie soll sich deine Verletzungen ansehen. Und wenn sie sagt, du musst ins Krankenhaus, gibt es kein Pardon. Außerdem musst du bei der Polizei eine Anzeige machen.«

Holger nickte folgsam und schlürfte die heiße Milch. Die Schwellung über dem Auge hatte sich nach dem Duschen ins Rotblaue verfärbt.

»Hast du noch alle Zähne im Mund?«, fragte ich.

Er nickte erneut und schlürfte weiter.

»War's Mike? Hat er dich so vermöbelt?«

Holger schlürfte konzentriert seine Milch.

»Weißt du, dass er mit Drogen handelt?«, wollte ich wissen.

»Dogenhandel ist übertrieben«, sagte er dann zögernd und sah mich mit seinen großen Hundeaugen an. »Ein bisschen holländischen Shit. Das ist alles.«

»Holländischer Shit! Und Scarlett arbeitet als Kurier für ihn«, fuhr ich fort. »Sie bringt das Zeugs von Holland nach Köln.«

»Du spinnst!«, widersprach er mir heftig. »Scarlett! Niemals!«

Unglaublich, wie naiv er war!

»Zähl doch mal eins und eins zusammen«, redete ich auf ihn ein. »Warum ist sie wohl abgetaucht, ausgerechnet nachdem sie in Holland war? Warum sucht der Typ sie?«

»Der Autounfall«, regte er sich auf. »Ist doch Grund genug.«

»Ist er nicht«, versuchte ich es weiter. »Wenn es nur um den Autounfall ginge, hätte sie es dir gesagt, oder? Sie hätte dich nämlich um Geld angehauen, nicht? Stattdessen erzählt sie dir, dass sie ein paar Tage weg muss.«

»Scarlett ist nicht schlecht!«, schrie er mit schmerzverzerrtem Gesicht. »Das weiß ich! Kenn sie viel besser als du!«

Ich seufzte lang und anhaltend. Es machte keinen Sinn, weiter mit ihm darüber zu reden. Selbst wenn sie ihm das Portemonnaie aus der Hose zöge, würde er noch behaupten, dass Scarlett keine Diebin sei.

Holgers Küchenuhr zeigte vier Uhr morgens an. Draußen holperte ein weiterer Güterzug gen Westen. Man sollte überhaupt nichts mehr diskutieren um diese Zeit. Man sollte schlafen, von schönen Dingen träumen, Kräfte sammeln für den nächsten Tag.

Ich wartete, bis er sich in seinem ungemachten Junggesellenbett ausgestreckt hatte, stellte ihm noch eine Flasche Wasser auf den Nachttisch. Von der Wand grinste mich ein Schwarzweißfoto von Scarlett an. Die Ratte saß auf ihrer Schulter, und Scarlett schickte einen Ihr-könnt-mich-alle-mal-Blick in die Welt.

»Die wollten Geld, Katharina, viel Geld«, flüsterte Holger, als ich die Tür hinter mir zumachen wollte.

Sofort war ich wieder bei ihm im Zimmer.

»Haben dich die Schutzgelderpresser zusammengeschlagen?«

Er schüttelte den Kopf. »Ein Pferdeschwanz mit Muskeln wie Popeye. Wollte Geld. Nicht meinen Geldbeutel. Peanuts. Das große Geld.«

»Hat er eine Summe genannt?«, fragte ich und merkte, wie mir die Knie zitterten.

»Fünfundzwanzigtausend. Er wollte fünfundzwanzigtausend Euro.«

»Scheiße«, entfuhr es mir. »Und dann?«

»Hat mich geschlagen, geschlagen. Immer wieder gefragt: ›Wo ist das Geld? Wo ist das Geld?‹«

Er begann zu schluchzen und krümmte sich wie ein Embryo unter seiner Bettdecke zusammen. Zögernd setzte ich mich neben ihn aufs Bett und strich ihm ein paar Mal über seine Mangoduft-Locken.

»Hier bist du sicher«, sagte ich und hoffte, dass Holger in seinem Zustand meine Wackel-Knie und das klopfende Herz nicht bemerken würde. »Morgen sieht alles anders aus.«

Zittrig schleppte ich mich zum Auto zurück. Verdammt! Da regte ich mich über Scarlett auf, die Geschäfte mit Shit machte, der ihr nicht gehörte, und saß selbst tief in der Scheiße. Niemand anderer als der Besitzer des braunen Umschlags hatte Holger zusammengeschlagen oder zusammenschlagen lassen. Er wusste, dass das Geld in der Weißen Lilie verloren wurde, und versuchte es mit brutaler Gewalt zurückzubekommen. Dreimal würgte ich den Motor ab, bevor es mir endlich gelang, aus der Parklücke zu fahren. Über mir verteilte der Leuchtturm weiterhin gleichmütig sein kreisendes Licht. Aber die Summe stimmte nicht. Und warum erst jetzt? Ich hatte den Umschlag schon vor zwei Wochen gefunden. Auf der Venloer Straße zwang mich ein wütend hupender Taxifahrer in die Bremsen. Ohne es zu merken, war ich auf die Gegenfahrbahn geraten. Nein, korrigierte ich mich selbst, der Geldbesitzer wusste nicht, dass der Umschlag in der Weißen Lilie verloren wurde, sonst hätte er viel schneller versucht, die Knete zurückzukriegen. Er vermutete es nur. Als ich den Schlüssel in der Kasemattenstraße ins Schloss steckte, kreiste wie der Ton einer hängen gebliebenen Schallplatte immer nur dieser eine Satz in meinem Kopf: Er vermutet es nur. Er vermutet es nur. Mein Gehirn weigerte sich, weiterzulaufen. Mit Mühen erreichte ich mein Bett und sank sofort in einen traumlosen Schlaf.

»Was war mit dir los letzte Nacht?«, weckte mich Adela am nächsten Morgen. »Die Eingangstür stand sperrangelweit offen, deine Schuhe lagen neben der Shakespeare-Ausgabe, deine Jacke auf dem Küchentisch und deine Hose im Bad. Musstest du den Erfolg des gestrigen Abends feiern? Hast du bei Kurt ein Glas zu viel getrunken?«

Ich erzählte, was mit Holger passiert war.

»Wird immer verwirrender, das Ganze«, meinte Adela besorgt und versprach, gleich nach Holger zu sehen.

»Danach fahre ich mit Sybille nach Niehl, zu den in der Pampa aufgebauten ›Verrichtungsboxen‹. Die hat heute Nacht geträumt, dass Scarlett auf dem Straßenstrich gelandet ist und dort arbeitet.«

Du liebe Güte, dachte ich und runzelte missbilligend die Stirn.

»Wenn keine Spur zum Ziel führt, sollte man so einen Traumhinweis nicht ignorieren«, meinte Adela trocken. »Die Soko Sprengstoff hat eine Wahrsagerin konsultiert, um dem Täter des Sprengstoffanschlags in der Keupstraße auf die Spur zu kommen, da finde ich einen Traum viel nahe liegender.«

Wenn ich Scarlett irgendwo nicht vermutete, dann auf dem Straßenstrich, aber das war Adela egal. Während sie ihre Erste-Hilfe-Tasche packte und sich auf den Weg machte, ärgerte ich mich mal wieder über das nasse Bad. Kuno saß mit seinem grünen Tee am Küchentisch, wie immer in den Stadt-Anzeiger vertieft. Zum Glück hatte Adela einen Kaffee gekocht.

»Für jedes weitere pitschnasse Bad nehme ich einen deiner Bücherstapel und setze ihn unter Wasser«, drohte ich. »Mein Gott, es kann doch nicht so schwer sein, nach dem Duschen mit einem Lappen durchzuwischen.«

»Du bringst meinen Rhythmus durcheinander«, rechtfertigte er sich. »Nach dem Duschen brauche ich erst einen Tee und die Zeitung, und dann räume ich auf. Früher bist du nie vor zehn Uhr aufgestanden, da war das alles gar kein Problem.«

»Früher. Früher. Was kann ich dafür, dass ich so viel arbeiten muss?«, schimpfte ich weiter. »Da kann man doch wirklich ein bisschen Rücksicht erwarten.«

»Bist du heute mit dem falschen Fuß aufgestanden?«, fragte er und ließ die Zeitung sinken. »Da wird man leicht hektisch. ›No net hudle‹, wie mir Schwobe sage!«

Ich verdrehte die Augen und verließ schnell den Küchentisch. Vier Stunden Schlaf reichten weder, um fit, noch um gut gelaunt zu sein, und die Aussicht, heute allein in der Küche stehen zu müssen, baute mich nicht gerade auf. Zum Glück waren kaum Einkäufe zu erledigen, und zum ersten Mal erleichterte mich die Tatsache, dass nur zehn Reservierungen für die Weiße Lilie vorlagen. Hauptsache, irgendwie den Tag überstehen.

Ich war überrascht, in der Weißen Lilie noch auf Selma zu treffen. Normalerweise war sie mit Putzen fertig, wenn ich kam. Sie räumte die zwei Schubladen im Tresen leer, in denen ich Rechnungen, Kontoauszüge und sonstigen Kram für die Buchhaltung aufbewahrte.

»Die musst du nicht sauber machen«, sagte ich schnell. »Sonst komme ich mit meinem Ordnungssystem durcheinander.«

Sie zuckte gelangweilt mit den Schultern. Schnell nahm ich ihr die Papiere ab und legte sie zurück. Selma packte sich wortlos ihr Mikrofasertuch und fing an, die Glasregale abzustauben. Die blitzten, als Rieger eine halbe Stunde später auftauchte. Wie immer stand er unter Strom. Er drückte mir kurz die Hand und warf einen fragenden Blick auf Selma.

»Selma Özal, unsere Putzfrau«, stellte ich sie vor.

»Arbeiten Sie schon lange hier?«, fragte Rieger.

»Nee«, blaffte sie und ließ ihren Kaugummi platzen. »Ich helf auch nur aus, bis die andere wieder auftaucht.«

Jetzt sah er mich fragend an.

»Scarlett Schmitz, seit zwei Wochen weiß keiner, wo sie steckt!«, erklärte ich ihm, setzte mich an den Tisch und bot ihm an, Platz zu nehmen.

»Und so was erzählen Sie mir nicht?«, fuhr er mich an, ohne sich zu setzen. »Das ist fast gleichzeitig mit dem Mord passiert!«

Einen Augenblick verschlug es mir die Sprache. Was fiel ihm ein, mich deswegen anzumachen? Hinter mir ließ Selma ihren Kaugummi ein weiteres Mal platzen.

»Du kannst nach Hause gehen, Selma«, sagte ich. »Alles Weitere kann bis morgen warten.«

Selma packte schulterzuckend ihren Rucksack und schlurfte langsam nach draußen.

»Die wenigen Male, bei denen ich Gelegenheit hatte, mit Ihnen zu reden«, erwiderte ich Rieger, »waren Sie immer in Eile, und es konnte grade mal das erledigt werden, was für Sie dringlich war. Wann hätte ich Ihnen denn von Scarlett erzählen sollen?«

»Sie haben mich doch auch wegen der Schutzgelderpressung angerufen«, gab er zurück. »Warum nicht wegen ihr?«

Warum hätte ich es ihm nicht sagen sollen? Natürlich wollte ich die Sache mit dem Geld vor ihm geheim halten, aber Scarletts Verschwinden nicht. Beim Fund der Leiche hatte ich nicht daran gedacht, und danach hatte sich keine Gelegenheit geboten.

»Wissen Sie, was Sie mir geantwortet hätten?«, parierte ich den Vorwurf und merkte, wie ich mich immer mehr aufregte. »Die ist erwachsen, so was kommt öfter vor. Von den Schutzgelderpressern habe ich Ihnen vor zwei Tagen erzählt, und erst jetzt reagieren Sie darauf!«

»Nein. Gestern Vormittag haben Sie mich angerufen«, korrigierte er mich und begann, vor der Anrichte auf und ab zu tigern.

»In der Zwischenzeit wurde mein Koch zusammengeschlagen«, wischte ich den Einwand erbost zur Seite. »Sofort sind Sie wahrscheinlich nur bei einem Mord zur Stelle!«

Er hielt in der Bewegung inne, stützte sich mit beiden Händen auf den Tisch und sah mich an.

»Jetzt beruhigen Sie sich mal wieder«, meinte er. »Ich arbeite seit acht Wochen zehn bis zwölf Stunden täglich, ohne dass bessere Zeiten in Sicht sind. Da kann man nicht alles sofort erledigen. Da stellt man vielleicht auch nicht alle Fragen. Aber jetzt bin ich hier. Also?«

Ich erzählte ihm von Scarletts Verschwinden, den Schutzgelderpressern und dem Überfall auf Holger. Wieder vor der Anrichte auf und ab gehend hörte er schweigend zu, würgte sogar zweimal sein klingelndes Handy ab.

»Und warum ist Ihr Koch danach nicht zur Polizei?«

»Heute Nacht tat ihm alles weh, und er fühlte sich nur elend, so verklebt und verdreckt, wie er war. In dem Zustand zur Polizei zu gehen wäre eine weitere Demütigung gewesen. – Aber er wird eine Anzeige machen, ganz bestimmt.«

Rieger nickte, notierte Holgers Anschrift und verzog sich zum Telefonieren vor die Eingangstür.

»Wir werden prüfen, ob eines oder mehrere dieser Vorkommnisse mit dem Mord in Verbindung stehen. Heute Nachmittag setzt sich die Soko Kannibale zusammen, da besprechen wir alles Weitere. Ich halte Sie auf dem Laufenden.«

»Das sind ja schöne Aussichten«, spottete ich.

»Vielleicht nicht schön, aber die besten, die wir haben. Und es ist nicht so, dass wir nicht weiterkommen«, antwortete er und

beugte sich wieder weit zu mir vor. »Wir wissen jetzt, wer der Tote ist. Heißt Bodo Kutzner, ist in Porz aufgewachsen, arbeitsloser
Bankkaufmann. Das Kannibalenkostüm hat er einem Nachbarn
vom Balkon geklaut, wo es zum Auslüften hing. So sind wir übrigens auf seine Adresse gestoßen. Wohnte in Weidenpesch, in einem der Hochhäuser auf der Jesuitengasse. Das Apartment nur
spärlich möbliert, dafür in seinem Kleiderschrank Anzüge vom
Feinsten.«

Ein arbeitsloser Bankkaufmann, dachte ich, einer, der mit Geld
umgehen kann. Hatte er den Umschlag in der Weißen Lilie verloren?

»Ist viel in der Welt herumgekommen in den letzten zwei Jahren«, erzählte Rieger weiter. »In seinem Pass sind Visa aus Vene-
zuela und Australien vermerkt. Schwer vorstellbar, dass er das alles von seinem Arbeitslosengeld finanziert hat. Wir haben auch ein
paar Restaurantführer in seiner Wohnung gefunden. Scheint sich
für gutes Essen interessiert zu haben. Was dafür spricht, dass er
wirklich bei Ihnen gegessen hat.«

Der Typ hatte bei mir gegessen, da war ich mir sicher, egal, was
Eva sagte.

»Zu seiner finanziellen Situation können wir im Moment noch
nichts sagen«, fuhr Rieger fort, »das dauert, bis Bankverbindungen
und Geldflüsse geprüft sind. Aber auch das werden wir herausfinden.«

Er versuchte, mir zum Abschied so etwas wie ein aufmuntern-
des Lächeln über den Tisch zu schicken. Aber so einfach ließ ich
ihn nicht gehen.

»Was ist mit den Schutzgelderpressern? Wie kann ich mich dagegen wehren?«

»Auf keinen Fall zahlen«, schlug er, schon im Gehen, vor. »Falls
die Kerle noch mal auftauchen sollten, rufen Sie mich sofort an.
Ich lasse Ihnen Fotos von den Typen heraussuchen, die wir schon
mal bei so was erwischt haben. Alles Weitere bespreche ich mit den
Kollegen. Etwas Zeit müssen Sie uns schon geben.«

Ohne sich ein weiteres Mal umzudrehen, hob er an der Tür die
Hand zum Abschied.

»Da bin ich froh, dass Adalbert von Stumpf mir seine Hilfe angeboten hat«, rief ich ihm hinterher. »Der kommt den Gangstern vielleicht schneller auf die Spur.«

Rieger erstarrte in der Bewegung und drehte sich langsam um. »Der Graf? Was hat der Graf mit der Sache zu tun?«

»Er sagt, dass es eine sehr ungewöhnliche Form der Erpressung sei, will seine alten Beziehungen spielen lassen, um an Informationen zu kommen.«

»Woher kennen Sie den Grafen?«

Ich erzählte es ihm. Er lachte kurz und hässlich.

»Zum Grafen nur so viel«, sagte er dann. »Ich sitze auf seinem ehemaligen Posten. Er ist mit dreiundsechzig in Frühpension, eher gezwungenermaßen als freiwillig. Unter merkwürdigen Umständen ist ihm ein großer Drogendealer durch die Lappen gegangen, und bei einer Steuerprüfung wurde auf seinem Konto eine größere Summe gefunden, deren Herkunft er nicht erklären konnte. Er behauptet, alles sei ein abgekartetes Spiel gewesen, um ihn loszuwerden. Und raten Sie mal, wen er für den Drahtzieher hält.«

»Sie?«

»Exakt.«

»Und waren Sie's?«

Er lachte trocken. »Der Graf war ein guter Polizist, ich habe viel von ihm gelernt«, sagte er. »Aber was er jetzt betreibt, ist paranoid. Passen Sie auf, dass Sie mit ihm nicht in Teufels Küche kommen.«

»Haben Sie übrigens schon herausgefunden, was es mit dem merkwürdigen Text in der Hosentasche des Toten auf sich hatte?«, fragte ich, ohne auf seine Offenbarungen einzugehen.

Er zuckte indifferent mit den Schultern.

»Es ist das Ende eines Liebesgedichtes«, sagte ich. »Kuno Eberle hat es herausgefunden. Pensionisten haben Zeit, müssen nicht fünf Fälle parallel bearbeiten, können sich auf das Wesentliche konzentrieren.«

»Sagen Sie den Opas, wenn sie nicht die Finger von dem Fall lassen, dann mache ich ihnen gewaltigen Ärger. Dann sind die Tage gezählt, wo sie in der Kantine große Reden schwingen können. Dann –«

»Ich nehme jede Hilfe, die sich mir bietet«, schnitt ich ihm das Wort ab. »Meine Mitarbeiter sind in Gefahr, mein Resto ebenfalls.

Wenn die Alten da eher helfen können als Sie und Ihre überarbeitete Abteilung, dann ist es mir recht.«

Rieger schnaubte laut, bevor er wortlos die Tür hinter sich zuschlug. Ich hoffte sehr, ihn mir nicht zum Feind gemacht, sondern nur seinen Ehrgeiz angestachelt zu haben. Das konnte er doch nicht auf sich sitzen lassen. Einer wie er musste doch besser sein als ein paar müßiggängerische Pensionisten.

*

Irgendwie brachte ich den Tag hinter mich. Zwanzig Essen alleine kochen kein Problem, nur das Mise en place der blanke Horror. Da sind der Barockengel und ich ein eingespieltes Team. Allein brauchte ich doppelt so lange, bis die Teller zum Servieren fertig waren. Eva schlug vor, nach der Arbeit im Café Vreiheit einen späten Milchkaffee zu trinken, als ich ihr vom Überfall auf Holger und von Riegers Besuch erzählte, aber ich lehnte ab. Zu müde, zu kaputt, zu leer gefegt.

Nachdem Eva von ihrem Dachdecker abgeholt worden war, schlurfte ich langsam in Richtung Clevischer Ring. Der Wind der vorigen Nacht hatte sich gelegt, jetzt tropfte ein eisiger Regen auf die Stadt, und mit jedem Schritt, den ich tat, verwandelten sich mehr Tropfen in Schneeflocken. Das fieseste Winterwetter, das man sich vorstellen kann! An jedem anderen Tag wäre ich gerannt, hätte zugesehen, so schnell wie möglich zum Unterstand an der Bahnhaltestelle zu kommen, aber heute war ich einfach zu müde dafür. Ich war froh, dass mir meine Füße überhaupt gehorchten. Deshalb bemerkte ich sie nicht, und als sie vor mir standen, konnte ich nicht mehr abhauen.

»Na, haben Sie es sich noch einmal durch den Kopf gehen lassen?«

Der mit dem roten Schlips trug heute einen grünen Rolli unter einer Lederjacke und baute sich breit vor mir auf.

»Wir machen Ihnen ein faires Angebot. Sie zahlen uns einmalig fünfundzwanzigtausend Euro, und die Sache ist geritzt.«

Fünfundzwanzigtausend Euro, wie bei Holger, durchfuhr es mich. Ich wollte mich an ihm vorbeidrängen.

162

»Sie haben das Geld. Sie brauchen es uns nur zu geben«, züngelte mir der andere von hinten ins Ohr.

»Was für Geld? Woher? Meinen Sie, ein frisch eröffnetes Resto wirft so viel ab?«

Ich sprach so laut wie möglich, aber bei diesem Sauwetter war außer uns dreien niemand auf der Keupstraße. Wer sollte mich da hören?

»Hör auf zu sülzen!«, zischte der hinter mir und klemmte meine Arme ein, gleichzeitig hieb mir der Vordere seine Faust in den Unterleib.

Der Schmerz war grauenvoll, Tränen schossen mir in die Augen. Der Hintere riss mir die Haare hoch und zog mich daran auf den nahen Kinderspielplatz. Er war nicht viel größer als ich und wirkte keineswegs kräftig, aber sein Griff war hart wie Stahl. Der Vordere packte meine Jacke und klappte sie mit einem geübten Griff nach hinten. Jetzt klemmten meine Arme fest. Kalter Schnee tropfte in den Ausschnitt meines Pullovers.

»Wir wissen, dass du das Geld gefunden hast«, spuckte mich der grüne Rolli an.

In der Dunkelheit des Spielplatzes konnte ich nur noch seine stechenden, eng zusammenstehenden Äuglein erkennen. Neben ihm quietschte eine alte Schaukel. Der Hintere blies mir seinen warmen Atem ins Ohr und biss mich wie ein Vampir in den Hals.

»Ihr spinnt ja!«, heulte ich und riss durch wildes Kopfschütteln die Zähne aus meinem Hals.

Der Hintere spie mir alles, was er im Mund hatte, in den Nacken und kicherte geil.

»Komm schon, Süße. Mach es uns nicht so schwer«, säuselte Stechauge. »Einer deiner Gäste hat es verloren. Rück es raus, und wir lassen dich in Ruhe!«

»Nicht ganz«, stöhnte der Hintere und rieb seinen harten Schwanz an meinem Po.

»Hilfe!«, schrie ich, so laut ich konnte. »Hilfe!«

»Hier hört dich keiner«, krächzte der Hintere und bohrte seine Schlangenzunge in die Bisswunde.

Der Vordere schüttelte scheinbar bekümmert seinen Kopf und zog ein Messer aus der Tasche.

So sage es Ihnen endlich, rief meine innere Stimme panisch. Du hast doch die fünfundzwanzigtausend! Rück das Geld raus. Die vergewaltigen dich! Die bringen dich um!

Bevor ich den Mund aufbekam, schnitt Stechauge blitzschnell meinen Pullover und mit einem zweiten Schnitt meinen BH entzwei. Schlangenzunge presste von hinten meine nackten Brüste zusammen und sabberte weiter an meinem Hals.

»Aufhören, aufhören!«, schrie ich.

Schlangenzunge ließ meine Brüste los, aber nur damit Stechauge mit seinem Messer ein Kreuz von meinen Schultern bis zur Brust und von der Brust bis zu den Schultern ritzen konnte.

Los, sag es ihnen, bevor es zu spät ist. Kein Geld der Welt ist es wert, deswegen zu sterben!, drängte meine innere Stimme.

»Ja!«, rief ich. »Ich …«

Schlangenzunge griff wieder nach meinen Brüsten, die trotz des Schneeregens wie Feuer brannten, und presste seinen Schwanz fester an meinen Po. Schlitzauge säuberte gebückt sein Messer an meiner Hose. In diesem Moment erschütterte ein Stöhnen den Platz, das die beiden Schweine zusammenfahren ließ. Ein Lichtstrahl von einem der oberen Balkone des Altenheims blitzte über den dunklen Spielplatz. Für einen Augenblick lockerte Schlangenzunge seinen Griff. Diese kurze Irritation war meine einzige Chance. Ich hieb Schlangenzunge mit der Faust auf den steifen Schwanz und versetzte Stechauge einen Tritt, dass er das Gleichgewicht verlor. Dann rannte ich los, es waren nur ein paar Meter zurück auf die Keupstraße.

»Rufen Sie die Polizei!«, schrie ich dem alten Soldaten zu, der vor seinen Alpträumen auf den Balkon geflohen war. »Los, machen Sie schnell.«

Der Alte schien in einer anderen Welt zu sein. Er stierte nur mit verlorenem Blick zu mir herunter. Schon hörte ich hinter mir meine Peiniger kommen. Aber von vorne stürzte ein anderer auf mich zu.

»Katharina!«, rief Tayfun entsetzt und presste mich schützend an sich. »Um Gottes willen! Was ist passiert?«

»Schnell, schließ deine Tür auf«, hechelte ich und zerrte ihn über die Kreuzung. »Sie wollen mich umbringen.«

Tayfun nestelte nervös den Schlüssel aus seiner Hosentasche, und ich warf einen panischen Blick in Richtung Spielplatz. Da war keiner mehr. Die Kerle hatten das Weite gesucht.

Als Tayfun die Wohnungstür hinter uns schloss, brach ich zusammen. In seiner winzigen Küche wurde ich von Krämpfen geschüttelt und heulte wie ein Schlosshund. Tayfun zog mir währenddessen mit ungelenken, flatterhaften Bewegungen die nassen Klamotten vom Leib und rieb mich mit einem großen Handtuch trocken. Zwischen den Heulanfällen berichtete ich Tayfun wirr, was passiert war.

Ich habe tatsächlich nichts gesagt!, schoss es mir durch den Kopf, als ich wieder halbwegs klar denken konnte. Der alte Soldat hatte mich in zweifacher Hinsicht gerettet. Weder hatten mich die zwei Arschlöcher weiter quälen können, noch hatte ich ihnen gesagt, dass ich das Geld hatte.

Die Schnittwunden brannten höllisch, besonders auf der empfindlichen Brust, aber sie waren nicht tief, die Haut höchstens einen Millimeter eingeritzt, die Wunden hatten schon aufgehört zu bluten. Stechauge hatte mich mit diesen Schnitten nicht töten, nur zeichnen wollen. Die Bissstelle am Hals fühlte sich heiß und geschwollen an. Ich musste ins Bad, den Dreck abwaschen, in den Spiegel schauen.

Tayfun war froh, dass ich einen so konkreten Wunsch äußerte. Sofort spurtete er los, drehte die Heizung im Bad auf, ließ Wasser in die Wanne laufen, legte mir Handtücher und einen karierten Schlafanzug zurecht. Zuvor rief ich bei Eva an. Erst Holger, dann ich. Sie stand als Nächste auf der Liste. Zum Glück war sie heil nach Hause gekommen. Ich beschwor sie, sich in den nächsten Tagen von ihrem Dachdecker bringen und abholen zu lassen. Dann wankte ich ins Badezimmer. Der Spiegel zeigte mir den Zahnabdruck von Schlangenzunge am Hals und das hässliche rote Kreuz von Stechauge über den Brüsten. Das alles würde verheilen, keine bleibenden Narben hinterlassen. Am meisten tat mir der unsichtbare Tritt in den Unterleib weh, aber auch dieser Schmerz würde vergehen. Wenn ich nur erst den Gestank der beiden Pestbeulen abgewaschen hätte!

Berge von Schaum wuchsen in der Wanne. Es duftete nach Zitrone und Orangenblüten. Langsam tauchte ich in das warme Wasser. Der Hals pochte, die Brusthaut brannte, der Bauch schmerzte, aber das Wasser war eine Wohltat. Es linderte den Schmerz, wusch die Wunden aus, löste den Dreck, vertrieb den Gestank, machte mich rein. Ich stieg erst aus, als es kalt wurde, rieb mich trocken, schlüpfte in den nach einem fremden Waschmittel duftenden Schlafanzug. Ich wischte über den beschlagenen Spiegel und betrachtete mich erneut. Ich sah gut aus! Es hatte mich ein paar Schrammen gekostet, aber ich hatte die Arschlöcher ausgetrickst. Sie wussten nicht, dass *ich* das Geld hatte.

»Lebst du noch?«, rief Tayfun besorgt von der anderen Seite der Tür. »Du bist schon so lange da drin.«

»Ich komme«, rief ich zurück. »Hast du vielleicht noch ein Paar warme Socken oder eine Wärmflasche für mich?«

Meine Schritte lenkten mich ins Schlafzimmer. Es tat unendlich gut zu liegen.

»Was ist mit der Polizei?«, fragte Tayfun irritiert, als er mir die Wärmflasche unter die Füße schob. »Du musst Anzeige erstatten. Die müssen die Typen verfolgen.«

»Morgen«, murmelte ich und merkte, wie mir eine bleierne Müdigkeit den Schlaf brachte. »Weißt du, was mich gerettet hat?«, murmelte ich weiter, schon mit großen Mühen, die richtigen Worte zu finden. »Unser Soldat aus dem Zweiten Weltkrieg. Bei einem seiner Alpträume hat er so fürchterlich gestöhnt, dass die Arschlöcher mich für einen Moment losgelassen haben …«

»Der vor Stalingrad lag und nur unter dem Leichnam des toten Kameraden überlebt hat?«, hörte ich Tayfun aus der Ferne sagen.

»Der auf der Kühlerhaube des Militärjeeps saß und nach Jagdbombern Ausschau hielt.« Jetzt hatte ich schon die Augen geschlossen. »Morgen werde ich ihn besuchen und mich bedanken.« Mit diesem letzten Satz tauchte ich ins Reich der Träume ab.

Am nächsten Morgen bedeckte eine zarte Schneeschicht Tayfuns Dachfenster. Ich lag allein im Bett. Als ich mich auf die Beine stellte, schmerzte der Unterleib. Ich sah, dass sich die Stelle über Nacht ins Grüngelbe verfärbt hatte. Auf dem Küchentisch lag ein Zettel:

»Bin gleich wieder da!«, daneben stand eine Thermoskanne mit heißem Tee. Ich goss mir ein Glas ein und tapste unentschlossen in der Wohnung herum. Jeans und Socken hatte Tayfun zum Trocknen über die Heizung gehängt und mir ein T-Shirt und einen Pullover von sich parat gelegt. Meinen eigenen Zerschnittenen fand ich im Müll. Diese Arschlöcher! Im scharfen Licht der Erinnerung sah ich Stechauges Messer blitzen und Schlangenzunge nach meinen Brüsten greifen. Sie wussten ganz genau, wie sie eine Frau am besten demütigen konnten. Und die zwei hätten weitergemacht, wenn der Soldat mich nicht gerettet hätte. Ich wollte mir die perversen Schweinigeleien gar nicht ausmalen … Tayfuns T-Shirt und Pullover waren um die Brust ein bisschen eng, aber besser als nichts. Wo er wohl steckte?

Ich setzte mich an den Küchentisch und goss mir einen weiteren Tee ein. Den Computer hatte er wieder ans Ende des Tisches geschoben. Im Ablagekörbchen daneben sammelten sich Mahnungen. Zweite Mahnung GEW, zweite Mahnung Kfz-Steuer. Noch einer, der seine Rechnungen nicht bezahlen konnte. Ich blickte aus dem Fenster. Schneematsch bedeckte die Straße, von dem kleinen schmiedeeisernen Balkon über der Eingangstür der Weißen Lilie tropfte schmelzender Schnee. Heute würde ich nicht aufmachen. Ich brauchte ein bisschen Erholung, und ich musste nachdenken. Wie es schien, gehörte mein Fundgeld einem mächtigen, brutalen Feind, der aber nicht wusste, wer im Besitz des Geldes war.

Tayfun brachte eine kalte Nässe und meine Handtasche mit nach oben.

»Sie lag noch auf dem Spielplatz«, erklärte er und kramte unter seiner Wildlederjacke eine Tüte Brötchen hervor. »Hast du Hunger?«

Hatte ich wirklich. Ich konnte mich kaum daran erinnern, wann ich das letzte Mal etwas gegessen hatte. Tayfun holte Schafskäse und Oliven, aber auch Butter und Marmelade aus dem Kühlschrank.

»Hab ich schon vor ein paar Tagen für dich gekauft«, sagte er und deutete auf die Marmelade. »Schafskäse und Oliven sind nicht dein Lieblingsfrühstück, stimmt's?«

Vorbei die Fremdheit! Konnte man sich einen liebevolleren Freund vorstellen? Letztendlich hatte er mich gerettet. Wäre er nicht im richtigen Augenblick um die Ecke gebogen, hätte der Alptraum des Soldaten nichts genutzt, denn dann hätten mich die Widerlinge wieder in ihre dreckigen Finger bekommen. Aber nicht nur das! Er ließ Badewasser ein, kochte Tee, legte mir Anziehsachen hin, suchte nach meiner Handtasche, an die ich noch überhaupt nicht gedacht hatte.

»Geld, Handy, alles da!«, sagte ich, nachdem ich einen Blick hineingeworfen hatte. »Danke! Vielen Dank!« Ich grinste gerührt. Es war nicht leicht, so tief in seiner Schuld zu stehen.

»Versteh es als kleine Wiedergutmachung für mein bescheuertes Verhalten nach unserem arabischen Essen«, gab er lächelnd zurück.

»Sorry meinerseits. Ich wollte nicht indiskret sein. Jeder hat ein Recht auf Geheimnisse.«

»Ja, aber nur solange sie nicht zu einer Mauer werden.«

»Werden sie das nicht immer?«

Kein weiteres Wort mehr über den Vorfall. Ich bohrte nicht nach, schließlich hatte ich auch einiges zu verbergen. Da war sie wieder, die Fremdheit.

Er strich sich eine Haarsträhne hinters Ohr und reichte mir die Brötchentüte. »Glaubst du, die Arschlöcher von heute Nacht kommen wieder?«, fragte er dann.

»Sie suchen fünfundzwanzigtausend Euro«, antwortete ich und träufelte Marmelade auf mein Brötchen. »Die Summe haben sie Holger genannt und mir auch. Allerdings ist Holger nicht von den beiden, sondern von einem Typ mit Pferdeschwanz zusammengeschlagen worden. Was heißt, dass entweder verschiedene Leute hinter dem Geld her sind oder jemand mehrere Schläger nach dem Geld suchen lässt. Ich vermute, wegen dieses Geldes ist der Kannibale an Karneval erschossen worden. Er hatte es nicht bei sich, und deshalb musste er sterben. Seine Auftraggeber wissen nicht, wo das Geld geblieben ist. Eine Spur führt zur Weißen Lilie, weil der Tote vielleicht vor seinem Tod dort hinwollte, vielleicht weil er das Geld dort verloren hat.«

»Aber dann hätte es doch einer von euch finden müssen«, folgerte Tayfun und steckte sich eine Olive in den Mund.

»Bingo! Ist aber nicht passiert«, antwortete ich, ohne rot zu werden. »Deshalb die Überfälle.«

»Holger und dich haben sie schon in die Mangel genommen, bleibt noch die schöne Bedienung. Die werden sie sich als Nächstes vornehmen.«

»Ja«, sagte ich, »und genau das gilt es zu verhindern.«

Ich hatte da eine Idee, wie ich die Scheißkerle loswerden würde, aber über die musste ich noch ein bisschen nachdenken.

»Um dich machst du dir gar keine Sorgen?«

Sanft legte er seine Hand auf meine. Sofort tauchten die Bilder von unserer ersten gemeinsam verbrachten Nacht vor mir auf. Verdammt schön war das gewesen. Ob es eine Fortsetzung gab? Oder trieben uns unsere Geheimnisse voneinander weg? Keine Fragen, die sich jetzt beantworten ließen. Zu viel, was ich erst erledigen musste. Ich befreite meine Hand und stand auf. Nein, um mich machte ich mir keine Sorgen. Was konnte mir noch passieren, nachdem ich die heutige Nacht überstanden hatte?

»Ich muss zur Polizei, mich umziehen und so weiter«, seufzte ich. »Noch mal tausend Dank für alles, was du für mich getan hast.« Ich griff nach seiner auf dem Tisch liegen gebliebenen Hand und drückte sie fest.

»Jederzeit wieder«, antwortete er und brachte mich zur Tür.

»Ich würde mich gerne für das Essen revanchieren«, sagte ich zum Abschied. »Sobald etwas Ruhe eingekehrt ist.«

»Nur wenn du davor noch mal Rock 'n' Roll mit mir auf der Keupstraße tanzt!«

Wir lächelten beide. Dann ging ich zu meinem Resto hinüber.

Der Hardrock von Rammstein schallte über die Kreuzung, die Fenster der Weißen Lilie waren weit geöffnet und die Stühle auf dem Tisch gestapelt. Selma war nirgends zu sehen. Plötzlich hörte ich sie entsetzt schreien, dann polterte sie die Kellertreppe hoch.

»Was macht denn die Ratte da unten?«, kreischte sie, und zum ersten Mal, seit sie hier arbeitete, regte sie sich auf.

Noch eine, die Angst vor Ratten hatte.

»Fleischreserve«, antwortete ich. »Deshalb wird sie auch mit Papier gefüttert.«

Selma grinste. Die dämliche Antwort gefiel ihr. Sie bekam sich schnell wieder in den Griff und starrte dann gebannt auf die Bissspuren an meinem Hals. »Heiße Liebesnacht, was?«

Ich ignorierte den letzten Satz und informierte sie darüber, dass sie morgen nicht zum Putzen kommen müsse, rief Eva und Holger an, sagte den beiden, dass die Weiße Lilie heute geschlossen blieb. Ich schärfte ihnen ein, gut auf sich aufzupassen, vor allem Eva, und nach einem Blick ins Reservierungsbuch bat ich Eva, den angemeldeten Gästen abzusagen, sie nach Möglichkeit umzubuchen.

Dann klingelte ich auf der anderen Straßenseite beim Altenheim.

Der alte Soldat hieß Theodor Löwe und litt an fortschreitender Demenz. Es habe überhaupt keinen Sinn, mit ihm zu reden, behauptete eine genervte Stationsschwester und ließ mich nur widerstrebend zu ihm.

Der stattliche Alte saß in seinem kleinen Zimmer in einem riesigen Lehnstuhl und starrte aus dem Fenster über die Kreuzung hinweg auf den Kinderspielplatz, wo ich heute Nacht fast vergewaltigt worden wäre. Jetzt schaukelten dort zwei türkische Mütter ihre Kleinkinder. Auf meinen Gruß reagierte er gar nicht, dann fragte er, wo Irmi sei und ob es schon wieder Essen gäbe.

»Ich möchte mich bei Ihnen bedanken. Ihr Stöhnen hat mir heute Nacht das Leben gerettet«, sagte ich. »Was haben Sie nur immer für fürchterliche Alpträume?«

Schon fünfmal habe er gesagt, dass er keinen Vanillepudding mag, und heute werde er ihn aus dem Fenster schmeißen, sagte er streng.

»Ich mag auch keinen Vanillepudding«, sagte ich. »Und schon gar nicht den aus der Tüte.«

Ich lächelte ihn an, schnell verlor sich die Strenge aus seinem Gesicht, und er starrte wieder aus dem Fenster. Auf dem kleinen Tisch neben ihm standen ein paar Fotos.

»Darf ich mir die ansehen?«, fragte ich, und als er nicht reagierte, tat ich es einfach. Eine große Farbfotografie aus den Siebzigern, er als Mittelpunkt der Familie, dazwischen ein kleines schwarzweißes Hochzeitsfoto. Er in Uniform. Er war tatsächlich Soldat gewesen.

»Waren Sie in Stalingrad?«, fragte ich und deutete auf seine Uniform.

Er sah das Bild lange an. »Verdun«, sagte er dann, und kurz schien es, als wolle er mehr sagen, aber dann verlor sich sein getrübter Geist wieder in den Bäumen des Spielplatzes.

»Auch wenn Sie es selbst nicht wissen«, flüsterte ich und küsste ihn auf die zerfurchte Stirn, »heute Nacht haben Sie eine große, gute Tat vollbracht. Vielleicht können Sie jetzt in Zukunft ruhiger schlafen.«

»Kein Vanillepudding«, murmelte er. »Kein Vanillepudding.«

Ich drückte ihm fest die zittrige Hand zum Abschied.

»Na, was habe ich Ihnen gesagt?«, heischte die genervte Stationsschwester um Bestätigung.

»Er will keinen Vanillepudding«, sagte ich so streng wie er. »Auf gar keinen Fall Vanillepudding.«

Für einen Moment unterbrach die Schwester das Einsortieren von Pillen in kleine Döschen und sah mich an, als hätte ich mich bei dem Alten angesteckt.

»Ich bin Köchin«, sagte ich dann. »Gibt es etwas, was er gerne isst? Ich möchte ihm eine Freude machen.«

»Salzburger Nockerln«, sagte sie nach kurzem Nachdenken. »Als er noch etwas klarer im Kopf war, hat er manchmal von Salzburger Nockerln geschwärmt.«

*

In der Kasemattenstraße traf ich niemanden an. Als Erstes riss ich mir Jeans und Unterhose vom Leib und stopfte beides in den Müll. Immer hätten mich diese Kleidungsstücke an die zwei Dreckskerle erinnert. In der heute sauber gewischten Badewanne unterzog ich meinen Körper einer zweiten Reinigung. Das grüngelbe Hämatom auf meinem Unterleib hatte sich ins Violette verfärbt, die Haut entlang der Schnittwunden spannte. Heilungsprozesse. Nach dem Abtrocknen rieb ich Arnikasalbe auf die wunden Hautstellen und verwöhnte den restlichen Körper mit Rosenöl. Aus meinem Kleiderschrank suchte ich eine helle Kordhose und einen weißen Norwegerrolli und betrachtete mich im Spiegel. Keine sichtbare

Spur von den Verletzungen. Ich schlüpfte in einen alten Trench-coat, leerte den Inhalt meiner Handtasche in eine andere um. Auf dem Weg in die Stadt entsorgte ich die Handtasche und die Kamelhaarjacke in einem Kleidercontainer. Nie mehr würde ich etwas berühren, was die Arschlöcher in ihren Drecksfingern gehabt hatten.

Spielmann war zum Nachdenken immer ins Café Reichard am Dom gegangen, Adela ging dafür in die Claudiustherme, Kuno in die Polizeikantine. Ich liebte das Café im Museum für Angewandte Kunst. Im Sommer saß man dort in einem ruhigen, geschützten Innenhof, und jetzt im Winter schaute man von dem schlauchartigen Innenraum auf den einzigen kahlen Baum eben dieses Innenhofes. Überbordend voll war das Café höchstens am Wochenende. Unter der Woche verirrte sich nur der eine oder andere Museumsbesucher hierher, ansonsten gehörte es den Eingeweihten, Leuten, die dieses Café genauso liebten wie ich.

Ich fand einen Platz an der großen Glasfront zum Innenhof und bestellte einen Milchkaffee. Langsam löffelte ich den Milchschaum, betrachtete die sich streitenden Spatzen in dem kahlen Baum.

Warum suchten die Typen nur nach fünfundzwanzigtausend Euro, wo ich in dem Umschlag fünfzigtausend gefunden hatte? Auf diese Frage fand ich nur zwei Antworten. Erstens, zwischen dem Geld, das die Dreckskerle suchten, und dem Geld, das ich gefunden hatte, gab es keinerlei Verbindung. Zweitens, derjenige, der den Umschlag verlor, hatte nicht nur die fünfundzwanzigtausend für die Dreckskerle, sondern noch fünfundzwanzigtausend für sich selbst oder Person X bei sich. Letzteres schien mir wahrscheinlicher, half mir aber nicht weiter. Die zentrale Frage war doch, wie ich Holger, Eva, von mir aus auch Scarlett, mich und die Weiße Lilie schützen konnte. Es gab nur eine Möglichkeit: Die Typen mussten kapieren, dass das Geld nicht oder nicht mehr in der Weißen Lilie war und keiner meiner Leute etwas damit zu tun hatte. Noch hatte ich über dreißigtausend Euro von dem gefundenen Geld. Ich könnte fünfundzwanzigtausend irgendwo in der Weißen Lilie verstecken und Riegers Leute das Geld finden lassen. Rieger müsste damit an die Öffentlichkeit gehen, und damit wüssten die Dreckskerle, dass ihr Geld unwiederbringlich verloren war. Aber auch für mich wäre es dann weg …

Aufgeregt flatterte die Spatzenschar aus dem kahlen Baum, um sich auf die Brotkrümel zu stürzen, die die Bedienung ihnen vor die Tür geworfen hatte. Mit einem Heidenlärm schubsten sich die kleinen Vögelchen hin und her, stupsten sich mit den Schnäbeln, um einen Krümel zu erhaschen. Das Leben war ein harter Kampf. Nicht nur für Spatzen. Nein, so schnell würde ich das Geld nicht weggeben. Es war durch Zufall in meine Hände gelangt, hatte mir aber schon so viel Scherereien bereitet, dass ich es nur im Notfall opfern würde. Vielleicht gab es einen Weg, es zu behalten, ohne die Weiße Lilie, meine Leute und mich weiter zu gefährden.

Ich griff zum Telefon und rief Rieger an.

Eine halbe Stunde später stieg ich im Polizeipräsidium aus dem Fahrstuhl und platzte ohne anzuklopfen in Riegers Büro.

»Hier!«, sagte ich mit Zorn in der Stimme und zog hastig meinen Rollkragenpullover aus. »Schauen Sie sich das an! Gestern Nacht sind die Kerle über mich hergefallen. Ich habe verdammtes Glück, dass ich noch lebe! Schützen Sie so gefährdete Personen?«

Ich funkelte ihn an, während ich meinen Pullover wieder anzog.

»Von wegen: Rufen Sie mich an, wenn die Kerle noch mal auftauchen. Die haben mir einfach keine Gelegenheit dazu gegeben. Die haben sofort angefangen, mich zu quälen. Wenn Sie jetzt nicht umgehend etwas unternehmen, um meine Mitarbeiter und mich zu schützen«, redete ich mich weiter in Rage, »dann glaube ich genau das von Ihrem Verein, was hier steht!«

Mein Finger deutete exakt auf das »U« von »Bullen«. Rieger trug wieder das T-Shirt mit der Aufschrift »Bullen sind Schweine«.

Als Antwort bellte Rieger einen Befehl ins Telefon, und kurze Zeit später liefen zwei weitere Polizisten in seinem Büro auf.

»Sven Heimann, Oliver Klein«, stellte Rieger vor. »Wir drei bilden den harten Kern der Soko Kannibale. – Frau Schweitzer, bitte berichten Sie genau, was Ihnen und Ihrem Koch passiert ist.«

Heimann, der Größere der beiden, platzierte sich auf der Fensterbank, und der kahl rasierte Klein setzte sich rücklings auf den

einzigen weiteren Stuhl. Während ich erzählte, hatte ich die unge-
teilte Aufmerksamkeit der drei.

Als ich endete, warf Rieger den Bleistift, an dem er die ganze
Zeit genagt hatte, auf den Schreibtisch, wandte sich den beiden zu
und fragte: »Was meint ihr?«

»Kutzner wurde wegen fünfundzwanzigtausend Euro ermordet«, meldete sich Heimann vom Fenster her, »ein Punkt für dich
und deine Hinrichtungstheorie«, meinte er zu Rieger.

»Jetzt seid mal nicht so voreilig«, sagte Klein. »Bisher gibt es keinerlei Hinweis, dass Kutzner irgendetwas mit organisierter Kriminalität zu tun hatte.«

»Und was ist mit der Unterschlagung, deretwegen er von der
Bank entlassen wurde?«, unterbrach ihn Heimann.

»Natürlich eine kriminelle Handlung, aber eine aus ganz per-
sönlichen Gründen. Vielleicht hatte er Schulden? Die Kollegen in
Aachen prüfen gerade, ob er im Casino gespielt hat. Ihr wisst, wir
haben in seiner Wohnung Streichhölzer aus dem Casino gefunden. – Außerdem brauche ich euch nicht zu erzählen, wie Mafia-
Seilschaften funktionieren. Wo immer wir bisher recherchiert haben,
keiner kannte den Mann, keiner unserer Spitzel und Kontaktleute
hat ihn je gesehen. Nichts deutet auf eine Verbindung zwischen
ihm und einem der uns bekannten Mafia-Clans hin. Das Gedicht
weißt eindeutig in Richtung Eifersucht. – Cherchez la femme, würde der Franzose sagen.«

»Wie erklärst du dir dann die Überfälle auf Frau Schweitzer
und ihren Koch?«, fragte Rieger ruhig.

»Aber gehen wir doch mal von folgendem Szenario aus.«
Heimann erhob sich von der Fensterbank und kam auf den
Schreibtisch zu. »Kutzner ist so was wie der private Anlageberater
von einem unserer hiesigen Mafiabosse. Als gelernter Bankkaufmann verfügt er über einschlägiges Wissen. Vielleicht hat er sich
während seiner Arbeitslosigkeit auf Geldwäsche spezialisiert und
schafft große Bargeldmengen von Köln nach Liechtenstein oder
Luxemburg, legt sie dort an und lässt sie sauber zu unserem Clan-
Chef zurückkommen. Solche Leute bleiben im Geheimen, die sind
den niedrigen Chargen, zu denen wir Zugang haben, nicht bekannt.«

»Mach weiter«, murmelte Rieger.

»Jetzt geht bei einem dieser Geschäfte etwas schief.« Heimann griff nach dem hingeworfenen Bleistift und fuhr damit durch die Luft. »Sei es, eine Geldanlage platzt, sei es, Kutzner verwendet das Geld für eigene Zwecke …«

»Das würde unserem Clan-Chef überhaupt nicht gefallen«, dachte Klein weiter. »Nirgendwo trifft man sie so empfindlich wie am Geldsäckel.«

»Wir müssen also herausfinden, was schief gelaufen ist«, folgerte Rieger. »Wenn wir das wissen, sind wir einen wichtigen Schritt weiter. Macht den Kollegen in Aachen Druck. Vielleicht war er ein Spieler und hat fünfundzwanzigtausend Euro beim Roulette verzockt.«

Kutzner war in Aachen im Casino gewesen. Ich erinnerte mich an den Banderolenschnipsel, den ich gefunden hatte. Aber er hatte das Geld nicht verzockt, sondern verdoppelt. Das würde die fünfzigtausend erklären.

»Oder aber«, meinte Heimann, »er hat das Geld, aus welchen Gründen auch immer, in der Weißen Lilie versteckt … Es muss eine Spur in die Weiße Lilie geben, sonst wären Frau Schweitzer und ihr Koch nicht zusammengeschlagen worden.«

Der Kerl war so blöd, er hat das Geld einfach liegen gelassen, verloren, vergessen, dachte ich. Wie kann man nur so fahrlässig mit so viel Geld umgehen?

»Ihre Theorien sind mir scheißegal«, unterbrach ich die Strategiegespräche der drei, »die Weiße Lilie, meine Mitarbeiter und ich sind völlig unschuldig in diesen Schlamassel geraten. Sie müssen etwas unternehmen, um uns zu schützen.«

»Natürlich, Frau Schweitzer«, erwiderte Rieger. »Aber dabei müssen wir auch alle Eventualitäten berücksichtigen. Es besteht doch die Möglichkeit, dass einer Ihrer Leute das Geld gefunden hat. Ihre Putzfrau taucht ab, nachdem Kutzner bei Ihnen gegessen hat, die schöne Frau Hochstetten kann sich überhaupt nicht an seinen Besuch erinnern. Merkwürdig, oder?«

»Ich lege für alle meine Mitarbeiter die Hand ins Feuer«, sagte ich im Brustton der Überzeugung, und nur ich wusste, dass ich mich in diesem Punkt nicht täuschte. »Und selbst wenn einer von ihnen etwas damit zu tun hätte«, fuhr ich fort, »dann müssen wir trotzdem beschützt werden. Es kann doch nicht sein, dass wir zusammengeschlagen, vergewaltigt oder umgebracht werden, nur weil einer fünfundzwanzigtausend Euro sucht und Sie uns nicht beschützen können.«

»Selbstverständlich werden wir uns darum kümmern, Frau Schweitzer«, wiederholte Rieger so höflich wie ein Bankangestellter, der nicht noch länger über die zu viel berechneten Zinsen reden will. »Das gegenüberliegende Altenheim würde sich als Observierungsposten anbieten. Kannst du dich darum kümmern?«, fragte er Klein, der nickte. »Außerdem sollen die Mülheimer Kollegen in der Ecke verstärkt Präsenz zeigen.«

»Was ist mit der Weißen Lilie? Was, wenn er das Geld wirklich dort versteckt hat?«, fragte Heimann.

»Setz dich mit der Spurensicherung in Verbindung«, befahl ihm Rieger. »Sie sollen dort so schnell wie möglich jedes Steinchen umdrehen.«

Das war genau die Möglichkeit, an die ich im Café gedacht hatte. Aber wirklichen Schutz böte uns diese Durchsuchung nur, wenn dabei das Geld auftauchen würde.

»Wie stellen Sie sich das vor?«, meldete ich mich zu Wort. »Ich habe ein Restaurant zu führen, das geht nicht, wenn Ihre Leute mir jede Kaffeetasse umdrehen.«

»Schutz und Sicherheit erfordern immer Einschränkungen«, belehrte mich Rieger. »Selbstverständlich werden wir versuchen, auf Ihre Belange Rücksicht zu nehmen. An welchem Tag ist die Weiße Lilie geschlossen?«

»Montags«, sagte ich. »Und ausnahmsweise heute, wegen dem Überfall.«

»Wenn die Jungs frei sind, mach dich sofort mit ihnen auf den Weg«, wies Rieger Heimann an.

»Stop!«, rief Klein. »Es gibt da einen Aspekt, der mich irritiert. Wenn unser Clan-Chef vermutet, dass Kutzner das Geld in der Weißen Lilie deponiert hat, warum lässt er dann den Laden nicht auseinander nehmen?«

»Sehr gute Frage, Klein!« Rieger nickte anerkennend. »Stattdessen lässt er die angeblichen Schutzgelderpresser auflaufen, die verbreiten ein bisschen Angst und Schrecken, erfahren aber von den Mitarbeitern der Weißen Lilie nichts.«

»Die Hochstetten und die Schmitz fehlen noch«, ergänzte Heimann. »Und die Gäste können wir auch nicht außer Acht lassen.«

»Genau«, fühlte sich Klein bestätigt. »Es wäre viel logischer, er würde die Bude auseinander nehmen. Warum handelt er nicht so?«

»Wie groß ist ein Packen von fünfundzwanzigtausend Euro?«, fragte Heimann. »Das Geld passt in eine Wollsocke, in fast jeden Briefumschlag, zwischen zwei Rollen Klopapier, hinter jeden lockeren Stein … Was ich damit sagen will: Die Versteckmöglichkeiten sind unendlich. Ihr wisst alle, wie aufwendig so eine Suche ist. Vielleicht ist es effektiver, erst mal ein paar Leute in Angst und Schrecken zu versetzen in der Hoffnung, die spucken dabei aus, was sie wissen, als in stundenlanger Kleinarbeit ein Restaurant auseinander zu nehmen?«

»Lasst uns noch mal grundsätzlicher darüber nachdenken, Jungs«, schlug Rieger vor. »Was haben wir von den Profilern gelernt? Jede Handlung, jeder Ort ist eine Spur zum Täter. – Mülheim … Die Keupstraße …«

»… gehört zum Revier von Mehmet Gürkan«, murmelte Heimann.

»Der Täter hinterlässt als Erstes eine Blutspur: der Mord, die brutalen Überfälle. Einer, der gewohnt ist, seine Interessen mit brachialer Gewalt durchzusetzen, kein White-Collar-Criminal, keiner, der die subtilen Seiten des Geschäfts beherrscht, wahrscheinlich einer, der von unten kommt, sich ohne Skrupel hochgearbeitet hat«, sprudelte Klein.

Elektrisiert sprang Rieger auf. »Denkt ihr, was ich denke?«, fragte er die beiden.

Klein und Heimann nickten verschwörerisch.

»Aber vergesst eines nicht«, machte Klein dem gemeinsamen Schweigen ein Ende. »Die wollen das Geld.«

»Sehr richtig«, nickte Rieger, und wieder verständigten sich die drei nur mit Blicken.

Bisher hatten Rieger und seine Kollegen, trotz meiner Gegenwart, erstaunlich offen ihre Gedanken ausgetauscht. Vielleicht wollten sie mich damit beruhigen, vielleicht sprachen sie nur über

Dinge, die die Ermittlungen nicht direkt tangierten, aber ich spürte deutlich, dass damit jetzt Schluss war. Als ob er meine Gedanken ahnte, wandte sich Rieger plötzlich mit einem ernsten Lächeln an mich.

»Kollege Heimann wird umgehend die Observierung der Weißen Lilie veranlassen«, sagte er. »Bitte unterrichten Sie Ihre Mitarbeiter davon, aber behandeln Sie das Wissen ansonsten diskret. Wir wollen die Menschen in der Keupstraße auf keinen Fall verängstigen.«

»Was ist mit Personenschutz?«, fragte Klein. »Frau Schweitzer und ihr Koch sind zusammengeschlagen worden.«

»Alles hat in unmittelbarer Nähe der Weißen Lilie stattgefunden«, warf Heimann ein. »Wenn wir das Restaurant observieren …«

»Ich glaube, das würde mir ein Gefühl von großer Sicherheit geben«, warf ich ein. Einen Bewacher an meiner Seite wollte ich trotz allem, was vorgefallen war, auf gar keinen Fall.

»Es gibt ein paar einfache Regeln, wie Sie und Ihre Mitarbeiter sich schützen können«, erklärte mir Rieger. »In Ihrem eigenen Interesse bitte ich Sie, wenigstens diese zu beachten. Kommen und gehen Sie nicht mehr allein zur Arbeit! Wenn Sie oder einer Ihrer Mitarbeiter allein leben, ziehen Sie übergangsweise zu einem Freund! Rufen Sie sich zu vereinbarten Zeiten in einem kleinen Telefonkreis an! Beobachten Sie Ihre Umgebung genau, merken Sie sich alles Auffällige, Merkwürdige! Und melden Sie sich bitte morgens und abends bei mir. Ich gebe Ihnen meine Handy-Nummer. Wenn Sie mich nicht erreichen sollten, hinterlassen Sie eine Nachricht, ich melde mich umgehend.«

Er kritzelte eine Nummer auf seine Visitenkarte.

»Außerdem wird Ihnen der Kollege Klein auf unserem Rechner gleich die Schutzgelderpresser raussuchen, die in unserer Kartei sind.«

»Was ist jetzt mit dem Geld?«, fragte ich. »Wann durchsuchen Sie die Weiße Lilie?«

Rieger wechselte erneut einen Blick mit seinen Mitarbeitern, bevor er sagte: »Das müssen wir mit den Kollegen von der Spurensicherung koordinieren. Sowie das getan ist, informieren wir Sie.«

Er drückte mir hastig die Hand und scheuchte Heimann und mich aus dem Büro. Es war offensichtlich, dass alles, was jetzt da drin verhandelt wurde, nicht für meine Ohren bestimmt war.

Heimann führte mich den Flur hinunter in einen anderen Raum. Er startete den Rechner, rief ein Programm auf. Als das erste Gesicht auf dem Bildschirm erschien, macht er seinen Stuhl für mich frei.

»Es sind ungefähr fünfzig Bilder«, sagte er. »Mit der Maus können Sie weiterblättern. Merken Sie sich die Nummern, bei denen Sie unsicher sind.«

Wieder besah ich mir Gesichter. Die fiesen Äuglein von Stechauge hätte ich in jeder Verkleidung erkannt. Schlangenzunge war schwieriger, den hatte ich nur bei seinem ersten Besuch in der Weißen Lilie von vorne gesehen, aber weder den einen noch den anderen fand ich unter den Fotos.

»Hoffentlich haben wir mit dem Typ, der Ihren Koch zusammengeschlagen hat, mehr Glück!«, seufzte Heimann und machte den Rechner aus.

Dann begleitete er mich bis zum Foyer. Ein schlaksiger langer Lulatsch, noch ziemlich jung. Die Narben seiner Pubertätsakne konnte man deutlich erkennen.

»Arbeiten Sie schon lange mit Rieger?«, fragte ich.

»Bin vor zwei Jahren von Münster nach Köln versetzt worden, seither gehöre ich zu seiner Truppe.«

»Und? Ist er ein guter Chef?«

Heimann grinste und sagte dann: »Können Sie jemanden anrufen, damit Sie abgeholt werden? Sie haben gehört, was der Chef gesagt hat: am besten nicht allein unterwegs sein.«

»Wenn Sie schon seit zwei Jahren in Köln sind, dann haben Sie bestimmt noch Adalbert von Stumpf und Walter Neuroth kennen gelernt, oder?«, ignorierte ich seine Aufforderung genauso wie er meine Frage.

»Klar. Das legendäre Dreamteam der Kölner Kripo. Wenn man vom Ende absieht.«

»Und wie war das?«

»Das sind Polizei-Interna, über die ich nicht rede«, antwortete er. »Aber woher kennen Sie die beiden?«

»Der Graf hat mir seine Hilfe bei der Schutzgelderpressung angeboten.«

Heimann stockte kurz, bevor er fragte: »Weiß Rieger davon?«

»Er war darüber not amused.«

Jetzt grinste er wieder und sagte nichts. Wir hatten uns gemeinsam bis vor die Tür bewegt. Die Polizei- und die Nordrhein-Westfalen-Fahne wehten im Winterwind. Hinter der Brache fuhr eine S-Bahn in Richtung Siegburg.

»Lassen Sie sich jetzt abholen, oder soll ich Ihnen ein Taxi rufen?«, fragte er noch mal.

»Ich pass schon auf mich auf«, sagte ich. »Gehen Sie zurück zu Ihren Kollegen.«

∗

»Frau Schweitzer?«, meldete sich eine fremde Männerstimme in breitestem Kölsch. »He sprech Sünner, ich bin dr Koch vum Altenheim vun jäjenüvver. He es jet passeet, ich gläuv, dat sullten Se sich ens anluure.«

Der Anruf erreichte mich noch vor dem Polizeipräsidium. Adela hatte dem Koch meine Handynummer gegeben. Unschlüssig, ob ich mir ein Taxi nehmen oder mit der U-Bahn nach Hause fahren sollte, war ich nach Heimanns Abgang bei den runden Steinen stehen geblieben. Jetzt rief ich mir ein Taxi und fuhr direkt nach Mülheim.

Die Schweinerei war nicht zu übersehen. Auf allen Rollläden und auf der Eingangstür stand mit blutroter Farbe geschrieben: »Rückt die Knete raus!« Die Farbe war noch so frisch, dass sie an manchen Stellen in den Schneematsch tropfte und so was wie eine Blutspur legte. Eine erneute Warnung. Die Typen gaben nicht auf.

»Ich han se noch fottlaufe sin.« Der Koch des Altenheims machte sein Küchenfenster auf und beugte sich zu mir auf die Straße. »Drei junge Kääls met Schlabberjeans, einer hätt e Reggaestreckmötzje up dem Kopp. – Die weede immer schlemmer. Schmiere am helllichte Dach de Fassade voll!«

»Danke, dass Sie mich angerufen haben«, murmelte ich. Die Beschreibung hörte sich nicht nach Stechauge und Schlangenzunge an. Mein unbekannter Gegner verfügte über viel Personal! Ich starrte auf die versaute Fensterfront. Die Rollläden konnte man hochziehen, aber die Eingangstür musste ich streichen lassen, bevor morgen wieder Gäste kamen.

»Kennen Sie einen Maler?«, fragte ich den hilfsbereiten Koch.

»Nä«, meinte er bedauernd und fragte dann: »Welle Se nit de Schmier rofe? Dat muss mer doch anzeige. ›Rückt die Knete raus!‹ Wat gläuve die dann, wat mer is, wenn mer su e klein Restaurant hät? Krösus? Die han doch jede Bezoch zur Realität verloore … ›Rückt die Knete raus!‹ Solle doch eets ens selver arbeite …«, schimpfte er.

Ich nickte, ohne recht zuzuhören, und wählte Riegers Nummer. Er versprach, sofort jemanden vorbeizuschicken. Die Zeit, bis die Polizei kam, nutzte ich, um im Branchendienst nach einem Maler zu suchen. Drei hatte ich bereits angerufen, als die Streifenbeamten kamen. Entweder war ihnen der Auftrag zu klein, oder sie hatten keine Zeit, so kurzfristig vorbeizukommen. Handwerker! Die Polizisten nahmen den Schaden auf, und während der Koch von gegenüber bereitwillig und ausführlich seine Zeugenaussage machte, beschloss ich, mir nicht noch weitere Abfuhren zu holen, sondern Özal nach einem Maler zu fragen. Der hatte mir schon mit einer neuen Putzfrau geholfen, würde mich nicht wundern, wenn er auch einen Maler kannte.

Das Stück Keupstraße, auf dem mir Stechauge und Schlangenzunge gestern aufgelauert hatten, durchquerte ich mit höchster Aufmerksamkeit. Erst an der Fußgängerampel atmete ich auf. Niemand lauerte mir auf. Niemand verfolgte mich. Laut dröhnte der Straßenlärm. Dicht an dicht schoben sich die Autos über den Clevischen Ring, fünf Uhr nachmittags, Feierabendzeit. Auf der Keupstraße kamen mir müde Männer entgegen, die auf dem Nachhauseweg in einer der vielen Bäckereien ein Fladenbrot fürs Abendessen gekauft hatten. Der goldene Döner-Palast glänzte im Neonlicht, aus der gegenüberliegenden Patisserie kroch der Duft von gebrannten Mandeln und Rosenöl über die Straße, am Straßenrand verkloppte ein fliegender Händler seine letzte Kiste Zucchini. Ich kämpfte mich durch eine Gruppe tief verschleierter

Frauen, die mit einer Unmenge voller Plastiktüten den Bürgersteig versperrten, und geriet in eine heftig debattierende Männerrunde, die gegen laute türkische Popmusik anredete, die aus dem Elektrogeschäft auf die Straße schallte. Dann erreichte ich Özals Schlüsseldienst.

Eine einzige Neonröhre über den Schleifgeräten erhellte den Raum, und in der Luft hing der Geruch von Metallstaub und Tee. Am kleinen runden Teetisch saß heute niemand, und hinter dem Tresen fräste ein mittelalter Mann im Schein der Neonröhre einen Schlüssel.

Ich fragte nach Özal. Der Mann im grauen Kittel nickte, verschwand hinter dem Perlenvorhang und kam bald mit ihm zurück.

»Was kann ich für Sie tun?«

Der kleine, runde Mann wieselte flink um den Tresen herum und gab mir die Hand. Freundlich und offen blickte er mich an, nichts mehr von der ablehnenden Verdrucktheit, die er in der Weidengasse, wo ich ihn zufällig gesehen hatte, an den Tag gelegt hatte.

»Irgendwelche Idioten haben meine Rollläden und meine Eingangstür voll geschmiert. Ich suche einen Maler, der mir den Dreck übermalt. – Hab gedacht, Sie könnten mir vielleicht helfen.«

Özal nickte leicht und wissend und schickte den Graukittel mit ein paar türkischen Sätzen weg.

»Ist 'ne echte Schweinerei«, sagte er dann. »Vor zwei Jahren haben sie mir mal ›Heil Hitler‹ an meine Wand gepinselt.«

»So schlimm war's bei mir zum Glück nicht«, antwortete ich. »Aber viermal ›Rückt die Knete raus!‹ ist auch nicht schön.«

»Das sollten sie mal an die Fassade der Deutschen Bank oder ans Finanzamt schmieren«, schlug Özal vor und bot mir an, am Teetisch Platz zu nehmen. »Dort liegt das Geld!«

Er war gut einen Kopf kleiner als ich. Wie die meisten Männer mochte er dies nicht und suchte nach einer Möglichkeit, mit mir auf Augenhöhe zu kommen. Ich tat ihm den Gefallen und setzte mich. Özal stellte zwei Teetässchen vor uns auf das Tablett, goss aus dem Samowar im Regal Tee ein und nahm mir gegenüber Platz.

»Von mir aus auch an die der Stadtsparkasse«, setzte ich seinen Gedankengang fort. »Das sind auch Kleine-Leute-Ausbeuter! Ich zumindest habe kein Geld, was ich rausrücken könnte.«

»Wer hat das schon!«, seufzte Özal, nahm einen Schluck Tee und sah auf die Uhr.

»Ich will Sie nicht von der Arbeit abhalten«, entschuldigte ich mich höflich.

»Nein, nein, nein«, beschwichtigte er mich. »Ich habe auf die Uhr gesehen, weil ich auf Nachricht bezüglich des Malers warte. So lange trinken wir zusammen Tee. Jede Arbeit kann aufgeschoben werden, wenn man einem Nachbarn helfen kann.«

Orientalische Gastfreundschaft. Zeit hat eine andere Bedeutung. Merkwürdig, dass dies im winterlichen Mülheim funktionierte.

»Hatten Sie schon mal Ärger mit Schutzgelderpressern?«, fragte ich ihn dann.

»Schutzgelderpresser?«, wiederholte er stirnrunzelnd. »Wie kommen Sie darauf?« Er sah mich fragend an, bis er plötzlich ausrief: »Sie glauben an eine Botschaft: Rückt die Knete raus. Sie denken, das ist das erste Zeichen, mit dem sich solche Typen bemerkbar machen, nicht wahr?«

»Könnte doch sein? Sehen Sie, ich habe keine Ahnung. Die Weiße Lilie ist mein erstes Resto. Und was in letzter Zeit passiert, ist doch ziemlich merkwürdig: das manipulierte Schloss, der Tote vor meiner Tür, die verschmierten Wände. In der Interessengemeinschaft Keupstraße klingt doch immer wieder an, wie schwierig es war, den Drogenhandel wegzukriegen, die Bandenkriege zwischen Kurden und Türken zu beenden und und und. Vielleicht bin ich mit meinem Resto jemandem ein Dorn im Auge?«

»Jetzt malen Sie mal nicht den Teufel an die Wand!« Özal hob beschwichtigend die Arme. »Je vielfältiger die Keupstraße, desto besser. Und mit Ihrem Restaurant bereichern Sie doch unser Angebot. – Bewerten Sie die Kritzeleien nicht über. Dummejungenstreiche! Ich hatte übrigens bisher nur Ärger mit Rassisten, nie mit Schutzgelderpressern.«

»Na ja, Sie sind doch so etwas wie ein Mülheimer Urgestein«, gab ich zu bedenken.

»Wie kommen Sie denn darauf?«, rief er aus. »Ich lebe erst seit zehn Jahren hier!«

»Aber«, meinte ich verdattert, »sie sind doch Kölner, oder?«

»Sicher dat«, grinste er. »Aber ich bin kein Mülheimer Jung, ich komme aus Porz. – Ah, Merhaba«, grüßte er einen schwarzen Schnauzbart, bevor er weitererzählen konnte, und erhob sich.

Der Graukittel hatte ihn mitgebracht. Eine Zeit lang wurde das Gespräch auf Türkisch geführt, dann sagte Özal: »Mustafa Sözen kann die Malerarbeiten bei Ihnen übernehmen. Er wird sich den Schaden gleich anschauen und morgen Vormittag streichen.«

Özal war eine Fundgrube! Er würde mir wahrscheinlich auch einen Installateur und einen Kammerjäger besorgen. Er war so einer, für den nichts unmöglich war, der in alle Richtungen seine Kontakte hatte. – Ich bedankte mich und nahm mir vor, bei nächster Gelegenheit mit einem großen Nachtischteller seine Lust auf Süßes zu stillen.

»Nicht doch, nicht doch«, wehrte der kleine Mann ab. »Sie wissen doch: Mir kenne uns, mir helfe uns.«

In der Zwischenzeit war es vollständig dunkel geworden. Mustafa Sözen nahm mich in seinem Wagen bis zur Weißen Lilie mit, und ich war froh darüber, nicht noch einmal allein durch die Keupstraße laufen zu müssen. Sözen besah sich den Schaden und versprach, morgen als Erstes die Tür zu streichen. Jetzt, als nichts Weiteres auf mich einstürzte, merkte ich, wie kaputt ich war. Der Fußtritt von Stechauge schmerzte bei jedem Schritt, die Bisswunde juckte unter dem Rollkragen, und die Schnittwunden auf der Brust brannten. Ich sehnte mich nach einer ruhigen Nacht in meinem weißen Zimmer und bat Adela, mich abzuholen.

Es tat so gut, ihr alles zu erzählen, was in den letzten vierundzwanzig Stunden passiert war. Zu Hause verfrachtete sie mich zur Beruhigung in die Badewanne, kochte Tee und besah sich mit ihrem medizinischen Sachverstand meine Verwundungen. Nichts Ernstes, dennoch könnten von den Schnittwunden Narben bleiben, meinte sie. Nach dem Baden schlüpfte ich in einen frischen Pyjama und wollte mich mit einem Butterbrot und einem Glas Milch in mein Zimmer zurückziehen, als der Graf Sturm klingelte. Der Cowboy war mit von der Partie.

»Gnädigste!«, funkelte er mich böse an. »Wieso rufen Sie mich nicht an, um mich über den Stand der Dinge zu informieren?«

Überrumpelt stellte ich Butterbrotteller und Milchglas auf einem Bücherstapel ab. Dass der Graf sich wegen der Schutzgelderpresser umhören wollte, hatte ich völlig vergessen.

»Da lassen Sie mich eine herkömmliche Schutzgelderpressung recherchieren, wo Sie in der Zwischenzeit wissen, dass es darum nicht gehen kann. Fünfundzwanzigtausend Euro! Wieso haben Sie diese Summe nicht erwähnt?«

Von den fünfundzwanzigtausend Euro wussten nur Rieger und seine Truppe. Der Graf musste noch verdammt gute Informationsquellen bei der Polizei haben, wenn er jetzt schon davon Kenntnis hatte. Wahrscheinlich regte es ihn auf, dass ich Rieger und nicht ihn angerufen hatte. Spätestens seit dem Gespräch mit Rieger war mir klar, dass der Graf mir nicht nur aus Nächstenliebe half, sondern weil er noch eine Rechnung mit dem alten Rivalen offen hatte. Ich wollte ihn auf keinen Fall verprellen, zum Schutz der Weißen Lilie konnte ich jeden Mann gebrauchen.

»Von den fünfundzwanzigtausend wusste ich noch nichts, als wir miteinander gesprochen haben«, antwortete ich wahrheitsgemäß und bat die beiden Männer in die Küche, wo Adela und Kuno beim Abendbrot saßen.

Die komplette Pensionistenrunde, geballtes Polizeiwissen aus drei Berufsleben. Von den vieren am Tisch traute ich nur Adela.

Die sprang auch sofort für mich in die Bresche, indem sie den Grafen anfunkelte und sagte: »Hör bloß auf, ihr Vorwürfe zu machen! Die hat die Hölle hinter sich, ist völlig erschöpft und muss ins Bett. Alles, was du wissen willst, kann bis morgen warten.«

»Jetzt übertreib nicht«, unterbrach ich sie. »Ich kann hier noch mein Butterbrot essen.«

Während ich das Gespräch mit Rieger in aller Ausführlichkeit ausbreitete, wohl wissend, dass dies den Grafen am meisten interessierte, holte der Cowboy mit großer Selbstverständlichkeit zwei Flaschen Kölsch aus dem Kühlschrank, stellte eine dem Grafen hin und nahm aus der anderen einen kräftigen Schluck. Als ich den Namen Mehmet Gürkan erwähnte, leuchteten die Augen des Grafen auf, und der Cowboy wieherte leise wie ein aufgescheuchtes Pferd.

»Mehmet legt deutliche Spuren«, schnaubte er. »Die Hinrichtung, die Misshandlungen. Irgendjemand bedroht ihn. Er muss ein Exempel statuieren.«

Der Graf nickte, aber ich verstand nur Bahnhof.

»Wissen Sie, Gnädigste«, wandte sich der Graf an mich. »Wenn man so lange Polizist war wie wir hier an diesem Tisch, dann weiß man vor allem eines: Verbrechen ist nicht ausrottbar. Die Aufklärungsquote bei Mord liegt bei siebzig Prozent, was sehr gut ist im Vergleich zu anderen Staaten, was aber dennoch heißt, dass dreißig Prozent der Morde nie aufgeklärt werden. Die Mörder sind unter uns, um mal den Titel eines alten Wolfgang-Staudte-Films zu zitieren. Egal, wie gut Ausbildung oder Ausstattung sind, niemals wird die Polizei in der Lage sein, alle Verbrechen aufzuklären oder zu verhindern.«

»Komm zum Punkt«, murmelte der Cowboy.

Der Graf schickte ihm einen strafenden Blick und fuhr fort: »Nicht nur die kriminelle Energie des Einzelnen, auch das organisierte Verbrechen ist nicht ausrottbar. Die Gründe dafür sind bekannt. Geld regiert die Welt, über die Anfälligkeit für Korruption quer durch alle Gesellschaftsschichten brauche ich hier in Köln nichts weiter zu sagen. Jetzt steht die Polizei diesen Kriminellen aber nicht hilflos gegenüber, immer wieder gelingt es, Verbrecherringe zu zerschlagen oder ihnen schmerzhaften Schaden zuzufügen. Wobei wir drei«, er ließ seinen Blick über Kuno und den Cowboy gleiten, »im Laufe unseres Berufslebens unseren Anteil geleistet haben. – So eine kriminelle Vereinigung ist eine Welt für sich, in der bestimmte Hierarchien und bestimmte Regeln herrschen. Je mehr man davon weiß, umso besser. Nur eine genaue Kenntnis des Gegners zeigt einem die Stellen, wo er verwundbar ist. Das wussten die alten Militärs, das ist das A und O der Verbrechensbekämpfung.«

»Willst du uns hier einen abgehobenen Vortrag halten«, unterbrach ihn Adela, »oder hast du irgendetwas Konkretes zu sagen?«

Der Cowboy nahm einen Schluck Bier, Kuno schlürfte seinen Trollinger, und ich schmierte mir ein weiteres Brot.

»Auch ohne Adelas Einwand wäre ich jetzt auf Mehmet zu sprechen gekommen«, machte der Graf weiter. »Polizeilich fällt er das erste Mal 1965 mit dreizehn auf. Schlägerei mit Gleichaltrigen,

1968 zum zweiten Mal, gleiches Delikt, Jugendstrafe auf zwei Jahre Bewährung. Anfang der siebziger Jahre wird er beim Dealen mit Heroin erwischt, dafür landet er für drei Jahre im Knast. Dort lernt er Kemal Karakas kennen, eine Halbweltgröße aus Mülheim. Nach der Entlassung tut er sich mit Kemal zusammen, und bald kontrollieren die zwei den Drogenhandel in Mülheim, dann im gesamten Rechtsrheinischen. Die Aufgaben sind klar verteilt. Kemal ist der Organisator, Mehmet die Dampfwalze, die dafür sorgt, dass der Weg frei ist. Die Drecksarbeit an vorderster Front machen bald andere für sie, wir haben Schwierigkeiten, den beiden etwas nachzuweisen. Anfang bis Mitte der neunziger Jahre, nach dem Zusammenbruch der Sowjetunion, kommt es in Köln zu massiven Verteilungskämpfen zwischen türkischen und russischen Clans. Während dieser Kämpfe verliert sich die Spur von Kemal. Wir wissen nicht, wohin. Vielleicht in der Türkei untergetaucht, vielleicht wurde er aber auch ein Opfer dieses Verteilungskrieges, und seine Gebeine vermodern im Beton eines Brückenpfeilers. Einer der ungeklärten Morde, von denen ich anfangs gesprochen habe. Kurzum, was Mülheim und andere Teile des Rechtsrheinischen betrifft, setzten sich die Türken durch. Porz ging an die Russen. Mehmets Macht war gefestigt, ja er baute sie sogar aus.«

»Und ab da wird's schwierig«, murmelte der Cowboy und holte sich eine frische Flasche Bier aus dem Kühlschrank.

»Der Kerl ist nämlich dumm wie Stroh«, fuhr der Graf fort. »Der kann draufhauen, Angst machen und Befehle ausführen, aber kein kriminelles Imperium führen.«

Ich verstand immer noch nichts.

»Er macht den Strohmann für einen, der im Hintergrund bleiben will«, erklärte der Cowboy.

»In den letzten Jahren vor unserer Pensionierung haben wir versucht, an diesen großen Unbekannten heranzukommen. Carlos II haben wir ihn genannt, nach dem spanischen Top-Terroristen, der so lange nicht zu fassen war«, fuhr der Graf fort. »Es ist uns gelungen, einen V-Mann in Mehmets Truppe einzuschleusen, der wiederum einen angeblich großen Drogenhändler aus Afghanistan, auch einer unserer Leute, der nur mit dem Boss hinter Mehmet verhandeln wollte, einführte. Es gab schon einen Termin, an dem sich die beiden treffen sollten. Nie waren wir so nah an dem Kerl dran, und dann hat ein Vögelchen gepfiffen. Hat mich meinen Job gekostet.«

»Weil das Treffen aufgeflogen ist, mussten Sie gehen?«, hakte ich nach, weil ich wissen wollte, ob er von der Bestechungsgeschichte erzählte, von der Rieger gesprochen hatte.

»Nicht ganz.« Er spannte seinen schlanken Körper und grinste zynisch. »Fast gleichzeitig habe ich eine private Steuerprüfung bekommen. Die stellte fest, dass seit einem Jahr monatlich tausend Euro auf ein Sparbuch unter meinem Namen eingezahlt worden waren. Geld, von dem ich nicht nachweisen konnte, woher es kam. Geld, von dem ich überhaupt nicht wusste, dass ich es besaß. Aber das glaubt einem natürlich keiner.«

»Sie denken, Rieger hat Sie gelinkt?«

»Hat er Ihnen das erzählt?« Wieder verzog er den Mund zu diesem zynischen Grinsen. »Nein, dafür ist er eine Nummer zu klein. Gelinkt hat mich Carlos II. Die Sache mit dem Geld war verdammt clever. Weder Rieger noch Mehmet wären auf die Idee gekommen.«

»Und die undichte Stelle? Das Vögelchen?«

Er zuckte mit den Schultern. »Nur ein ganz kleiner Kreis von Leuten wusste von dem Treffen. Rieger gehörte dazu.«

»Und er war scharf auf deinen Posten«, ergänzte der Cowboy.

»Rieger ist einer von den jungen Ehrgeizigen.« Der Graf wiegte langsam den Kopf hin und her. »Ich habe ihn ausgebildet. Er war so was wie ein Ziehsohn. Irgendwann muss man den Vater stürzen. Aber mein Bauch sagt mir, dass er es nicht war.«

»Wir sind nie hinter die undichte Stelle gekommen«, grummelte Neuroth.

»Und was«, fragte ich dazwischen, weil ich merkte, wie begrenzt meine Aufnahmefähigkeit an diesem Abend war, »was hat das mit dem Mord und den Schutzgelderpressern zu tun?«

»Rieger erhielt tatsächlich meine Stelle und arbeitete auch ein, zwei Jahre recht erfolgreich. Dann kam der Bombenanschlag in der Keupstraße. An diesem Fall beißt er sich die Zähne aus. Keine verwertbare Spur, die zu dem oder den Tätern führen könnte. Nach einem Jahr lässt zum Glück der öffentliche Druck nach, Rundfunk und Presse stürzen sich auf andere Themen. Und jetzt

passiert Karneval der Mord vor der Weißen Lilie. Erneut Keupstraße, sofort ist der Bombenanschlag wieder allgegenwärtig. Der
Druck auf Rieger wächst. Erstens macht sich so ein Ehrgeizling
selbst welchen, zweitens kriegt er Druck von oben. Zwei unge-
klärte Kapitalverbrechen auf der Keupstraße innerhalb eines Jahres, so was darf nicht sein. Und bisher weiß er verdammt wenig.«

»Der Tote war kein Kannibale«, knurrte der Cowboy.

»Fakt eins«, nickte der Graf. »Und Fakt zwei: Jemand vermisst
fünfundzwanzigtausend Euro und will sie mit aller Gewalt wieder
haben. Mit so wenigen Fakten kann man nicht auf die Jagd gehen.
Jetzt macht Rieger, was jeder in einer vergleichbaren Situation tun
würde: Er stellt Hypothesen auf.«

»Und nach dem, was Sie uns über das Gespräch im Präsidium
erzählt haben …«, begann der Cowboy.

»Ich finde, ihr solltet euch endlich duzen«, unterbrach Adela
das Gespräch. »Das stört mich schon die ganze Zeit. Wer an meinem Küchentisch sitzt, sagt Du zueinander!«

»Uns hat's doch auch nicht geschadet, gell?« Kuno, der bisher
nur zugehört hatte, zwinkerte mir zu.

Adela hatte eine Schwäche fürs Atmosphärische. Nur manchmal fiel ihr das im ungünstigsten Augenblick ein.

»Mach weiter«, ermunterte ich den Cowboy.

»… geht Rieger davon aus, dass Mehmet hinter dem Mord
steckt. Die Keupstraße gehört zu seinem Revier. Die brutale Handschrift bei dem Mord und bei den Überfällen auf euch deuten auf
ihn.«

So viele Sätze hintereinander hatte der Cowboy in meiner Gegenwart noch nie gesprochen!

»Du sagst, er hat den Vorschlag abgeblockt, in der Weißen Lilie
nach dem Geld zu suchen?«, fragte der Graf, und das Du kam diesem korrekten Gentleman erstaunlich locker über die Lippen.

»Zunächst wollte er sofort die Spurensicherung schicken, aber
am Ende des Gesprächs musste das erst mit den Kollegen koordi-
niert werden«, bestätigte ich.

Der Graf nickte. »Er will die Weiße Lilie zur Falle machen. Bei
einem Überfall wird er nicht eingreifen, sondern die Täter verfolgen in der Hoffnung, dass sie ihn zu Mehmet bringen.«

Egal, ob der Graf mit dieser Vermutung Recht hatte oder nicht, ich war regelrecht froh, dass ich keinem aus der Runde von dem gefundenen Geld erzählt hatte. Bei diesem Mord wurden so viele Süppchen gekocht, dass man leicht den Überblick verlieren konnte. Es hieß, verdammt clever zu sein, wenn ich dabei die Weiße Lilie, meine Leute und das Geld retten wollte. Wie auch immer, ich steckte schon viel zu tief in der Sache drin, als dass ich jetzt meine Töpfe vom Herd ziehen konnte.

»Was ist mit der Observierung?«, drang die Stimme des Grafen durch meine Gedanken.

»Soll vom Altenheim aus passieren«, sagte ich. »Heimanns Job.«

»Hat man von dort aus die Weiße Lilie ganz im Blick?«, wollte der Cowboy wissen.

»Nur die Toiletten gehen in Richtung Regentenstraße, alles andere sieht man von dort: den Eingang, das Resto, die Küche …«

»Können wir uns da einklinken?«, fragte der Cowboy den Grafen.

»Höchstens mit einer Kamera«, überlegte er. »Personal haben wir keines mehr außer uns dreien.«

»Katharina, gibt es neben dem Altenheim noch einen anderen Ort, von dem aus man dein Restaurant beobachten kann?«, fragte der Cowboy.

Natürlich gab es diesen Ort! Von Tayfuns Küche aus sah man direkt auf den Eingang. Man konnte genau erkennen, was auf der Keup- und was auf der Regentenstraße passierte. Ein viel besserer Beobachtungsposten als das Altenheim. Tayfun hätte bestimmt nichts dagegen, wenn die alten Herren in seiner Küche eine Kamera aufstellten. Aber wollte ich ihn da hineinziehen?

»Ein Bekannter wohnt in dem Haus gegenüber«, entschied ich die Frage mit Ja. »Ich frage ihn, ob ihr bei ihm eine Kamera aufbauen könnt.«

»Sehr gut«, nickte der Graf befriedigt und fragte den Cowboy: »Besorgst du die Kamera?«

»Adalbert«, meldete sich Kuno erstmals zu Wort. »Wenn ich bei dem Spiel mit von der Partie sein soll, musst du mir noch ein paar Sachen erklären. Rieger denkt, dass ihn die angeblichen Schutzgelderpresser zu diesem Mehmet führen werden.«

»Ganz genau«, bestätigte der Graf, holte das Foto von Mehmet aus der Tasche und legte es auf den Tisch.

»Aber du hoffst, sie bringen die Polizei zu Carlos II?«

Wieder nickte der Graf.

»Ja, will Rieger denn nicht nach dem dicksten Fisch schnappen?«, fragte Kuno irritiert.

»Für ihn existiert Carlos II nicht«, antwortete der Graf. »Er glaubt, dass der eine Erfindung meiner verkalkten Gehirnzellen ist.«

»Das kommt davon, dass er Mehmet nicht einmal in der Mangel gehabt hat«, knurrte der Cowboy. »Er kann sich nicht vorstellen, wie blöd der ist.«

»Außerdem traut Mehmet nur seinen engsten Leuten«, ergänzte der Graf. »Der würde nie deutsche Erpresser einsetzen.«

»Sowohl ihr als auch Rieger setzt mit dieser Strategie alles auf eine Karte«, fuhr Kuno mit seinen Überlegungen fort.

»Siehst du aus der Distanz einen Plan B?«, fragte der Graf.

»Du weißt so gut wie ich, dass man so einen Plan immer in der Tasche haben muss«, gab Kuno zurück. »Im Moment will ich aber auf etwas anderes hinaus. Bei allem, was wir unternehmen, muss eines klar sein: Der Schutz von Katharina und ihren Mitarbeitern hat absolute Priorität! Sonst mache ich nicht mit.«

Der Graf und der Cowboy beeilten sich, die Selbstverständlichkeit dieses Ansinnens zu bestätigen. Aber Kuno hatte diesen Einwand nicht ohne Grund gemacht. Er wusste genau, dass der Wunsch der Kölner Pensionisten, den alten Gegner noch zur Strecke zu bringen, größer war als die Verpflichtung, die Weiße Lilie zu schützen. Zumindest er würde ein Auge auf mich und meine Leute haben. Besser als nichts. Wir würden bald merken, ob es etwas half.

Etwas später hob Adela die Runde auf. Den ganzen Abend war sie erstaunlich ruhig gewesen. Beim Zähneputzen fragte ich sie, warum.

»Da werden Schachfiguren hin und her geschoben, Zinnsoldaten bewegt«, grummelte sie. »All diese Was-wäre-wenn-Spielchen, diese Liebe zu Strategien und Hypothesen, mir ist das fremd. Ich handle und entscheide aus dem Bauch heraus.«

Ich verstand nur zu gut, was sie meinte. Auch mir schwirrte bei diesem Netz von beteiligten Personen, Überlegungen und Motivationen der Kopf.

»Du weißt, ich bin kein Hasenfuß«, fuhr sie ernst fort. »Aber das Ganze ist eine Nummer zu groß! Wenn ich nicht wüsste, wie sehr du an der Weißen Lilie hängst, würde ich dir raten, dichtzumachen, zu verkaufen. Schätzelchen!« Sie unterbrach das Zähneputzen und sah mich mit ihren schwarzen Augen an. »Zum ersten Mal habe ich furchtbare Angst um dich!«

*

Holgers verletztes Auge hatte die Farbe des Rotkohls, den ich als Beilage zur Leberterrine eingekauft hatte, und die Bisswunde an meinem Hals hob sich in winterhartem Rosenkohl-Grün von meinem weißen Kochkittel ab. Als Eva zur Arbeit kam, starrte sie eine Weile stumm von einem zum anderen, nahm mit Blicken das Ausmaß unserer Verletzungen auf. Dann verschwand sie. Eine halbe Stunde später tauchte sie wieder auf und fischte ein buntes Halstuch und eine Augenklappe aus einer Plastiktüte.

»Ich weiß, es klingt makaber, aber ich will heute Abend nicht jedem Gast erklären müssen, warum unsere Köche sich prügeln. Die wirkliche Geschichte können wir ihnen auf keinen Fall auftischen, oder?«, meinte sie, faltete das Halstuch und schlang es mir so um den Hals, dass es Schlangenzunges Bissabdruck verbarg. Ähnlich geschickt verfuhr sie mit Holgers Augenbinde.

»Du hast eine Bindehautentzündung. Das Auge muss geschont werden«, erklärte sie dem Barockengel.

Zufrieden mit ihrem Ergebnis warf sie Preisschilder und Plastiktüte in den Müll.

»Prima, so können wir drei den Abend überstehen!«

»Hört zu«, räusperte ich mich und schob das Brett mit dem klein geschnittenen Rotkohl zur Seite. »Ich weiß nicht, wer hinter diesen Anschlägen steckt, und ich fürchte, dass sie nicht vorbei sind. – Wenn jetzt einer von euch sagt, dass er das nicht mitmacht und lieber kündigen will, kein Problem.«

Ich starrte die weiß geäderten Rotkohlscheibchen auf dem Brett

Die Harald-Schmidt-Truppe verließ geschlossen um zehn vor elf mein Resto. Ein frühes Ende für eine Geburtstagsfeier, aber am Mittwoch war Sendung, da mussten alle fit sein.

»Gut, dass der Geburtstag heute war! Wenn sie Donnerstagabend kommen, finden sie kein Ende und saufen das Doppelte«, meinte ich in Erinnerung an frühere Besuche der Truppe.

»O ja«, bestätigte Eva seufzend, »da gibt's dann oft ein Hauen und Stechen untereinander, dass ich hinterher immer fünf Kreuze mache, dass ich in der Gastronomie und nicht beim Fernsehen gelandet bin.«

Holger packte die heute spärlichen Essensreste für seine Wohngemeinschaft ein, und der Dachdecker holte Eva um Viertel nach elf ab. Alle Arbeiten waren erledigt, Stühle hochgestellt, Töpfe und Pfannen sauber geschrubbt und weggeräumt, die Edelstahlflächen blank gewienert. Nur noch der zarte Geruch von Koriander und Rosenwasser erinnerte daran, dass wir heute orientalisch gekocht hatten.

Als ich die Rollläden runterließ, sah ich zu Tayfuns Wohnung hoch. Sie lag im Dunkeln, er war noch unterwegs. Im Altenheim gegenüber brannte im Observationszimmer Licht. Ich betete, dass die Nachtschicht die Weiße Lilie genauso wach beobachtete wie deren Kollegen vom Tage. Dann klemmte ich mir Evas Barhocker hinter den Tresen und öffnete die Schublade, in der wir die laufenden Rechnungen sammelten. Die Schublade roch auffällig nach Putzmittel. Ob Selma schon wieder darin gewienert hatte? Schubladen schien sie besonders gern zu putzen. Seit sie hier arbeitete, blitzten alle Schubladen so sauber und aufgeräumt wie nur kurze Zeit nach der Eröffnung.

Ich suchte die Steuerunterlagen, listete eine halbe Stunde Ein- und Ausgaben auf und stellte zum wiederholten Male fest, dass meine finanzielle Situation nicht rosig war. Selbst die heutigen Einnahmen musste ich »aufbessern«, um auf einen halbwegs vertretbaren Wochenschnitt zu kommen, und ich wusste jetzt schon, dass ich die nächste Weinlieferung ebenfalls von meinem Schatzgeld bezahlen musste.

Ich klappte die Schublade zu. Viertel vor zwölf. Jetzt könnte er kommen! Tat er aber nicht. Als ich das nächste Mal auf die Uhr blickte, war es schon Viertel nach zwölf. Ich hatte in der Zwischenzeit die neue essen & trinken, meine liebste Kochzeitschrift, ausgelesen. Schon seit Jahren träumte ich davon, darin als junge, kreative Köchin vorgestellt zu werden, aber leider war die Redaktion immer noch nicht auf mich aufmerksam geworden, und bald würde es für das »junge« nicht mehr reichen. Je später es wurde, desto tiefer sank meine Vorfreude auf Tayfun, und an ihrer Stelle machte sich schwere Müdigkeit in meinen Knochen breit. Ein weiteres Mal studierte ich die Rezepte im Kapitel »Heiß geliebte Pasta – Gaumenfreude und Glücksbringer«, merkte mir die Kombination von Entenconfit mit Topinambur, wie sie der Pariser Kollege Jean Luc Clerk kochte, und beim Artikel »Unterwegs in Helsinki« verschwammen mir die Buchstaben. Gleich würde ich mir ein Taxi rufen, aber ein bisschen wollte ich noch warten …

Ich träumte von französischen Bistros in Helsinki, in denen alle Gäste glücksbringende Pasta aßen und dabei unentwegt mit den Füßen in Zeitungspapier scharrten. Das knisterte und raschelte, raschelte und knisterte, bis ich die Augen aufschlug. Ich starrte auf eine wild schnuppernde Nase und in ein Paar kleine graue Augen. Vor mir, mitten auf meiner essen & trinken, über der ich eingeschlafen war, saß Scarletts Ratte und fraß sich durch »Das Gericht des Monats«.

Angeekelt hieb ich mit der Faust nach dem widerlichen Vieh, sodass es quietschend vom Tresen flog und fiepend über das Parkett schlitterte. Erst jetzt registrierte ich den beißenden Geruch, der aus der spaltbreit geöffneten Kellertür ins Resto drang. Ich riss die Tür weit auf und sah in einen Nebel aus beißendem Rauch. In meinem Keller brannte es. Der Ratte waren aus Angst vor dem drohenden Erstickungstod ungeahnte Kräfte gewachsen. Irgendwie war es ihr gelungen, aus ihrem Karton zu entkommen, die Treppe hochzukrabbeln und bei mir auf dem Tresen zu landen. Ich rief die Feuerwehr, riss die Rollläden hoch, öffnete Türen und Fenster weit. Die Uhr zeigte Viertel vor eins.

Der Brand war schnell gelöscht. Der Feuerwehrmann, der danach als Erster in den Keller stieg, kam mit einer guten und einer schlechten Nachricht zurück. Die gute war, dass außer dem Regal, in dem Eva die leeren Weinkartons sammelte, nichts abgebrannt war, und die schlechte, dass es sich wahrscheinlich um Brandstiftung handelte.

Brandstiftung? Die Ratte hatte es geschafft, aus der Kiste zu krabbeln und die Kellertür aufzustoßen – aber Feuer legen? Das konnten Ratten nur in Science-Fiction-Filmen. Und außer mir war niemand in der Weißen Lilie, der das Feuer gelegt haben könnte. Unvorstellbar, dass jemand in der kurzen Zeit, in der ich weggenickt war, durch die Eingangstür, die ich für Tayfun offen gelassen hatte, in den Keller geschlichen war, dort gezündelt hatte und auf gleichem Weg wieder verschwunden war. Und wenn, müssten uns die Überwachungskameras darüber Auskunft geben. Es sei ein großes Glück gewesen, dass ich das Feuer bemerkt hatte, fuhr der Feuerwehrmann fort, ansonsten wäre von meinem Lokal nicht besonders viel übrig geblieben. Rieger, der in der Zwischenzeit auch aufgetaucht war, drängte auf eine schnelle Untersuchung, und befahl mir, die Weiße Lilie so lange geschlossen zu halten. Der beißende Brandgeruch, der sich bis morgen sicherlich nicht aufgelöst haben würde, ließ mich dem nicht widersprechen. Fürs Geschäft war es beschissen.

Die Weiße Lilie geschlossen. Das zweite Mal innerhalb einer Woche. Wenn das so weiterging, konnte ich mein Resto ganz dichtmachen, da half mir auch mein Schatz nicht mehr.

Als Polizei und Feuerwehr gegangen waren, blieb neben dem beißenden Rauch und der Ratte, die sich ängstlich hinter dem Tresen verkrochen hatte, noch jemand in der Weißen Lilie zurück. Ganz am Ende des Tisches saß Tayfun und wartete auf mich.

»Was für ein Glück, dass unsere Verabredung nicht zustande kam«, sagte ich. »Sonst hätte ich jetzt kein Resto mehr.«

»Was für ein Glück, dass du die Mailbox auf deinem Handy nicht abgehört hast«, antwortete er und stand auf. »Sonst hättest du gewusst, dass ich seit Viertel nach zwölf bei Kurt auf dich warte.«

Eine Zeit lang standen wir uns wortlos gegenüber, bis Tayfun gleichzeitig fragend und einladend die Augenbrauen hob.

»Liegt der Champagner immer noch kalt?«, fragte ich dann.

»Selbstverständlich. Und im CD-Player wartet Manuel Pizarro darauf, für dich den Tango zu spielen.«

»Den muss ich ganz sicher auf einen anderen Abend vertrösten, aber gegen eine heiße Badewanne hätte ich nichts einzuwenden.«

»Nur unter der Bedingung, dass der Champagner und ich dir dabei Gesellschaft leisten.«

Wer könnte da Nein sagen? Aber bevor ich mich von Tayfun die vielen Treppen zu Badewanne und Champagner hochschieben ließ, holte ich für Otto ein Stück beste französische Salami aus dem Kühlraum. Otto hatte mein Resto vor dem Verbrennen und möglicherweise mich vor dem Ersticken gerettet. Otto verdiente mehr als ein Stück Salami, den höchsten Orden der Ehrenlegion, das Bundesverdienstkreuz. Niemals mehr würde ich Scarlett einen Vorwurf machen, dass sie Holger diese wunderbare Ratte in Pension gegeben hatte!

∗

Für den Champagner, Tayfun und mich war die Badewanne zu klein, aber zum Glück besaß Tayfun ein Bett, auf das wir drei passten. Vögeln war wie Kochen. Dabei vergaß ich alles andere. Und nichts brauchte ich mehr als das in dieser Nacht.

Der Mord, die Überfälle, das Feuer machten mir erst am nächsten Morgen das Leben wieder schwer, als ich zwei Feuerwehrmännern um neun Uhr die Tür der Weißen Lilie aufschließen musste, damit sie im Keller nach Beweisen für die Brandstiftung suchen konnten. Über Tisch und Stühlen hing noch der beißende Geruch von abgebranntem Holz, und während die Feuerwehrleute in den Keller stiefelten, riss ich alle Fenster weit auf. Rieger, der auch schon auf den Beinen war, bat mich ins Altenheim, und gemeinsam sahen wir uns die Aufzeichnungen des gestrigen Abends an. Wir konnten das entsprechende Band vor- und zurückspulen, sooft wir wollten: Nachdem Holger und Eva nach Hause gegangen waren, hatte niemand die Weiße Lilie verlassen oder betreten, bis die Feuerwehr kam. Im Gegensatz zu uns waren die Feuerwehrmänner erfolgreicher. Binnen einer halben Stunde fanden sie nicht nur die Reste des ölgetränkten Tuches, mit dessen Hilfe das Feuer gelegt worden war, sie fanden auch den Weg, den der Brandstifter genommen hatte. Dass mir das nicht eingefallen war! Holger hatte mir doch die Tür hinter dem Regal gezeigt!

»Sie glauben gar nicht, wie viele Kellerverbindungen es in Köln gibt«, erzählte einer der Feuerwehrmänner. »Im Krieg hatte nicht jedes Haus einen Luftschutzbunker, da hat man in vielen Häusern Durchbrüche geschlagen, damit die Leute bei Bombenalarm nicht über die Straße laufen mussten.«

»Und wo führt die Tür hin?«, wollte ich wissen.

»Das werden wir gleich sehen«, meinte er und griff nach einer großen Taschenlampe.

Rieger hielt ihn zurück und rief die Spurensicherung an. Zwei Stunden später wusste ich, dass von meinem Keller ein unterirdischer Gang quer unter der Straße zum Haus Regentenstraße Nummer zehn führte.

Das Haus kannte ich. Noch gestern Nacht hatte ich mich dort unendlich viele Treppen nach oben gekämpft. Es war das Haus, in dem Tayfun wohnte.

Er war's nicht, er kann's nicht gewesen sein, schrie alles in mir. Weshalb sollte er? Er interessierte sich für mich, ging mit mir ins Bett, kaufte Champagner und Rosen, warum sollte er mich ruinieren wollen? Und mit dem Geld hatte er nichts zu tun. Vier oder fünf Tage hatten die fünfzigtausend Euro in seiner Wildlederjacke gesteckt, ohne dass er es wusste, und dann hatte er mir den Umschlag ungeöffnet zurückgegeben. Und als das Feuer gelegt wurde, hat er bei Kurt gesessen und auf mich gewartet. Nein, nein, nur ein blöder Zufall, dass er ausgerechnet in diesem Haus wohnte.

»Von mir aus können Sie Ihren Laden heute aufmachen«, hörte ich Rieger sagen. »Die Spurensicherung ist fertig.«

»Und was passiert jetzt?«, stammelte ich, immer noch geschockt darüber, dass der Geheimgang ausgerechnet in Tayfuns Haus endete. »Was mache ich mit der Kellertür?«

»Die braucht dringend ein neues Schloss«, meinte einer der Feuerwehrleute. »Genau wie die Tür in Numero zehn. Die Schlösser sind so ausgeleiert, jeder Amateur kann so was knacken.«

»Ab sofort wird auch die Regentenstraße zehn observiert«, hörte ich Rieger am Telefon sagen. »Und dann die übliche Fleißarbeit. Alle Bewohner befragen und überprüfen.« Zu mir gewandt sagte er: »Das Netz um die Täter zieht sich langsam zu.«

Dann ließen mich die Männer allein in der Weißen Lilie zurück. Immer noch standen alle Fenster offen, immer noch hing der restliche Gestank von verkohltem Holz über dem Raum, und von der Keupstraße drang das sanfte Rauschen von Nieselregen nach drinnen. Mechanisch bewegte ich mich hinter den Tresen und schlug das Reservierungsbuch auf. Zwei Studienräte aus dem Genoveva-Gymnasium feierten heute ihre Silberhochzeit bei mir und hatten ein Champagner-Menü gebucht. Ausgerechnet Champagner! Schnell wischte ich die Bilder von Tayfuns Bett aus meinem Kopf und überlegte. Gut, dass ich Holger und Eva für den heutigen Tag noch nicht abgesagt hatte. So konnte ich sicher sein, dass Holger die Austern beim Fischhändler abholen würde. Die anderen Zutaten hatte ich bei den gestrigen Einkäufen bereits besorgt.

Ich sah auf die Uhr. Zwei Stunden blieben mir noch, um in der Kasemattenstraße in frische Kleider zu schlüpfen und mich vielleicht noch eine Stunde aufs Ohr zu legen. Ich hatte wenig geschlafen heute Nacht. Erneut verscheuchte ich die Erinnerungen an Tayfuns Bett.

Benommen lenkte ich meinen Punto nach Deutz und hatte Mühe, ihn in eine Parklücke zu setzen, die für einen Mercedes locker gereicht hätte. »Das Netz um die Täter zieht sich langsam zu!« Keine Ahnung, was Rieger damit meinte. Für mich wurde die Sache immer verworrener, wuchs mir langsam über den Kopf.

In der Kasemattenstraße saßen Adela und Kuno über ihrer Zeitungslektüre und sahen erwartungsvoll auf, als ich ein kurzes »Hallo« in die Küche rief.

»War's schön heute Nacht?«, fragte Adela zuckersüß, und sie und Kuno tauschten einen kurzen, wissenden Blick.

Ich wusste, wie sehr mir Adela eine neue Liebe gönnte und wünschte, aber solange die Geschichte mit Tayfun so ungewiss war, wollte ich nicht darüber sprechen. So erzählte ich an diesem Morgen nur von der Brandstiftung und dem unterirdischen Gang zu Tayfuns Haus. Dann verschwand ich, ohne eine Reaktion abzuwarten, im Badezimmer. Das war diesmal trocken gewischt, ein Glück für Kuno, denn so, wie ich mich heute fühlte, hätte ich ansonsten seine Lieblingsbücher gewässert. Ich schaffte es tatsächlich, für eine Stunde in einen komaähnlichen Schlaf zu fallen, und als ich mir danach in der Küche einen Kaffee brühen wollte, fand ich dort die ganze Pensionistenrunde versammelt.

»Es gibt ein weit verzweigtes Netz unterirdischer Gänge und Kanäle durch Mülheim«, erzählte Neuroth. »Viele stammen noch aus der Zeit vor dem Zweiten Weltkrieg. Im Neunzehnten schufteten in Mülheim viele Kürschner, die ihre stinkenden Abwässer durch ein Kanalsystem in den Rhein geleitet haben. Während des Krieges wurden diese Kanäle von verschiedenen Widerstandsgruppen als Fluchtwege genutzt. – Darüber gibt es Pläne.«

»Das Feuer macht vor allem eines deutlich«, unterbrach der Graf Neuroths Ausführungen. »Die Täter wissen, dass die Weiße Lilie beobachtet wird. Mit diesem Brandanschlag zeigen sie uns, dass sie über Mittel und Wege verfügen, unbeobachtet in die Weiße Lilie einzudringen. Chapeau! Genau so habe ich die Strategien von Carlos II in Erinnerung.«

»Dann erklär mir doch mal eines«, mischte sich Kuno ein. »Wenn es dem großen Carlos oder Mehmet Gürkan oder wem auch immer darum geht, an das Geld zu kommen, das in der Weißen Lilie versteckt sein soll, warum zündet er dann den Laden an? Damit ist doch sein Geld futsch!«

»Ich bin hundert Prozent sicher, dass es niemals zu einem echten Brand gekommen wäre. Hätte Katharina nicht die Feuerwehr gerufen, hätte es jemand anonym getan. Der große Meister wollte ein Zeichen setzen«, erwiderte der Graf. »Manchmal glaube ich, er weiß, dass ich ihm immer noch auf der Spur bin! Das Haus, in dem ich eine Beobachtungskamera postiert habe, wählt er als Angriffsort. Eine Art indirekte Korrespondenz. Wisst ihr, ich habe mich oft gefragt, was für eine bürgerliche Fassade er sich zugelegt hat. Vielleicht ist er Journalist oder Geschäftsmann? In beiden Berufen würde es ihm keine Mühe machen, an Pläne von Mülheims unterirdischen Gänge zu gelangen. – Apropos unterirdische Gänge: Katharina, lässt Rieger den Eingang zum Haus in der Regentenstraße überwachen?«

»Man muss jetzt den Zugang zu Katharinas Keller versperren«, fiel Neuroth ein.

Ich brauchte überhaupt nicht mehr zu antworten, das Gespräch lief praktisch ohne mich. Wild debattierend entwickelten die Herren eine Strategie nach der anderen, ohne mich nach meiner Meinung zu fragen. Mir rauschte der Schädel vor so viel Eventualitäten, und dabei erfuhr ich nichts wirklich Neues. Zudem drängte die Zeit, im Gegensatz zu allen anderen am Tisch hatte ich einen Job, und die Arbeit in der Weißen Lilie wartete. Adela, die auch heute kaum einen Ton gesagt hatte, wippte schon seit geraumer Zeit unruhig auf ihrem Stuhl herum.

»Ihr kommt mal wieder vom Hölzchen aufs Stöckchen«, tadelte sie die Alt-Herren-Runde. »Wenn ihr jetzt nicht bald eine vernünftige Idee entwickelt, wie ihr Katharina besser beschützen könnt, dann braucht ihr nicht mehr hier an meinem Küchentisch aufzutauchen! Drei erfahrene Polizisten!« Sie schnaubte wütend.

Ich lächelte ihr dankbar zu, und wieder plagte mich mein schlechtes Gewissen, weil ich ihr in der Sache keinen reinen Wein einschenkte. Von allen Beteiligten spielte sie wahrscheinlich als Einzige kein doppeltes Spiel.

Sie brachte mich noch zur Tür.

»Ist doch wahr, oder?«, brummte sie, immer noch wütend. »Anstatt ein Schutzprogramm für dich zu entwickeln oder mir bei der Suche nach Scarlett zu helfen, verplempern die drei ihre Zeit mit Theorien über Carlos II, den ›großen Unbekannten‹. Hätt geglaubt, das zumindest mein Kuno klüger wäre! Der große Unbekannte! Zweifle sehr daran, dass der wirklich existiert. Pensionierte Polizistenhirne haben echte Macken!«

»Weißt du was Neues von Scarlett?«, fragte ich und schlüpfte in den Mantel.

»Kann sein«, antwortete sie ausweichend und öffnete mir die Wohnungstür. »Was ich dich noch fragen wollte …« Sie tätschelte mal wieder meine Hand. »Der kleine Dany, mit dem du bei Spielmann gearbeitet hast, wohnt der immer noch auf dem Bauwagenplatz an der Krefelder Straße?«

»Keine Ahnung«, antwortete ich, viel zu ausgelaugt, um nachzufragen, warum sie das gerade jetzt interessierte. »Aber ich kann Holger fragen. Die zwei sind immer noch miteinander befreundet.«

»Tu das«, nickte sie bestätigend, drückte mir einen dicken Kuss auf die Backen, und umnebelte mich mit ihrem Veilchenparfüm, das sie immer eine Spur zu dick auftrug. »Soll ich dich fahren?«

»Quatsch«, wehrte ich ab. Die letzte Woche hatte mich gelehrt, dass Sicherheit ein sehr subjektives Gefühl war und, wie der gestrige Abend zeigte, Gefahren nicht ausgeschaltet werden konnten. Kurzum: Nachmittags zum zwei fühlte ich mich in dieser Stadt sicher.

Adelas Veilchenduft begleitete mich, bis ich in den Nieselregen auf der Kasemattenstraße trat.

Holger war in heller Aufregung, weil er Otto in einer Kiste unter dem Tresen mit den Resten der französischen Salami gefunden hatte, und dann sehr erleichtert, von mir zu hören, dass sich die Ratte zwischenzeitlich von einer Persona non grata zu einem willkommenen Freund des Hauses gemausert hatte. Ich besprach mit ihm Speiseplan und Arbeitsteilung und rief dann Özal an. Zuverlässig wie immer stand er eine halbe Stunde später in meinem noch immer verräucherten Keller und baute ein neues Schloss in die verflixte Kellertür.

»Tröstet Sie bestimmt nicht, wenn ich sage, normal ist das nicht, was bei Ihnen da immer passiert. Wir haben zwar alle unsere Sorgen, aber so viel Pech wie Sie … Kann mich nicht erinnern, dass einer der Keupstraßen-Kollegen je so vom Unglück verfolgt war.«

Özal testete sich neugierig durch die Kekse, die ich ihm neben seine Tasse gestellt hatte. Nach Beendigung der Reparaturen hatte ich ihn zu einem Tee eingeladen. Ein Angebot, das er gerne annahm.

»Na ja, mit dem Schloss, das ich Ihnen jetzt in die Tür gebaut habe, kann zumindest so was wie heute Nacht nicht mehr passieren.« Schwupp, war der letzte Keks in seinem Mund verschwunden. Ich füllte den Teller nach.

»Was ich überhaupt nicht verstehe, ist, warum die Polizei bei Ihnen nicht nach dem Geld sucht«, meinte er.

Während er das Schloss reparierte, hatte er mich Löcher über den Stand der Ermittlungen in den Bauch gefragt. Wahrscheinlich wusste morgen die ganze Keupstraße darüber Bescheid. Mir konnte das nur recht sein, denn was das anbelangte, hatte ich nichts zu verbergen.

»Glauben Sie vielleicht, Rieger erzählt mir alles?«, gab ich ihm zur Antwort und schüttelte den Rest der Kekspackung auf den Teller.

Wieselflink griff er wieder zu, suchte kurz meinen Blick und murmelte: »Sehr lecker! Wo sind die her? Italien?«

»Schweiz. Sie wollen diesem Mehmet Gürkan eine Falle stellen«, fuhr ich fort. »Das habe ich mir aus den Gesprächen im Präsidium zusammengereimt.«

»Was für eine Falle?«, fragte er, bevor er in den nächsten Keks biss.

»Wenn Mehmet davon überzeugt ist, dass das Geld in der Weißen Lilie ist, wird er irgendwie versuchen, es sich zu holen.«

»Das ist nicht Ihr Ernst, oder?« Empört schob er den Keksteller zur Seite. »Dann werden Sie als Lockvogel benutzt? Was haben wir für eine Polizei, wenn sie nicht anders an Mörder und Kriminelle herankommt, als dass sie Unschuldige gefährdet?« Er schüttelte fassungslos den Kopf. »Und alles wegen diesem Mehmet Gürkan.«

»Einige vermuten, dass dieser Gürkan nur eine Schachfigur ist und im Auftrag eines viel größeren Bosses agiert, dessen Identität die Polizei aber nicht kennt«, erzählte ich ihm von der Theorie des Grafen.

»Hört sich an wie ein drittklassiger Mafiafilm«, spottete Özal. »Hätte nie gedacht, dass dieser Rieger ein Freund so windiger Theorien ist.«

»Die stammt auch nicht von ihm, sondern von Adalbert von Stumpf.«

»Vom Grafen?«, wunderte er sich. »Ist der nicht pensioniert?«

»Sie kennen ihn?«, fragte ich erstaunt.

»Jeder in Mülheim kennt ihn. Es ist maßgeblich sein Verdienst, dass der Drogenhandel aus der Keupstraße verschwunden ist und die Bandenrivalitäten hier beendet wurden. – War ein guter Polizist, ein sehr guter. Allerdings wird gemunkelt, dass er keinen guten Abgang von der Truppe hatte. Und jetzt arbeitet er wieder mit Rieger zusammen?«

»Das weniger«, antwortete ich zögernd und merkte erst jetzt, dass ich über den Grafen besser nicht gesprochen hätte. Wer weiß, wem Özal das alles weitererzählte? »Er hält einfach nur privat Augen und Ohren offen!«

»Das werde ich auf alle Fälle auch tun«, sagte Özal und klopfte im Aufstehen Kekskrümel von seinem runden Bauch. »Sie wissen ja ...«

»... mir kenne uns, mir helfe uns«, stimmte ich in seinen Wahlspruch ein und brachte ihn dann zur Tür.

Die Arbeit, die in der Küche auf mich wartete, war eine der wenigen, die ich wirklich hasste. Austern öffnen. In einer größeren Brigade zerschnitten sich der Lehrling oder die Küchenhilfe die Finger beim Öffnen dieser spitzkantigen Muscheln, aber ich hatte weder das eine noch das andere. Meine stille Hoffnung, Holger könnte während meines Gesprächs mit Özal schon mit der Scheißarbeit angefangen haben, hatte sich nicht erfüllt. Der Barockengel hasste diese Arbeit genau wie ich.

»Dany! Ist mal mit zwei Tellern Austern gestolpert!«, erinnerte mich Holger an die Spielmann'sche Küche, als wir mit unseren kleinen, breiten Messern die fest verschlossenen, eiskalten Muscheln öffneten. »Küche war eine Eisbahn ...«

»... und Krüger ist der Länge nach hingesegelt.«

»Mit einer Rote-Bete-Suppe! Sein schickes Kellnerhemd war hin.«

»Ist dir nicht auch ein passendes Faust-Zitat eingefallen?«

»›Ohnmächtige Schauer körnigen Eises‹!« Seinen Faust konnte Holger immer noch auswendig. »Dany war wirklich mit den Nerven fertig«, seufzte er.

»Komisch, dass wir ausgerechnet heute über Dany reden!«, fiel mir ein. »Heute Morgen hat mich Adela schon nach ihm gefragt. Wohnt er immer noch auf dem Bauwagenplatz an der Krefelder Straße?«

»Glaub schon«, murmelte Holger und griff hastig nach einer weiteren Auster.

Während beim Öffnen die geschmolzenen Eisreste durch seine Finger auf den Pass tropften, stießen sich in meinem Gehirn ein paar Gedankenstränge an, die bisher nicht miteinander verflochten waren.

»Du hast Scarlett gefunden«, fuhr ich ihn an und hieb das kleine Messer mit Wucht zwischen die Austernschalen. »Und keinen Ton darüber gesagt! Hast du überhaupt kein Vertrauen zu mir?«

»Hör zu«, flehte er. »Die Sache mit Mike! Die muss sie klären. Dann kommt sie zurück!«

»Sie ist also tatsächlich bei Dany auf dem Bauwagenplatz untergekrochen«, regte ich mich weiter auf. »Wie lang weißt du das schon? Seit einer Woche oder von Anfang an? Hast du mal an Sybille gedacht? Oder an Adela, die in der Gegen herumkurvt und nach dem Mädel sucht?«

»Eererrst seit dem Überfall!«, stotterte der in die Enge getriebene Barockengel. »Brauchte ein neues Quartier. Der Bauwagenplatz ist sicher. Da sucht mich keiner, hab ich gedacht. Bin zu Dany. Scarlett hatte dieselbe Idee. Kennt Dany durch mich. Letzten Herbst haben wir ihn da besucht. Saß in Danys Wohnwagen auf dem Sofa. Ich war sehr überrascht.«

»Du weißt das fast eine Woche lang und sagst keinen Pieps. Ich fass es einfach nicht!« Wütend stieß ich in die nächste Austernschale.

»Die Sache mit Mike«, wiederholte er.

»Hat sie wirklich Shit für ihn über die Grenze geschmuggelt?«

»Glaub schon.«

»Das heißt, sie spricht nicht darüber?«

Er nickte. »Sie sagt, es ist für uns alle besser.«

Die Argumentation kam mir irgendwie bekannt vor.

»Wie auch immer«, beendete ich das Gespräch, denn ein Blick auf die Uhr sagte mir, dass in zehn Minuten die ersten Gäste eintreffen würden. »Nach der Arbeit fahre ich mit dir ins Agnesviertel und rede selbst mit ihr.«

*

Über dem Bauwagenplatz hing ein ähnlicher Geruch wie kurz nach dem Feuer in der Weißen Lilie. Verbranntes Holz. Hunde jaulten auf, als Holger das improvisierte Tor an der Krefelder Straße aufhakte. Kaum auf dem Gelände beschnupperten sie uns, hechelten bis zu dem freien Platz in der Mitte des Areals neben uns her, ließen uns von dort alleine zum Bahndamm laufen, wo Dany einen Platz für seinen blau-rot gestrichenen Bauwagen gefunden hatte. Rauch stieg daraus auf wie aus den meisten anderen Wagen auch.

Eine etwas andere Wohngemeinschaft, hatte Dany mal gesagt, als ich mich über seinen ungewöhnlichen Wohnort wunderte. Und glaub bloß nicht, dass da nur Leute wohnen, die sonst keine Wohnung kriegen, korrigierte er meine Vorurteile. Wir leben gemeinsam, und doch hat jeder seine Burg für sich. Im Sommer sei es toll, mit allen draußen auf dem Platz zu sitzen, Musik zu machen und zu quatschen, Feste zu feiern, Aktionen zu planen, hatte er geschwärmt. Über den Winter hatte er nichts gesagt. Der war hart und gemein und plagte mit Kälte, Wind und Feuchtigkeit. Ich wettete darauf, dass um diese Zeit die Sozialromantik des Sommers vereiste und viele der hier Gebliebenen von einer zwar hässlichen, aber beheizten Sozialwohnung träumten.

»Das ist mein Besuchstag«, begrüßte mich Scarlett ohne großes Erstaunen, als ich mich hinter Holger in den engen Bauwagen drängte. »Heute Mittag war Adela hier und jetzt du!«

Sie warf Holger einen missbilligenden Blick zu.

»Ich bin selbst drauf gekommen, wo du steckst«, antwortete ich an seiner Stelle. »Du weißt genau, dass er mir nichts verraten hätte!«

Sie zuckte mit den Schultern, warf ein paar zerknüllte Wolldecken vom Sofa und machte uns ein Zeichen, uns zu setzen.

»Wo ist Dany?«, fragte ich.

»Auf Arbeit. Hat einen Job in einem vegetarischen Imbiss auf der Zülpicher Straße.«

Nach seiner Zeit bei Spielmann hatte Dany als Koch einiges ausprobiert: Hotelkette, Mensakantine und jetzt den vegetarischen Imbiss. Nun ja, nicht jeder, der bei einem Sternekoch lernte, wurde hinterher selbst einer. – Ich besah mir seine Kochecke. Sie war mit allem Notwendigen ausgestattet. Wenn er wollte, konnte er auch hier ein Drei-Sterne-Menü kochen.

»Willst du einen Tee?«, fragte Holger mich.

Ich nickte, und Scarlett angelte sich eine Flasche Kölsch aus der Plastiktüte vor der Eingangstür. Es war nicht die erste an diesem Abend.

»Hab gehört, du hast jetzt 'ne neue Putze.« Sie fischte ein Feuerzeug aus ihrer Tigerhose und öffnete damit die Flasche.

»Du bist einfach verschwunden«, antwortete ich und suchte neben ihr auf dem durchgesessenen Sofa einen halbwegs bequemen Sitz für meinen mächtigen Körper. »Da blieb mir nicht viel anderes übrig. Dass du noch immer zurückkommen kannst, hast du hauptsächlich Holger zu verdanken.«

»Wirklich rührend, wie er sich um mich sorgt!«

Sie warf dem Barockengel, der mir eine Tasse Tee in die Hand drückte, einen spöttischen Blick zu. Als der versuchte, seinen runden Körper ganz nah neben sie ebenfalls aufs Sofa zu quetschen, erhob sie sich stöhnend und pflanzte ihren getigerten Hintern auf eine der Wolldecken auf dem Boden. Unglücklich über diese Reaktion starrte Holger seine zwischen die Knie geklemmte Teetasse an. Scarlett setzte die Bierflasche an, nahm gluckernd einen kräftigen Schluck und rülpste. Was fand Holger nur an dieser Rotzgöre? Ich hätte sie klatschen können, nahm aber stattdessen wortlos einen Schluck Tee. In dem Wagen hing der Gestank von kalten Zigaretten und aufgewärmten Dosen-Ravioli. In der klaustrophobischen Enge breitete sich eine unangenehme Stille aus. Ein jaulender Hund, der an der Tür kratzte, unterbrach sie.

»Scheiße«, murmelte Scarlett und griff sich eine dicke, parkaähnliche Jacke. »Ich muss noch mit dem Köter raus.«

»Da komm ich mit«, entschied ich und hievte meinen Körper aus der Sofakuhle.

»Wenn du dir unbedingt den Arsch abfrieren willst!«

Ohne auf mich zu warten, stiefelte sie mit der Promenadenmischung vom Bauwagenplatz zur Inneren Kanalstraße. Es störte sie keineswegs, dass die Ampel rot war. Einem beim Abbremsen wütend hupenden BMW-Fahrer zeigte sie als einzige Reaktion den Mittelfinger. Dann verschluckte sie das Dunkel des gegenüberliegenden Grünstreifens. In einem von den Straßenlaternen schwach beschienenen Laubengang holte ich sie ein paar Minuten später ein.

»Weißte, wie sie den Park hier nennen?«, fragte sie verächtlich, während ich neben ihr herging. »Alhambra, das ist die Nippeser Alhambra. Ich hab mal ein Foto von der echten Alhambra gesehen! Dagegen ist das hier Taubenkacke. Echter Kölner Größenwahn, den Park so zu nennen.«

Scarlett war unglaublich! Nicht ein Satz der Erklärung für ihr Abtauchen. Nicht die kleinste Entschuldigung für die Sorgen, die sich alle um sie gemacht hatten. Nicht das winzigste Dankeschön dafür, dass ich sie nicht rausgeworfen hatte. Stattdessen betätigte sie sich als nächtliche Fremdenführerin.

»Hör zu, Scarlett, dein Job in der Weißen Lilie ist an ein paar Bedingungen geknüpft«, machte ich ihrer Alhambra-Rede ein Ende. »Wenn du die nicht erfüllst, kannst du ihn dir abschminken.«

»Soll ich mich hier in den Matsch knien und um Entschuldigung bitten, oder was?« Sie griff nach einem dicken Stock und warf ihn in die Dunkelheit. Der Hund sprintete sofort danach.

»Geht's auch mal ein bisschen weniger provokant?« Schon das zweite Mal in dieser Nacht hätte ich sie am liebsten geklatscht. »Mit ein paar ehrlichen Antworten wäre ich schon zufrieden! Bestimmt hast du mitbekommen, dass seit deinem Weggang in der Weißen Lilie die Hölle los ist.«

»Schieß los«, knurrte sie und warf erneut einen Stock. Dieser segelte über ein weites Fußballfeld und prallte an einem Torpfosten ab. Der Hund schoss darauf zu.

»Warum lungert dieser Mike vor der Weißen Lilie herum?«

»Braver Hund, brav«, lobte Scarlett den zurückgekehrten Köter und nahm ihm den Stock wieder ab. »Ist doch logisch, oder? Der hat gedacht, er kann mich kaschen, wenn ich dort auflaufe. Ist ihm aber nicht gelungen«, sagte sie dann.

»Ein paar Tage früher hätte er mehr Glück gehabt«, antwortete ich. »Was wolltest du in der Weißen Lilie an dem Morgen, als du vor mir davongelaufen bist?«

»Nach Otto schauen. Hatte Sehnsucht nach dem Vieh!« Wieder warf sie den Stock. »Hab gehört, er hat dich gerettet. Kannst mal sehen, wofür das gut war, dass ich eine Zeit lang abtauchen musste.«

»Hast du diesen Mike wirklich um eine Lieferung Shit betrogen?«

»Mit Mike ist alles geklärt. Die Sache ist gebongt.«

»Bisschen deutlicher geht's nicht?«, fragte ich ärgerlich.

»Nee«, antwortete Scarlett bestimmt. »Die Sache geht nur Mike und mich etwas an. Damit hat sonst niemand was zu tun.«

»Du versteckst dich mehr als zwei Wochen! Deine Mutter landet deswegen fast in der Klapse! Und die Sache geht nur dich und Mike etwas an?«, brüllte ich.

»Is 'ne Sache der Abwägung«, antwortete sie cool. »Gab keine andere Möglichkeit, das Arschloch weich zu kochen. Und Sybille regt sich doch wegen allem auf.«

Ich japste nach Luft, versuchte mich zu beruhigen. Sie war wirklich ein verdammt harter Brocken, und wenn ich ehrlich war, glaubte ich ihr, dass sie diesen schmierigen kleinen Dealer in seine Grenzen gewiesen hatte.

»Hast du das Zeugs in der Weißen Lilie versteckt?«

»In der Weißen Lilie?«, höhnte sie. »Da kann ich's doch gleich aufs Silbertablett legen. Und überhaupt. Es gab nichts zu verstecken, basta. Hör auf, mich wegen der Sache mit Mike zu löchern. Darüber kommt kein Wort über meine Lippen.«

»Glaubst du denn, du bist allein auf der Welt?«, brüllte ich weiter. »Was ist mit Holger? Der wurde zusammengeschlagen, kurz nachdem wir mit Mike geredet hatten.«

»Wegen fünfundzwanzigtausend Euro!« Ihre Stimme überschlug sich fast. »So 'ne astronomische Summe von 'nem kleinen Koch zu fordern, auf so 'ne bescheuerte Idee kommt nicht mal ein Hirni wie Mike. Und dich haben sie wegen der gleichen Summe in der Mangel gehabt. Nee, nee, Katharina, da läuft eine andere Nummer. Das weißt du genauso gut wie ich. Die hat was mit dem umgelegten Brad-Pitt-Verschnitt vor deiner Haustür zu tun.«

»Was hast du mit dem Toten zu tun?« Langsam kam meine Stimme auf ihre normale Lautstärke zurück. »Kanntest du ihn?«

»Claro. Der hat doch ein paar Mal bei uns gegessen in der Zeit, als ich Eva beim Servieren geholfen habe. Hat mich angeschissen, als ich ein bisschen mit seiner Suppe gekleckert hab. Und eines weiß ich sicher: Dein Essen war nicht der Grund, weshalb er in der Weißen Lilie war.«

Sie pfiff nach dem Hund, der freudig an ihr hochhopste, tät-

schelte seinen Kopf, kraulte ihn an den Ohren und ließ sich eine
Ewigkeit Zeit, bevor sie einen neuen Stock warf. – Eines musste
man ihr lassen: Scarlett konnte ihre Trümpfe ausreizen.

»Sondern?«, hakte ich ungeduldig nach.

»Frag Eva! In die war er bis über beide Ohren verknallt. Blau-
auge hat ihr Liebesgedichte geschenkt! Hab mal eines aus dem
Müll gefischt, das Eva weggeworfen hat. So ʼn moderner Scheiß,
den ich schon in der Schule gehasst hab, mit nur einem Wort pro
Zeile: DU / LIEBE / ABGRUND oder so. Nicht so was Tolles wie
das Gedicht von der Seeräuber-Jenny aus der Dreigroschenoper.
Gequirlter Dünnschiss eben.«

»Eva?«, echote ich blöd, weil sich schon wieder ein neuer Abgrund vor mir auftat. Eva, die mir noch vor kurzem erzählt hatte,
dass sie Kutzner überhaupt nicht wahrgenommen hatte.

»Der Typ ist ihr tierisch auf den Senkel gegangen mit seinem
Liebeswahn.«

Scarlett riss den Stock aus dem Maul des zurückgekehrten Hun-
des und warf ihn achtlos weg.

»Genug gespielt. Ab nach Hause«, befahl sie dem Köter und
scheuchte ihn mit einem Klaps in Richtung Straße. Diesmal blieb
sie an der roten Ampel an der Inneren stehen.

»Na ja«, fuhr sie fort, während wir die Straße überquerten,
»vielleicht hat sie's dem Dachdecker gesteckt, und der hat die lie-
bestolle Töle umgenietet. ›Keiner rührt meine schöne Eva an!‹ Peng.
Peng. Peng. Kennt man doch, diesen Besitzerstolz der Machos …
Andererseits, was hat das mit den fünfundzwanzigtausend Euro
zu tun? Den Überfällen auf Holger und dich? Die Geschichte ist
granatenmäßig kompliziert. Aber darüber sollen sich andere den
Kopf zerbrechen! Mein Schädel raucht noch von der Nummer mit
Mike. Ich mein«, kicherte sie, als sie mit geübtem Handgriff das
Tor öffnete, »wenn man mir dafür die fünfundzwanzigtausend
Euro bieten würde, würd ich meine kleinen grauen Zellen noch
mal ans Arbeiten bringen. Fünfundzwanzigtausend! Da könntest
du den Putzteufel Selma behalten, und ich würd in Jamaika Dolce
Vita machen. In der Sonne brutzeln, frische Ananas futtern, abends
einen Joint rauchen«, schwärmte sie und kickte dabei die Bierdose
zur Seite, mit der der Hund spielen wollte. »Aus!«, fauchte sie.

»Hier wird kein Lärm gemacht! Sonst gibt's in der Vollversammlung eins auf die Nuss! Scheiß Kommune! – Weißte, auf Dauer wär das Leben hier nichts für mich«, erklärte sie mir. »Nachts ist es arschkalt im Bauwagen, obwohl's so verdammt eng ist. Und dann die Schnarcherei der Jungs! Dany und Holger ratzen um die Wette.«

Sie nickte einem Typ mit Rastalocken zu, der mit einer Klopapierrolle unterm Arm in Richtung WC-Häuschen galoppierte. Vor uns tauchte der blau-rote Wagen von Dany auf. Holger blickte uns aus dem kleinen Fenster sorgenvoll entgegen.

»In der Zeit, wo wir weg waren, hat er bestimmt alle Fingernägel abgekaut!«

»Scarlett!« Ich griff nach ihrem Arm, hielt sie davor zurück, schnell die zwei Stufen zum Wagen hochzuhüpfen. »Du weißt, dass Holger in dich verliebt ist. Bist du es auch in ihn?«

»Katharina!« In ihrer Stimme lag die Empörung einer Frau von Welt. »Er ist ein netter Kerl. Aber als Mann? Ich bitte dich!«

»Dann sag's ihm klipp und klar und halt dich von ihm fern! Er kommt nur von dir los, wenn du ihm alle Hoffnung nimmst. Und«, drohte ich, »wenn ich mitkriege, dass du ihn ausbeutest oder benutzt, dann bist du deinen Job sofort los.«

»Musst noch mal kurz die Chefin raushängen lassen, was?«

»Ich mag den Jungen«, sagte ich ruhig, ohne mich provozieren zu lassen. »Ich weiß, wie sehr er darunter leiden wird, dass du für ihn unerreichbar bist. Lass es gut sein damit! Es wird schwer genug für ihn, wenn er dich in Zukunft wieder bei der Arbeit sieht. Also: Du kennst die Spielregeln.«

»Okay, okay«, murrte sie und drängte nach drinnen.

Ich hielt sie ein zweites Mal zurück. »Was ist mit Sybille?«

»Bei der werde ich morgen auflaufen. Das habe ich schon heute Nachmittag mit Adela geklärt. Weißt du«, sie grinste mich breit an, »kann mich jetzt wieder gut ein paar Tage bemuttern lassen. Lieblingsspeisen, warme Badewanne und so. Bisschen Erholung nach dem Stress tut bestimmt ganz gut.«

»Und wann kommst du wieder arbeiten?«

»Behalt diese Selma noch ein paar Tage«, sagte sie nach kurzem Überlegen. »Wenn ich schon in den Schoß meiner zerrütteten Kleinstfamilie zurückkehre, kann ich Mami auch noch mal auf der

Tasche liegen … Zudem die Weiße Lilie zurzeit hochexplosives Terrain ist, wenn ich mir Holgers blaues Auge und deinen Hals begucke. Und wie gesagt, ich habe grade eine Schlacht geschlagen, und mir steht der Sinn nicht nach einer neuen, wenn du verstehst, was ich meine …«

Klar verstand ich. Dieses Mädchen würde sich im Leben durchbeißen und sich, im Gegensatz zu ihrer Mutter, auf die Sonnenseite schlagen. Sie hatte die Chuzpe und die Cleverness dazu. Dass dabei der eine oder andere verwundet zurückblieb, nahm sie in Kauf. »Und wenn dann der Kopf rollt, sag ich: Hoppla!« Eine echte Seeräuber-Jenny.

»Grüß Holger«, sagte ich zum Abschied. »Und Dany soll sich mal in der Weißen Lilie blicken lassen!«

Mein Punto rollte fast von alleine über die Zoobrücke. Der Wetterbericht im Radio kündigte um zwei Uhr morgens weitere Regenfälle an. Einen winzigen Augenblick überlegte ich, ob ich noch zu Eva fahren sollte, aber dann entschied ich, morgen mit ihr zu reden. Auf einen Tag mehr oder weniger kam es bei den ganzen Lügen und dem Versteckspielen nicht an.

Im Wohnzimmer der Kasemattenstraße brannte noch Licht. Adela saß auf dem Fußboden und wühlte in Kisten mit Babyfotos. Früher, bevor Kuno bei ihr eingezogen war, hatte sie sich öfter die Bilder der vielen Kinder betrachtet, die sie in ihrem Hebammenleben zur Welt gebracht hatte, wenn sie nachts keine Ruhe fand. Seit er mit ihr das Bett teilte, schlief sie durch und wühlte seltener in alten Erinnerungen.

»Hier«, sagte sie und hielt mir ein Foto hin. »Sie war ein richtig süßer Fratz, und der Schalk stand ihr schon mit zwei Monaten ins Gesicht geschrieben.«

Scarlett, unverkennbar. Schon mit zwei Monaten.

»Du hast sie auf dem Bauwagenplatz gefunden.«

»Ah«, sagte sie erstaunt. »Dann weißt du die erste Neuigkeit des heutigen Tages schon. – Morgen kehrt sie zu Sybille zurück. Mal sehen, wann sie den nächsten Unsinn anstellt!« Adela seufzte. »Du kannst ihnen auf die Welt helfen, aber durch die müssen die Kinder dann alleine stolpern.«

»Um Scarlett brauchst du dir keine Sorgen zu machen. Auch wenn sie Chaos anstellt, kommt die im Leben prima zurecht«, erwiderte ich müde.

»Hast Recht«, stimmte sie mir zu. »Sybille mit ihrem freudlosen Leben macht mir da weit mehr Kummer.«

»Ich gehe ins Bett«, gähnte ich und schleppte mich zur Tür.

»Willst du die zweite Neuigkeit des Tages nicht hören? Sie betrifft nämlich dich«, rief mir Adela hinterher.

Ich stockte an der Tür. »Erfreulich oder unangenehm?«

»Schwer zu sagen.« Adela zuckte die Schultern und schob die Fotos in den Karton zurück.

»Also: Was ist es?«

»Ecki hat angerufen. Er macht auf dem Rückflug von Bombay einen Zwischenstopp in Köln und möchte dich sehen!«

Schon in Zeiten, als wir noch ein Paar waren, hatte Ecki das Talent besessen, im ungünstigsten Augenblick aufzutauchen. Nach dem Fiasko in Bombay und anderthalb Jahren Funkstille wollte er mich plötzlich wiedersehen. Und wieder erwischte er einen Zeitpunkt, wo mein Kopf so voll war, dass ich nicht mal wusste, ob ich ihn zum Mond schießen oder in die Arme schließen wollte.

*

Die Vorgärten der Märchensiedlung in Dellbrück hielten Winterschlaf. Die Rosenhecken vor Evas winzigem Haus in der Siebenrabengasse waren nicht undurchdringlich, die steinernen Frösche im Nachbargarten verwandelten sich nicht in Prinzen, nirgendwo ließ Rapunzel ihr Haar herunter, nur ein paar Schneeglöckchen auf dem kleinen Grünstreifen, der zum Eingang führte, steckten vorwitzig die Köpfe aus der kalten Wintererde.

In aller Eile hatte ich nach dem Frühstück, diesmal ergebnislos, die neuen Bänder gesichtet. Das interessierte mich an diesem Morgen nicht, ich wollte wissen, warum Eva leugnete, Kutzner gekannt zu haben.

»Willkommen« stand in einladenden Farben auf einem Schieferstück neben der Klingel. Bei dem, was ich von Eva wissen wollte, war ich mir nicht sicher, ob das in meinem Fall stimmte.

»Katharina«, begrüßte sie mich erstaunt. »Wie oft habe ich dich eingeladen, und nie bist du gekommen! Ist was passiert?«

»Der Typ war in dich verliebt!«, knallte ich ihr entgegen. »Das Gedicht in seiner Hosentasche war für dich. Erzähl mir nicht noch mal, du hast ihn nicht ›wahrgenommen‹!«

»Komm erst mal rein«, seufzte sie.

Ohne ein weiteres Wort führte sie mich in ein lichtes Wohnzimmer mit hellem Parkett, sonnengelben Wänden und ein paar wenigen, äußerst geschmackvollen Möbeln. Auf der Fensterbank verkündeten Zwerghyazinthen und Tulpen in grünen Gläsern den nahenden Frühling. Genauso schön und klar hatte ich mir Evas Reich immer vorgestellt.

»Willst du einen Eisenkrauttee?«, fragte sie, als käme ich zur Plauderstunde. »Ist in Frankreich der letzte Schrei. Serviert man da gerne anstelle des Digestifs. Könnten wir in der Weißen Lilie auch mal probieren.«

»Mach dir keine Mühe!«

Eva verschwand dennoch in der Küche. Ich hinter ihr her. Maßangefertigte Einbaumöbel in Birke mit einer Arbeitsfläche aus hellem Granit. Es hat seine Vorteile, mit einem Handwerker liiert zu sein, dachte ich. Seelenruhig füllte sie Wasser in den Kessel. Wie konnte sie nur so unbeteiligt wirken?

»Scarlett hat mir alles erzählt«, fauchte ich, während sie Eisenkraut in eine japanische Teekanne bröselte.

»Scarlett?« Erstaunt unterbrach Eva ihre Arbeit und sah mich irritiert an. »Ist sie etwa aus der Versenkung aufgetaucht und präsentiert jetzt die Lösung des Falles?«

»Eva!« Ihre vorgebliche Ruhe machte mich wahnsinnig. »Red endlich mit mir!«

»Was denkt Scarlett?«

»Dein Dachdecker hat ihn umgebracht, damit Kutzner dich nicht länger belästigen kann.«

Eva nickte, aber nur, um zu bestätigen, dass sie mich verstanden hatte. Mit ruhiger Hand stellte sie die Kanne auf ein schlichtes Holztablett und dazu zwei Tassen aus hauchdünnem Porzellan.

»Und du?«, fragte sie und schüttete das kochende Wasser in die Kanne. »Glaubst du das auch?«

»Nein!« Ich schüttelte den Kopf und folgte ihr zurück in den Wohnraum. »Ich glaube es nicht. Aber glauben heißt nicht wissen. Und ich möchte wissen, warum du nichts davon gesagt hast, dass der Typ dich belästigt hat. Schon vor dem Mord. Wir hätten ihm Hausverbot erteilen können.«

»Ach, Katharina!« Ihr Blick verlor sich hinter den Hyazinthen in dem kahlen Wintergarten. »Solche Typen wird es immer wieder geben, ich habe dir doch gesagt, dass ich mit ihnen klar komme.«

»Sie liegen normalerweise nicht als Leichen vor meinem Resto. Eva!«, rief ich verzweifelt. »Hier geht es um Mord!«

»Falls es dir weiterhilft: Ben und ich waren Weiberfastnacht überhaupt nicht in Köln«, sagte sie und füllte zwei Teetassen. »Wir haben Freunde im Sauerland besucht, die grade ein Baby bekommen haben.«

»Eva!«, flehte ich. »Warum hast du nicht gesagt, dass du ihn kanntest?«

Wieder glitt ihr Blick hinaus, heftete sich eine kleine Ewigkeit an die gedrechselten Äste einer Korkenzieherweide, auf denen ein paar Tauben gurrten.

»Also gut«, entschied sie. »Du bist meine Chefin, und ich mag dich. Nur deshalb rede ich über den Typen.«

Sie setzte sacht die Teekanne ab und sah mich offen an.

»Bei seinem ersten Besuch gab er mir ein fürstliches Trinkgeld und schlug vor, zusammen einen Drink zu nehmen. Bei seinem zweiten Besuch schob er mir mit der Rechnung ein Gedicht zu, diesmal mit einer Einladung zum Essen verbunden. Bei seinem dritten Besuch flüsterte er mir irgendetwas von ›Muschi‹ und ›Klingeln‹ zu. Meine Reaktion, selbst bei dieser letzten Unverschämtheit, bei der ich am liebsten du-weißt-schon-was getan hätte, war immer dieselbe: höflich, distanziert. Ich ließ ihn auflaufen, vergaß ihn, schon während er da saß, und erst recht, sobald er die Tür hinter sich zumachte. Ich habe dir erzählt, dass ich darin geübt bin. In der Regel funktioniert das, und die Typen geben auf. Der nicht! Nach seinem vierten Besuch passte er mich vor der Tür ab. Natürlich ließ ich ihn stehen, aber er lief hinter mir her. Als er mich

anpackte, tat ich etwas, was ich in unzähligen Selbstverteidigungskursen geübt habe und im Schlaf beherrsche, aber noch nie anwen-
den musste. Ich trat ihm in die Eier und spuckte ihm ins Gesicht.
Ein Kraftaufwand, der mich ein paar Stunden aufregte ... Viel zu
viel Zeit für so einen!«

Flügelschlagend flogen die Tauben auf, und Eva nahm einen
Schluck Tee.

»Als er ein paar Tage später erneut zum Essen kam, stieg eine
Mischung aus Wut und Hilflosigkeit in mir auf. Zum ersten Mal
seit langer Zeit fiel mir nichts mehr ein, um so einen Typen in seine Schranken zu weisen. Kurz stieg diese Panik, dieses Gefühl von
Ohnmacht, worunter ich als Teenager gelitten habe, in mir auf ...
Du weißt, in solchen Situationen macht man dumme Fehler ... So
zerknüllte ich demonstrativ ein Gedicht, was er mir zugeschoben
hatte, und warf es vor ihm in den Müll. Lächerlich! Mir wurde
schlecht, als ich das Glänzen in seinen Augen sah.«

Sie stellte die Teetasse aufs Tablett zurück und folgte mit den
Augen den Tauben, die in der Zwischenzeit Sonnenblumenkerne
aus dem Vogelhäuschen pickten, das in einem knorrigen Zwetsch-
genbaum neben der Korkenzieherweide hing.

»Es war der Abend, an dem die Viva-Leute vom Umzug ihres
Senders nach Berlin erfahren haben. Viele erregte, laute Gespräche
am Tisch. Als dabei einer sein Glas umwarf und ich damit beschäftigt war, die nassen Servietten einzusammeln, hat er mir frech mit
der Hand über den Po gestrichen. – Wohlbemerkt in einer Situation, als ich beide Hände voll hatte.«

Mit Empörung im Gesicht drehte sie sich zu mir, goss sich dann
neuen Tee ein und fixierte wieder die Korkenzieherweide.

»Am liebsten hätte ich ihm die nassen Servietten ins Gesicht geklatscht, aber ... Bei den Gesprächen an diesem Abend ging es
meist um unfähige oder tyrannische Chefs, und überall war her-
auszuhören, was diese für eine Macht über ihre Mitarbeiter haben. – Da hatte ich plötzlich eine Idee: Ich klaute dem Typ sein
Handy aus der Tasche seines Jacketts, das an seinem Stuhl hing.
Zum Glück war es angestellt, und ich notierte mir aus dem Adress-
verteiler zwanzig beliebige Nummern und steckte ihm dann das
Handy demonstrativ in die Jacke zurück. ›Ich werde all Ihre ge-

speicherten Nummern durchtelefonieren‹, erklärte ich ihm beim Kassieren, ›bis ich bei Ihrem Chef lande. Und dem werde ich dann erzählen, was für ein frauenverachtendes Arschloch Sie sind. Und wenn der Chef wissen will‹, fuhr ich fort, ›wie ich an seine Telefonnummer gekommen bin, werde ich sagen, dass Sie zu blöd gewesen seien, auf Ihr Handy aufzupassen.‹«

»Hast du die Telefonnummern noch?«, fragte ich elektrisiert.

»Hab ich noch am gleichen Abend weggeschmissen. Denn«, jetzt lächelte sie ein bisschen in sich hinein, »mit meiner Chef-Drohung hatte ich ins Schwarze getroffen. Der Typ hat sichtlich nervös seine Rechnung beglichen, ohne mich noch einmal anzusehen. So im Nachhinein ist klar, dass er bei der Vorstellung Muffensausen bekam, ich könnte diesen Mehmet Gürkan anrufen. – Ich war natürlich auf der Hut und bin an dem Abend noch etwas länger geblieben, erinnerst du dich? Du bist an der Tischecke beim Tresen gesessen, hast mit einem braunen Umschlag herumgespielt und dich gewundert, warum ich nicht ging. Ich habe auf Ben gewartet. Der Typ hat mir an diesem Abend nicht mehr aufgelauert. So habe ich Ben nichts von ihm erzählt und dir auch nicht. – Zwei Tage später war er tot.«

Warum spielte Eva auf das Kuvert an? Merkwürdig, dass sie sich genau daran erinnerte. Ahnte sie, was in dem Umschlag war? Erwartete sie, jetzt, da sie mir die Wahrheit über ihre Begegnung mit Kutzner erzählte, dass ich ihr ebenfalls reinen Wein einschenkte?

»Wohin hast du die Telefonnummern geschmissen?«, fragte ich stattdessen.

»In den Papierkorb der Weißen Lilie. Vergiss es, Katharina, die sind längst in irgendeiner Müllverbrennungsanlage gelandet.«

Aus dem, was Eva erzählte, konnte ich mir endlich erklären, warum Kutzner den Verlust des Geldes in der Weißen Lilie nicht bemerkt hatte. Als Eva ihm das Handy aus der Jackentasche zog, war der Umschlag herausgefallen. Der Schock, Eva könnte sich tatsächlich Gürkans Nummer notiert haben, hatte ihn so kopflos gemacht, dass er seine Taschen erst nach Verlassen der Weißen Lilie kontrollierte. Direkt am selben Abend hatte er versucht, in die Weiße Lilie einzusteigen, und in der nächsten Nacht erneut. Dabei war er dann erschossen worden. Von wem? Und wie war man ihm so schnell auf die Spur gekommen?

»Und nach seinem Tod hast du nichts über ihn gesagt, weil du ihn aus deiner Erinnerung ausgeblendet hast?«, fragte ich nach.

»Natürlich habe ich ihn auf dem Foto erkannt«, erklärte mir Eva. »Aber was wusste ich über ihn? Nur dass er Bodo hieß und scharf auf mich war. Ich hatte nichts mit seiner Ermordung zu tun und auch nichts zu deren Aufklärung beizutragen. Warum hätte ich darüber sprechen sollen? Wozu wäre das nütze gewesen? Damit dieser Rieger Bens oder meine Psyche zu durchleuchten sucht, um rauszufinden, ob da vielleicht doch Eifersucht oder Beschützerinstinkt, Ohnmacht oder Bedrohung zu einem Mord geführt haben? – Nein, spätestens mit seinem Tod war dieser Typ endgültig aus meinem Innersten gestrichen. Und Rieger habe ich gestern in einem Telefonat, im Gegensatz zu dir, mit meiner Geschichte, dass ich bestimmte Leute überhaupt nicht wahrnehme, überzeugt. Das ist einer der Vorteile, wenn man schön ist. Man kann Männer leicht von der Nichtigkeit anderer Männer überzeugen.«

»Das kriege ich bei dir tagtäglich mit«, bestätigte ich. »Wirklich erstaunlich, dass du diesen Kutzner nicht um den Finger wickeln konntest.«

»Er war einer von den Typen, die gewohnt sind, sich zu nehmen, was sie wollen. – Die bekommt man schwer in den Griff«, meinte Eva seufzend.

»Wohl wahr«, stimmte ich in Erinnerung an einige frühere Küchenchefs und Chefs de partie zu.

»Katharina?« Evas Blick war ernst. »Versprich mir, dass das unser letztes Gespräch über den Typen war! Ich will ihn wirklich endgültig in meiner Urne ›lästige Anbeter‹ beerdigen.«

»Hast du darin überhaupt noch Platz?«

»Ach, immer wieder neu! Da zerfallen doch alle zu Staub und Asche!«

Zum ersten Mal an diesem Morgen lachten wir beide.

Auf wie unterschiedliche Weise die Frauen in meiner Umgebung ihre Probleme meisterten, dachte ich, als Eva mit dem Tablett zurück in die Küche schwebte. Scarlett tauchte unter, und Eva verordnete sich kleine Black-outs. Und das eine wie das andere funktionierte, sie kamen damit durch. Ich hoffte sehr, dass es mir bei dem Poker, den ich gerade spielte, auch gelingen würde.

»Gehst du vor der Arbeit noch im Handelshof einkaufen?«, fragte Eva, froh über alltägliche Dinge sprechen zu können. »Die haben ein Angel-Set im Sonderangebot, das ich Ben zum Geburtstag schenken will.«

So kauften wir das erste Mal gemeinsam in Poll für die Weiße Lilie ein. Nebeneinander hergehend schoben wir den Wagen durch die hohen Warengänge. Beim gierigen Blick des Metzgers hinter der Fleischtheke, bei den roten Ohren des Fischverkäufers, beim übertriebenen Lachen des Angel-Experten und beim Gebalze des Kassierers, die alle wegen Eva ihr Hirn ausschalteten, sang ich im Stillen das Hohelied meiner breiten Oberschenkel und meines kräftigen Busens. Es hatte eindeutig seine Vorteile, keinen perfekten Körper zu haben, nicht überall das Objekt der Begierde zu sein. Wenn es schönen Frauen wirklich immer so erging, konnte man Eva zu ihrer Black-out-Strategie nur gratulieren.

Auf der Keupstraße war an diesem Nachmittag nirgendwo ein Parkplatz zu bekommen. Nach dem Entladen suchte ich die Regentenstraße nach einer Lücke für meinen Punto ab, wurde erst auf Höhe der Ratsstraße fündig. Ein blauer Winterhimmel umspannte die Stadt, und eine kräftige Vorfrühlingssonne spiegelte sich in einer Batterie leerer Flachmänner, die jemand auf dem Mäuerchen des Spielplatzes aufgereiht hatte. Tagsüber buddelten hier Kinder im Sand, abends scheuchten die Hundebesitzer ihre Köter im Schutz der Dunkelheit über den Platz, und nachts wurde hier gesoffen, was das Zeug hielt. Da sage einer, die Kölner nutzten ihre Plätze nicht.

Auf dem Weg zur Weißen Lilie spähte ich zu Tayfuns Wohnung hoch, aber von hier waren weder er noch die Kameras zu erkennen. Die leichten Bewegungen des Vorhangs und das Licht der Schreibtischlampe signalisierten mir, dass in Riegers Observierungsstation gearbeitet wurde. Ein Streifenwagen bog um die Ecke. Die Weiße Lilie, bewacht wie eine Bank. Vorhin beim Entladen hatte ich wieder diese kolossale Erleichterung verspürt, dass mein

Resto auch die letzte Nacht unbeschadet überstanden hatte. Und nächste Nacht? Und die übernächste? Ich kochte auf einem Pulverfass. Ein Leben im Ausnahmezustand.

Eva hatte die Fenster weit geöffnet, und die dunkle, herbe Stimme von Nina Simone, deren Musik wir beide mochten, drang auf die Keupstraße, untermalt von klappernden Topfdeckeln, die Holger in der Küche scheppern ließ, weil er die Jazzerin nicht ausstehen konnte. Die üblichen kleinen Querelen in einem Betrieb, nichts Besonderes, Alltagskram. Eine Sehnsucht nach solch friedlichen Alltagswursteleien durchzog mich, und der Wunsch, die ganze Bedrohung möge endlich zu Ende sein, packte mich so heftig, dass Stechauges Fußtritt schmerzte wie am ersten Tag. Ich sollte mir eine Frist setzen, dachte ich. Dann den Laden dichtmachen, mir eine neue Stelle suchen. So konnte es nicht mehr lange weitergehen.

»Katharina«, meckerte Holger, der mich vom Küchenfenster aus hatte kommen sehen. »Sie soll sofort die grauenvolle Musik ausmachen. Sonst werfe ich hier in der Küche Rammstein in den CD-Player!«

Ärmel hochkrempeln, an die Arbeit gehen. Zwanzig Reservierungen, mal wieder nicht Fisch, nicht Fleisch. Holger schnitt stumm die Schalotten für das Paprika-Feigen-Chutney klein. Er hatte schlechte Laune, nicht nur weil Eva immer noch Nina Simone hörte, sondern weil Scarlett tatsächlich aus dem Bauwagen aus- und wieder bei ihrer Mutter eingezogen war. Der Verlust stand ihm ins Gesicht geschrieben, das jetzt ins Grünblaue verfärbte Auge unterstrich sein Unglück. Ich hoffte, dass Scarlett ihm gesagt hatte, dass sie nicht in ihn verliebt war, und er kapierte, dass sie ihm bestenfalls eine chaotische Freundin sein konnte. Er würde furchtbar leiden, und ich müsste für eine nicht absehbare Zeit mit einem kreuzunglücklichen Koch arbeiten, aber immer noch besser, als wenn er sich in vergebliche Hoffnungen verrannte.

Wir müssten uns mit Hasenfilets und achtzehn Gästen durch den Abend. Es war so wenig zu tun, dass ich zwischendurch sogar Zeit fand, mit Scarlett zu telefonieren.

»Und? Wie fühlst du dich zu Hause?«

»Nach drei Stunden Badewanne, einem frisch bezogenen Bett

und einem Fünf-Sterne-Frühstück prima«, sagte sie. »Sybille ist so froh, mich wiederzuhaben, dass sie ihre Vorwürfe erst mal weggesperrt hat. Mal sehen, wann wir uns wieder in die Wolle kriegen! Wie geht's dem Mondgesicht?«

»Er leidet. Hast du es ihm gesagt?«

»Claro«, sagte sie, als wäre für sie nichts selbstverständlicher. »Hab Dany einen Kasten Kölsch und ein paar Schachteln Kippen spendiert und Holger gesagt: ›Dich kann man mir nackt auf den Bauch binden, und es passiert nichts.‹ Das ist doch deutlich genug, oder?«

»Nichts von wegen, ›aber wir können doch Freunde bleiben‹?«

»Ich halt nichts von großen Worten«, tönte sie. »Klar helfe ich ihm, wenn er in der Scheiße steckt, er hat was gut bei mir. Aber ich werde mir nicht wochenlang sein Jammern anhören, wenn du das meinst …«

Dafür war ich dann zuständig, das war mir schon klar.

»Scarlett«, kam ich endlich auf den Grund meines Anrufes zu sprechen. »Denk noch mal über den Abend nach, an dem du das Gedicht aus dem Müll geholt hast. Da hast du nicht zufällig noch einen Zettel mit Telefonnummern gefunden?«

»Na hör mal!«, empörte sie sich. »Meinste, ich untersuch deinen Müll, oder was? Gut, ich hab das Gedicht rausgefischt, weil ich wissen wollte, mit was der Brad-Pitt-Verschnitt Eva aus dem Häuschen bringen konnte. Aber sonst interessiert mich das einen Scheiß. Apropos Weiße Lilie. Ist es okay, wenn ich nächsten Mittwoch wieder loslege? Vorher schnei ich mal rein und hol Otto ab.«

Der einzige Vorteil, den die geringe Zahl der Gäste hatte, war ein früher Feierabend. Eva begleitete mich zu meinem Punto, ich wollte sie und die Angel in Dellbrück vorbeibringen, bevor ich nach Hause fuhr.

In Tayfuns Küche brannte Licht, und auch die Schreibtischlampe in Riegers Observierungszimmer leuchtete. Der alte Soldat schien eine ruhige Nacht zu haben, kein Stöhnen drang auf die ruhige Regentenstraße. Wir waren die einzigen Fußgänger. Ein milchiger Vollmond stand am sternenleeren Winterhimmel, in der Ferne hörte man das Brummen eines Flugzeugs, das in der Einflugschneise seine Landung auf Köln-Bonn vorbereitete. Eva erzählte von der Überraschungsfete, die sie zum Geburtstag ihres Dachdeckers vorbereitete, und ich vergrub die kalten Finger in meinem Trenchcoat und sehnte mich nach einer heißen Badewanne und meinem Bett.

Es war Zufall, dass ich einen Blick auf die Batterie leerer Flachmänner warf, die mir beim Einparken aufgefallen war, und den im Gebüsch versteckten Körper dahinter erblickte. In mir läuteten sofort alle Alarmglocken. Wo war der nächste sichere Ort? Kurts Vielharmonie oder das Café Vreiheit?

»Lauf so schnell du kannst zur Vreiheit«, zischte ich Eva zu. »Im Gebüsch ist einer.«

Aber da klirrten schon die Flachmänner, fielen um wie Dominosteine, und aus dem Gebüsch schnellte der massige Körper von Schlangenzunge auf uns zu.

»Hilfe!«, brüllte ich, zog die verdatterte Eva am Arm und rannte los, kam aber nicht weit, denn aus dem Schatten der Kirche trat uns Stechauge mit gezücktem Messer entgegen.

»Heut für jeden eine«, sabberte Schlangenzunge hinter mir. »Nimm du zuerst die Blonde, mit dem Breitarsch hab ich noch eine Rechnung offen.«

Ich drehte mich zu ihm um, sah, dass er in seinen Händen einen Baseballschläger schwang.

»Hilfe«, versuchte ich erneut zu brüllen, aber nur ein kaum zu vernehmendes Piepsen verließ meinen Mund. Bodenlose, fassungslose, unendliche Angst schnürte mir die Kehle zu. Wie aus der Ferne registrierte ich, dass Evas Stimme nicht versagte. Sie schrie um Hilfe, aber in den umliegenden Häusern ging nirgendwo ein Licht an.

»Halt dich mit dem Rücken zu mir«, befahl Eva zwischen den Hilferufen leise. »Damit keiner von hinten angreifen kann. Und schrei weiter.«

Weiterschreien war gut. So sehr ich mich auch mühte, es blieb bei diesem fast stimmlosen Piepsen. Mein Herz raste, gleichzeitig klebten meine Füße bleischwer am Boden fest. Ich war Schlangenzunge ausgeliefert wie ein zittriges, hilfloses Kaninchen. Evas erneute Hilferufe verhallten ungehört in der Mülheimer Nacht, und wie zum Hohn fuhr ein Wagen durch die Ratsstraße, ohne unsere Not zu beachten.

»So billig wie das letzte Mal kommst du mir nicht mehr davon«, drohte Schlangenzunge und hieb mir den Schläger in die Seite. Ich taumelte von Eva weg und würgte das Hasenfilet nach oben, als mich der nächste Schlag in den Bauch traf. – Du hättest es sagen sollen, von Anfang an, dachte ich verzweifelt. Wenn du das Geld direkt bei der Polizei abgegeben hättest, dann würde dich dieser widerliche Typ jetzt nicht umbringen wollen. Jetzt war es zu spät, obwohl ich nun alles sagen würde, alles. Wie in meinem Traum.

»Aufhören, aufhören«, hörte ich meine Stimme flennen. »Ich gebe euch alles, was ich habe. Wenn ihr nur aufhört!«

Hinter mir stieß Eva einen spitzen Schrei aus. Eva, der Stechauge mit dem Messer zusetzte, Eva, die jetzt vielleicht auch sterben musste, und alles wegen fünfzigtausend Euro. Niemals hätte ich sie oder Holger in die Sache hineinziehen dürfen.

Der nächste Schlag traf mich in die Kniekehle und ließ mich zu Boden gehen. Ich landete auf den umgekippten Flachmännern, roch die Reste von billigem Fusel, merkte, wie sich ein Glassplitter in meine Wade bohrte. Zu spät, alles zu spät. Letztes Mal war ich den beiden durch einen glücklichen Zufall entkommen, eine zweite Chance würde es nicht geben. Während der Schmerz meinen Körper durchzog, das geile, gierige Stöhnen von Schlangenzunge in meine Ohren stach, mir sein beißender Schweißgeruch die Nase verstopfte, wollte ich nur noch eines: ohnmächtig werden, abtauchen in ein unendliches schwarzes Loch, mich auflösen, nicht mehr sein.

Der nächste Schlag traf mich in die Seite. Schlangenzunge wusste genau, was wehtat. Stöhnend schrammte ich zwischen den Flachmännern über den dreckigen Straßenbelag. Das scharfe Zipp-Geräusch eines Reißverschlusses durchfuhr mich wie das Sausen eines Fallbeils.

»Bitte nicht«, wimmerte ich, als ich eine warme Flüssigkeit auf meinem Hintern spürte und beißender Pisse-Gestank in meine Nase drang. Der Dreckskerl pinkelte auf mich. Warum, verdammt noch mal, wurde ich nicht ohnmächtig?

Ich hörte einen wütenden Schrei von Eva, und Stechauge jaulte: »Das wirst du mir büßen, du Schlampe!« Sie hatte ihm einen Schlag versetzt! Die Selbstverteidigungskurse ... Sie wusste, wie man solchen Typen wehtat. Auch ich sollte mich wehren! So viel war mir gelungen nach der schmerzhaften Trennung von Ecki. Ich hatte aus eigener Kraft etwas Neues geschaffen, einen lang gehegten Traum verwirklicht. Nein, ich wollte mich nicht von diesem Arschloch vergewaltigen lassen! Mit der rechten Hand und einer unbändigen Wut griff ich nach einem Flachmann vor mir auf dem Boden.

Schlangenzunge merkte es und riss mich an den Haaren nach oben. Während ich mit den Füßen Halt suchte, sah ich undeutlich die spitzen Zacken der zerbrochenen Flasche. Schlangenzunges stinkender Atem fegte mir in die Nase, und ich fuhr ihm mit dem kaputten Flachmann über seine widerliche Visage. Er ließ meine Haare los, packte mit den Händen nach seinem zerschnittenen Gesicht und heulte, aber nicht laut genug, um den schrillen Klang der Polizeisirene zu übertönen. Blut tropfte zwischen seinen Fingern auf die Erde, und wie ein verletztes Tier sondierte er fiebrig das Terrain, Stechauge, der mit dem Messer im Maul auf Eva kniete, tat dasselbe. Schon tauchte der Polizeiwagen in der Regentenstraße auf.

»Nichts wie weg!«, brüllte er Stechauge zu und schlingerte in Richtung Mülheimer Freiheit.

Stechauge stemmte sich von Eva hoch, war dabei aber nicht schnell genug, um Evas gezieltem Tritt in seine Lenden zu entgehen. Jaulend kniff er die Beine zusammen, Eva schnellte hoch, versetzte ihm einen weiteren Tritt. Erst jetzt sah ich, dass in einigen Wohnungen das Licht angegangen war, Anwohner aus dem Fenster hingen. Schon leuchteten die Scheinwerfer des Streifenwagens die Straße aus. Stechauge taumelte direkt darauf zu, Schlangenzunge dagegen verschluckte das nächtliche Mülheim.

»Zwei waren's!«, schrie eine ondulierte Grauhaarige aus einem der Häuser. »Der andere ist die Ratsstraße runtergelaufen.«

Während einer der Beamten Stechauge in den Wagen setzte, forderte der andere Verstärkung an. Ich wankte mit puddingweichen Knien zu dem Mäuerchen, auf dem die Flachmänner gestanden hatten, und setzte mich. Eva tat es mir gleich. Mechanisch zog ich mir den Splitter aus der Wade, ebenso mechanisch reichte mir Eva ein Papiertaschentuch, das ich auf die offene Wunde klebte. Der Hüftknochen, der vom ersten Schlag des Baseballschlägers getroffen wurde, schmerzte am meisten.

Mit einem kurzen, verstohlenen Blick musterte ich Eva. In den wirren Locken klebten kleine Holzstückchen, ihr Gesicht war weiß wie ein Kochkittel. Sie hatte aufgeschürfte Handrücken, wirkte aber ansonsten unverletzt. Keine von uns sagte ein Wort, scheinbar unbeteiligt verfolgten wir das polizeiliche Treiben, registrierten, dass auch Schlangenzunge festgenommen wurde. Jemand reichte uns einen lauwarmen Tee, den Eva auf der Stelle wieder auskotzte. Das hatte ich schon hinter mir. In meinem Mund ersetzte der fade Pfefferminzgeschmack den säuerlichen Restgestank von Erbrochenem.

Eva liefen leise die Tränen über die Backen, in Zeitlupe legte ich den Arm um ihre Schultern. Ich war zu leer, um zu weinen.

Eine weibliche Polizeibeamtin mit blondem Pferdeschwanz kniete sich auf Blickhöhe vor uns hin. »Sind Sie verletzt?«, fragte sie. »Soll ich einen Krankenwagen rufen?«

Eva schüttelte benommen den Kopf, und ich wollte auf keinen Fall ins Krankenhaus.

»Sind Sie vergewaltigt worden?«

Wieder schüttelte Eva den Kopf, und ich sagte: »Sie sind grade noch rechtzeitig gekommen.«

»Jemand aus der Nachbarschaft hat Ihre Hilferufe gehört«, meinte die Beamtin und bot an: »Sollen wir Sie nach Hause fahren?«

Wieder schüttelte Eva den Kopf, und ich würde sie nicht alleine lassen.

»Wir kommen klar«, meinte ich. »Mein Resto ist keine fünf Minuten von hier. Dort können wir uns ein bisschen frisch machen.«

Ich musste all meine Kraftreserven mobilisieren, um mich aufzurichten. Die Polizistin runzelte die Stirn. Man sah ihr an, dass sie mir nicht zutraute, auch nur zehn Meter zu gehen.

»Kennen Sie Rieger von der Mordkommission?«, fragte ich sie, aber das schien nicht der Fall zu sein. »Ich habe seine Handynum-

mer. Sie müssen ihn sofort anrufen, die zwei Arschlöcher haben was mit dem Kannibalenmord zu tun.«

Ich deutete auf meine Handtasche, die zwischen den umgekippten Flachmännern lag. Froh, etwas für mich tun zu können, hob die Beamtin sie auf und reichte sie mir. Ich suchte ihr Riegers Nummer heraus, nannte ihr meinen und Evas Namen und machte Eva ein Zeichen, dass wir gehen könnten. Die erhob sich mit schlafwandlerischer Leichtigkeit.

»Sagen Sie Rieger, er soll seine Observierungsnummer abblasen«, gab ich der blonden Polizistin mit auf dem Weg. »Und seinen angeblichen Schutz kann er sich sonst wo hinschmieren.«

»Ich brauche einen Schnaps«, entschied Eva und zerrte mich die Regentenstraße hinunter.

Einander festhaltend schlurften wir wie zwei uralte Frauen zur Weißen Lilie. Dort zog ich sofort den bepissten Trenchcoat aus und verschwand in der Toilette, um mir den Dreck abzuwaschen. Beim Blick auf die Uhr stellte ich fest, dass es keine Stunde her war, seit wir die Weiße Lilie verlassen hatten. Zog man den Polizeieinsatz ab, hatte Schlangenzunge mich nicht länger als fünf, sechs Minuten in seiner Gewalt gehabt. Dennoch waren mir diese Minuten der Pein unendlich lang erschienen. Meine Kraft reichte kaum, um ein paar Papiertücher zum Abtrocknen aus der Box zu ziehen, und meine Finger zitterten, als ich damit das Gesicht abwischte. Noch mal davongekommen. Ein zweites Mal Glück gehabt. Und diesmal wurden die Schweine eingelocht. Heute Nacht würden wir sicher sein. Ich betete darum, dass Rieger morgen die Wahrheit über ihren Auftraggeber aus den beiden Wichsern herausprügeln würde.

»Wo bleibst du?«, rief mich Eva. »Oder soll ich den Schnaps alleine leer saufen?«

Sie hatte beide Füße auf einen zweiten Stuhl gelegt und saß vor Kerners Anrichte. Auf dem Tisch vor sich eine Flasche von Anna Gallis Topinambur und zwei gefüllte Gläser. Ihres leerte sie mit einem Zug.

»Laut um Hilfe schreien! Sich bemerkbar machen!‹ – diese Tipps hab ich immer für Humbug gehalten in den Selbstverteidigungskursen«, nuschelte sie. »Und ausgerechnet das hat uns gerettet!« Ungläubig schüttelte sie den Kopf und goss sich nach. »Zwar hat sich keiner von den braven Bürgern getraut, uns zu helfen, aber sie haben immerhin die Polizei gerufen.«

Ich griff nach meinem Schnapsglas und lehnte mich damit gegen die Anrichte. Ich wusste genau, wenn ich mich wie Eva setzte, würde ich diese Nacht nicht mehr aufstehen.

»Meinen tausendfach trainierten Fußtritt dagegen hat die widerliche Ratte wie nix abgewehrt. Wendig meinen Fuß festgehalten, und schon lag ich am Boden.«

Die Szene wohl vor ihrem geistigen Auge, kippte sie blitzschnell den zweiten Schnaps in sich hinein, und ich tat es ihr mit meinem gleich. Warm brannte der Alkohol, riss mir für einen Augenblick fast die Magenwände auf und tat dann nur noch gut. Rossler, Borbler, Magebutzer nennt man diesen Schnaps im Badischen. Genau das Richtige, wenn es einem beschissen ging.

»Von was für Geld hast du gesprochen?«, fragte Eva unvermittelt. »Du hast geschrien. Ich geb's euch. Ich geb's euch!«

»Hab ich das?«, fragte ich mehr irritiert als geschockt, weil ich überhaupt nicht mehr wusste, was ich in der Situation gesagt und was ich gedacht hatte. »Man sagt doch alles in so einer Situation.«

»Was weiß ich! Keine Ahnung«, nuschelte sie bei einem erneuten Griff nach der Flasche. »Hätt ja sein können, du hast das Geld gefunden!« Sie grinste mich mit glasigen Augen an, und ich wusste, sie war schon ziemlich besoffen.

»Quatsch«, murmelte ich. »Ich ruf Ben an, damit er dich abholt.«

»Bevor die Flasche leer ist, geh ich nicht«, widersprach sie nach einem weiteren Schnaps.

Meine Finger trafen kaum die Handytasten, um Bens Nummer zu wählen, so erledigt war ich.

»Wo hast du's verbuddelt, Katharina? Im Keller?«, machte Eva weiter und trank jetzt direkt aus der Flasche. »Hol's hoch, ich will auch einen Teil davon abkriegen. Habe ich mir nach dieser Nacht redlich verdient!«

»Du spinnst!«

»Komm schon, Katharina«, lallte sie aufmunternd. »Das Geld

muss hier sein. Warum sonst der ganze Aufstand? Ich hab's nicht, Holger ist zu blöd für so was, Scarlett wäre damit sofort in die Südsee gejettet, bleibst nur noch du!«

»Du redest Unsinn! War alles ein bisschen viel heute«, murmelte ich und vertraute darauf, dass Ben bald auftauchen würde. Durch den Schnaps sah Eva verdammt klar, ich hoffte, dass der Rest des Topinambur ihren Verstand dermaßen vernebelte, dass sie sich morgen an nichts mehr erinnerte. Ich nahm ihr die Flasche aus der Hand und goss ihr Glas voll. Sie leerte es im Nu, bedeutete mir, nachzuschütten. Ich tat ihr den Gefallen.

Zwei Schnäpse später hörte ich draußen einen Wagen vorfahren, und einen Moment später trat Tayfun durch die Tür.

»Was machst du denn hier?«, fragte ich blöd.

»Stimmt es, was man bei Kurt erzählt?« Seine Stimme klang besorgt. »Du bist schon wieder zusammengeschlagen worden?«

»Häbuu«, hickste Eva und sackte mit dem Kopf auf die Tischplatte.

»Oder«, er deutete auf Eva, »ist das nur ein kleines Besäufnis im Damenkränzchen?«

Bevor ich antworten konnte, stürzte Ben herein, direkt auf seine Eva zu. Die hob kurz den Kopf, grinste ihn dämlich an und fing an zu schnarchen. Er packte sie wie King-Kong die weiße Frau, stürmte nach draußen, setzte sie ins Auto, kam noch mal wieder.

»Eins sage ich dir«, brüllte er mich an. »Wenn's nach mir geht, kommt Eva nicht wieder. Das ist schlimmer als ein Irrenhaus, das ist die Hölle hier!«

Kurze Zeit später hörten wir den Wagen starten. Immer noch lehnte ich an der Kerner'schen Anrichte und goss mir den letzten Tropfen Schnaps ein. Tayfun sah mich fragend an.

»Bring mich nach Hause«, sagte ich.

In der Kasemattenstraße herrschte Nachtruhe. Ich schlängelte mich durch die Bücherreihen im Flur zu meinem Zimmer, machte Licht, pfefferte die Schuhe in eine Ecke.

»Soll ich wieder gehen?«, fragte Tayfun, der mir bis zur Tür gefolgt war.

»Glaub ja«, murmelte ich und griff nach dem Zettel auf meinem

Schreibtisch. Er war von Ecki: »23 Uhr. Warte bei Marie auf der Deutzer Freiheit auf dich. Magst kommen? Servus, Ecki«.

Draußen zog Tayfun die Wohnungstür hinter sich zu. Ich stolperte durch die Bücherreihen zurück und rief die Treppe hinunter: »Bleib!«

Auch wenn mir das wahrscheinlich keiner glaubt, aber in dieser Nacht hatte ich den besten Sex meines Lebens.

*

Im trüben Winterlicht wirkte mein weißes Zimmer am nächsten Morgen kalt, und der Mann in meinem Bett war mir fremd. Ich rollte mich von ihm weg, setzte mich auf. Von der Hüfte aus stach der Schmerz in meinen Körper, sofort erschien die kleine Ewigkeit, die ich in Schlangenzunges Gewalt gewesen war, vor meinen Augen. Mochte er in der Hölle schwitzen!

Ich griff nach dem Morgenmantel am Boden, streifte beim Hinausgehen meinen Schreibtisch, auf dem immer noch Eckis Nachricht lag. Ich knüllte den Zettel zusammen und warf ihn in den Papierkorb. Im Badezimmer hörte ich die Brause laufen.

»Kuno«, rief ich durch die verschlossene Tür. »Denk dran, ich will gleich nach dir duschen!«

In der Küche brodelte die Kaffeemaschine, und neben dem Wasserkocher hatte sich Kuno einen Becher mit einem Beutel grünen Tee parat gestellt. Adela schlief noch. Ihr fiependes Schnarchen hatte ich im Flur auf dem Weg zum Badezimmer gehört. Das Telefon im Flur klingelte, als ich mir einen viel zu starken Kaffee aus der erst halb durchgelaufenen Kanne eingoss.

»Gott sei Dank«, hörte ich einen erleichterten Rieger sagen. »Nach zehn unbeantworteten Nachrichten auf Ihrem Handy habe ich befürchtet, Sie sind irgendwo zusammengebrochen. Es war unverantwortlich von den Kollegen, Sie gestern Nacht gehen zu lassen.«

»Plötzlich so fürsorglich? Das fällt Ihnen aber früh ein!« Ich rieb mir die schmerzende Seite. Spätestens seit gestern Nacht konnte mich Rieger kreuzweise.

»Vergewaltigung, gefährliche Körperverletzung. Kevin Schmitz und Dennis Schramm, die zwei Typen von gestern Nacht, sind keine Unbekannten für uns.«

»Ach ja?«, höhnte ich. »Und warum haben Sie mir nie Fotos von denen gezeigt?«

»Sie sind nie mit Schutzgelderpressungen aufgefallen«, erwiderte er knapp und drängelte dann: »Wir brauchen unbedingt Ihre Zeugenaussage. Vor allem die Gewissheit, dass es beide Male die gleichen Typen waren. Wann können Sie hier sein? Soll ich Ihnen einen Wagen schicken?«

»Ein Wagen soll mich abholen?« In mir stieg die Wut auf, die ich gestern unter Schlangenzunges Demütigung entwickelt hatte. »Wäre nett gewesen, den gestern Abend zum Nachhausefahren gehabt zu haben. Dann wäre mir und Eva Hochstetten nämlich einiges erspart geblieben. Soll ich Ihnen die Stellen zeigen, wo er mich mit dem Baseballschläger erwischt hat?«, schrie ich. »Einer Vergewaltigung sind wir nur knapp entkommen. Vielleicht hätten uns die Arschlöcher umgebracht. Und Sie denken nur an Ihre blöde Zeugenaussage.«

Kuno schlich nur mit einem Badetuch bekleidet an mir vorbei und bedeutete mir ohne Worte, dass ich das Badezimmer jetzt benützen könne.

»Natürlich verstehe ich Ihre Wut«, antwortete Rieger, ganz psychologisch geschulter Bulle, »nur kann ich die Typen nicht länger festhalten, wenn Sie und Frau Hochstetten nicht gegen sie aussagen. – So sind die Spielregeln. Hab ich nicht gemacht. Also, wann kommen Sie?«

Auf gar keinen Fall! Die zwei sollten auf gar keinen Fall wieder auf freien Fuß kommen. Lebenslänglich hinter Gittern sehen wollte ich die beiden.

»So in einer Stunde könnte ich bei Ihnen sein«, knurrte ich.

»Ich schicke Ihnen einen Wagen und rufe jetzt Frau Hochstetten an.«

Durchs Badezimmer zog ein eisiger Luftzug. Kuno hatte den Boden notdürftig gewischt und das Fenster aufstehen lassen. Immerhin ein Fortschritt, trotz der kalten Luft. Mit der heißen Brause wusch ich den Dreck der letzten Nacht ab. Die Schnittwunde an der Wade fing unter dem warmen Wasser leicht an zu bluten, ein rot gefärbter Strahl floss in den Abfluss. Die blauen Flecke an meinem Körper zählte ich nicht mehr. Mit einem neuen Pflaster auf der Schnittwunde und in Frottee verpackt stampfte ich zurück in mein Zimmer.

Tayfun war aufgewacht, und im Radio sang Katie Melua »This is the closest thing to crazy I have ever been ...«

»Guten Morgen«, sagte er und schlug die Bettdecke zur Seite.

Er reckte sich, und unter seiner kupferfarbenen Haut konnte ich jede einzelne Rippe zählen. Er hatte einen wunderschönen, begehrenswerten Körper, und die Erinnerung an die gestrige Nacht durchfuhr mich mit fast schmerzhafter Intensität.

»Feeling twentytwo, acting seventeen«, sang Katie Melua. Mein Gott, wie lang war das her? Konnte man sich jemals wieder so bedingungslos verlieben wie mit siebzehn?

»Zeigst du mir, wo das Badezimmer ist?« Mit Schwung hüpfte Tayfun aus dem Bett. »Wie hast du geschlafen?«, fragte er auf dem Weg ins Bad und strich mir dabei zärtlich über die Wange.

Gestern Nacht hatten unsere Körper die Fremdheit zwischen uns überwinden können, aber jetzt, wo mein Verstand wieder halbwegs arbeitete, drängten sich die offenen Fragen in den Vordergrund. Woher war er gestern so plötzlich gekommen? Warum führte der unterirdische Gang von meinem Keller in sein Haus? Was für Schulden hatte er bei diesem Typen mit der Knollennase? Überhaupt: Wie lebte er? Was dachte er? Wie fühlte er? Abgesehen von dem kurzen Ausflug in das arabische Resto am Eigelstein, wo wir uns auf dem fliegenden Teppich näher gekommen waren, hatte es seither eher Abgründe als Brücken zwischen uns gegeben.

Ich holte den zerknüllten Zettel von Ecki aus dem Papierkorb und betrachtete die vertraute Handschrift. Ecki kannte ich wirklich gut. Noch heute konnte ich mir problemlos den Geruch seines Körpers ins Gedächtnis rufen, ich wusste, was er zum Frühstück mochte, und brauchte in einem Resto nur einmal die Speisekarte zu lesen, um zu wissen, was er bestellen würde. Auf viele Fragen wusste ich seine Antworten im Voraus, ich erinnerte mich genau an die Dinge, die ihn zum Lachen brachten, würde heute noch blind jede Mehlmotte tot schlagen, weil ich wusste, wie sehr er sich davor ekelte. War das das Schwierigste bei einer Trennung? Dieser Verlust von Vertrautheit? Das Wegbrechen dieser gewachsenen Nähe, wegen der man sich einbildete, nicht mehr allein zu sein?

Als Tayfun aus dem Badezimmer zurückkam, warf ich den Zettel zurück in den Papierkorb.

»Kuno lässt es sich nicht nehmen, einen Schwarztee für mich zu kochen«, erzählte er, während er in Jeans und Pullover schlüpfte. »Er fährt gleich mit mir nach Mülheim, um die Bänder der gestrigen Nacht zu sichten. Vielleicht findet er etwas, das hilft, die Dreckskerle zu identifizieren.«

»Rieger weiß schon, wer sie sind«, antwortete ich. »Zwei deutsche Schlägertypen, der eine ist schon wegen Vergewaltigung, der andere wegen schwerer Körperverletzung verurteilt worden.«

»Und über die Hintermänner? Weiß er über die schon was?«

»Keine Ahnung. Ich muss gleich zu ihm, dann erfahre ich vielleicht mehr.«

»Ich wünsche dir so sehr, dass diese Scheiße bald ein Ende hat!« Er nahm meine Hand und küsste sie. »Das würde auch uns beiden gut tun, meinst du nicht?«

Wieder durchfuhr mich diese Sehnsucht nach friedlichem Alltag wie gestern beim Kochen. Mit Sicherheit würden wir viel schneller herausfinden, ob wir zueinander passten, wenn endlich dieses Pulverfass entschärft wäre. Aber dazu musste ich erst sicher sein, dass Tayfun nicht ein Teil des Pulvers war.

»Wusstest du, dass es einen unterirdischen Gang zwischen deinem Haus und der Weißen Lilie gibt?«

»Nein!«, rief er entrüstet. »Keiner im Haus wusste davon. Erst durch die Befragung der Polizei haben wir davon erfahren. Aber selbst wenn, was hieße das? Unterstellst du mir tatsächlich«, fuhr er fort, und in seinen Augen erkannte ich das eisige Funkeln wieder, das ich darin gesehen hatte, als ich ihm spätnachts die Nachricht von seinem knollennasigen Bekannten überbracht hatte, »in deinem Restaurant Feuer zu legen und dann ein paar Tage später mit dir ins Bett zu gehen? Du bist ganz schön krank, wenn du das denkst!«

»Du brauchst überhaupt nicht eingeschnappt zu sein«, schoss

ich zurück. »Versetz dich mal in meine Lage. Du würdest mich das Gleiche fragen! Schließlich kennen wir uns kaum.«

Was machte ich da? Wenn einer in diesen letzten schweren Wochen immer zur rechten Zeit am rechten Ort gewesen war, dann Tayfun. Er hatte mich gerettet, beschützt, gepflegt, geliebt, und mir fiel nichts anderes ein, als ihn mit Vorwürfen zuzuschütten.

»Und nur weil wir uns kaum kennen, komme ich für dich als Verdächtiger in Frage!« Er griff nach seiner Jacke, und in seinem Gesicht spiegelte sich eine Mischung aus Verletztheit und Wut. »Kaum kennen!«, schnaubte er. »Du hast mir bis jetzt keine Gelegenheit gegeben, das zu ändern. Ist besser, wenn wir uns nicht wieder sehen.«

»Na klasse!«, keifte ich. »Da trete ich dir ein bisschen auf die Füße, und schon nimmst du Reißaus!« Ich konnte mich nicht bremsen, es sprudelte einfach so aus mir heraus. »Denk doch mal an die Geschichte in der Weidengasse! Da bedroht dich ein fremder Türke, und du erklärst mir mit keinem Wort, warum und wieso. Ein paar Tage später läuft mir dieser Mann zufällig über den Weg, behauptet, dass du ihm Geld schuldest! Dein einziger Kommentar: ›Das geht dich nichts an!‹ Nein, wirklich nicht? In einer Zeit, in der ein Mann vor meiner Tür erschossen wird, ich bedroht werde, ich durch die Lage meines Restos in eine Mafiageschichte geschlittert bin, da möchte ich doch zumindest sicher sein, dass der Mann, mit dem ich ins Bett gehe, nichts damit zu tun hat«, tobte ich. »Wenn das zu viel verlangt ist, dann ist es wirklich besser, du verschwindest aus meinem Leben. Subito!«

Tayfun seufzte lang und anhaltend und legte dann die Jacke zurück.

»Ist 'ne Familienangelegenheit«, sagte er irgendwann. »Der Typ ist mein Cousin!«

»Familienangelegenheit«, echote ich, immer noch wütend. »Und wieso redest du nicht darüber?«

»Das ist schwierig«, antwortete er und sah mich jetzt ruhig an. Die Wut und die Kälte waren aus seinem Blick gewichen. »Ich bekleckere mich in der Angelegenheit nicht mit Ruhm. Kann sein, dass ich dir mal davon erzähle. Aber dazu muss ich dich besser kennen. Und wenn wir schon beim Thema Offenheit sind: Wer ist

Ecki? Als ich heute Nacht pinkeln ging, war der Zettel auf deinem Schreibtisch nicht zu übersehen, jetzt ist er weg.«

Was geht dich das an?, durchfuhr es mich wie ein Blitz. Aber natürlich: genauso viel und genauso wenig wie mich die Sache mit seinem Cousin.

»Auch 'ne Familienangelegenheit«, antwortete ich nach einiger Zeit. »Jemand, mit dem ich mal alt werden wollte.«

»Ach so.«

So geht das nicht, dachte ich. Nicht der richtige Zeitpunkt für eine neue Liebe. Tayfun griff erneut nach seiner Jacke.

»Bis irgendwann«, sagte er, und die Traurigkeit in seinen Augen stach mir ins Herz.

»Hey!« Ich machte einen Schritt auf ihn zu. »Ist eine Scheißzeit, und meine Nerven sind schwer strapaziert. Kuno hat Tee gekocht …«

»Du bist 'ne merkwürdige Frau, Katharina!« Das schmale Lächeln verstärkte die Traurigkeit seines Blicks.

»Weder siebzehn noch zweiundzwanzig!«, spielte ich auf Katie Meluas Liebeslied an. »Vielleicht wird man schrullig im Alter, weil man so viele Päckchen zu tragen, so viele Wunden zu pflegen hat.«

»Jetzt werd bloß nicht weinerlich! Du bist noch nicht vierzig. Hast noch mal so viele Jahre vor dir, wie du bist jetzt gelebt hast. Wenn du diese lange Zeit nur mit Päckchen schleppen und Wunden lecken verbringen willst, bitte schön!«, ereiferte er sich, und die Traurigkeit wich Empörung. »Dann hat halt nichts Neues in deinem Leben Platz!« Er ging schnell zur Tür. »War echt nett, dich gekannt zu haben!«

»Warte!«, rief ich ihm hinterher und merkte schmerzhaft, dass ich ihn nicht gehen lassen wollte. »Ich bin ziemlich durch den Wind. Aber wenn das vorbei ist, würde ich dich gerne ein bisschen näher kennen lernen.« Ich lächelte ihn aufmunternd an.

»Komm, lass uns Tee trinken gehen«, schlug Tayfun vor und lächelte ein wenig zurück.

In der Küche wartete ein für vier Personen gedeckter Frühstückstisch. Adela saß in ihrem plüschigen Morgenmantel, einen großen Pott Kaffee zwischen den Händen, auf ihrem Stuhl. Kuno, ganz eifriger Hausmann, wieselte zwischen Kühlschrank, Herd und Tisch hin und her und ließ sich aufatmend neben Adela nieder, als er jedem von uns ein Frühstücksei in den Becher gestellt hatte. Er nickte Tayfun wohlwollend zu, während mich Adela mit besorgtem Blick streifte. Beide griffen danach sofort zur Zeitung, versteckten ihre Neugier hinter in Blei gesetzten Neuigkeiten.

Ich köpfte mein Ei, schnitt eine Brotscheibe in schmale Streifen und tunkte einen nach dem anderen in das dickflüssige Eigelb. Tayfun aß nichts, betrachtete lange den Tee, den Kuno ihm hingestellt hatte, wickelte dann sorgfältig die Teebeutelschnur um den Teelöffel, drückte den Schwarzteebeutel aus, legte ihn auf die Untertasse und setzte zum Trinken an. Hinter Sport und Lokalem raschelte es. Tayfun ließ seine Augen ziellos durch die Küche reisen, die immer noch genauso hässlich war wie zum Zeitpunkt meines Einzuges. Billige grauweiße Resopal-Einbaumöbel, die Adela Anfang der achtziger Jahre erstanden und nie mehr ausgetauscht hatte. Falls ich länger in der Kasemattenstraße leben und mal mehr Geld verdienen sollte, würde ich hier als Erstes investieren.

»Den Mann kenn ich!«

Tayfuns Reise hatte am Kühlschrank geendet, wo immer noch das Bild von Mehmet Gürkan hing. Zwei Zeitungen und ein Brotstreifen sanken nach unten, und drei interessierte Augenpaare richteten sich auf ihn.

»Ich weiß nicht, wie er heißt, aber ich weiß genau, dass ich diesen Mann in den letzten Tagen gesehen habe«, sagte er. »Ich erinnere mich hervorragend an Gesichter, und den stechenden Blick hinter diesen buschigen Augenbrauen habe ich gesehen.«

»A bissele präziser got's net?«, fragte Kuno, der vor Aufregung ins Schwäbische rutschte.

»Wer ist der Mann?«, wollte Tayfun wissen.

»Ein rechtsrheinischer Gangsterboss«, antwortete ich. »Rieger vermutet, dass er hinter dem Mord und den Anschlägen auf uns steckt.«

»Wo, verdammt noch mal, habe ich den Kerl gesehen?« Tayfun sprang auf. »Ich habe ihn nur gesehen, nicht gesprochen, denn an seine Stimme habe ich keine Erinnerung.«

Wir starrten ihn noch eine Weile erwartungsvoll an, aber Tayfun fiel nicht ein, wo er Gürkan gesehen hatte.

»Ja, das Gedächtnis«, nickte Kuno. »Wenn man es so fordert, lässt es einen gerne im Stich. Ich wette, es fällt dir wieder ein, wenn du am wenigsten dran denkst. – Ich würde mir gerne die Bänder von heute Nacht ansehen. Wär's dir recht, wenn wir bald fahren?«

Immer noch damit beschäftigt, seine Erinnerung zu durchforsten, reagierte Tayfun erst, als Kuno die Frage wiederholte.

»Ich bin so nah dran«, haderte er erregt mit sich selbst. »Ich sehe den Typ so deutlich vor mir wie in einer Filmszene. Man kennt den Schauspieler, kann sein Aussehen beschreiben, fünf weitere Rollen aufzählen und kommt doch nicht auf den Namen.«

Kuno küsste Adela zum Abschied, während der zwischen Tayfun und mir zu einer ungelenken Umarmung geriet. Ich wollte danach schnell den Tisch abräumen, aber Adela hielt mich zurück.

»Schätzelchen, ich hatte heute Nacht einen furchtbaren Alptraum«, seufzte sie. »Du bist in einen Sumpf aus nassen Fünfhunderteuroscheinen hineingezogen worden, und ich konnte dich nicht retten. Ich habe in letzter Zeit so viel Angst um dich, und wenn ich höre, was heute Nacht passiert ist, ist diese Angst völlig berechtigt.«

»Die zwei Arschlöcher sind erst mal hinter Schloss und Riegel«, meinte ich.

»Austauschbare Schlägertypen, die im Auftrag von Mehmet Gürkan oder diesem Carlos handeln«, wischte sie meinen Einwand vom Tisch. »Das weißt du so gut wie ich. Solange die Hintermänner nicht gefasst sind und diese weiter das Geld in der Weißen Lilie vermuten, bleibst du in Gefahr. Du kannst dich weder auf die Polizei noch auf Kuno und seine Pensionisten verlassen. Also: Was willst du zu deinem Schutz tun?«

Ich wusste genau, was sie meinte und dass sie Recht hatte. Aber ich konnte nicht, noch nicht.

»Da hängt so viel von mir drin«, verteidigte ich mich. »So viel Herzblut, so viel Mut zur Eigenständigkeit. Ich kann die Weiße Lilie noch nicht aufgeben.«

»Muss noch jemand sterben, bevor du das tust?«

»Jetzt mal den Teufel nicht an die Wand!«

Die Türklingel unterbrach uns. Der Wagen, der mich zum Präsidium bringen sollte.

»Bis jetzt hat dein Schutzengel halbwegs auf dich aufgepasst«, meinte sie sarkastisch. »Da kann ich nur hoffen, dass er's weiter tut, damit ich nicht bald hinter deinem Sarg herlaufen muss.«

»Wir sind in Köln, Adela! Et hätt noch immer jot jejange!«

Ich zog einen dicken Pullover über und schlüpfte in meine Jeansjacke. Nachdem ich jetzt auch den warmen Trenchcoat in den Müll schmeißen musste, hatte ich keine Wintermäntel mehr.

»Wenn du nicht alle zwei Stunden mein Handy anpiepst, sperr ich dich in dein Zimmer ein, damit dir nichts passiert«, drohte sie mit einem lachenden und einem weinenden Auge.

»Das ist das erste Mal, dass du mich an meine Mutter erinnerst.«

»Blöde Kuh«, konterte sie und kramte eine Spraydose aus ihrer Handtasche.

»Tränengas. Kann dir vielleicht nützlich sein.«

»Ich pass auf mich auf!«

Sie drückte mich so fest, dass mir fast die Luft wegblieb. Unten wurde die Klingel energischer gedrückt. An der Eingangstür drehte ich mich noch mal um.

»Wie sah Ecki aus?«

»Gut. Hat mir eine indische Oldtimer-Zeitschrift mitgebracht!«

Sie grinste. Ecki teilte ihre Leidenschaft für alte Autos. Als er mich vor fast zwei Jahren in der Kasemattenstraße besuchte, hatte er Adela damit genauso für sich eingenommen wie mit seinem Wiener Charme. Das schien er auch heute noch zu können.

Das Klingeln steigerte sich weiter. Bevor die ungeduldigen Streifenbeamten die Kasemattenstraße stürmten, hetzte ich, immer zwei Stufen auf einmal nehmend, nach unten. Dabei sah ich Ecki neben Adela in der Küche sitzen, wusste genau, dass sie ihm alles erzählt hatte. Ecki! Was immer der Grund seines Besuches sein mochte: Mich würde er nicht mehr so leicht um den Finger wickeln.

*

Zehn Minuten später brachte mich der Aufzug des Polizeipräsidiums in Riegers Etage. Beim Aussteigen geriet ich in einen Trupp schwer bewaffneter Beamter, die eilig auf dem Weg nach draußen waren und den Geruch von Männerschweiß und Hektik zurückließen.

Die Tür zu Riegers Büro stand offen, schon von weitem hörte ich ihn telefonieren. Er machte mir ein Zeichen einzutreten, und ich setzte mich neben Eva, deren Schönheit heute durch gräulichblasse Haut und dicke Ringe unter den Augen beeinträchtigt war.

»Mein Schädel brummt vielleicht«, stöhnte sie zur Begrüßung.

»Kein Wunder. Du hast eine halbe Flasche vierzigprozentigen Schnaps gesoffen.«

»Auweia ...«

Aus dem Fenster sehend, eine Hand in der Hosentasche, die andere am Ohr, telefonierte Rieger leise weiter. Hinter seinem Kopf blickte man auf den Stahlbogen der Köln-Arena.

»Und wie geht's dir?«, fragte Eva.

Ich zuckte mit den Schultern und rückte nervös auf meinem Stuhl hin und her. Wenn Rieger nicht schnell sein blödes Telefon weglegte, würde ich wieder gehen. Was war das denn für ein Stil, mit Leuten umzugehen? Zwei Minuten, mehr Zeit würde ich ihm nicht einräumen. Neben mir stöhnte Eva weiter.

»Hat Ben sich wieder beruhigt?«, fragte ich sie.

»Du hättest ihn nicht anrufen sollen!« Eva rieb sich die schmerzende Stirn. »Er wird dann schnell so überfürsorglich. Das kann ich überhaupt nicht leiden. Jetzt wartet er unten im Wagen auf mich. Wollte, dass ich mich krankschreiben lasse, erst mal überhaupt nicht arbeite.«

»Ich könnte es dir nicht verdenken.«

Rieger telefonierte immer noch.

»Und dann poliere ich zu Hause meine Gartenzwerge und muss immer wieder an den scheußlichen Kerl denken!« Beim Versuch, den Kopf zu schütteln, stöhnte sie erneut auf. »Da arbeite ich lieber. Dabei vergesse ich eh alles andere.«

Ich nickte und wünschte mir vor allem, dass sie ihre hellen Momente von gestern Nacht vergaß, in denen sie bei mir nach dem Geld gebohrt hatte.

»Herr Rieger«, rief ich. »Wir warten jetzt schon seit zehn Minuten. Wenn Sie jemanden haben, der unsere Arbeit macht, bleiben wir sitzen, ansonsten …«

Genervt drehte er sich um und zischte: »Noch einen Moment!«, beendete dann das Gespräch aber erstaunlich schnell. »Mein Chef«, entschuldigte er sich. »Den kann ich leider nicht abwimmeln.«

Heute trug er ein petrolblaues T-Shirt mit der Aufschrift »Keep cool«. Das musste er auch bleiben, denn der Stapel auf seinem Schreibtisch war nicht niedriger geworden seit meinem letzten Besuch. Ganz obenauf lagen zwei Fotos, die er uns jetzt zeigte: Stechauge und Schlangenzunge. Er sah uns erwartungsvoll an, als sein Handy schon wieder klingelte.

»Nicht jetzt«, blaffte er. »Herrgott, das muss warten. Soll ich dir mal sagen, an wie vielen Fällen ich im Moment arbeite?«

Eva griff sich mit spitzen Fingern das Bild von Stechauge, und ich betrachtete das verletzte Gesicht von Schlangenzunge. Der Flaschenhals hatte ihm die linke Wange aufgerissen. Die Vorstellung, der Kerl könnte wieder auf freiem Fuß sein, schnürte mir vor Angst die Kehle zu.

»Mach deinen Scheiß alleine!«, schrie Rieger überhaupt nicht cool und steckte sein Handy in die Tasche.

Ich verstand Evas Widerwillen, genauestens zu berichten, wie Stechauge sie gequält hatte, auch für mich war es eine Tortur, die sechs Minuten Ewigkeit mit Schlangenzunge zu schildern. Rieger beruhigte uns zwischendurch immer wieder, versicherte, wie wichtig unsere Aussagen seien und dass die zwei schon aufgrund derer hinter Gitter bleiben würden, selbst wenn er ihnen keine Verbindung zu Mehmet Gürkan nachweisen könnte.

Zu behaupten, dass mich dies beruhigte, wäre gelogen. Konnte ja sein, dass Rieger mal gut in seinem Job gewesen war. Aber wenn einer immer mehr arbeiten muss, als er leisten kann, dann kann der Beste nicht mehr gut sein. In jedem Job gibt es Grenzen des Leistbaren, und Rieger machte den Eindruck, als hätte er diese längst überschritten.

Eva erwähnte übrigens mit keinem Wort, dass ich behauptet hatte, das Geld zu haben. Hatte der scharfe Topinambur das wirklich aus ihrem Gedächtnis gespült, oder würde sie von mir bei passender Gelegenheit einen Teil des Geldes einfordern? Auch dies keine wirklich beruhigenden Aussichten.

»Ich fahr noch mal mit Ben nach Hause und bin dann gegen vier in der Weißen Lilie«, sagte Eva im Aufzug. »Ich hoffe, es beruhigt ihn ausreichend, dass die Arschlöcher im Knast bleiben. – Ehrlich gesagt, ohne die schmerzverzerrte Fresse von dem Wichser, als ich ihn am Ende doch noch in die Eier getreten habe, könnte ich die Sache nicht so gut wegstecken. Du hast deinen auch ganz schön übel zugerichtet!«

Im Gegensatz zu Eva bereitete mir das im Nachhinein keine Genugtuung. Zweimal hatte ich verdammtes Glück gehabt. Die Angst, dass beim nächsten Mal nicht rechtzeitig Hilfe nahte, machte sich in meinem Inneren breit, ohne dass ich etwas dagegen tun konnte.

Ben erwartete uns im Foyer, und auch heute warf er mir einen bösen Blick zu, bevor er Eva in die Arme schloss. Als dann noch fast gleichzeitig der Graf auf mich zuschoss, wünschte ich mir, ganz woanders zu sein. Selbst die Küche meiner Mutter schien mir ein lieblicher Ort.

»Ich habe gehört, was passiert ist«, begrüßte er mich. »Lass mich dich zu einem Kaffee einladen.«

Er lotste mich zu einem der wenigen freien Tische der Cafeteria, in der Uniformierte und andere Mitarbeiter ihr Mittagsmahl einnahmen, das heute bei den meisten aus Linseneintopf bestand, und machte sich auf zur Theke. Mit Linsen habe ich lange nicht mehr gekocht, dachte ich, aber dass mir partout kein einziges Linsenrezept einfallen wollte, warf ein schlechtes Bild auf meinen Gesamtzustand.

Mit zwei Becher dampfendem Kaffee, mehrfach nach rechts und links grüßend, kehrte der Graf kurze Zeit später an den Tisch zurück.

»Ohne Milch, das war doch richtig?«

Ich nickte. Das Klappern der Löffel, der laute Gesprächsteppich, die ständige Lauferei zum Tresen, all das setzte die Hektik fort, die in Riegers Büro geherrscht hatte. Der Kaffee half mir nicht, meine

Erschöpfung zu vertreiben. Wieder tauchte die Küche meiner Mutter vor mir auf. Ich sah ihre zerbeulten Aluminiumtöpfe vor mir, die Fahrradständer des Schulhofes, auf die man vom Küchenfenster aus blickte, und dahinter die schneebedeckten Berge des Nordschwarzwaldes. Ich war wirklich am Ende, wenn ich mich nach diesem Ort sehnte.

»Nach dem ersten Überfall hätte dir Rieger Personenschutz geben müssen«, drang die Stimme des Grafen an mein Ohr. »Dann wäre die Sache gestern Abend nicht passiert. – Die Verhaftung von Schmitz und Schramm wird er als Erfolg verbuchen, obwohl er dafür keinen Finger gerührt hat.«

Das war mir so was von scheißegal! Dieser Krieg, den der Graf und Rieger führten, interessierte mich nicht mehr. Keiner der beiden hatte mich und Eva vor dem gestrigen Überfall schützen können. Sie benutzten mich, genau wie ich versucht hatte, sie zu benutzen. Adela hatte Recht, es war höchste Eisenbahn, sich aus dem Schussfeld zurückzuziehen, die Weiße Lilie aufzugeben. Ich hatte verloren.

»Hör mir genau zu, Katharina«, redete der Graf weiter auf mich ein. »Die letzten Tage habe ich damit zugebracht, am Täterprofil von Carlos II zu feilen. Er ist sehr intelligent und verfolgt verschiedene Strategien, wieder an sein Geld zu kommen. Die Schlägernummer hat er ausgespielt, weil sie in der Regel schnell und zuverlässig zum Erfolg führt, was aber hier nicht der Fall war. Das Feuer war nur ein Zeichen. Wie schon gesagt, bin ich überzeugt davon, dass die Weiße Lilie niemals abgebrannt wäre. Er wollte uns zeigen, dass er um unsere Präsenz weiß und sie umgehen kann. Ein Mann mit Humor, zweifelsohne. Was wir noch nicht in Erwägung gezogen haben, ist Folgendes: Carlos II könnte einen Maulwurf in der Umgebung der Weißen Lilie platziert haben. Jemanden, der von innen versucht, an das Geld zu kommen, jemanden, der nicht mit Bedrohung, sondern mit Schutz, Freundschaft, Liebe arbeitet. Also, denk genau darüber nach: Wen hast du seit dem Mord an Kutzner kennen gelernt, der eine solche Rolle spielen könnte?«

Tayfun, schoss es mir durch den Kopf, das alles würde auf Tayfun zutreffen.

»Misch dich nicht in meinen Fall ein!«, hörte ich Riegers Stimme knurren und schreckte hoch.

Er stand mit einem Teller Linsensuppe vor unserem Tisch und sah den Grafen ärgerlich an.

»Hör doch auf, den Platzhirsch zu spielen«, gab der zurück. »Ich kann mit Frau Schweitzer reden, über was ich will.«

Rieger beugte sich zu mir hinunter. »Falls er Ihnen von Carlos II erzählt«, sagte er, »glauben Sie ihm kein Wort. Ich sage das ungern«, fuhr er mit einem Seitenblick auf den Grafen fort, »weil dieser Mann mein Lehrmeister war, den ich sehr verehrt habe. Aber es gibt nur vage Vermutungen, nicht den winzigsten konkreten Hinweis, dass ein Big Big Boss hinter Mehmet Gürkan steht. – Hör auf, sie mit deiner Geschichte verrückt zu machen«, wies er den Grafen an. »Sie muss schon so genug durchmachen.«

»In deinem Hirn muss es irgendeine Blockade geben«, setzte der Graf zum nächsten Stoß an. »Nur so lässt es sich erklären, dass du dich seit drei Jahren weigerst, diesen Gedanken überhaupt zuzulassen. Zu deiner Loslösung von mir als mächtigem Übervater gehört, dass ich in diesem Fall nicht Recht haben darf. Und so kann dank dir einer der mächtigsten Kriminellen Kölns weiterhin unerkannt sein Unwesen treiben.«

»Muss ich dir noch mal unter die Nase reiben, was in dem psychologischen Gutachten zu deiner frühzeitigen Entlassung aus dem Polizeidienst gestanden hat?« Rieger knallte den Teller Linsensuppe auf unseren Tisch, und die braune Brühe schwappte über den Rand. »Hang zu Paranoia. Paranoia!«

Es passte alles, dachte ich. Tayfun hatte mich nach dem ersten Überfall schützend in seine Arme geschlossen, Tayfun war erst nach dem Brandanschlag aufgetaucht, obwohl wir schon eine Stunde früher verabredet gewesen waren, Tayfun hatte nach dem zweiten Überfall überraschend in meinem Resto gestanden, angeblich weil er bei Kurt davon erfahren hatte. Vielleicht war sogar die Nummer mit dem Cousin getürkt? Er gab vor, in Geldschwierigkeiten zu stecken, damit ich ihm von meinem Fund erzählte, er spielte den armen Schreiberling, damit ich ihm etwas von dem Geld abgab.

»Seit wann gibst du etwas auf die Meinung von Psychologen?«, höhnte der Graf. »Nenn mir einen Kollegen, dem sie keinen Hau anhängen. Ich wette, dir würden sie krankhafte Karrieresucht attestieren. Für den schnellen Erfolg trittst du jeden Gedanken zur Seite, der nicht dahin führt.«

Ich war auf einen Betrüger hereingefallen, auf jemanden, der mir Gefühle nur vorspielte. In kurzen Flashs tauchten Bilder von Tayfuns Bett, seinen feingliedrigen Händen, seinem Lachen vor mir auf. Alles nicht wahr.

Erst durch das abrupt verstummende Gespräch von Rieger und dem Grafen und durch die irritierten Blicke, mit denen sie mich musterten, merkte ich, dass es mein Handy war, das klingelte. Holger, der irgendetwas über den Speiseplan wissen wollte.

»Wir öffnen heute nicht«, murmelte ich.

Erst mal herrschte Funkstille.

»Geht nicht«, wehrte er sich dann. »After-Work-Party der Stefan-Raab-Truppe! Fünfunddreißig Leute! Hab siebzig Dörrpflaumen mit Speck umwickelt! Vierzig Koriandertartelettes im Ofen. – Was ist los?«

Ich wollte nicht reden, mich nicht auseinander setzen. Wenn Holger schon so weit mit den Vorbereitungen war, würde ich den Tag auch noch durchstehen, dachte ich. Dann ist morgen Schluss.

»In einer halben Stunde bin ich da«, sagte ich lahm und ließ Rieger und den Grafen mit ihrem Streit allein.

Draußen schleppten mich meine Füße zur U-Bahnhaltestelle Kalk Post, automatisch wechselte ich am Deutzer Bahnhof in die Bahn in Richtung Mülheim, ließ mich an der Haltestelle Keupstraße mit den türkischen Muttis und den schicken Medienfräuleins nach draußen drängen. Spukhaft schnell verliefen sich alle, ich blieb allein auf dem Bahnsteig zurück, wo ich eine Zeit lang stand wie bestellt und nicht abgeholt. Kälte kroch in die Zehen, auf dem Clevischen Ring heulte eine dicke BMW-Maschine, und ich fühlte mich ausgeknockt wie nach einem schweren Boxkampf. Irgendwann führten mich meine Füße zur Weißen Lilie, wo mir schon an der Eingangstür der Geruch von kross gebratenem Speck in die Nase stieg.

Holger unterbrach das Karamellisieren kleiner Zwiebeln und

starrte mich mit einer Mischung aus Angst und Besorgnis an. »Leg dich noch zwei Stunden aufs Ohr«, schlug er vor. »Die Vorbereitungen schaffe ich alleine!«

Aber da war ich schon in meinen Kochkittel geschlüpft. Lustlos rührte ich Avocadopüree, filetierte Orangen, entbeinte Tauben, formte Blätterteigschiffchen. Alle Handgriffe funktionierten so automatisch wie das Gehen, dabei war ich überhaupt nicht anwesend. Ich versank nicht wie sonst in meiner Arbeit. K.o. geschlagen und ausgezählt lag ich in einem imaginären Ring, konnte mich vor Schmerzen nicht mehr bewegen. Ich hatte verloren. Ich würde die Weiße Lilie dichtmachen.

Irgendwie überstand ich den Abend, so wie man fast alles übersteht, hatte die lärmende, derbe Stefan-Raab-Runde eh kaum wahrgenommen, mich hinter meinen Pfannen verschanzt. Später, nach Feierabend, fehlte mir die Kraft, Eva und Holger zu sagen, dass es aus war, sie sich einen neuen Job suchen mussten. Stattdessen nahm ich Evas Angebot an, mich von ihr und dem mich weiterhin finster anblickenden Dachdecker nach Hause fahren zu lassen.

Über die Keupstraße fieselte ein eisiger Sprühregen, als mich eine vertraute Stimme von der Seite ansprach: »Servus, Kathi. Magst heut mit mir ein Bier trinken?«

Ecki! Wie so oft zur falschen Zeit am falschen Ort.

Eva sah mich fragend an, und der Dachdecker knurrte: »Ich hol das Auto.«

»Lass mich in Ruh, Ecki«, blaffte ich müde.

»Geh, Kathi, sei kein Spielverderber«, schnurrte er und trat von einem Fuß auf den anderen. »Ich steh seit einer halben Stunden hier und erfrier mir die Füß.«

Mit den nass geregneten Haaren über dem sonnengebräunten Gesicht, der alten braunen Leinenjacke und den verwaschenen Jeans wirkte er wie ein räudiger Kater, der von einem langen Ausflug in fremde Gefilde zurückkehrte.

Der Dachdecker hupte, Eva stieg ein, ich blieb stehen, und Ecki strahlte, holte seine rechte Hand hinter dem Rücken vor und reichte mir einen Strauß weißer Lilien.

»Glückwunsch zu deinem Resto!«

Einen besseren Zeitpunkt hätte er sich dafür wirklich nicht aussuchen können!

»Morgen schließe ich es wieder.«

»Das glaub ich dir nicht«, meinte er ganz unaufgeregt. »Erzählst mir gleich davon. Ich muss in die Wärme.«

Fünf Minuten später standen wir am Tresen des Lichthofes, wo eine schwarze, mandeläugige Schönheit Kölsch ausschenkte und afrikanische Gäste und afrikanische Musik Wärme ins trübe Mülheim brachten.

»Magst nicht zuerst schimpfen?«, fragte Ecki nach dem ersten Kölsch. »Über Bombay und mein schweinernes Verhalten …«

Vor einem halben Jahr, noch vor vier Wochen hätte ich ihn bestimmt überhäuft mit Vorwürfen. Aber jetzt? Es tat nicht mehr weh, andere Dinge schmerzten, Bombay war weit weg.

»Was macht deine All-Around-The-World-Lady?«

»Tokio? Toronto?« Er zuckte mit den Schultern.

»Und wo geht es als Nächstes hin?«

»Mal sehen. Hab ein Angebot aus Paris. Wunderbarerweise hab ich da noch nie gearbeitet.«

Ecki, der ewige Herumtreiber! Als wir noch ein Paar waren, hatte mich das wahnsinnig gemacht. Jetzt wäre ich gern selber anderswo. Der Trupp rechtsrheinischer Nachtschwärmer, der gegen Mitternacht lärmend in den Lichthof einfiel, verstärkte diese Sehnsucht. Ich musste hier raus.

»Und jetzt?«, fragte Ecki, als wir auf dem Clevischen Ring standen.

Gehen, ich musste gehen, in Bewegung sein, sonst fiel ich sofort um, und so zog ich Ecki durch die regennassen, menschenleeren Mülheimer Straßen zum Rhein. Dunkel und schwer floss der Fluss in Richtung Leverkusen, und der eisige Nieselregen machte uns auf der Uferpromenade zu einsamen Spaziergängern.

Ich erzählte Ecki alles: von Kerner, dem Mord, den Überfällen, von Tayfun und von dem Geld.

»So was kann nur dir passieren, Kathi««, meinte er kopfschüttelnd, als ich geendet hatte. »Da findst einmal Geld, und schon gehört's der Mafia.«

»Hättest du es auch behalten?«, fragte ich erstaunt, weil ich das bei Ecki einfach nicht einschätzen konnte.

»Wo hättest es denn abgeben sollen? Im Fundbüro? – Aber bei einem Kerner oder einer Kernerin hätt ich mir niemals Geld g'liehen.«

»Klar. Du wirst auch bis an dein Lebensende kein eigenes Resto aufmachen.«

»Wenn überhaupt, dann mit dir«, neckte er mich.

»Wer's glaubt, wird selig«, gab ich zurück und merkte dabei, dass Eckis Flattrigkeit in diesen Dingen nicht mehr wehtat wie früher.

Eine Weile gingen wir stumm nebeneinander her, jeder die Hände in den Jackentaschen vergraben.

»Da hast dich wieder in eine gewaltige Geschichte kutschiert, Kathi!« Eckis Ton war jetzt ernst. »Wirst dich doch wegen dem bissl Geld nicht totschlagen lassen. Also: Was machst jetzt mit dem schönen Scherbenhaufen?«

Ich sah auf den Fluss hinaus zur anderen Seite, wo hinter einem breiten dunklen Grünstreifen der Kölner Hafen lag, und sagte nichts.

»Es ist der Ehrgeiz, dein verdammter Ehrgeiz«, fuhr er fort. »Du denkst, Träume müssen wahr werden. Aber das Schönste an Träumen ist, sich danach zu sehnen, nicht sie umzusetzen.«

Wie oft hatten wir uns über solche Fragen gestritten! Ecki, der von vielem träumte und alles auf sich zukommen ließ, ich, die ich mein Leben planen, einen Weg wählen, wissen wollte, wo's langgeht.

»Alle wesentlichen Dinge passieren!« Ecki sah mich von der Seite an. »Die Liebe. Der Tod. Da kannst eh nichts planen.«

Ich ließ ihn reden, war viel zu müde, ihm zu widersprechen. Durch den Regen drangen schwache Motorengeräusche, ein Flugzeug im Landeanflug. Vom Fluss dröhnte das grollende Tuckern eines Dampfers ans Ufer.

»Wenn du auf so viele Widerstände stößt wie mit der Weißen Lilie, dann soll's nicht sein. Nicht mit dem Kopf gegen die Wand rennen, davon geht er nur kaputt. Umwege machen ist viel klüger.«

Kalte Regentropfen tanzten auf den Straßenleuchten der Mülheimer Brücke, verschwammen vor meinen Augen. Gleich würde ich umfallen. Vor Müdigkeit, vor Erschöpfung, vor Nicht-wissen-wie's-weitergeht.

»Hey, hey, hey!« Ecki stützte mich von der Seite. »Was hältst von einem Taxi? Oder willst dir zu allem noch eine Lungenentzündung holen? Ich jedenfalls nicht.«

Als der Wagen in der Kasemattenstraße hielt, kritzelte Ecki eine Nummer auf einen Zettel.

»Hab mir jetzt ein Handy gekauft!« Keiner wusste besser als ich, wie lange er sich dagegen gesperrt hatte. »Werd die Nummer aber an höchstens fünf Menschen geben. – Du bist der Erste.« Er reichte mir den Zettel und fuhr mir mit der Hand zärtlich übers Gesicht. »Ich hab dich vermisst, Kathi. Verdammt vermisst!«

»Das fällt dir ein bisschen spät ein«, seufzte ich und nahm die Hand weg.

»Manche Dinge brauchen Zeit«, antwortete er.

Schulterzuckend stieg ich aus. Das Taxi wendete schon, als ich nochmals gegen die Scheibe klopfte.

»Was ist das zwischen uns?«, fragte ich in den Wagen hinein.

»Weiß ich's?«, rief Ecki zurück. »Besuch mich in Paris, wenn du hier klar Schiff gemacht hast! Dann finden wir's raus.«

Das Taxi fuhr davon, und ich stand mit den Lilien im Regen. Noch bevor ich zum Aufwärmen unter die Dusche ging, stellte ich die Blumen ins Wasser und auf meinen Schreibtisch. – Es war ewig her, dass mir jemand meine Lieblingsblumen geschenkt hatte.

*

Die braune Brühe, in die sich der Rhein durch den Regen verwandelt hatte, schob allerlei Unrat unter der Hohenzollernbrücke durch. Aufgeblähte Plastiktüten, leere Dosen, abgerissene Äste, all das wurde in gewaltigem Tempo in Richtung Nordsee geschoben. So ähnlich sah es auch in mir aus. Ich trieb in einem Strudel hässlicher Ereignisse, ohne ans rettende Ufer gelangen zu können.

Nachdem Ecki in seinem Taxi nach Paris oder sonst wohin entschwunden war, kam der Schlaf spät und unruhig, und am Morgen klingelte mich Holger viel zu früh aus dem Bett. Er bot mir an, früher als üblich in die Weiße Lilie zu kommen und alle Vorbereitungen zu übernehmen, damit ich etwas ausspannen konnte. Ich nahm das Angebot an, brachte es aber wieder nicht übers Herz, ihm das nahe Ende der Weißen Lilie mitzuteilen.

Eh schon wach, machte ich mich auf den Weg in die Stadt. Ich konnte mich nicht mehr erinnern, wann ich das letzte Mal zu Fuß über die Hohenzollernbrücke in die City gegangen war. Alles war irgendwie lange her, seit die Leiche und das Geld aufgetaucht waren. Die russischen Musiker, die vor dem Museum Ludwig ein Ständchen spielten, kamen mir fremd vor, und es störte mich, dass die Punks, die zwischen dem Römisch-Germanischen Museum und der Dombauhütte lagerten, mir nur einen schmalen Weg zum Roncalliplatz freiließen. Dort schlängelten sich die Inliner durch ihre Parcours aus leeren Filmdöschen. Kurz durchfuhr mich die Erinnerung an Spielmann, der hier nachts gerne seine Runde gedreht hatte. Jedes Mal, wenn ich diesen Platz überquerte, dachte ich daran. Auf die akrobatischen Inline-Künstler legte sich dann das Bild des langen, schmalen Spielmann, der im Schatten des nächtlichen Doms auf dem leeren Platz seine Pirouetten fuhr.

Ich beeilte mich weiterzukommen. Hinter dem Heinzelmännchenbrunnen wälzte ich mich mit anderen Kauflustigen durch die samstäglich volle Innenstadt, sah lustlos und abwesend die Kaufhäuser nach Winterjacken durch.

Ecki hatte von einem Scherbenhaufen gesprochen. Okay, sagte ich mir, dann schütte das Kind nicht mit dem Bade aus, räum auf, sortier die Scherben nach Farben, dann hast du wenigstens was davon. Ich ließ die Winterjacken Winterjacken sein und machte mich auf zum Café des Museums für Angewandte Kunst, setzte mich an meinen Lieblingsplatz direkt am Fenster und bestellte einen Milchkaffee.

Tayfun: viele rote Scherben, zur Seite legen, nicht mehr sehen, überlegen, wie ich reagiere, wenn er sich meldet. Eva: ein paar goldene Scherben, weiterhin auf Durchzug stellen, wenn sie anfängt, über das Geld zu reden. Holger: weiße Scherben, mehr Arbeit geben. Wenn er seinen Liebeskummer gern in Arbeit ertränkt, soll er das machen. Scarlett: türkisfarbene Scherben, strenger kontrollieren, wenn sie wieder anfängt zu putzen, darauf achten, dass sie Holger in Ruhe lässt. Daran denken: Selma kündigen! Kerner: giftgrüne Scherben, schnell die restlichen Schulden begleichen und zum Teufel jagen.

Die dicken, kackbraunen Scherben aus Schlangenzunge, Stechauge, Mehmet Gürkan und Carlos II blieben als drohender Haufen übrig. Wenn mir nur etwas einfiele, wie ich sie alle überzeugen könnte, dass sie in der Weißen Lilie vergebens nach dem Geld suchten! Dann wäre der gefährliche kackbraune Haufen mit einem Schlag erledigt!

Eine Schar wütend schimpfender Spatzen, die im Innenhof eine freche Elster jagten, schreckte mich hoch. Mir fiel nichts ein, um die Gefahr zu bannen, außer Rieger das Geld irgendwo in der Weißen Lilie finden zu lassen. Aber dann wäre es endgültig weg, und mit Kerner und seinen Forderungen stünde sofort das nächste Problem vor meiner Tür. Natürlich hatte Ecki Recht: Ich hätte mir das Geld niemals von Kerner leihen sollen. Auch was meinen Ehrgeiz und meine Sturheit anging …

Dennoch: Wie selbstverständlich ich beim Sortieren der Scherben vom Weitermachen in der Weißen Lilie ausging! Dabei wusste ich, dass es unverantwortlich war, meine Mitarbeiter und mich weiter den Bedrohungen von Mehmet Gürkan oder Carlos II auszusetzen. Letztendlich war die Weiße Lilie doch nur ein Ort! Ein langer Tisch, eine schöne Küche, mehr nicht! Nicht wert, dafür sein Leben zu riskieren. Ich sollte das Feld räumen …

Aber noch nicht. Die Verhaftung der beiden Schläger bot eine Atempause, die es zu nutzen galt.

Vom Museum drängte eine große Gruppe Japaner ins Café und füllte den bis dahin ruhigen Raum mit fremd klingendem Schnattern und der Unsitte, überall zu fotografieren. Ich zahlte und suchte das Weite.

Eine vorsichtige Wintersonne beschien die rot leuchtenden Schriftzüge des voll besetzten Campi, und zwischen Domforum und WDR war vor lauter Menschen kaum ein Durchkommen. Ich floh in die leere Marzellenstraße und ging diese in Richtung Eigelstein hinunter. Spielmann hatte mir hier auf langen Spaziergängen die Orte seiner Kindheit gezeigt. Die Gaffelbrauerei, die damals schon den Gestank von Biermaische durchs Viertel schickte, die inzwischen längst bebauten Trümmergrundstücke, Sankt Ursula, wo er zur Kommunion gegangen war, und die Schreckenskammer, in der er sich seinen ersten Rausch angesoffen hatte. Schon das zweite Mal, dass ich heute an meinen früheren Chef denken musste.

Als ich in die Weidengasse einbog, verschwanden die Erinnerungen, wurden durch frische ersetzt. Tayfun und der beste türkische Mokka der Stadt, der Streit mit dem angeblichen Cousin. Ich stand vor dem schmuddeligen Café, in dem wir gesessen hatten. Und plötzlich wusste ich, wo Tayfun Mehmet Gürkan gesehen hatte, weil ich ihn da auch gesehen hatte, es war hier gewesen, in diesem Café, er hatte am Tisch mit Cengiz Özal gesessen.

Wütendes Hupen ließ mich zusammenfahren und auf den Bürgersteig zurückspringen. Irgendwie war ich mitten auf der Straße gelandet, hatte ein silbriges Protzauto zum Bremsen und Hupen gebracht.

Cengiz Özal kannte Mehmet Gürkan. Hatte er nicht das Gegenteil behauptet? Hatte er mich deshalb an jenem Abend so unfreundlich abgefertigt, weil ich ihn gemeinsam mit Mehmet Gürkan gesehen hatte? Hatte der biedere kleine Geschäftsmann etwas mit den kriminellen Machenschaften von Mehmet Gürkan zu schaffen? – Bisher war es mir nicht wichtig erschienen, darüber nachzudenken, ob der Graf mit seiner Carlos-II-Geschichte Recht hatte, aber jetzt raste mir alles, was er dazu gesagt hatte, wie auf einer Achterbahn durchs Gehirn.

Wahrscheinlich benutzt der Mann die bürgerliche Fassade eines Geschäftsmannes oder Journalisten, hatte der Graf gesagt. Özal war Geschäftsmann, Mitglied der Interessengemeinschaft Keupstraße, mit allen Vorkommnissen des Viertels bestens vertraut, der Schlüsselservice eine vorzügliche Tarnung. O Gott, dachte ich, der Mann hat alle meine Schlösser ausgetauscht, wenn er davon einen Nachschlüssel hat, kann er Tag und Nacht in die Weiße Lilie spazieren! Und dann die Sache mit dem Maulwurf, der von innen versucht, an das Geld zu kommen, der nicht mit Bedrohung, sondern mit Schutz, Freundschaft, Liebe arbeitet. Ich hatte sofort Tayfun verdächtigt, aber es gab noch jemand anderen: Selma! Özal hatte mir Selma geschickt! Die superordentliche Selma, die alle Schubladen, die selbst den Keller putzte! Von wegen putzte! Eine idealere und unauffälligere Möglichkeit, nach dem Geld zu suchen, hätte ich Özal nicht bieten können.

Nicht nur mein Hirn, auch mein Kreislauf fuhr jetzt Achterbahn, wie betrunken stolperte ich durch die immer noch aufgerissene Weidengasse, legte mich fast der Länge nach hin, als ich dabei versuchte, mein bimmelndes Handy aus der Handtasche zu angeln.

»Endlich mal gute Neuigkeiten, Frau Schweitzer«, meldete sich ein aufgeräumter Rieger. »Schmitz und Schramm sind der Hebel, mit dem wir den Fall knacken können! Manchmal vergehen Wochen ohne eine brauchbare Spur, und dann locht man zwei solche Typen ein, und alles läuft wie am Schnürchen. In Schramms Apartment haben wir eine Pistole gleichen Kalibers gefunden wie die, mit der Bodo Kutzner ermordet wurde. Die Wahrscheinlichkeit liegt bei neunundneunzig Prozent, dass die Spurensicherung feststellt, dass es sich dabei um die Mordwaffe handelt. Außerdem befand sich in der Telefonliste von Schmitz' Handy mehrmals die Nummer jener Kaffeebude, von der aus Mehmet Gürkan jeden Nachmittag seine Geschäfte führt. Genau das Puzzlestückchen, das mir noch fehlte, um ihn festnehmen zu können. – Sie sehen, alles klärt sich! Sie können also wieder beruhigt an die Arbeit gehen.«

Das bezweifelte ich im Augenblick sehr, aber der Verdacht gegen Cengiz Özal war noch zu frisch, zu ungeheuerlich, als dass ich darüber schon mit jemandem reden konnte. Wenn mein Verdacht stimmte, dann hatte mir Özal Stechauge und Schlangenzunge auf den Hals gehetzt.

»Was haben die zwei gesagt, warum sie uns gequält haben?«, fragte ich Rieger.

»Ein anonymer Auftrag. Die zwei sollten die fünfundzwanzigtausend Euro aus Ihnen herausprügeln, die sie bei Kutzner nicht gefunden haben. – Apropos Geld. Wir müssen jetzt doch Ihr Resto auf den Kopf stellen, um nach dem Geld zu suchen. Montag ist

Ihr freier Tag, nicht wahr? Um neun komme ich mit meinem Trupp vorbei. Ich verspreche Ihnen, dass wir auch wieder aufräumen. – Und wenn alles gut läuft, sind Sie uns danach los.«

»Wie, wenn alles gut läuft?«

»Wenn wir dahinter kommen, dass einer von Ihnen das Geld eingesteckt hat, sind Sie uns nicht so schnell los!«

Rieger lachte, als hätte er einen Witz gemacht, und mir rutschte das Herz in die Hose.

»Aber wenn Sie 'ne reine Weste haben, dann machen Sie sich mal keine Sorgen! Und wie schon gesagt: Die Gefahr von außen ist gebannt, keine weiteren Überfälle, keine Brandanschläge!«

»Wirklich?«, fragte ich zittrig.

»Hat Ihnen der Graf diesen Carlos-II-Floh ins Ohr gesetzt?« Riegers Stimme klang verärgert. »Ich wollte es in seiner Gegenwart nicht noch deutlicher sagen, aber der alte Mann sieht wirklich Gespenster! Nur weil er Mehmet Gürkan für zu blöde hält, eine kriminelle Firma zu führen, soll er der Strohmann für jemanden viel Cleveren, viel Mächtigeren sein! Leute entwickeln sich, wachsen an ihren Aufgaben, auch in diesem Milieu. Der Graf soll endlich aufhören, Hirngespinsten hinterherzulaufen! Also, hören Sie auf, sich Sorgen zu machen. Die Drahtzieher sitzen hinter Gittern. – Wir sehen uns Montag!«

Schon wieder ein neues Problem. Nicht nur die Bösen, jetzt wollten auch die Guten wissen, wo das Geld steckte. Wenn Cengiz Özal davon Wind bekam, musste er spätestens in der Nacht von Sonntag auf Montag zuschlagen. Nein, würde er nicht, fiel mir ein. Denn Selma, seine Spurensicherung, hatte die Weiße Lilie bereits durchsucht und war nicht fündig geworden. Er musste davon ausgehen, dass einer von uns vieren das Geld genommen hatte.

Cengiz Özal! Der nette, hilfsbereite Mann. Hatte ich jetzt schon Hirngespinste, wie sie Rieger dem Grafen unterstellte?

Am Hansaring riss mich Tayfuns Anruf aus meinen wirren Gedanken.

»Wollte mal hören, wie es dir geht«, begann er, und ich merkte, dass ich mir beim Scherbensortieren nicht überlegt hatte, wie ich auf eine solche Frage antworten sollte.

»Ging schon mal besser«, sagte ich. Mehr fiel mir im Augenblick nicht ein.

»Kann ich trotzdem kurz dein Fachwissen als Köchin beanspruchen?«

»Was?«

»Du erinnerst dich doch an das Messer?«

»Was für ein Messer?« Ich verstand überhaupt nichts.

»An unserem ersten Abend bei Kurt haben wir über Messer geredet. Du weißt, das Geburtstagsgeschenk für meinen Freund Fred. Die Freundesrunde hat sich mehrheitlich gegen den Grill und für ein schickes Messer entschieden. Was für eines soll ich kaufen?«

Jetzt erinnerte ich mich an das Gespräch. Es hatte an dem Tag stattgefunden, an dem ich den Umschlag gefunden und in der Mülheimer Vielharmonie liegen gelassen hatte.

»Porsche«, sagte ich.

»Porsche? Die Automarke?«, fragte Tayfun zweifelnd.

»Ja. Die machen auch Messer. Haben einen sehr speziellen Griff.«

Mich durchfuhr es siedend heiß. Ich hatte Tayfun *vor* dem Mord kennen gelernt. Dieses erste Treffen hatte vor dem Mord stattgefunden. Er konnte nicht der Maulwurf sein. Ich hatte ihn zu Unrecht verdächtigt, für etwas verdammt, was er nicht getan haben konnte. Wenn ich nur ein bisschen besser nachgedacht hätte, hätte mir einfallen müssen, dass er überhaupt nicht als Maulwurf in Frage kommen konnte! Ich fühlte mich so beschissen, dass ich überhaupt nicht wusste, was ich sagen sollte.

»Und wo gibt's so was?«, fragte Tayfun.

»In guten Fachgeschäften«, seufzte ich weich und schmelzend wie bei einer Liebeserklärung.

Funkstille am anderen Ende der Leitung.

»Alles in Ordnung, Katharina?«

Wahrscheinlich dachte er, dass ich anfing durchzudrehen.

»Ja, ja«, versicherte ich wieder mit normaler Stimme. »Bin nur ein bisschen durch den Wind.«

»Sag Bescheid, wenn ich dir irgendwie helfen kann, okay?« Seine Stimme klang immer noch besorgt.

»Ich melde mich. Kannst dich drauf verlassen.«

Erleichtert, dass ich dieses merkwürdige Telefonat beenden konnte, steckte ich das Handy weg und suchte kurze Zeit später bei Saturn nach einer Tango-CD, die ich Tayfun als kleines Zeichen der Wiedergutmachung schenken wollte.

Die Fenster der Weißen Lilie waren weit geöffnet, und ich hörte Robbie Williams im Trio mit Eva und Holger »You can't manufacture miracles« singen. Die Musik von Robbie Williams mochten Eva und Holger. Es herrschte gute Laune in meinem Resto. Ich hatte kaum die Tür aufgesperrt, als beide auf mich zuschossen.

»Hat Rieger dich erreicht?«, fragte Eva aufgeregt. »Er war vorhin hier und hat uns alles erzählt.«

»Da fällt ein riesiger Klotz von der Seele!« Holger strahlte wie ein Honigkuchenpferd. »Kann zurück in meine Wohnung. Bauwagen sind eng. So viel Enge tut auf Dauer nicht gut. Dany wird froh sein.«

»Ich hab schon einen Sekt kalt gestellt. Darauf müssen wir anstoßen!« Aufgekratzt schwebte Eva zum Kühlschrank und ließ den Korken knallen. »Auf das glückliche Ende einer furchtbaren Geschichte«, sagte sie beim Anstoßen.

Ich sah in die strahlenden Gesichter meiner Mitarbeiter und konnte mich nicht mitfreuen, weil ich wusste, dass die furchtbare Geschichte noch nicht zu Ende war.

»Was ist denn los, Katharina?«, fragte Eva, als sie es bemerkte.

»Hat Rieger auch erzählt, dass er Montag die Weiße Lilie auf den Kopf stellen will?«, fragte ich, weil mir nichts anderes einfiel, um meinen trüben Gesichtsausdruck zu rechtfertigen.

»Ich habe ihm direkt gesagt, dass er nichts finden wird«, meinte Eva trocken.

»Wieso?«, fragte ich irritiert.

»Hör mal! So gründlich, wie Selma hier in den letzten Tagen geputzt hat! Die hat doch jede Schublade neu geordnet.«

»Bin froh, wenn Scarlett wiederkommt«, meldete sich Holger. »Kann Selma nicht leiden. Zu ordentlich. Zu neugierig …«

»Als Putzfrau ist sie Gold wert«, seufzte Eva. »Selbst wenn Scarlett sich anstrengt, putzt sie nicht so sauber.«

Sofort warf Holger ihr einen bösen Blick zu.

»Angeblich findet die Spurensicherung Verstecke«, lenkte Eva das Gespräch auf die Durchsuchung zurück, »da würde eine ordentliche Putzfrau nie im Leben drauf kommen. Behauptet Rieger. Dennoch: Ich wette um eine Flasche Pommery, dass sie nichts finden.«

Täuschte ich mich, oder funkelte sie mich bei diesem Satz herausfordernd an?

»Wir sollten arbeiten«, brach ich das Gespräch ab. »Wie viele Essen haben wir heute?«

Mit dreißig Essen war die Weiße Lilie halbwegs ausgelastet, und Holger hatte für den Abend vorzügliche Vorarbeit geleistet. Dennoch stand ich nur lustlos am Herd, kochte ohne Inbrunst. Auch an diesem Abend verschanzte ich mich hinter meinen Töpfen, hatte nicht das geringste Interesse an Kontakt mit meinen Gästen. Wir waren schon beim Aufräumen, als Scarlett anrief.

»Hab gehört, der Krieg ist vorbei, die Saukerle sitzen im Knast, und die Bullen sind weniger blöd als üblich«, meldete sie sich.

Manche Nachrichten verbreiten sich verdammt schnell. Ob Holger sie angerufen hatte? Oder Adela, die es möglicherweise schon über Kuno oder den Grafen wusste?

»Auf alle Fälle«, fuhr sie fort, »kann ich jetzt zurückkommen. Ist dir Dienstag recht? Wollt fragen, ob Otto noch solange bleiben kann. Sybille hat ihn nie leiden können, und ich will bei ihr noch ein bisschen lieb Kind spielen.«

Otto. Stimmt. Den gab es auch noch. Das papierfressende Vieh, das mich und die Weiße Lilie gerettet hatte. Und plötzlich kam mir eine Idee, wie mich Otto vielleicht ein zweites Mal retten könnte. »You can't manufacture miracles«, von wegen! Wenn meine Idee funktionierte, würde ich mit Ottos Hilfe ein Wunder fabrizieren.

Ich wartete, bis alle gegangen waren, und stieg dann in den Keller. Otto saß in seinem schon reichlich ramponierten Karton, starrte mit seinen grauen Rattenaugen durch mich hindurch und klimperte mit seinen scharfen, kleinen Hauern, mit denen er alles klein mahlte. Ich setzte ihn kurz in eine andere Kiste und untersuchte sein Domizil. Auf der einen Seite des Kartons hatte die Ratte sich durch die erste Pappschicht des Bodens gefressen. Das könnte ich als Versteck nutzen. Ich musste es versuchen und legte an diese Stelle einen Fünfeuroschein, bevor ich Otto wieder in sein Heim zurückverfrachtete.

Als ich die Treppe zum Resto hochstieg, bestärkte mich ein neuer Gedanke in meinem Plan. Wenn es einen Ort in der Weißen Lilie gab, an dem Selma nicht nach dem Geld gesucht hatte, dann Ottos Karton. Selma hasste Ratten, sie war bleich wie die Wand gewesen, als sie Otto im Keller entdeckt hatte. Niemals hätte sie es über sich gebracht, das Vieh anzupacken, und das hätte sie tun müssen, wenn sie den Karton nach dem Geld hätte durchsuchen wollen.

Ich lächelte, als ich in meine Jacke schlüpfte, ich lächelte, als ich die Tür verriegelte, ich lächelte, als ich zu Tayfuns hell erleuchtetem Küchenfenster hochsah. Mit Otto hatte ich einen überraschenden Trumpf in der Hand. Es war mein einziger, und ob er stach, wusste ich noch nicht. Aber es war ein Ass, und wenn ich es richtig ausspielte, hatte ich gute Aussichten, das Spiel zu meinen Gunsten zu entscheiden.

Ich schickte Tayfun einen stummen Gruß nach oben und ging in Richtung Bahnhaltestelle. So ein Spiel ließ sich nur mit höchster Konzentration gewinnen, und deshalb musste der Herzbube warten.

＊

Am nächsten Tag führte mich der erste Weg in der Weißen Lilie in den Keller. Wieder starrte mich Otto mit seinen undurchdringlichen Rattenaugen an, und ich durchsuchte seine Kiste nach dem Fünfeuroschein. Er war verschwunden. Otto hatte das Geld gefressen und nicht das winzigste Restchen zurückgelassen. Einerseits gut, andererseits schlecht. Gut, weil Otto tatsächlich Geld fraß, schlecht, weil er diese perverse Delikatesse ohne Überbleibsel verzehrte. Und auf diesen Rest kam es mir an. Ich brauchte angefressene Geldscheine, die bewiesen, wo das übrige Geld geblieben war. Ich legte dem gefräßigen Vieh zwei weitere Fünfer in die

Kiste und wollte in zwei Stunden nachsehen, wie viel Otto davon weggefressen hatte.

Dann begann ich zu arbeiten. Als Holger kam, stand ich schon am Herd und brutzelte in feine Würfel geschnittene Champignons an, die ich als Füllung für kleine Blätterteigbonbons brauchte. In jedem Gang gab es heute etwas Verhülltes, versteckt wie das Ass, das ich morgen aus dem Ärmel ziehen würde: in Filo-Blätter eingedrehte Birnen- und Gorgonzolastückchen, unter Kartoffelschuppen verborgene Seezungenfilets, speckumhüllte Hirschfilets und die Baiserhaube, die die zarten Zitronentartelettes krönte. Ich kochte wieder!

Nach zwei Stunden ging ich in den Keller, um nach den Fünferoscheinen zu sehen. Der eine war noch ganz, der andere schon halb aufgefressen. Mal sehen, wie der Stand der Dinge in weiteren zwei Stunden war.

Die Ratte hatte den angefressenen Schein liegen gelassen und angefangen, den zweiten Schein zu futtern. Braver Otto, genau so sollte es sein!

Als ich nach Feierabend mit Otto allein in der Weißen Lilie zurückblieb, rechnete ich aus, wie viele Scheine ich investieren musste. Dann entfernte ich die Reste der Fünferoscheine und legte stattdessen einen Fünfhunderter und drei Zweihunderter in die Pappspalte unter der Ratte. Geld, das ich vorher sorgfältig abgewischt hatte und jetzt nur mit Gummihandschuhen anfasste.

Auf dem Nachhauseweg rekapitulierte ich meinen Plan. Alles, was ich tun konnte, war getan. Jetzt durfte Otto nur sein Appetit nicht verlassen. Ich schlief wenig in dieser Nacht, so wie man vor wirklich wichtigen Ereignissen immer wenig schläft.

*

Bereits um acht Uhr stieg ich am Montagmorgen die Kellertreppe zu meiner Trumpf-Ratte hinunter. Mit zittrigen Fingern schob ich Otto zur Seite. Den Fünfhunderterschein hatte er restlos weggeputzt, aber von den Zweihunderterscheinen war noch genügend übrig, um Ottos Geldhunger für einen ganzen Tag zu stillen. Dennoch schob ich zur Sicherheit einen weiteren Zweihunderterschein in die Kartonspalte. Wer weiß, wie lange Riegers Leute brauchten, um die Geldreste zu finden.

Im Resto herrschte die übliche morgendliche Unordnung. Heute, an unserem freien Tag, wurde nicht geputzt, morgen würde Scarlett wieder kommen, ich musste also Selma noch kündigen und für den Rest des Monats auszahlen. Gut, dass ich ihr bei ihrer Einstellung von Scarlett erzählt hatte, so würden wegen der Entlassung weder sie noch Özal Verdacht schöpfen. Apropos Özal. Ich musste schnellstmöglich die Schlösser austauschen lassen. Aber erst mal galt es, Riegers Ansturm zu überstehen.

Erst halb neun, noch eine halbe Stunde, bis er auflaufen würde. Ich griff zum Besen, kehrte das Resto, schob alle Stühle unter den Tisch. Behutsam strich ich über das dunkle, warme Holz. Ich sah den Tisch voll besetzt mit gut gelaunten, eifrig diskutierenden Gästen, wo gegensätzliche Meinungen und verschiedene Sprachen hin und her schwirrten, ich sah ihn halb besetzt mit schon gedämpfter geführten Gesprächen und trostlos leer nur mit ein paar verlorenen Gästen. Die Gastronomie war ein schnelles, hartes Geschäft, und selbst wenn es mir heute gelang, die Weiße Lilie zu retten, würde der Kampf ums Überleben nicht beendet sein.

Pünktlich um neun trat Rieger durch die Tür. »Keep cool« stand auf seinem roten T-Shirt, eine Botschaft, die ihm wohl so wichtig war, dass er sie auf zwei seiner T-Shirts zu Markte trug. In seinem Gefolge eine kleine Armada der Spurensicherung. Bei zwölf Männern und Frauen, die sich in Windeseile wie nach einem geheimen Plan in meinem Resto verteilten, hörte ich auf zu zählen.

»Zwei, drei Stunden werden wir mindestens beschäftigt sein«, meinte Rieger. »Ihre Anwesenheit ist nicht erforderlich, es reicht, wenn ich Sie bei Fragen erreichen kann.«

Ob dies eine freundliche Geste mir gegenüber war oder ob ich ihn und seine Leute durch meine Anwesenheit schlichtweg stören würde, war schwer zu entscheiden. War mir auch egal, denn ich musste an diesem Morgen etwas anderes erledigen.

Langsam trat ich den schweren Gang durch die Keupstraße an.

Am Clevischen Ring spuckte die Bahn die ersten Medienfräuleins des Tages aus, langbeinige Mädchen mit großen bunten Umhängetaschen und extravaganten Kurzhaarfrisuren, die eilig in die Schanzenstraße abbogen, wo sie in einem der schicken Industrie-Lofts bei einer hippen Filmproduktions- oder einer coolen Software-Firma langsam den Glauben an ihren Traumjob verloren. Durch die Keupstraße zog der morgendliche Duft von frisch gebackenem Brot, der Gemüsehändler stapelte blasse Mammutkohlköpfe vor seinem Laden, und der Radio- und Fernsehladen beglückte an diesem Morgen Geschäftskollegen und Kunden mit Musik von Mustafa Sandal. Meine Schritte wurden langsamer und schwerer, je näher ich Özals Schlüsselladen kam.

Wieder und wieder hatte ich in den letzten zwei Tagen darüber nachgedacht, ob er der ominöse Carlos II sein könnte, von dessen Existenz der Graf überzeugt war und den Rieger für das Hirngespinst eines alten Bullen hielt. Dafür sprach, dass ich ihn in der Weidengasse Seite an Seite mit Mehmet Gürkan gesehen hatte, Selma, die zu gründlich und an zu ungewöhnlichen Stellen putzte, und dass Özal genau wie Bodo Kutzner aus Porz stammte. Aber Porz war kein Dorf, und nur weil beide da groß geworden waren, darauf zu schließen, dass sie sich kennen mussten, mehr als gewagt. Dagegen sprach, dass *ich* den Kontakt zu Özal hergestellt hatte, ich hatte ihn gebeten, mein Schloss zu reparieren, mir bei der Suche nach einer neuen Putzfrau behilflich zu sein. Blieb als schwerstwiegendes Argument seine Bekanntschaft mit Gürkan. Aber kannten sich die beiden wirklich? War es nicht so, dass sich in solchen Cafés zufällige Tischrunden ergaben, man also sehr wohl neben einem Fremden zu sitzen kommen konnte, genau wie in meinem Resto? Irgendeinen Grund, ihn zu fragen, wer da in der Weidengasse neben ihm gesessen hatte, würde ich schon finden, aber würde mir die Antwort helfen? Wenn er Gürkan wirklich nicht kannte, würde er sagen, dass ihm sein Nachbar fremd gewesen sei, und wenn er ihn kannte, möglicherweise dasselbe. Dann wüsste er aber, dass ich ihn an der Seite von Mehmet Gürkan gesehen hatte, und wenn Özal wirklich Carlos II war, konnte er diese Entdeckung niemals folgenlos dulden. Dann war der seidene Faden, an dem mein Leben hing, noch dünner, als er es bereits in den letzten Wochen gewesen war.

Riegers Reaktion, falls ich ihm von dieser Begegnung erzählen würde, konnte ich nicht einschätzen. Er hatte Mehmet Gürkan verhaftet, und wenn er jetzt noch die Geldreste in Ottos Karton fand, war der Fall für ihn gelöst. Würde er, eingedenk seines überquellenden Schreibtisches und der vielen Überstunden, einem Hinweis von einer Begegnung Gürkans mit Özal überhaupt nachgehen? Und wenn er dem Hinweis nachging und Özal vernehmen würde, Özal aber nichts damit zu tun hatte, würde ich da einem Geschäftsmann, der mir gegenüber immer freundlich und hilfsbereit war, nicht unglaubliche Scherereien bereiten?

Wenn ich dem Graf davon erzählte, würde er glänzende Augen bekommen und sich sofort auf Cengiz Özal stürzen. Aber würde er die Indizien, würde er alles Für und Wider wirklich sachlich prüfen? War er nicht zu besessen von der Idee, diesem großen Unbekannten endlich ein Gesicht zu geben, dass er zu schnell nach dem Strohhalm griff, den ich ihm mit Özal hinhielt? Und selbst wenn er Beweise dafür fände, dass Özal Carlos II war, würde er erreichen, dass dieser festgenommen wurde? Rieger hielt den Grafen für einen verbohrten Spinner, der Polizeipsychologe für paranoid, er war pensioniert, hatte bei der Polizei keinen Einfluss mehr, und schützen konnte er mich sowieso nicht.

Bei all dem Für und Wider war ich zu dem Ergebnis gelangt, keinem etwas von meinem Verdacht Özal gegenüber zu sagen, aber gleichzeitig Özal davon zu überzeugen, dass das Geld weder in der Weißen Lilie noch bei einem von uns zu finden war.

Vorsichtig drückte ich die Türklinke des Schlüsseldienstes hinunter. Vor dem großen kupfergetriebenen Tablett saßen heute zwei alte Türken auf der Sitzbank und schlürften Tee aus den kleinen Gläsern. Die Schlüsselrohlinge an der Wand glänzten kalt im harten Schein der Neonleuchte, aber die Schleifmaschine stand noch still, und niemand nahm Schlüsselbestellungen hinter dem Tresen an.

»Guten Morgen«, grüßte ich die alten Männer. »Ist Herr Özal nicht da?«

Kaum hatte ich meine Frage gestellt, klimperte der Perlvorhang, und der Herr des Hauses erschien.

»So früh am Morgen, Frau Schweitzer?«, fragte er erstaunt. »Und an einem Montag. Ist das nicht Ihr freier Tag?«

Wie gut er meine Gewohnheiten kannte, schoss es mir durch den Kopf, und gleichzeitig merkte ich, was für einen großartigen Gesprächseinstieg er mir damit bot.

»Ach wissen Sie, Herr Özal«, seufzte ich sorgenvoll. »Bei mir herrscht doch seit Wochen Ausnahmezustand. Und heute, an meinem freien Tag, habe ich ein Großaufgebot der Polizei in meinem Haus.«

»Wie kütt dat dann?«, fragte er in breitestem Kölsch und mit unverhohlener Neugier.

»Die haben die zwei brutalen Kerle festgenommen«, erzählte ich, während ich daran dachte, dass Özal möglicherweise der anonyme Auftraggeber meiner Peiniger war, »die mich zweimal zusammengeschlagen haben.«

»Beim Allmächtigen, das wird ja immer schlimmer!«, rief er bekümmert und bot mir einen Tee an.

»Das kann ich Ihnen sagen!«, stimmte ich aus voller Überzeugung zu, während ich eben jenen Allmächtigen beschwor, Özal in der Hölle schmoren zu lassen, falls er es war. »Und wie es sich herausstellte, ist einer der beiden der Mörder des Kannibalen.«

Özal schob die beiden Alten zur Seite, bot mir Platz an, goss uns beiden Tee ein und rief dabei immer wieder Sätze wie »Nee, nee, nee« und »Dat kann doch nit wohr sin«, bevor er sich endlich auch setzte.

»Wenigstens ein Keupstraßen-Mord aufgeklärt, wo die Polizei doch bei dem Bombenattentat immer noch nicht weiterkommt«, seufzte er dann. »Aber was wollen die jetzt bei Ihnen?«

Den nächsten Satz ließ ich mir auf der Zunge zergehen, bevor ich ihn mit einer Mischung aus Empörung und Sensationslust aussprach.

»Die suchen das Geld.«

»Welches Geld?«, fragte Özal so überrascht, als würde er das erste Mal davon hören.

»Deswegen ist doch der Kannibale ermordet worden, weil er es nicht mehr hatte«, erklärte ich ihm bereitwillig. »Und die Polizei nimmt an, dass er es in der Weißen Lilie versteckt hat.«

»Aber warum sollte er es bei Ihnen verstecken?«, fragte er kopfschüttelnd.

Ich zuckte mit den Schultern. »Meinen Sie, die Polizei erzählt mir alles?«, fragte ich zurück. »Vielleicht hat er sich verfolgt oder bedroht gefühlt und gedacht, da vermutet es niemand. – Sie müssen wissen, er hat vor seinem Tod ein paar Mal bei mir gegessen.«

»Kannten Sie ihn?« Seine Augen blitzten vor Wachsamkeit.

»Woher denn? Kennen Sie etwa jeden Ihrer Kunden?«

»Nicht jeden, aber die meisten!«, sagte er nicht ohne einen gewissen Stolz.

»Das ist bei mir anders. Ich stehe in der Küche und koche. Ich kenne nur Gäste, die wirklich oft bei mir essen, und das sind noch verdammt wenige.«

»Das wird sich ändern«, tröstete er mich, ganz kollegialer Nachbar. »Und jetzt stellen die Ihnen die Bude auf den Kopf, oder was?«, kam er auf die Polizei in meinem Haus zurück.

»Zwei bis drei Stunden wird's mindestens dauern, hat Rieger gesagt«, beklagte ich mich. »Darf mir gar nicht vorstellen, wie dann meine Küche aussieht! – Andererseits kann man da seine Mithilfe nicht verweigern, oder?«

Er seufzte bestätigend, bevor er fragte: »Um wie viel Geld geht es denn?«

»Fünfundzwanzigtausend Euro. Die wollten die Schläger von mir haben. Die dachten nämlich, ich habe das Geld, was aber nicht stimmt.«

»Stellen Sie sich vor, Sie hätten es gefunden! Fünfundzwanzigtausend Euro! Kein Pappenstiel! Ich hätte nicht gewusst, was ich damit gemacht hätte!« Er wiegte bedächtig den Kopf hin und her.

»Ehrlich gesagt, bin ich ganz froh, dass ich nicht in die Situation geraten bin«, log ich, »denn Geld kann man doch immer gebrauchen, oder?«

»Es macht das Leben leichter, ganz bestimmt«, stimmte er mir zu.

Eine Zeit lang sagte keiner von uns etwas. Stumm tranken wir unseren Tee. Dann stand ich auf. Meine Mission war erfüllt.

»Danke für den Tee«, sagte ich. »Ich geh jetzt mal nachsehen, ob mein Resto noch steht!«

Özal erhob sich, und die beiden Alten nickten mir höflich zu.

»Ach«, sagte ich, als ich schon die Türklinke drückte. »Jetzt hätte ich beinahe vergessen, warum ich eigentlich gekommen bin! Ich bin wirklich ziemlich durcheinander … Es ist wegen Selma. Meine alte Putzfrau ist zurückgekommen. Deshalb muss ich Selma Ende des Monats leider entlassen. Sie war eine sehr, sehr gründliche Putzfrau, die ich nur ziehen lasse, weil ich der anderen gegenüber verpflichtet bin. Ich wollte mich nochmals bei Ihnen bedanken, weil Sie sie mir vermittelt haben.«

»Frau Schweitzer!« Er breitete die Arme aus und lächelte generös. »Mir kenne uns, mir helfe uns. Jederzeit zu Diensten.« Er deutete eine Verbeugung an.

Ich zwang mich, ruhig nach draußen zu gehen. Mir zitterten die Knie, und das Herz raste, als ich wieder auf der Keupstraße stand. Wenn von Riegers Keep-cool-T-Shirts etwas auf meinen Gemütszustand abfärben könnte, würde ich mir sofort ein Dutzend davon zulegen! War er es nun oder nicht? Der freundliche Geschäftsmann oder der brutale Gangster? In dieser Hinsicht hatte mich das Zusammentreffen mit Özal kein bisschen klüger gemacht. Als ich die Bahnlinie überquert hatte und mich danach im Schaufenster des Fahrradladens betrachtete, war der Schreck aus meinem Gesicht gewichen und der Pulsschlag wieder im grünen Bereich.

Wenn ich in der Weißen Lilie jetzt als Belohnung einen strahlenden Rieger mit angefressenen Geldscheinen in der Hand erwartet hatte, täuschte ich mich allerdings gewaltig. Wahrscheinlich mag es niemand gern, wenn ein Fremder in seinen Schränken wühlt, aber über einem Dutzend davon zusehen zu müssen, war ein Grauen. Jedes Gewürz wurde aus dem Ziehschrank gezerrt, aufgeschraubt, ausgeschüttet, zurückgefüllt und nicht wieder an die richtige Position zurückgestellt. Im Gefrierer nahm man meine Parfaits aus der Form, weil die Scheine am Formboden kleben könnten, Mehl, Reis, Zucker, Erbsen, Bohnen, Linsen, in allem könnten die Scheine versteckt sein. Jedes Weinglas wurde aus dem Schrank geholt, die Topfpflanzen aus der Blumenerde gerissen. Mir wurde schlecht vom Zusehen.

»Was soll das denn?«, regte ich mich auf. »Der Typ ist doch überhaupt nicht in der Küche gewesen! Wie und wann hätte er denn Geldscheine in meinen Gewürzen verstecken sollen?«

»Hab Ihnen doch gesagt, es ist besser, wenn Sie nicht dabei

sind«, gab Rieger schlecht gelaunt zurück. »Wir wissen nicht sicher, ob er nach dem Abend noch einmal hier war. Also durchsuchen wir jetzt alles, bevor wir ein weiteres Mal kommen müssen.«

Es dauerte zwei quälend lange Stunden, in denen noch mehr herausgerissen, vorgeschoben, ausgeleert, durchwühlt wurde, bis Rieger endlich den Befehl gab, im Keller weiterzusuchen. Ich blieb oben am großen Tisch sitzen, zum einen, weil ich es wirklich nicht mehr mit ansehen konnten, wie sie mein schönes Resto auseinander nahmen, und zum anderen, weil ich Angst hatte, mich durch augenfälligen Kontakt zu Otto zu verraten. Zwei weitere endlos lange Stunden vergingen, bis der Trupp wieder nach oben kam und der Oberdurchwühler Rieger mitteilte: »Nichts!«

Fassungslos starrte ich den Trupp Wühlmäuse an. Da kehrten sie stundenlang das Unterste zuoberst, ließen kein Blümlein in der Vase leben und fanden das Geld in Ottos Karton nicht? Wie blöd waren die? Musste man die denn mit der Nase draufstoßen? Aber genau das durfte ich nicht. Auf keinen Fall. Wieso hatte ich nicht bedacht, dass die Bullen genauso viel Schiss hatten, eine Ratte anzufassen, wie Selma? Wieso hatte ich mir für einen solchen Fall nicht einen unauffälligen Hinweis auf die Ratte überlegt?

»Habt ihr wirklich an alles gedacht?«, fragte Rieger nach.

Nein, nein!, wollte ich schreien, schick sie noch mal runter, sag ihnen, eine Ratte beißt nicht, wenn man sie hinten am Genick anpackt. Wo sie bisher gesucht haben, war kalt, aber bei der Ratte ist es heiß, heiß, heiß.

»Ich kann dir alle Weinsorten aufzählen, die da unten liegen. Wenn du weißt, was ich meine«, gab der Oberdurchwühler beleidigt zurück. »Du weißt, wie gründlich wir sind.«

»Ist okay, ist okay. Ihr könnt gehen!« Müde machte Rieger ein Zeichen zum Aufbruch.

Ich glaubte es einfach nicht! Mein Plan, mein genialer Plan war gescheitert! Mein Ass hatte nicht getrumpft, weil ich so blöde Mitspieler hatte. Das durfte nicht wahr sein. Otto hatte über tausend Euro für nichts und wieder nichts gefuttert, was ihn bestimmt nicht juckte, aber mich. Mich!

Die Wühlmäuse zogen ab. Alles stand offen, die Schränke, die

Schubladen, die Kellertür, nur meine Zukunft nicht mehr. Auch Rieger stand mürrisch und unzufrieden an der Kellertür. Man sah ihm an, wie gern er den Fall abgeschlossen hätte, wie sehr es ihn frustrierte, dass seine Leute nichts gefunden hatten. Und mich erst! Rieger druckste noch ein Weilchen herum, bevor er sich auch verabschiedete. In diesem Augenblick quietschte Otto im Keller und ließ Rieger und mich zusammenfahren.

»Was war das denn?«, fragte er alarmiert.

»Hört sich nach der Ratte an«, antwortete ich, und es kostete mich alle Anstrengung, diesen Satz beiläufig klingen zu lassen.

»Welche Ratte?«

»Hab ich Ihnen doch mal erzählt. Die papierfressende Ratte von meiner Putzfrau. Die hat zurzeit im Keller Kost und Logis.«

Rieger schnellte zur Tür und pfiff die Wühlmäuse zurück.

Beleidigt, als würde der Chef sie zum Nachsitzen verdonnern, kehrten zwei von ihnen in die Weiße Lilie zurück und stiegen mit Rieger und mir in den Keller. Jetzt konnte ich nur noch beten, dass Otto nicht in einer panischen Fressattacke alle Scheine aufgefuttert hatte! Es kostete mich alle Kraft und Selbstbeherrschung, ruhig zu bleiben, während die Wühlmäuse umständlich Otto aus dem Karton holten und diesen untersuchten. Wieder verging eine kleine Ewigkeit, bevor einer der beiden mit der Pinzette einen angefressenen Zweihunderter aus der Pappspalte zog. Die größte schauspielerische Leistung meines Lebens bestand darin, über den Fund genauso überrascht zu sein wie Rieger.

»Eine geldfressende Ratte!«

Rieger, überhaupt nicht cool, strotzte vor Stolz und Zufriedenheit.

»Schöne Geschichte: ›Ratte frisst Gangstergeld!‹ So was lieben die Medien!«

Als Rieger und die Wühlmäuse endlich gegangen war, stieß ich einen tiefen Seufzer der Erleichterung aus. Ich öffnete eine Flasche rosa Champagner von Pommery, den teuersten, den wir auf der Karte hatten, und gratulierte mir damit zu meinem Sieg. Ich hatte es geschafft! Über all die Dinge, die ich möglicherweise übersehen oder vergessen hatte, wollte ich jetzt nicht nachdenken. Jetzt galt es, meinen Triumph zu feiern. Der einzige Wermutstropfen war, dass ich ihn alleine genießen musste. Dennoch kam ich mir an diesem Morgen so stark und clever vor, dass es an Größenwahn grenzte.

*

Die nächsten Tage waren wie ein Rausch: Presse- und Lokalfunkberichte, wie ich sie mir besser nicht wünschen konnte, erleichterte Freunde und Mitarbeiter, Abend für Abend volles Haus. Auch ein paar nächtliche Besuche bei Tayfun zählten dazu. Na ja, vielleicht würde aus uns beiden doch was werden.

Nach ein paar Wochen kehrte wieder Alltag ein. Die Besucherzahlen in der Weißen Lilie schwankten erneut, Eva und Holger stritten sich jetzt gemeinsam mit Scarlett, die so schlampig wie immer putzte und ihrem Otto auf ewig verübelte, dass er ihr nicht einen Hunni von dem Geld übrig gelassen hatte. In der Kasemattenstraße führte ich den täglichen Badezimmerkampf mit Kuno weiter und genoss es, den einen oder anderen Morgen allein mit Adela einen Kaffee zu trinken. Woche für Woche machte ich brav meine Buchhaltung.

Noch nie hatte mich ein langweiliger, vorhersehbarer Alltag so glücklich gemacht. Wer wusste, wann das nächste Unheil drohte, der nächste Schlag in die Magengrube kam? Die Welt war ein Pulverfass, im Großen und im Kleinen.

An einem durchwachsenen Frühlingstag verabredete ich mich mit Kerner am Kölner Hauptbahnhof. Ich hatte darauf bestanden, ihm das restliche Geld alleine zu übergeben, ich wollte Margit nicht noch mal sehen. Als ich ihm den Umschlag in die Hand drückte, schüttete er mich mit einem widerlichen Schwall von Entschuldigungen und Peinlichkeiten zu. Ich befahl ihm, Margit anzurufen und in meiner Gegenwart den Empfang des Geldes zu bestätigen. Dann ließ ich mir das Handy reichen.

»Du hast es gehört, Margit«, sagte ich. »Dein Gatte hat die Knete. Wenn er sie auf dem Rückweg nach Frankfurt einem netten

Mädel zu günstigen Konditionen leiht, dann tritt ihm in die Eier und nicht ihr! – Untersteh dich, noch einmal bei mir aufzutauchen.«

Eine kleine, schäbige Rache. Süß wie Schokolade tat sie kurze Zeit gut. Ich ließ Kerner stehen und ging. Von Gleis fünf startete ein Thalys in Richtung Paris und ließ mich an Ecki denken. Ich verscheuchte den Gedanken und zog mit dem Strom der Reisenden nach unten, stieg an Gleis eins wieder nach oben und lief dann in Richtung Hohenzollernbrücke.

Auf das stahlbespannte Glasdach über mir kackte eine Taube, und von den Treppen des Doms schallte der Lärm einer der unzähligen Baustellen der Stadt zu mir herüber.

Ein schöner Bahnhof.

Eine schöne Stadt.

Auch wenn man ihrem Motto: »Et hätt noch immer jot jejange« nicht trauen durfte.

Essen für viele Leute

In der Weißen Lilie kocht Katharina täglich für eine große Tafelrunde, etwas, was jede Köchin und jeder Koch am heimischen Herd bei etwas Übung und guter Planung in abgespeckter Form auch machen kann.

Deshalb drei Menüs für zwölf Personen, eines von der Spitzenköchin Susanne Vössing.

Vorneweg ein paar grundsätzliche Bemerkungen. Wenn man für so viele Leute kocht, ist es hilfreich, das eine oder andere zu beachten, um das Kochen nicht in totalen Stress ausarten zu lassen.

- – Ein paar Tage vor dem Essen Menüfolge festlegen.

- – Bei der Menüfolge darauf achten, dass mindestens ein, besser zwei Gänge Stunden vorher zubereitet werden können, höchstens ein Gang à point zubereitet werden muss.

- – Darauf achten, dass man den Backofen nicht durch zwei Gänge, die gleichzeitig fertig sein müssen, blockiert.

- – Zwei Gänge sollte man vorher schon mal gekocht haben, ein neuer Gang bei so vielen Personen ist Herausforderung genug.

- – Überlegen, ob man beim Kochen Hilfe will. Manchmal sind Zulieferdienste wie Gemüseschnibbeln gut zu gebrauchen.

- – Teller, Besteck, Gläser und Stühle durchzählen, eventuell fehlende Teile mitbringen lassen.

- – Getränke, Kaffee, Espresso und unverderbliche Lebensmittel schon ein paar Tage vor dem Essen einkaufen.

- – Sich den Abend vor dem Essen für eventuelle Vorbereitungen freihalten.

- Sich rechtzeitig Gedanken über die Tischdekoration machen, fehlende Teile auf die Einkaufsliste setzen.

- Durch eine gute Käseplatte lässt sich selbst das schlichteste Menü um einen weiteren Gang aufpeppen.

- Bei den Getränken überlegen, ob die Kühlschrankkapazität reicht! (Bei Weißwein zu allen drei Gängen reicht der Kühlschrank sicher nicht – aber mit Kühltaschen kann man viel überbrücken …)

Menü 1: Schlicht und einfach für Einsteiger

Antipasti-Variationen
Spaghetti mit dreierlei Soßen
Vanilletrifle mit Sommerfrüchten

Vorbereitungszeit ohne Einkäufe: zwei bis drei Stunden.

Tipps:
Am besten mit dem Nachtisch anfangen. Als Nächstes das Pesto
rühren und die Zutaten für die anderen Soßen klein schneiden. Eine halbe Stunde, bevor die Gäste kommen, die Antipasti anrichten.
Gleichzeitig das Nudelwasser aufsetzen, eventuell dafür einen großen Topf besorgen.

Getränke:
Als Aperitif einen trockenen Martini. Zu den ersten beiden Gängen
einen jungen, kräftigen Rotwein, zum Beispiel aus dem Roussillon,
aus Sizilien oder klassischerweise einen Chianti. Kühl (15 Grad)
servieren! Zum Nachtisch entweder einen edelsüßen Riesling oder
gleich Kaffee. An genügend Wasser denken!

Übrigens:
Dieses Menü ist absolut kindertauglich, wenn Sie beim Nachtisch
die Kekse in Johannisbeersirup oder Orangensaft marinieren und
nicht in Likör.

Vorspeise

Antipasti-Variationen

Zutaten:
bei einem italienischen Feinkostgeschäft einkaufen:
400 g verschiedene Salami- und Schinkensorten
200 g verschiedene Olivensorten
400 g eingelegtes Gemüse
4 frische Ciabatta-Brote
von anderen Händlern (oder auch dem gleichen)
2 reife Honigmelonen
1 kg Tomaten
3 Pakete Mozzarella
6 EL feines Olivenöl
2 Hand voll Basilikumblätter
Pfeffer, Salz

Zubereitung:
Abwechselnd Mozzarella- und Tomatenscheiben auf einem großen Teller arrangieren, mit Olivenöl beträufeln, salzen, pfeffern, gewaschene Basilikumblätter darüber verteilen.
Die Melone entkernen, schälen, in Tranchen schneiden, auf eine Platte legen.
Wurstsorten, eingelegte Gemüse und Oliven auf einer Platte anrichten. Alles zusammen mit dem Ciabatta-Brot servieren.

Hauptgang

Spaghetti mit dreierlei Soßen

Zutaten:
1,5 kg Spaghetti (wer kräftige Esser hat, nimmt etwas mehr)
1 Stück frischer Parmesankäse

Zubereitung:
Wenn die Antipasti gegessen sind, die Spaghetti nach Packungsan-
weisung al dente kochen. Parmesan entweder vorher reiben oder als
Stück mit Reibe am Tisch herumgehen lassen.

1. Soße: Kürbiskern-Minz-Pesto

Zutaten:
30 Blatt frische Minze
1 kleiner Bund glatte Petersilie
15 geschälte Mandeln
30 g Kürbiskerne
1 kleine Knoblauchzehe
1 EL geriebene Zitronenschale
50 g Parmesan
170 ml Olivenöl

Zubereitung:
Mandeln, Kürbiskerne und Parmesan mit der Küchenmaschine zer-
kleinern, die restlichen Zutaten zugeben, das Olivenöl zum Schluss.
Zu einem sämigen Pesto rühren, mit Salz und Pfeffer abschmecken.
Reste halten sich ein paar Tage im Kühlschrank.

2. Soße: Sizilianische Soße

Zutaten:
100 g Haselnüsse
50 g Pinienkerne
100 g Walnusskerne
100 g Rosinen
2–3 kleine, scharfe Chilischoten
4 Zimtstangen
¼ l Hühnerbrühe
3 EL trockener Weißwein
5 EL Olivenöl

Zubereitung:
Haselnüsse und Pinienkerne in der Pfanne ohne Fett rösten und grob hacken. Walnüsse durch die Mandelmühle drehen. Rosinen grob hacken, Chilischoten waschen, entkernen, fein hacken. Öl erhitzen, Nüsse, Chilischoten und Rosinen darin anbraten, die Zimtstangen zugeben, mit Brühe und Weißwein ablöschen, etwas einkochen lassen.

3. Soße: Schlichte Tomatensoße

Zutaten:
2 Schalotten
1 EL brauner Zucker
1 EL Butter
2 Lorbeerblätter
1 Paket passierte Tomaten
Zubereitung:
Schalotten klein schneiden, in der Butter andünsten, Zucker zufügen, leicht karamellisieren lassen, mit den Tomaten auffüllen, Lorbeerblatt zugeben, 10 Minuten leicht köcheln lassen, mit Salz und Pfeffer abschmecken.

Nachtisch

Vanilletrifle mit Sommerfrüchten

Zutaten:
2 Pakete Vanillepudding
1 l Milch
2 Becher Sahne
3 kleine Becher cremiger Naturjoghurt
100–150 g Zucker
200 g Löffelbiskuit
10 EL Kirsch-, Cassis- oder Orangenlikör

1 kg gemischte Sommerfrüchte (Himbeeren, Erdbeeren, Brombeeren, Johannisbeeren, Blaubeeren, Pfirsiche o. Ä.)

Zubereitung:
Vanillepudding nach Packungsanleitung kochen. Bevor sich eine Haut bilden kann, den Naturjoghurt unterrühren, diese Mischung kalt werden lassen, zwischendurch mit dem Schneebesen durchrühren, damit kein fester Pudding, sondern eine cremige Masse entsteht. Wenn die Masse kalt ist, die Sahne steif schlagen und unterheben. Creme so lange nachzuckern, bis die richtige Süße erreicht ist.
In der Zwischenzeit die Beeren waschen, putzen, eventuell klein schneiden und leicht zuckern. Löffelbiskuit auf eine Platte legen und mit dem Likör tränken. Beeren und Puddingcreme getrennt kalt stellen. Unmittelbar vor dem Servieren Puddingcreme, Früchte und Biskuite abwechselnd in einer Schüssel schichten und servieren.

Menü 2: Für gute Handwerker

Mousse vom Räucheraal mit Zwiebelconfit und Salatvariationen
Poularden mit Salbei und Knoblauch und kleinen Kartoffeln
Espresso-Parfait

Vorbereitungszeit ohne Einkäufe: zwei Stunden am Abend vorher, drei Stunden am Tag des Essens.

Tipps:
Die Fischmousse und das Parfait sollten schon am Abend vorher, spätestens am Morgen des Essens zubereitet werden.
Drei Stunden vor dem Essen mit den Poularden anfangen. Während diese dann im Backofen langsam vor sich hin brutzeln, haben Sie genügend Zeit, den Tisch zu decken, das Zwiebelconfit und die Salatvariationen zu richten. Der Hauptgang hat bei diesem Menü den Vorteil, dass er ohne Probleme bei geringer Temperatur eine halbe Stunde länger im Backofen bleiben kann, falls die Gäste bei der Vorspeise trödeln. Das Parfait für den Nachtisch eine halbe Stunde vor dem Servieren aus dem Gefrierer holen, die restliche Sahne schlagen und mit den Schokobrocken garnieren.

Getränke:
Als Apéro etwas Fruchtiges, eine feinfruchtige Riesling Spätlese von der Mosel, einen Cremant Blanc de Blanc mit ein wenig Erdbeerpüree oder mit in Zucker und Zitronenmelisse marinierten Melonenkugeln. Zur Vorspeise einen guten Weißen von der Rhône (hierzulande schwer zu bekommen, am ehesten noch als Crozes-Hermitage), zum Hauptgang passen alle wirklich großen trockenen Weißweine dieser Welt und obendrein noch alle guten leichten Rotweine. Beim Weißwein Kühlkapazitäten beachten!

Vorspeise

Mousse vom Räucheraal mit Zwiebelconfit und Salatvariationen

Mousse vom Räucheraal

Zutaten:
500 g Räucheraal, enthäutet, entgrätet
150 g Frischkäse
100 g geriebener Greyerzer
6 EL dunklen Balsamico-Essig
3 EL Mayonnaise
6 Blatt Gelatine
1 Becher Sahne
Salz, Pfeffer, Cayennepfeffer
Zur Dekoration: Pistazienkerne und rosa Pfefferkörner

Zubereitung:
Den Fisch zusammen mit dem Frischkäse, Greyerzer, Essig und der Mayonnaise im Mixer pürieren. Die Gelatine fünf Minuten in kaltem Wasser einweichen, gut ausdrücken, in wenig heißem Wasser auflösen, unter die Fischmasse geben. Sahne schlagen, unter die Fischmasse heben, gut würzen und über Nacht in den Kühlschrank stellen.

Zwiebelconfit

Zutaten:
3 rote Zwiebeln
3 EL brauner Zucker
2 EL Butter
¼ l Rotwein
Pfeffer und Salz

Zubereitung:
Zwiebeln in gleichmäßige Würfel schneiden. Butter in einem Topf zergehen lassen, Zwiebeln zugeben, mit dem Zucker karamellisieren. Mit Rotwein ablöschen, dickflüssig einkochen lassen, mit Salz und Pfeffer würzen.

Salatvariationen

Zutaten:
1 Bund Rauke
1 Friséesalat
1 Bund französische Radieschen
1 Bund Schnittlauch

Vinaigrette:
5 EL weißer Balsamico-Essig
1 TL Honig
1 TL scharfer Senf
9 EL Sonnenblumenöl
Kräutersalz, Pfeffer

Zubereitung:
Salat säubern, waschen, in gleich große Stücke zupfen, Radieschen ganz lassen, Schnittlauch ebenfalls. Für die Vinaigrette die Zutaten miteinander verrühren.

Serviervorschlag:
Fischmousse mit einem Eislöffel abstechen, zwei Kugeln auf eine Seite eines Tellers setzen. Pistazienbrösel und zerstoßenen rosa Pfeffer darüber streuen. Schnittlauchstängel auf der gegenüberliegenden Tellerseite halbkreisförmig anordnen, sodass die Spitzen über den Tellerrand reichen. Rauke und Frisée darauf verteilen, mit den ganzen Radieschen dekorieren.
Kurz vor dem Servieren die Vinaigrette über den Salat gießen und das lauwarme Zwiebelconfit neben die Fischmousse häufeln.

Hauptgang

Poularden mit Salbei und Knoblauch und kleinen Kartoffeln

Zutaten:
2 frische große Biopoularden
4 ganze Knollen junger Knoblauch, ersatzweise alter
24 Salbeiblätter
12 EL Olivenöl
2 kg kleine Kartoffeln (Bratlinge)
800 ml trockener Weißwein
800 ml fertiger Geflügelfond
Pfeffer, Salz

Zubereitung:
Die Poularden waschen und trocknen. Mit den Fingern die Brusthaut vorsichtig lösen und jeweils zwölf Salbeiblätter unter die Haut jeder Brust schieben. Die Öffnung mit Holzstäbchen zustecken. Poularden salzen, pfeffern, mit zwei EL Olivenöl einreiben und in einen großen Bräter legen. Ungeschälten Knoblauch und Lorbeerblätter zugeben. Bei 220 Grad im vorgeheizten Backofen 1,5 Stunden braten. Nach 15 Minuten nach und nach Geflügelfond und Weißwein zugeben, nach einer Stunde die ungeschälten Bratlinge zu den Poularden legen. Vor dem Servieren abschmecken, im Bräter servieren.

Nachtisch

Espresso-Parfait

Zutaten:
3 große Baisers
110 g Zucker
6 EL lösliches Espressopulver
9 Eigelb

3 EL Kaffeelikör
1 Paket Vanillezucker
900 ml Schlagsahne
100 g Halbbitterkuvertüre
30 g weiße Kuvertüre
etwas Kakaopulver
1 Büro-Klarsichthülle, Pergamentpapier

Zubereitung:
Baisers zerbröseln und in eine Springform füllen.
10 g Zucker, Espressopulver und 3 EL Wasser aufkochen, bis der Zucker sich aufgelöst hat. Eigelb, Kaffeelikör, restlichen Zucker und Vanillezucker mit dem Handrührer cremig aufschlagen, den heißen Zucker-Espresso-Sirup unter Rühren langsam zugießen. Schüssel in Eiswasser stellen und die Masse kalt rühren. 800 ml Sahne steif schlagen, diese unter die Eier-Espresso-Creme rühren. Die Masse auf die zerbröselten Baisers in die Springform füllen. Diese in den Gefrierer stellen und am besten über Nacht, aber mindestens drei Stunden, gefrieren lassen.
Für die Dekoration weiße und Halbbitterkuvertüre getrennt klein hacken und getrennt im Wasserbad auflösen. Weiße Kuvertüre etwas abkühlen lassen, dann in eine selbst gebastelte Pergamentpapiertüte füllen, unten eine kleine Öffnung hineinschneiden. Mit der weißen Kuvertüre wilde Muster auf die aufgeschnittene Klarsichthülle spritzen, fest werden lassen. Dann die dunkle Kuvertüre darüber träufeln, verstreichen, fest werden lassen. Die mit den weißen Kuvertürelinien verzierte Schokoplatte zerbrechen.
Vor dem Servieren das Parfait aus der Springform auf eine Kuchenplatte setzen, die restliche Sahne steif schlagen, darauf verteilen. Zum Schluss mit den zerbrochenen Kuvertürestücken verzieren, mit etwas Kakaopulver bestäuben.

Menü 3: Von Susanne Vössing für Könner

**Saibling in Champagner-Beurre mit Kräutersalat
Lammfilets auf Perlgraupen-Rucolapesto mit gegrillten
Tomatenrispen
Nashi-Birne mit Frühlingssud im Weckglas**

Vorbereitung: vier Stunden vor dem Essen

Tipps:
Im Menü von Susanne Vössing muss jeder Gang à point zubereitet werden, nur wenige Arbeitsschritte können vorher erledigt werden. Die Köchin, der Koch steht, während die Gäste schon da sind, immer wieder am Herd und darf sich davon nicht nervös machen lassen.
Der Nachtisch in den Weckgläsern ist eine ungewöhnliche Überraschung zum Schluss. Ausprobieren, ob Sie zwölf dieser Gläser in einer Kasserolle in den Backofen unterbringen oder ob der Nachtisch in zwei Fuhren gemacht werden muss.
Besser Sie testen dieses Menü mal für sechs Personen und entscheiden dann, ob Sie es auch für zwölf zubereiten können.

Getränke:
Als Aperitif und zur Vorspeise selbstverständlich Champagner, zum Lammfilet gute Bordeaux oder alles, was ihnen ähnelt, der Nachtisch braucht kein Getränk als Begleitung, er enthält genügend Flüssigkeit.

Zur Köchin:
Nach harten Lehrjahren im Münsterland wusste Susanne Vössing, dass sie beim Kochen hoch hinaus wollte, und ging konsequenterweise nach Paris, wo sie nicht nur perfekt Französisch lernte, sondern auch für den Drei-Sterne-Koch Alain Senderens im Lucas Carton arbeitete. Zurück in Deutschland beglückte sie mit ihrer kreativen Küche für fünf Jahre die Kölner im La Societé in der Kyffhäuserstraße, bevor es sie wieder nach Paris und danach in die

USA zog und sie durch VOX Kochduell einem breiteren Publikum bekannt wurde. Ihre Spezialität sind originelle Verpackungen, weshalb man sie auch die Madame Christo des Kochens nennt. Die Nashi-Birnen in ihrem Menü sind ein Beispiel dafür.

Seit zwei Jahren kocht sie am Düsseldorfer Barbarossaplatz. Auch wenn es den Kölnern schwer fällt, in die bestgehasste Nachbarstadt zu reisen, lohnt ein Besuch allemal.

Restaurant Vössing, Barbarossaplatz 3, 40455 Düsseldorf, Tel: 0211/ 6173030

Vorspeise

Saibling in Champagner-Beurre mit Kräutersalat

1 kg Saiblingsfilets, in gleich große Stücke schneiden
10 Schalotten
1 Fl Champagner
500 g Butter
Himalayasalz (Wer etwas dazu wissen will, essen & trinken 8/05 oder: www.bosfood.de)
Pfeffer aus der Mühle
je 1 Bund Minze, Estragon, Basilikum, glatte Petersilie, Dill, Kerbel
12 EL Balsamico weiß oder braun
2 TL Honig
8 EL Olivenöl
Öl zum Anbraten

Zubereitung:
Die Schalotten schälen, in kleine Würfel schneiden, mit Champagner in einem Topf aufsetzen und auf ca. 1/8 Liter reduzieren. Die Butter in kleine Würfel schneiden und kalt stellen. Unmittelbar vor dem Servieren die eiskalten Butterwürfel in die Champagner-Reduktion einrühren, bis man eine sämige Soße hat, mit Salz und Pfeffer würzen.

Tipp: Eine mit kalter Butter gerührte Soße erfordert Übung. Unbedingt vorher probieren!

Wem dies zu schwierig erscheint, kann eine Bindung mit Sahne versuchen.
Dann geht die Soße so:
5 Schalotten in feine Würfel schneiden, mit 1 Fl Champagner auffüllen, auf ⅓ reduzieren. Mit einem ½ l Fisch- oder Geflügelfond auffüllen, wieder auf ⅓ reduzieren. Ein ½ l Sahne hinzufügen, 10 bis 15 Minuten einkochen lassen, bei Bedarf mit etwas angerührtem Mondamin binden, mit Salz und Pfeffer würzen.

Kräuter abzupfen. Den Essig mit Honig, Salz und Pfeffer würzen, gut verrühren, Olivenöl zugeben und über die gezupften Kräuter geben, miteinander vermengen und einen Moment ziehen lassen.

Den Saibling würzen und in einer nicht zu heißen Pfanne von beiden Seiten ca. 4 Minuten braten. Auf schönen warmen Tellern verteilen, Champagner-Beurre darüber gießen, mit dem Kräutersalat servieren.

Hauptgang:

Lammfilets auf Perlgraupen-Rucolapesto mit gegrillten Tomatenrispen

Zutaten:
2 kg Lammfilets, die Sehne entfernen
500 g Perlgraupen
3 Bund Rucola
3 kleine Knoblauchzehen, schälen
60 g Haselnüsse
60 g Parmesankäse
½ l Olivenöl
2 EL Honig

12 schöne Tomatenrispen, vorsichtig abwaschen, einpieksen
6 Knoblauchköpfe, halbieren
Himalayasalz
Pfeffer aus der Mühle

Zubereitung:
Rucola putzen und grob schneiden. In ein hohes Gefäß geben mit den geschälten Knoblauchzehen, Haselnüssen, Parmesankäse, Olivenöl, Honig, Salz und Pfeffer, mit einem Stabmixer mixen und eventuell ein bisschen nachwürzen.
Die Perlgraupen in ½–¾ l Wasser circa 1 Stunde weich kochen, restliches Wasser abgießen, Graupen zurück in den Topf geben, die Hälfte des Pestos zugeben und auf kleiner Flamme kurz durchköcheln lassen.

15 Minuten, bevor die Graupen gar sind, die eingepieksten Tomatenrispen mit der Rispe auf ein Backblech geben, mit Salz und Pfeffer würzen, in den vorgeheizten Backofen bei 200 Grad ca. 8 Minuten garen.

Die Lammfilets in gleich große Stücke schneiden, mit Salz und Pfeffer würzen, nachdem die Tomatenrispen im Backofen sind, in einer heißen Pfanne von allen Seiten anbraten, Knoblauch mit der Schnittfläche nach unten auch anbraten und Farbe nehmen lassen. Von der Herdplatte nehmen, im warmen Backofen 4–5 Minuten ziehen lassen.

Tipp: Es dauert seine Zeit, bis am heimischen Herd, möglicherweise in nur einer Pfanne, Lammfilets für zwölf Personen angebraten sind. Mit den größeren Stücken anfangen, diese in Alufolie im Backofen warm halten.

Auf schönen warmen Tellern Lammfilet, Graupenpesto und gegrillte Tomaten anrichten.
Das übrige Pesto dazu reichen.

Nachtisch

Nashi-Birne mit Frühlingssud im Weckglas

Zutaten:
12 Stück Nashi-Birnen
14 cl Aperol
3 Zitronen, in Scheiben schneiden
24 Stück Sternanis
6 Vanillestangen
12 Zweige Thymian
3 Flaschen Weißwein, Riesling
12 EL braunen Zucker

12 Weckgläser
passende Gummiringe und Klammern

Zubereitung:
Die Nashi-Birnen dekorativ zur Hälfte schälen.
Alle anderen Zutaten zu gleichen Teilen in die Weckgläser abfüllen, die Birnen einsetzen, mit Gummi, Deckel und Klammern verschließen.
In einen breiten Topf oder eine Kasserolle ein feuchtes Küchentuch geben, die Gläser reinstellen und zu ¾ mit Wasser aufgießen.
10 Minuten kochen lassen und heiß servieren.

Tipp: Der Nachtisch kann schon vor dem Essen zubereitet werden. Die Weckgläser am besten im Wasserbad lassen und bei geringer Hitze im Backofen temperieren.

Mein Dank an diesem Buch gilt insbesondere:

Rainer Smits, dem detektivischen Gefährten, der seine Spürnase zum Auffinden falscher Akkusative und anderer Schreibfehler einsetzte.
Martina Kaimeier, die auch den kleinsten Fehler im Plot fand.
Ralf Schneider fürs Kölsche und die Ratte.
Hubert Deipenbrock für erste Impressionen von Mülheim und für die Flachmänner.
Wolfgang Hippe für Infos zum Medienstandort Mülheim.
Gitta Mensing für die internationale Kaffeebud, die Roncalli-Löwen und einen Spaziergang entlang der Berliner Straße.
Georg Hinz für »Loss mer singe«.
Susanne Vössing für die tollen Rezepte und hochinteressanten Geschichten aus dem Leben einer Spitzenköchin.
Christel Steinmetz, dank der Kerner und Tayfun vielschichtiger wurden.
Wie immer: Marion Heister fürs Lektorieren.

Vor allem meinen Töchtern Lynn und Nora, die die schreibbedingten Absenzen der Mutter mit Großmut ertragen haben, sowie all meinen Freundinnen und Freunden, die in den letzten Monaten meinem Gerede und Gestöhne über die »Mordstafel« zugehört haben.

In der »Mordstafel« gibt Katharina zu viel gekochtes Essen an die Kölner Tafel weiter.

Die Kölner Tafel gibt es wirklich, und sie hat sich zum Ziel gesetzt, als mildtätiger Verein im Stadtgebiet Köln überschüssige und verwertbare Lebensmittel zu sammeln und an bedürftige Menschen zu verteilen. Wer etwas über diesen Verein wissen oder ihn unterstützen will: www.koelner-tafel.de, Telefon: 0221/351000.

Für die vielen orientalischen Rezepte habe ich mich durch das Kochbuch »Die orientalische Küche« von Ghillie und Jonathan Başan, Collection Rolf Heyne inspirieren lassen.

Brigitte Glaser
LEICHENSCHMAUS
Broschur, 288 Seiten
ISBN 3-89705-292-X

»Endlich ein kulinarischer Krimi, in dem die Beschäftigung mit
der gehobenen Küche nicht nur ein Vorwand für verbrecherische
Aktivitäten ist. Spannende Lektüre für Genießer.«
essen & trinken

»Ein Leckerbissen für alle Freunde des Kochens.«
Kölnische Rundschau

www.emons-verlag.de

Brigitte Glaser
KIRSCHTOTE
Broschur, 320 Seiten
ISBN 3-89705-347-0

»Brigitte Glaser trifft den Tonfall der Akteure, hat wunderbare
Charaktere erdacht und eine Heldin erschaffen, auf deren Rezepte
man gespannt ist.«
Badische Neueste Nachrichten

»Witzig und spannend.«
Frau im Spiegel

www.emons-verlag.de